UNTER DUNKLEN WOLKEN

Hannes Nygaard ist das Pseudonym von Rainer Dissars-Nygaard. 1949 in Hamburg geboren, hat er sein halbes Leben in Schleswig-Holstein verbracht. Er studierte Betriebswirtschaft und war viele Jahre als Unternehmensberater tätig. Hannes Nygaard lebt auf der Insel Nordstrand.
www.hannes-nygaard.de

HANNES NYGAARD

UNTER DUNKLEN WOLKEN

Hinterm Deich Krimi

emons:

Bibliografische Information der Deutschen Nationalbibliothek
Die Deutsche Nationalbibliothek verzeichnet diese Publikation
in der Deutschen Nationalbibliografie; detaillierte bibliografische
Daten sind im Internet über http://dnb.d-nb.de abrufbar.

© Emons Verlag GmbH
Alle Rechte vorbehalten
Umschlagmotiv: Silas Manhood/Arcangel.com
Umschlaggestaltung: Nina Schäfer, nach einem Konzept
von Leonardo Magrelli und Nina Schäfer
Umsetzung: Tobias Doetsch
Gestaltung Innenteil: DÜDE Satz und Grafik, Odenthal
Lektorat: Dr. Marion Heister
Druck und Bindung: CPI – Clausen & Bosse, Leck
Printed in Germany 2021
ISBN 978-3-7408-1333-8
Hinterm Deich Krimi
Originalausgabe

Unser Newsletter informiert Sie
regelmäßig über Neues von emons:
Kostenlos bestellen unter
www.emons-verlag.de

Dieser Roman wurde vermittelt durch die Agentur Editio Dialog,
Dr. Michael Wenzel (www.editio-dialog.com).

Der Worte sind genug gewechselt.
Lasst mich endlich Taten sehen.

Johann Wolfgang von Goethe

EINS

Ein makelloser Himmel wölbte sich über dem Land, dessen Küsten an Nord- und Ostsee zu den attraktivsten touristischen Zielen gehörten, das aber auch im Landesinneren vielen Menschen Ziele bot, die entdeckt und erkundet werden wollten. Golden leuchtende Rapsfelder, zartes Maigrün im Wechsel mit zahlreichen anderen Grünnuancen, vereinzelt auch Bäume und Sträucher, die sich noch im Aufbruch in die neue Vegetationsperiode befanden. So wie die Natur wieder erwachte, waren auch Mensch und Tier voll neuer Energie. Der lange und harte Winter war Vergangenheit. Die Menschen sehnten sich nach Sonne.

Einer von ihnen war Karl Diehm. Er genoss das Privileg, nicht mehr in den Arbeitsalltag eingebunden zu sein. Vor vier Jahren hatte er das Berufsleben am Fließband eines Automobilherstellers gegen das Rentnerdasein getauscht. Zwei Jahre später hatte sich seine Ehefrau Rita von der Arbeit an der Kasse im Supermarkt verabschiedet. Die Kinder waren lange aus dem Haus und führten ein eigenes Leben. So konnten sich die Diehms den Traum, nach dem Ausscheiden aus dem Arbeitsleben zu reisen, erfüllen. Ihr Wohnmobil trug sie zu den Zielen, die ihnen erstrebenswert schienen. Freunde berichteten von langen Reisen zum Nordkap, nach Dalmatien, Sizilien oder bis Gibraltar. Diehms Sehnsuchtsorte lagen näher. Deutschland mit seiner Unterschiedlichkeit war so vielfältig, dass es in allen Himmelsrichtungen unendlich viel zu entdecken galt, von romantischen Fachwerkstädtchen über idyllische Winkel zu beeindruckenden Naturschutzgebieten, von dunklen Wäldern und kuscheligen Mittelgebirgen hin zu den Stränden an Nord- und Ostsee, wo die frische Luft und der offene Blick die Illusion von unbegrenzter Weite nährten.

Ihr Wohnmobil KNAUS L!VE WAVE auf dem Chassis des Fiat Ducato war während der Sommermonate ihr mobiles Heim.

Der Diesel tuckerte zuverlässig und trug sie an die schönsten Orte.

Wenn sie an einem lauschigen Plätzchen etwas länger verweilten, baute Karl Diehm das Vorzelt auf. Dort war Platz für die Stühle, aus denen sie das Leben um sich herum beobachteten. Der Grill verbürgte bei solchen Gelegenheiten ein Stück Lebensqualität. Ihr Mobilheim war groß genug, um die Annehmlichkeiten zu bieten, die das Ehepaar in diesem Lebensabschnitt zu schätzen wusste.

Diehm griff zum Schaltknüppel und schaltete vom sechsten in den fünften Gang.

»Mach uns noch eine«, sagte er zu Rita und warf einen kurzen Blick auf seine Frau auf dem Beifahrersitz. Das gertenschlanke Mädchen ... das war Vergangenheit. Überall, wo die Natur es zuließ, hatten sich kleine Pölsterchen angesiedelt. Kleine? Diehm reckte sich im Sitz. Er selbst musste seine behaarten stämmigen Unterarme weit vorstrecken, um das Lenkrad zu umfassen. Den Zwischenraum nahm sein kugelrunder Bauch ein. Er nannte es »Leben«. Rita und er gönnten sich die kleinen Freuden des Lebens. Dazu gehörten gutes Essen, das Bierchen, ihr Wohnmobil und ...

Rita hatte die Zigarettenpackung vom Armaturenbrett genommen, zwei Glimmstängel herausgefischt und sie angezündet. Einen hielt sie ihrem Mann hin. Der volle Aschenbecher würde bei der nächsten Rast entleert werden. Und den allgegenwärtigen Zigarettenrauch nahmen die beiden nicht mehr wahr.

Diehm beugte sich etwas vor. »Hier muss es doch bald sein.«

»Nur für ein Foto?«, fragte Rita zwischen zwei Lungenzügen.

»Ja.«

Diehm beäugte die Straße.

»Pass doch auf, Karlemann«, rief Rita, als das Wohnmobil auf die Gegenfahrbahn geriet.

»Was 'n los?«, gab er scharf zurück. »In dieser Einöde ist doch keiner unterwegs.«

»Und wenn doch so 'n Verrückter dahin will?«

»Was heißt Verrückter? Das macht den Unterschied zu meinen Bildern aus. Die sind nicht nur so … so …« Er suchte nach dem richtigen Wort. »So was findest du in ganz Lebenstedt nicht noch mal.«

Sie seufzte. Es war gut, dass Karl noch ein Hobby hatte. Die Fotografie. Nach einer Reise sammelten sich unzählige Bilder an, die er zu Hause auf dem Computer ansah und dann zu Dateien bündelte. Er stellte Serien zusammen, die Freunde und Nachbarn anschließend vor dem heimischen Fernseher betrachten mussten. Das war die Nachfolge der gefürchteten Dia-Abende. Karl, so spottete sie, bekam dabei nicht mit, dass die eingeladenen Gäste sich bei solchen Gelegenheiten mehr den Getränken und dem Knabberkram zuwandten als den Bildern.

Karl trat auf die Bremse.

»Da«, sagte er knapp. Er hatte sich fest vorgenommen, seine Bilderserie mit Fotos vom geografischen Mittelpunkt Schleswig-Holsteins zu schmücken. Ein Hinweisschild »Weg zum Mittelpunkt« wies auf einen schmalen Pfad hin, der rechts abzweigte.

»Die sind gar nicht eingebildet«, meinte Diehm. »Behaupten, das ist das schönste Bundesland der Welt.«

»Na ja. Die Reppnersche Straße in Salzgitter ist auch kein Lichtpunkt.«

Diehm hatte die Geschwindigkeit reduziert und bog ab.

»Blinkst du nicht?«, fragte Rita giftig.

»Wozu? Hier ist doch keiner.«

»Das gehört sich aber so.«

»Ach, mein Dickerchen.«

»Du sollst mich nicht so nennen. Ich mag das nicht.«

Diehm steckte die rechte Hand aus und legte sie auf den Bauch seiner Frau. Dann wabbelte er mit der Rundung.

»Karl! Lass das.«

Er grinste. »Früher hast du das gemocht.«

»Früher! Da hattest du auch noch keine solche Wampe.«

Er lachte. »Andere Ehepaare sind zusammen alt geworden. Wir dick.« Plötzlich pendelte der Fiat hin und her. »Verdammt«, fluchte Diehm.

»Was hast du? Mensch! Pass doch auf.«

»Ist schon gut.« Diehm nahm mit der rechten Hand die Zigarette aus dem Mundwinkel. Zuvor waren beide Hände mit anderen Dingen beschäftigt gewesen. Ihm war der beißende Qualm in die Augen gestiegen.

Der schmale Zufahrtsweg führte unter Bäumen zu einem unscheinbaren Platz. Diehm fluchte, weil er aussteigen und ein paar Meter zu Fuß zurücklegen musste.

»Das ist alles?«, zeigte er sich enttäuscht. »Von wegen: der echte Norden. Gibt es auch noch einen falschen?«

»Nun mecker nicht rum. Du wolltest doch hierher.«

Diehm streckte die Hand aus. »Das lohnt nicht, zu fotografieren. Ein Feld. Ein Baum. Zwei Bänke.«

»Dahinten ist noch ein Platz mit Tisch und Bänken.«

»Aus Stein. Da kriegst du einen kalten Hintern.«

Zwei Steinsäulen zierten den Platz. Die linke trug das Landeswappen. Diehm zeigte auf die rechte Säule.

»Und was ist das da?«, fragte er. »Sieht aus wie ein Karnevalsorden.« In der Tat fehlte ein kleiner Hinweis, dass es sich um das Wappen der Stadt Nortorf handelte, in deren Grenzen dieser Ort lag. Diehm näherte sich dem Sandplatz. »Komisch«, meinte er. »Was soll die Fahne da? Ob das in Ordnung ist, dass die mittendrin liegt?« Er trat an die Flagge heran.

»Was ist das für ein Ding?«, wollte Rita wissen.

Diehm kratzte sich den Hinterkopf. »Gesehen hab ich die schon mal. Auf Bildern. Und in einem Kriegsfilm.«

»Du guckst ja immer so komisches Zeug an.«

»Na und? Ist immer noch besser als dein Schwachsinn.« Er verstellte die Stimme und legte beide Hände übereinander auf das Herz. Dazu verdrehte er die Augen. »Ach, ich liebe dich. Du bist mein Einziges. Mein Herzallerliebstes. Ich will nur dich und dein Erbe.«

»Hör auf, mich zu ärgern. Alle Frauen sehen Rosamunde Pilcher. Aber nun sag mal. Was ist das für eine Fahne?«

»Das siehst du doch selbst. Eine weiße mit dem schwarzen Kreuz. Und in der Mitte ist der Kreis mit dem deutschen Adler.« Diehm lachte meckernd. »Dieser sieht aber mager aus. Wären die halben Hähnchen im Brutzelstübchen genauso mager, würde ich da nicht mehr hingehen.«

Rita streckte den Arm aus. »Da oben links in dem Teil.«

»Feld heißt das«, belehrte Diehm seine Frau.

»Sieht fast so aus wie eine eigene Fahne. Das ist aber nicht die deutsche Fahne.«

»Flagge heißt das. *Flagge!*«

Rita Diehm lachte. »Ja, ja.« Sie rümpfte die Nase. »Eine Fahne ist das, was du mit nach Hause bringst, wenn du in der Kneipe warst.«

»Stänkerliesel. Das ist die deutsche Fahne –«

»Siehste. Jetzt sagst du selbst Fahne«, unterbrach sie ihren Mann.

»Du bringst mich ganz durcheinander. Das war früher die deutsche Fahn … Flagge. Beim Kaiser.«

»Die war nicht Schwarz-Rot-Gelb?«

»Gold! G-o-l-d.«

»Ist ja gut. Du musst dich nicht immer gleich so chauffieren.«

Diehm schlug sich mit der Hand gegen die Stirn. »Echauffieren.« Neugierig trat er an die Flagge, die offenkundig etwas abdeckte. »Ich sag's ja immer. Die Leute hier sind rückständiger als wir Salzgitteraner. Die haben noch die Kaiserflagge.« Mit einem Stöhnen bückte er sich nieder und zog an einem Zipfel der Flagge. Plötzlich ließ er den Stofffetzen wieder fallen, als wäre er glühend heiß. Gleichzeitig machte er einen Satz rückwärts. »Mein Gott«, rief er mit erstickter Stimme.

Rita Diehm warf einen ungläubigen Blick auf die Stelle. Dann wurde sie kreidebleich.

»Das … das …«, stammelte sie und stützte sich bei ihrem Mann ab. »Mein Gott, Karlemann. Ist der echt?« Sie sah sich um. »Oder ist das ›Verstehen Sie Spaß?‹? Ich … ich …« Sie brach ab.

Diehm näherte sich der Gestalt, die unter dem Tuch lag, und stieß ihr vorsichtig mit der Fußspitze in die Seite. »Da hast du uns einen schönen Schreck eingejagt. Mannomann. Kannst jetzt aber aufstehen.« Er wartete ein paar Atemzüge. Dann tippte er erneut mit der Fußspitze an den Körper. »Eh. Ist genug.«

Rita krallte sich in den Oberarm ihres Mannes. »Duuuu«, sagte sie atemlos. »Der ist nicht von der ›Versteckten Kamera‹.«

Diehm fasste sich ans Herz. »Ist der wirklich tot? Sieh mal, wie der aussieht. Das Gesicht. Der Kopf. Das ist eine richtige Horrorgestalt.«

Rita zerrte an ihm, bis sich das Ehepaar ein Stück entfernt hatte.

Mit zittrigen Fingern kramte er sein Handy hervor. Er benötigte mehrere Anläufe, bis er die Eins-Eins-Zwei gewählt hatte.

»Leitstelle Kiel«, meldete sich eine ruhige Stimme.

»Polizei?«

»Nein, Sie sind mit der Feuerwehr und dem Rettungsdienst verbunden.«

Diehm hörte nicht zu. Er schluckte heftig. »Hier – liegt – eine Leiche. Tot«, stammelte er.

»Wo ist Ihr Standort?«

»Na hier. Äh. In der Mitte.«

»Sie rufen vom Handy aus an«, stellte der Leitstellendisponent fest. »Moment. Ich orte Sie.« Es dauerte einen kurzen Augenblick. »Sie sind in Nortorf?«

»Nortorf? Nein. Mitten auf dem Feld. Genau in der Mitte.«

»Und was ist dort passiert?«

»Was weiß ich denn?«, brüllte Diehm. »Hier liegt eine Leiche. Eine grässliche Leiche. Wie bei Dracula.«

Der Disponent behielt die Ruhe. »Wie ist Ihr Name?«

»Karl.« Diehm bewegte den Kopf. »Karl Diehm. Rita und

ich … Wir kommen von Salzgitter und wollen in Urlaub. Und dann liegt die … die … Na hier, unter der Flagge.«

»Bleiben Sie bitte vor Ort, Herr Diehm. Die Einsatzkräfte sind unterwegs.«

Diehm schüttelte heftig den Kopf. »Komm, mein Dickerchen. Wir gehen eine rauch…« Er räusperte sich. »Eine rauchen«, fuhr er fort. »Ich habe einen ganz trockenen Hals. Ich muss einen Schluck trinken.« Mit schweren Schritten stapften sie zum Wohnmobil zurück.

ZWEI

Der Fünfer-BMW rollte langsam die schmale Straße, die in diesem Abschnitt zugeparkt war, entlang und suchte eine Parkmöglichkeit. Ein uniformierter Polizist stand in der Zufahrt zum Mittelpunkt des Landes und riegelte sie ab. Er forderte mit einer lässigen Handbewegung zum Weiterfahren auf. Lüder Lüders hielt an, senkte das Beifahrerfenster und beugte sich hinüber.

»Lüders. Landeskriminalamt«, sagte er. »Ich möchte zum Tatort.«

»Aber nicht mit dem Auto«, erklärte der Beamte ungerührt und zeigte in Fahrtrichtung. »Suchen Sie sich einen Platz an der Straße. Aber so, dass Sie den fließenden Verkehr möglichst nicht behindern.« Bevor Lüder antworten konnte, hatte er sich wieder abgewandt. Lüder fuhr ein Stück in die angegebene Richtung, stellte sein Fahrzeug ab und kehrte zum Abzweig zurück. Der Beamte tat, als hätte er ihn noch nie gesehen. »Zutritt verboten.«

»Ich sagte schon, ich komme vom LKA.«

»Ausweis.« Immerhin fügte er noch ein »Bitte« an.

Lüder zeigte seinen Dienstausweis vor, den der Polizist sorgfältig studierte. Dann wies er mit dem Daumen über die Schulter.

»Da entlang.«

Lüder sah von Weitem die Ansammlung von Fahrzeugen. Streifenwagen. Rettungswagen. Die beiden Autos der Spurensicherung, ein ziviles Fahrzeug und ein Wohnmobil. Oberkommissar Horstmann vom K1 der Kieler Bezirkskriminalinspektion nickte ihm zu.

»Der Chef ist da drüben«, rief er.

Lüder fand den Leiter der Mordkommission auf der gegenüberliegenden Seite des kleinen Platzes und begrüßte Hauptkommissar Vollmers mit einem »Moin«.

Vollmers kam ihm entgegen und blieb mit einem Abstand zu ihm stehen.

»Ich habe Sie angerufen«, erklärte er. »Zwei Touristen, da drüben im Wohnmobil«, dabei zeigte er auf das Gefährt, »haben diesen Ort angesteuert, um den Mittelpunkt unseres Landes zu fotografieren. Dabei haben sie das da entdeckt.« Er wies auf eine Gruppe in Schutzanzügen gekleideter Spurensicherer, die um einen auf dem Mühlstein drapierten Leichnam herumwuselten. Direkt am Toten kniete Dr. Diether. Der Rechtsmediziner sah kurz auf.

»Ist das noch ein forensisches Problem oder schon ein juristisches?«, fragte er anstelle einer Begrüßung.

»Ich bin hier, um Sie vor den Rechtsfolgen Ihres Tuns zu schützen«, erwiderte Lüder und zeigte auf die Leiche. »War er schon tot, bevor Sie Hand angelegt haben?«

Dr. Diether grinste breit. »In diesem Punkt bin ich auf der sicheren Seite. Er hier«, dabei zeigte er auf den Toten, »kann nicht mehr antworten. Man hat ihm die Zunge herausgeschnitten, die Augen ausgestochen und die Ohren abgeschnitten.«

»Die drei Affen«, sagte Lüder. »Nichts hören, nichts sehen, nichts sagen. Das hat Symbolcharakter.«

»Das ist mir auch sofort aufgefallen«, stimmte Vollmers zu. »Das ist aber nicht die einzige Symbolik. Sehen Sie – da drüben.«

»Die Flagge – eine Reichskriegsflagge«, stellte Lüder mit Erstaunen fest.

»Deshalb habe ich Sie hergebeten«, sagte Vollmers. »Die Auffindesituation lässt auf eine politisch motivierte Straftat schließen.«

Lüder nickte versonnen.

»Wie lange ist er schon tot?«, fragte er Dr. Diether.

»Mindestens eine halbe Stunde«, erwiderte der Arzt. »So lange bin ich schon hier. Und als ich kam, hatte er schon den Exitus totalis hinter sich.«

»Exitus …«, sagte Oberkommissar Horstmann. »Das ist doch total.«

Lüder winkte ab. »Das ist eine Eigenart des Leichenfledderers.« Er nickte in Richtung Dr. Diether. »Mit einem normalen Exitus begnügt er sich nicht.« Er wandte sich an Vollmers. »Gibt es irgendwelche Erkenntnisse?«

»Für einen – möglichen – politischen Mord spricht auch, dass das Opfer nicht beraubt wurde. Wir haben seine Brieftasche und sein Portemonnaie gefunden. Die Uhr und der Ehering waren auch vorhanden.«

»Sie wissen, wer er ist?«

»Sein Name ist Julian Wiesner.«

»Bitte?«, fragte Lüder überrascht.

»Kennen Sie ihn?«

Lüder sah zum verstümmelten Leichnam hinüber. »Erkannt habe ich ihn nicht. Mir ist ein Julian Wiesner bekannt. Er ist Regierungsamtmann.«

Jetzt fragte Vollmers: »Bitte?«

»Ich kenne ihn flüchtig. Wiesner arbeitet beim Verfassungsschutz.«

»Im Innenministerium?«

»Ja. Wenn ich mich nicht irre, ist Wiesner dort im Referat für die Auswertung des Rechtsextremismus tätig.«

Lüder zog die Stirn kraus. »Die symbolhafte Verstümmelung, die Abdeckung mit der Reichskriegsflagge und die Tätigkeit des Opfers lassen tatsächlich auf eine politisch motivierte Tat schließen.« Er sah Vollmers an. »Danke, dass Sie mich informiert haben. Gut kombiniert. Haben Sie bereits mit den Zeugen gesprochen, die das hier entdeckt haben?«

»Horstmann hat sie kurz befragt. Die laufen uns schon nicht weg.«

Lüder sah den Hauptkommissar fragend an.

Vollmers lächelte. »Sehen Sie selbst nach.«

Lüder ging zum Wohnmobil hinüber und klopfte an die verschlossene Tür. Er musste es mehrfach wiederholen, bis sie geöffnet wurde und ein Mann seinen Kopf herausstreckte.

Lüder wich augenblicklich zurück. Aus dem Wageninneren

drang eine dichte blaue Wolke hervor. Er wedelte mit der Hand vor dem Gesicht herum.

»Einen Rauchmelder haben Sie nicht im Wagen?«

Der rundliche Mann mit dem Kugelbauch sah ihn aus glasigen Augen an.

»Wieso?«, fragte er mit belegter Stimme.

Es roch nach Zigarettenqualm und Alkohol.

»Kriminalpolizei. Ich hätte noch ein paar Fragen an Sie.«

»Kkk-ein Problem«, lallte der Mann und machte bereitwillig den Eingang frei. »Kkkkommen Sie rein.«

»Nein«, erwiderte Lüder. »Kommen Sie bitte heraus.«

»Auch gut.«

Der Mann verschwand noch einmal kurz ins Innere und kehrte mit einer Flasche Bier und einer brennenden Zigarette zurück. Lüder half ihm aus dem Fahrzeug heraus. Leicht schwankend blieb er vor ihm stehen und nahm einen Schluck aus der Flasche.

»Sie heißen wie?«, fragte Lüder.

»Ich?« Es entstand eine kurze Pause. »Ich bin Karl Diehm. Mein Dickerchen sagt immer Karlemann zu mir.«

»Ihre Frau?«

Diehm nickte. »Jawohl.« Er schwenkte die Bierflasche in Richtung des Wohnmobils. »Rita heißt sie. Die ist da drinnen. Der Schreck hat sich ihr auf den Magen geschlagen.«

»Hat der Arzt nach ihr gesehen? Etwas zur Beruhigung gegeben?«, fragte Lüder.

»Nicht nötig.« Er hielt Lüder die Bierflasche hin. »War 'n riesiger Schreck in der Morgenstunde. Du ahnst nichts Böses, und plötzlich liegt da so ein Dracula unter der Fahne. Ich hab da nachgeguckt.« Diehm hielt sich entschuldigend die Hand vor den Mund, nachdem er unvermittelt sauer aufgestoßen hatte. »Wir haben erst mal eine Zigarette geraucht. Zur Beruhigung. Und dann brauchten wir einen Schnaps. Auch zur Beruhigung.«

Einen?, überlegte Lüder, unterließ es aber, diesen Gedanken

auszusprechen. Er fragte, ob das Ehepaar nennenswerte Beobachtungen gemacht hatte.

Diehm zog an der Zigarette und nahm noch einen Schluck Bier zu sich. Dabei setzte er die Flasche nicht richtig an. Ein Schwall Gerstensaft schoss aus der Flasche heraus, lief aus den Mundwinkeln über das Kinn den Hals hinab und verschwand im offenen Hemdkragen. Diehm schien es überhaupt nicht zu stören.

»Wir sind von Salzgitter«, erklärte er, »und sind wie jedes Jahr im Urlaub. Mein Dickerchen und ich lieb… hups … lieben das hier.«

Lüder sah auf die Bierflasche in Diehms Hand.

»Nee, das mein ich nicht. Wir lieben das Rumfahren. Und ich mach Filme. Na, nicht so richtige, sondern so 'ne Art Dias auf 'm Fernseher. Und da wollte ich mal so 'n Bild von der Mitte machen. Deshalb sind wir … hups, oh, Entschuldigung … hier. Sag'n Sie mal.« Er schwenkte die Hand mit der Zigarette zum Mühlstein, auf dem »Die Mitte Schleswig-Holsteins«, der Name der Stadt Nortorf und die geografischen Längen- und Breitengradangaben eingraviert waren. »Wann ist das da weg? Ich mein, wegen dem Foto.«

»Ist Ihnen auf dem Weg hierher jemand begegnet?«

»Sie meinen, dahinten auf der Straße?«

Lüder seufzte. »Auf der Zufahrt zu diesem Platz.«

»Nö. Und auf der Straße auch nur wenige. Man sagt ja immer, hier wohn' nicht so viele. Nicht so wie bei uns in Lebenst… hups.«

»Sie haben also nichts bemerkt?«

»Doch«, behauptete Diehm. »Dracula. Ich hab ja sofort da angerufen, bei der … der … Na, Sie wissen schon.« Er verdrehte die Augen. »Bei der Polizei.«

Von diesem Zeugen würden sie keine weiteren Auskünfte erhalten.

»Wollen Sie noch weiterfahren?«

»Doch. Ja. Bestimmt. Unser Urlaub fängt ja erst an. An …«,

wiederholte er. »Wir sind jetzt erst 'ne Woche unterwegs von Salzgitter bis hier nach … nach … Ist ja egal.«

Lüder zeigte auf die Bierflasche. »Sie dürfen heute aber nicht mehr fahren.«

Diehm betrachtete nachdenklich die Flasche in seiner Hand. »Heute nicht mehr? Macht nix. Ist auch nicht notwendig. Wir haben noch genug zu trinken an Bord.« Dann schwankte er zum Eingang des Wohnmobils. Er hatte den Zugang fast gemeistert, als er sich noch einmal umdrehte und Lüder aus zusammengekniffenen Augen musterte. »Polizei? Komisch, Herr Wachtmeister. Ich mein, Ihre Uniform.« Der Feststellung folgte ein kräftiger Rülpser, dann verschwand Diehm ins Fahrzeuginnere.

Die Beamten der Spurensicherung gingen professionell ihrer Arbeit nach. Dr. Diether hatte sich erhoben und kam Lüder entgegen.

»Die Verstümmelungen im Gesicht sehen furchterregend aus. Das ist aber nur Optik. Daran ist er nicht gestorben. Äußerlich ist nicht viel zu erkennen. Nicht hier vor Ort.«

»Keine Gewalteinwirkungen wie Schlag- oder Schussverletzungen?«, fragte Vollmers, der hinzugetreten war.

»Nichts zu sehen. Nicht offen.«

»Woran ist er gestorben?«, wollte der Hauptkommissar wissen.

Dr. Diether lachte. »Ich bin Rechtsmediziner, nicht Hellseher. Sie möchten wissen, was er gestern Abend gegessen hat und ob er seinen letzten Kaffee mit zwei oder drei Stück Zucker zu sich genommen hat?«

»Wie lange ist er tot?«, wich Vollmers aus.

»Das ist die berühmte Fernsehfrage«, erwiderte Dr. Diether. »Das kann ich seriöserweise nicht beantworten, bis ich ihn auf dem Seziertisch hatte.«

»Ungefähr«, drängte Vollmers.

Dr. Diether sah auf seine Armbanduhr. »Mit Sicherheit länger als zwei Stunden und weniger als drei Monate.«

»Mathematik lag Ihnen nicht in der Schule«, warf Lüder ein.
»Das ist ein Fach, in dem Präzision gefordert ist.«

Dr. Diether knurrte etwas Unverständliches. »Sie haben nie Schularbeiten gemacht, es aber trotzdem bis zum Abitur geschafft«, sagte er zu Lüder.

Der sah ihn fragend an.

»Na ja, als Jurist ist Ihnen immer eine Ausrede eingefallen.« Dann wurde er ernst. »Ich melde mich, wenn ich die Autopsie abgeschlossen habe.«

Es gab keine unmittelbaren Zeugen. Die Polizei würde versuchen, in der Umgebung nach Leuten zu fahnden, die etwas gesehen haben könnten, verdächtige Bewegungen oder Personen. Dieser Platz war kein Wallfahrtsort, und die Zahl der Besucher hielt sich im überschaubaren Rahmen. Es gab auch keine unmittelbare Nachbarschaft. Wenn ein Einheimischer die Straße, von der die Zuwegung zur Mitte des Landes abzweigte, passierte, würde er sich andere Verkehrsteilnehmer nicht gemerkt haben. Die Schleswig-Holsteiner waren es gewohnt, dass Gäste ihr Land besuchten.

Lüder kehrte nach Kiel zurück und suchte den Abteilungsleiter auf.

Kriminaldirektor Dr. Jens Starke war schon über das Ereignis informiert und hörte sich Lüders Bericht und dessen Einschätzung an.

»Ich teile deine Meinung, dass wir es hier mit einem politisch motivierten Mord zu tun haben«, sagte er, griff zum Telefon und bat Kriminaloberrat Gärtner zu sich.

Der brachte Neuigkeiten mit, als er kurz darauf in das Büro des Abteilungsleiters trat.

»Es gibt ein Bekenntnis im Internet«, berichtete Gärtner. »Ein ›Kommando von Schlieffen‹ bekennt sich zum Mord an einem ›Knecht der Deutschland GmbH‹.«

»›Kommando von Schlieffen‹?«, wiederholte Lüder und zuckte mit den Schultern. »Davon habe ich noch nichts gehört.«

»Ich auch nicht«, bekannte Gärtner. »Diese Organisation, wenn es eine ist, ist uns bisher unbekannt.«

»Wer war von Schlieffen?«, überlegte Lüder laut. »Wenn ich mich richtig erinnere, war er ein preußischer General, der noch dem Kaiser gedient hat.«

»Das erklärt den Zusammenhang mit der Reichskriegsflagge«, sagte Dr. Starke.

Lüder hatte sein Mobilfon hervorgeholt und suchte nach Informationen.

»Ah«, sagte er. »Hier haben wir es. Alfred Graf von Schlieffen. Der hat sich schon vor dem Ersten Weltkrieg in die ewigen Jagdgründe verabschiedet.«

»Auf dem Feld der Ehre?«, wollte Jens Starke wissen.

Lüder schüttelte den Kopf. »Nein. Das ist altes pommersches Adelsgeschlecht. Schon der Vater war ein hoher Militär, vor 1800 geboren. Damals drehte sich die Welt um die Preußen. Schlieffen wurde achtzig Jahre alt. Das war damals biblisch. Er war übrigens nicht nur General, sondern Generalfeldmarschall.« Er klopfte sich an die Brust. »Ich armer Tropf bin nur ein einfacher Kriminalrat.«

»Na ja«, meinte Gärtner. »Das entspricht dem Rang eines Majors.«

»Solche Vergleiche wollen wir aber nicht anstellen. Wir sind zwar der Polizeiliche Staatsschutz, aber bei uns gibt es keine Hauptleute oder Majore wie bei der Stasi«, sagte Dr. Starke.

»Schlieffen war Generalsstabschef. Außerdem hat er den Schlieffen-Plan verfasst«, las Lüder weiter vor. »Der beinhaltete Strategien, wie man Frankreich in einem Blitzkrieg besiegt, indem man völkerrechtswidrig in die neutralen Länder Belgien und Luxemburg einfällt und Richtung Paris vorstößt. Gleichzeitig sollte nur eine Armee Ostpreußen gegen die Russen verteidigen. Die wollte man sich vornehmen, nachdem die Franzosen vernichtend geschlagen waren. Na ja. So genial war die Strategie offenbar doch nicht. Sie mündete in den blutigen Stellungs- und Grabenkrieg an der Marne. Das war aber, nachdem Schlieffen in Berlin gestorben war. Sonst hätte ihm Willi –«

»Wer?«, unterbrach ihn Gärtner.

»Wilhelm II.«, erklärte Lüder. »Der hat ihm bei der Beerdigung einen Kranz hinterhergeworfen.«

»Ich sehe nur einen Zusammenhang mit der Reichskriegsflagge«, warf Dr. Starke ein. »Was macht die Person von Schlieffen so interessant? Er war ein hoher Militär. Gut. Aber nach ihm ein Mordkommando zu benennen?«

»Wir können dankbar sein für die lange Zeit des Friedens in unserem Teil der Welt«, sagte Lüder. »Eine so lange Friedensphase hat es nie zuvor gegeben. Von Schlieffen war Berufsmilitär. Entsprechend war sein Werdegang durch Teilnahme an mehreren Kriegen bestimmt. Was man ihm aus heutiger Sicht ankreiden kann, war, dass er dank seines Zugangs zum Kaiser Befürworter des Völkermords an den Herero und Nama in Deutsch-Südwest, dem heutigen Namibia, war.«

»In dieser Sache hat sich die Bundesrepublik erst in jüngster Zeit bewegt«, merkte Dr. Starke an. »Ich sehe aber immer noch keinen Zusammenhang. Wir sind hier auch nicht das richtige Forum, um historische Geschehnisse zu bewerten.«

»Auf den ersten Blick fällt es schwer, Schlieffens Wirken im Kontext des aktuellen Mordes an Julian Wiesner zu sehen, wenn da nicht der überlieferte Kommentar Schlieffens zum Völkermord unter Infanteriegeneral von Trotha in Namibia wäre, der als Kommandeur der Schutztruppen in Deutsch-Südwestafrika gewütet hat.« Lüder legte eine längere Pause ein und sah in die angespannten Gesichter der beiden anderen. »Schlieffen hat gesagt: ›Der entbrannte Rassenkampf ist nur durch die Vernichtung einer Partei abzuschließen.‹«

Für einen Moment herrschte betretenes Schweigen.

»Das wäre schlimm, wenn solche Ideologien bei uns aufkeimen würden«, stellte Dr. Starke fest. »Hoffentlich geht unsere Vermutung ins Leere.«

Lüder legte den Zeigefinger an die Nasenspitze. »Wiesner

war im Referat zur Bekämpfung des Rechtsextremismus tätig. Ob er dort auf eine Spur gestoßen ist? Und was ist, wenn dieses Zitat analog gemeint ist und der ›Rassenkampf‹ nicht ethnisch zu verstehen ist, sondern damit die sogenannte herrschende Klasse gemeint ist?«

»Du glaubst, da ist eine Konstellation im Entstehen, die unseren Staat, unsere Demokratie aus den Angeln hebeln will?«, fragte Dr. Starke.

»Eine solche Gruppierung wäre keine Novität. Da sind die Reichsbürger, die sich immer noch als Bürger des Kaiserreichs sehen. Und andere verbreiten obskure Theorien über die Machenschaften der Regierungen, die Menschen zu unterdrücken und zu knechten. Uns wird allen ein Chip eingepflanzt, um uns zu Sklaven von Bill Gates zu machen. Andere behaupten, die Seuche wurde nur erfunden, damit die Menschheit sich impfen lässt. Das Serum mache aber alle unfruchtbar. Vergessen wir nicht das Judentum, das die Weltherrschaft antreten will. Ich habe es nicht glauben wollen, als ich hörte, dass zwanzig Prozent der Studierenden die Evolutionstheorie leugnen. Ich stamme lieber vom Affen ab, als zur gleichen Art wie diese Trottel zu gehören.«

»Das war jetzt aber ein Rundumschlag«, stellte Jens Starke fest.

Lüder nickte. »Es lohnt doch gar nicht, in diesem Fall zu ermitteln. Leute, die mit solchem Gedankengut behaftet sind, werden doch nicht bestraft. Die sind doch nicht zurechnungsfähig.«

»Können wir wieder sachlich reden?«, mahnte der Kriminaldirektor.

»Ist gut. Wir gehen also von einer Aktion einer Gruppierung aus, die sich gegen unseren Staat und dessen Strukturen wendet.«

Jens Starke sah Gärtner an. »Haben Sie etwas in der Pipeline?«

»Die bisherigen Erkenntnisse sind sehr vage. Natürlich gibt

es Leute, die solche Ideen kultivieren. Wir wissen um Reichsbürger, die sich gegen alles stemmen, was unsere Rechtsordnung ausmacht. Die Bandbreite ist da sehr weit. Manche zetteln einen administrativen Kleinkrieg gegen die Behörden an, indem sie Ausweise, Amtssiegel und Ähnliches nicht anerkennen. Andere wehren sich gegen jede staatliche Maßnahme ...«

»... sofern sie nicht vom Kaiser selbst angeordnet wurde ...«, schob Lüder dazwischen.

»Haben Sie Namen?«, wollte Dr. Starke wissen.

»Ja. Es gibt eine Liste. Mit fallen die Wölfe ein«, erklärte Gärtner.

»Die Sonderlinge, die in der Holsteinischen Schweiz leben?«, fragte Lüder.

Gärtner bestätigte es. »Die haben sich zusammengefunden, um ein alternatives Leben zu führen. Dagegen ist per se nichts einzuwenden. Vegetarier. Veganer. Religiöse Gemeinschaften der vielfältigsten Art. Unterschiedliche politische Ansichten. Menschen mit ausländischen Wurzeln. All das prägt die Buntheit unserer pluralistischen Gesellschaft. Und jeder hat seinen Platz darin. Das funktioniert aber nur, wenn man sich an die Spielregeln hält.«

»Und das machen die Wölfe nicht?«, warf Lüder ein.

»Sie folgen ihren eigenen Regeln. Sie picken sich das heraus, was ihnen Vorteile bringt. Die Behörden sind machtlos, wenn sich eine Reihe der Mitglieder durch Transferleistungen wie Sozialhilfe vom verhassten Staat alimentieren lassen. Andererseits weigert sich die Gemeinschaft, ihren Beitrag zu leisten. Sie zahlen weder Steuern noch Gebühren.«

»Und wie versorgen sie sich?«

»Zum Teil durch eigenen Anbau. Wasser beziehen sie aus einem illegalen Brunnen. Die Abwässer und den Müll entsorgen sie ebenfalls illegitim.«

»Und Strom und andere Energie?«

»Die selbst ernannten Umweltschützer verbrennen Holz, das sie in eigenen Wäldern schlagen. Beim Strom allerdings haben sie gemerkt, dass es ohne nicht geht. Hier zeigt sich ihre Scheinheiligkeit. Sie weigern sich, den Lieferanten zu bezahlen. Nachdem der Strom abgestellt wurde, erfolgt die Begleichung der Rechnung durch eine Anwaltskanzlei aus Lübeck. Angeblich sind das Spenden, die von den zahlreichen Anhängern und Freunden der Bewegung aufgebracht werden. Gegen deren Willen. Aber der Strom wird bereitwillig verbraucht.«

»Welche Kanzlei?«, fragte Lüder.

»Hilgenroth Oberthür Neddernfeld«, erwiderte Gärtner.

»Das ist eine große Sozietät aus Lübeck«, stellte Lüder fest. »Die haben einen guten Ruf. Sie vertreten oft Mandanten in publicityträchtigen Fällen. Wie kommen die dazu, für die Wölfe tätig zu werden?«

»Das habe ich mich auch schon gefragt«, sagte Gärtner. »Die Kanzlei steht nicht im Verdacht, politische Außenseiter zu vertreten. Sie sind gut im Geschäft mit lukrativen Mandaten aus dem Wirtschaftsleben.«

»Das klingt sonderbar. Ob es da eine Verbindung gibt?«

Dr. Starke klopfte mit der Spitze seines Kugelschreibers auf die Tischplatte. »Wir sollten uns nicht ins Reich der Spekulationen begeben.«

»Gibt es noch andere, die für eine solche Tat in Frage kommen?«, fragte Lüder.

»Ja«, bestätigte Gärtner. »Einige, die wir den sogenannten Reichsbürgern zuordnen können. Manche hängen nur der Ideologie nach, ohne polizeilich aufzufallen.«

»Es ist nicht verboten, einem Irrglauben anzuhängen«, fuhr Lüder dazwischen.

»Wir haben aber auch jene, die strafrechtlich in Erscheinung getreten sind. Da gibt es Widerstand gegen Vollstreckungsbeamte, Körperverletzung, Landfriedensbruch, Amtsmissbrauch, Urkundenfälschung, Steuerhinterziehung und vieles mehr. Das geht munter das Strafgesetzbuch rauf und runter.«

»Im schlimmsten Fall kommt jetzt auch Mord hinzu«, sagte Lüder.

»Gut«, schloss Dr. Starke die Besprechung und erteilte Gärtner den Auftrag, die möglichen Verdächtigen im Hinblick auf die vorliegende Tat einzuordnen und Zusammenhänge zwischen dem bisherigen Auftreten in der Öffentlichkeit und der Tat sowie dem Bekenntnis dazu herzustellen.

»Wir dürfen nicht außer Acht lassen, dass es oft auch Trittbrettfahrer gibt. Wenn irgendwo ein Senior mit seinem Pkw infolge eines Schwächeanfalls in eine Passantengruppe gerät, reklamiert der IS dieses als Terrorakt für sich«, gab Lüder zu bedenken.

»Sicher gibt es Unterschiede bei den Akteuren auf diesem Feld, die mitunter auch konkurrieren. Die Reichskriegsflagge, die Bezeichnung ›Kommando von Schlieffen‹, das Tätigkeitfeld des Opfers und dessen Bezeichnung als ›Knecht der Deutschland GmbH‹ weisen aber auf ein begrenztes Täterumfeld hin«, sagte Jens Starke.

»Leider gibt es immer noch genug Blöde im Land«, erwiderte Lüder und ergänzte, bevor der Abteilungsleiter ihm eine Aufgabe zuweisen konnte, dass er die Wölfe besuchen wolle.

»Allein?«, wollte Gärtner wissen.

Lüder lächelte. »Wollen Sie mitkommen?«

Oberrat Gärtner musste nicht antworten. Vor seinem geistigen Auge sah Lüder den umgänglichen und kompetenten Kollegen mit Ärmelschonern vor sich sitzen. Der entsetzte Blick, den Gärtner ihm zuwarf, unterstrich die unausgesprochene Antwort.

Lüder kehrte in sein Büro zurück und verschaffte sich Informationen über die Wölfe. Was mochte die Leute leiten? Welches Motiv trieb sie an, mit ihrem Denken in der Zeit des Kaiserreichs stehen zu bleiben? Was war damals besser als in der Gegenwart? Schwärmer sprachen verklärt von der guten alten Zeit. Lüder fiel nichts ein, was damals besser war als heute. Vielleicht gab es Privilegierte, die in einer Gesellschaft, die deutlich die Klassenunterschiede betonte und auch lebte, von diesem Kastendenken profitierten. »Einigkeit und Recht und Freiheit« hatte Hoffmann von Fallersleben im Text der Nationalhymne geschrieben. Von Gleichheit war dort nicht die Rede.

Lüders Gedanken schweiften kurz ab. Das Lied der Deutschen war bei einem Aufenthalt auf Helgoland entstanden, als die Insel noch englischer Besitz war. Und wer wusste schon, dass der Verfasser der Nationalhymne auch so bedeutsame Texte wie »Alle Vögel sind schon da«, »Ein Männlein steht im Walde«, »Morgen kommt der Weihnachtsmann« oder »Kuckuck, Kuckuck, ruft's aus dem Wald« geschrieben hatte. Welchen Spott mochten Leute wie die Reichsbürger daraus ableiten und damit die Hymne verunglimpfen?

Also: Was war besser an den alten Zeiten? Der Mehrheit der Menschen ging es schlechter. Die sozialen Verhältnisse waren übel, die Leute lebten in Armut, die medizinische Versorgung war unvollkommen, es gab nicht die Freiheiten, die jeder heute für sich in Anspruch nahm. Lüder fand immer noch für sich selbst keinen einzigen Punkt, der für eine Rückkehr zum Damals sprach. Er nahm sich die Informationen über die Wölfe vor.

Den Namen hatte die Gruppe sich selbst gegeben. Sie präsentierte sich mit einem professionell aufgemachten Internetauftritt. Er war bestimmt von Bildern, auf denen stets fröhlich auftretende Menschen zu sehen waren. Alles sah leicht und locker aus. Die Leute machten einen zufriedenen Eindruck. Sie lachten, verrichteten ihre Arbeit oder saßen in munterer Runde zusammen. Alles sah wie heile Welt aus. Die Örtlichkeiten schienen eine Oase der Ruhe zu sein. Sauber herausgeputzte Häuser und Gärten, dazwischen pickten frei laufende Hühner. Schweine, Schafe und Ziegen tollten herum. Und die Kinderschar strotzte vor Lebensfreude. Ein Idyll. Eine komplett intakte Welt, die nichts mit dem Geschehen »da draußen« gemein hatte. Wer sich hierhin zurückzog, fand Geborgenheit und Frieden.

Lüder nickte versonnen. Das war perfektes Marketing. Handelte es sich um einen Urlaubsprospekt, sprächen sicher viele geschundene Großstädter darauf an. Dem Alltag mit seinen Problemen, der Hektik, den großen und kleinen Sorgen entfliehen und in eine andere Welt eintauchen. Tatsächlich gab es diesbezügliche Angebote. Im Verborgenen hieß es, dass viele Begeisterung für diese Lebensform entwickelten und sich ihr angeschlossen hatten. Die Sorgen und Ängste blieben draußen. Man wurde aufgefangen und getragen von der Gemeinschaft Gleichgesinnter. Und alles war – so las Lüder – weltanschaulich und religiös neutral.

Wer diesen Text las, musste geradezu davon eingenommen sein. Hinzu kam, dass man sich auch autark hinsichtlich der Versorgung gab. Man baute eigenes Gemüse und Getreide nach strengen ökologischen Grundsätzen an, versorgte sich mit den alltäglichen Dingen und Dienstleistungen selbst und war unabhängig von der Diktatur der Ausbeuter. Es war anders formuliert. Eleganter. »Diktatur« und »Ausbeuter« waren Lüders Interpretation. Karl Marx hätte seine große Freude an dieser perfekten Art des Kommunismus in seiner reinsten Form gehabt. Seine Nachfolger im »realen Sozialismus«, die Spitzenfunktionäre der DDR, hatten sich allerdings mit der Waldsiedlung Wandlitz ein eigenes Luxusrefugium geschaffen, das nichts mit den tristen Plattenbauten oder verfallenen Häusern, in denen die arbeitende Bevölkerung darbte, gemein hatte. Ob das auch auf die Führung der Wölfe zutraf?

Oberhaupt der Vereinigung war Sören Michalski, neununddreißig Jahre alt. Auf einem Foto war er von einer bunten Schar von Kindern umgeben. Ein sympathisch aussehender Mann, braun gebrannt, Typ Womanizer, lässig in Sporthemd und Jeans gekleidet, wirkte wie der Traum aller Schwiegermütter. Er war groß und von sportlicher Statur. Lüder hätte sich den Mann mit dem sympathischen Äußeren auch als Model vorstellen können.

Michalski stammte aus Hagen und war der Sohn eines Sparkassenangestellten, der später eine Leitungsfunktion innehatte, und einer freiberuflichen Keramikerin. Das konnte man als bürgerliche Herkunft bezeichnen. Nach dem Abitur hatte er an der Universität Bremen Soziologie studiert und mit dem Master abgeschlossen. Danach verlor sich seine Spur, bis er vor zehn Jahren wiederauftauchte und mit dem Projekt »Wölfe« Furore machte. Michalski selbst war noch nicht straffällig geworden, obwohl er immer wieder bei Demonstrationen mit der Polizei aneinandergeriet. Durch sein Auftreten und seine Forderungen nach einer »anderen Lebensform« war Michalski auch ins Visier des Verfassungsschutzes geraten.

Lüder würde mit Geert Mennchen sprechen müssen.

DREI

Der Verfassungsschutz in Schleswig-Holstein war eine Abteilung des Innenministeriums, kein eigenes Amt. Wie an einer Perlenkette aufgereiht war er wie viele andere Ministerien am Düsternbrooker Weg direkt an der Kieler Förde angesiedelt. In dem Rotklinkerbau, der zwischen Staatskanzlei und Landtag lag, empfing ihn Geert Mennchen. Der Regierungsamtmann war über einen Meter neunzig groß und von massiger Gestalt. Das runde Gesicht des Endfünfzigers hatte Pausbäckchen und wirkte sehr jungenhaft. Er hatte Ähnlichkeiten mit dem Jungen, der von der Verpackung eines bekannten Zwiebackherstellers lächelte.

Mennchen vermied es, Lüder anzusehen. »Das hat bei uns wie eine Bombe eingeschlagen. Natürlich sind wir mit unserer Arbeit nicht jedermanns Freund. Aber dass einer von uns ermordet wird, und das auf so grauenhafte Weise, trifft uns tief. Hier im Amt kennt jeder jeden.« Mennchen schüttelte sich. »Jule, wie Julian Wiesner hier genannt wurde, war ein langjähriger Kollege. Ruhig. Ausgeglichen. Er liebte den Fußball und seine Familie. Wir haben oft einen kleinen Schwatz zwischen Tür und Angel gehalten. Über das Wetter. Das Kantinenessen. Dieses und jenes. Und nun das ...«

»Kennen Sie seine Familie?«

»Ich habe sie ein- oder zweimal gesehen, seine Frau und die beiden Töchter. Frau Wiesner stammt von einem Bauernhof in Pronstorf. Der wird heute von ihrem Bruder bewirtschaftet. Es gibt noch eine Schwester, die irgendwo in Westdeutschland lebt. Wiesner und seine Frau haben auf dem Areal der Schwiegereltern gebaut. Alles heile Welt. Wiesners Mutter ist vor ein paar Jahren gestorben, aber der Vater lebt noch und wohnt in Kiel. Die beiden hatten guten Kontakt miteinander. Eine rundum intakte Familie. Und jetzt diese Wahnsinnstat.« Mennchen suchte Lüders Blick. »Hat er leiden müssen?«

»Ich weiß es nicht«, antwortete Lüder. »Das Obduktionsergebnis liegt noch nicht vor.«

»Sie waren aber am Tatort.«

»Am Auffindeort«, berichtigte ihn Lüder und war froh, dass Mennchen keine weiteren Details erfragte.

Erneut schüttelte sich der Verfassungsschützer. »Unser Amtsleiter besucht gerade die Familie. Ich möchte nicht in seiner Haut stecken. Und in der der Angehörigen auch nicht«, ergänzte er.

»Wir können das Geschehene nicht rückgängig machen«, sagte Lüder, »aber alle Energie darauf verwenden, die Täter zu fassen.«

»Ja«, erwiderte Mennchen leise.

»Hat es Drohungen gegen Wiesner gegeben?«

»Ach«, winkte Mennchen ab. »Der Verfassungsschutz, die Polizei, die Staatsanwaltschaften und Gerichte, aber auch die Medien ... Wie oft werden wir beschimpft und bedroht. Vergessen wir auch die Politiker nicht. Wiesner war auch ein ›Knecht der Bourgeoisie‹. Würden wir auf solche Äußerungen hören, dürften wir unser Amt nicht mehr ausüben.«

»Knecht der Bourgeoisie – das kommt Ihnen sehr spontan über die Lippen.«

Mennchen ließ sich Zeit mit der Antwort. »Es gibt Gruppierungen, die wir als mehr als gefährlich einschätzen. Andere ziehen laut tönend durch die Lande. Sie wissen ja – bellende Hunde beißen nicht.«

»Aber sie können erschrecken. Von wem stammt der Ausspruch ›Knecht der Bourgeoisie‹?«

»Das ist eine linke Gruppierung aus Kiel, die sich in der Hausbesetzerszene breitgemacht hat.«

»Haben Sie einen Namen?«

Mennchen zögerte.

»Wir stehen auf derselben Seite.«

»Benedikt von Dortelweil«, sagte der Verfassungsschützer schließlich.

Lüder zog die Stirn kraus. »Ich kenne Wolfgang von Dortelweil. Der mischt bei der Defense Tech AG mit.«

»Das ist der Vater.«

»Bitte?« Lüder war überrascht. »Die Defense Tech ist nicht unumstritten. Man wirft ihr vor, Kriegsgeräte zu produzieren. Und ausgerechnet der Sohn mischt in der linken Szene mit?«

»Links und Antifa.«

»Großartig«, meinte Lüder. »Was ist mit den Wölfen aus Grebin?«

»Die geben sich sehr bürgerlich. Das macht sie besonders gefährlich. Ihr Anführer –«

»Sören Michalski«, warf Lüder ein.

Mennchen bestätigte es durch Nicken. »Das ist ein hochintelligenter Bursche. Der hätte es auf vielen Gebieten weit gebracht. Man könnte bösartig behaupten, Michalski hat das Falsche studiert. Als Soziologe sind die Entwicklungsmöglichkeiten begrenzt. Das ist wie ein Millionärssohn, der Kunstgeschichte studiert.«

»Wir übertreffen uns bei Sticheleien«, stellte Lüder fest. »Michalski sucht sich seinen Platz also bei und durch die Wölfe.«

»Er ist der Leitwolf und führt das Rudel an«, sagte Mennchen. »Es gibt auch einen Stellvertreter. Valentin Untermenger. Der tritt aber wenig in Erscheinung. Die Lichtgestalt ist eindeutig Michalski.«

»Weshalb beobachten Sie die Wölfe?«

»Die sind gefährlicher als die Linksautonomen um Benedikt von Dortelweil, weil sie nicht mit offenem Visier kämpfen. Sie geben sich den Anschein, eine harmonische und erfolgreiche Gemeinschaft zu sein. Hinter den Kulissen braut sich aber etwas zusammen. Es scheint Michalski zu gelingen, seinen Anhängern und Gefolgsleuten zu suggerieren, dass dieser Staat am Ende ist. Es muss eine Erneuerung geben, wenn die Menschen fortbestehen wollen, so sein Credo. Und die Erneuerung kann am besten dadurch erfolgen, dass man wie bei einer Maschine die Steuerung austauscht.«

»Also keine Revolution, in der die Massen den Aufstand wagen?«

»Nein. Die Erneuerung muss von oben kommen. Haben Sie schon einmal etwas von den ›Vordenkern‹ gehört?«

Lüder lachte auf. »Ja. Die Kreuz- und Querdenker sind aber in der Öffentlichkeit weiter verbreitet. Kreuz und quer – hin und her. Es bringt nichts, wenn wir uns hier über diese Leute auslassen. Unsere von diesen Gruppen verhöhnten Medien, unsere Gerichte – die achten darauf, dass unsere Freiheitsrechte gewahrt bleiben.« Lüder tippte sich an die Stirn. »Es entbehrt jeder Logik, dass man lautstark protestiert – und das auch noch darf, um gegen die vermeintliche Meinungsdiktatur anzugehen. Wir brauchen eigentlich keine Bestätigung durch PISA-Studien, dass Deutschland auf dem absteigenden Ast ist. Man muss nur diesen Leuten zuhören. Einen besseren Beweis dafür, dass unser Bildungssystem versagt, gibt es doch nicht.«

»Sollten Sie als Polizeibeamter nicht politisch neutral sein?«, fragte Mennchen.

Lüder grinste breit. »Ja – natürlich. Aber ich bin auch Bürger. Vater. Wenn sich die Staatsverdrossenen auf unleugbar vorhandene Mängel konzentrieren würden, könnte man eine fruchtbare Diskussion wagen. Alle lachen uns aus, aber niemand hinterfragt, weshalb wir nicht in der Lage sind, einen Flughafen zu bauen, weshalb Projekte wie die Elbphilharmonie oder Stuttgart 21 aus dem Ruder laufen. Bleiben wir vor der Haustür. Seit zehn Jahren – *zehn!* – ist man damit beschäftigt, den Rendsburger Kanaltunnel zu renovieren. Wie lange ist die Schwebefähre jetzt außer Betrieb? Und für die Planung der Autobahnhochbrücke benötigt man mehr Zeit, als der Kaiser für das Buddeln des gesamten Nord-Ostsee-Kanals benötigt hat. Ehrlich. Da versteht man doch die Reichsbürger, dass die den ollen Wilhelm wiederhaben wollen. Aber wir haben ein Gewehr konstruiert, das um die Ecke schießen kann. Während die Welt früher auf uns als das Volk der Dichter und Denker geschaut hat, das Goethe, Schiller und Beethoven, Kant und

Nietzsche hervorgebracht hat, das Auto erfand und bedeutende Innovationen in der Chemie, Medizin und auf vielen anderen Gebieten schuf, beschränken wir uns jetzt darauf, Schummelsoftware für Motoren zu konstruieren.«

Mennchen lehnte sich zurück. »Das klingt ja fast wie Frust.«

»Nein«, erwiderte Lüder. »Das ist die Saat, die bei manchem aufgeht, der sich darüber wundert, dass einiges schiefläuft. Leider übersehen diese Menschen aber die vielen positiven Dinge. Welchem Land geht es so gut wie uns? Freiheit. Wohlstand. Ein erstklassiges Gesundheitssystem, gemessen an dem, was anderswo geboten wird. Und ganz wichtig: Frieden.«

»Tja«, sagte Mennchen und atmete tief durch. »Aber diese Botschaft kommt nicht bei jedem an. Stattdessen verfangen solche Ideen wie die der Wölfe.«

»Die wie die Grauen Wölfe im Zweiten Weltkrieg agieren. Sie führten einen Kampf aus dem Untergrund. Tauchten kurz auf, um dann vernichtend zuzuschlagen. Ist das auch die Taktik des ›Kommandos von Schlieffen‹? Der war ja auch ein Militärstratege. Damals war es in vielen Familien Tradition, dass man dem Militär über Generationen verbunden blieb. Sein Schwiegersohn war Generalmajor, dessen Vater Generalfeldmarschall.«

»Hoffentlich sind die Verbrecher, die sich hinter dem ›Kommando von Schlieffen‹ verbergen, nicht genauso erfolgreich wie der Namensgeber.« Mennchen wiegte bedächtig den Kopf. »Der ist mit Orden und Auszeichnungen überhäuft worden.«

Lüder lachte kurz auf. »Wenn ich solche Leute sehe, erinnert es mich immer an Guido I.«

Mennchen zog eine Augenbraue in die Höhe. »Wer ist das?«

»Keine Ahnung. Ein Karnevalsprinz in der Provinz. Der trug auch viel Klimbim um den Hals. Aber von Schlieffen muss bei den ganzen Orden, die seine Brust schmückten, einen Wirbelsäulenschaden gehabt haben. Da drängt sich Großkreuz an Großkreuz. Ob man auf jede Auszeichnung stolz sein kann? Er war zum Beispiel Träger des Großkreuzes des Ordens der heiligen Mauritius und Lazarus.«

Mennchen knurrte etwas Unverständliches. »Das klingt nach Christentum. Lazarus – das war der, den Jesus wiederbelebt hat.«

»Es gibt auch den Lazarus-Effekt, der beschreibt die Wiederentdeckung ausgestorbener Dinge. Das trifft im übertragenen Sinn auch auf die Reichsbürger zu, die im Gestern verhaftet geblieben sind.«

»Und Mauritius?«

Lüder zuckte mit den Schultern. »Ich bekenne, dass mir dieser Name in Verbindung mit einer Briefmarke etwas sagt. Natürlich ist mir auch die Insel ein Begriff. Und ich gestehe: Ich habe einmal nachgesehen, was sich hinter diesem Orden verbirgt. In meinen Augen ist es kein Renommee, sich in einer Kategorie mit Mussolini, dem Schah von Persien oder Juan Carlos wiederzufinden, die auch mit diesem Blech ausgezeichnet wurden.«

»Juan Carlos? Der von Spanien?«

»Genau jener, der sich in die Vereinigten Arabischen Emirate geflüchtet hat, um der Justiz seines Landes zu entgehen.«

»Und welche Conclusio ziehen wir daraus?«

»Die Frage ist noch nicht beantwortet«, sagte Lüder. »Hat irgendjemand in die Mottenkiste gegriffen? Oder steckt hinter dem Bezug auf von Schlieffen etwas Philosophisches? Es bleibt letztlich Schlieffens Zitat: ›Der entbrannte Rassenkampf ist nur durch die Vernichtung einer Partei abzuschließen.‹ Und wenn wir Rassenkampf nicht ethnisch sehen?«

»Puuuh.« Mennchen spitzte die Lippen und stieß die Luft aus. »Das ist jetzt sehr um die Ecke gedacht.«

»Diese Leute denken nicht geradeaus. Sonst würden sie nicht solch kruden Ideen folgen. Wer bedroht und mordet Beamte und bekennt sich dazu im Internet?«

»Wir kennen es von den Todeslisten rechtsradikaler oder islamistischer Terrorvereinigungen. Darauf werden Politiker, Journalisten oder andere Menschen geführt. Das hat nichts mehr mit Meinungsfreiheit zu tun, die bei uns eine Selbstverständlichkeit ist. Jeder darf den größten Blödsinn denken und es auch verkünden. Er muss dazu nicht einmal einen Aluhut tragen. Die Abgrenzung ist schwierig. Gibt es einen rechtsfreien Raum? Wo endet das Liberale? Denken Sie an die Hausbesetzerszene. Ist es Menschenrecht, sich in fremdes Eigentum einzunisten, weil jedermann ein Dach über dem Kopf braucht? In Hamburg hat die Polizei vor der afrikanischen Drogenszene an der Sternschanze kapituliert. In Berlin geht man noch weiter. Man spricht von einem pragmatischen Ansatz, wenn im Görlitzer Park, einem berüchtigten Drogenumschlagplatz, aufgemalte Linien den Dealern ihren Platz zuweisen sollen. Das ist eine Kapitulation des Rechtsstaats und empört jene, die aufgrund eines Strafmandats wegen falschen Parkens erbarmungslos verfolgt werden.« Mennchen atmete hörbar aus. »Das ist der Nährboden, auf dem manches Pflänzchen gedeiht. Und nun werden die, die das angeblich dulden, verfolgt und sogar ermordet.«

»Das ist absurd«, antwortete Lüder energisch. »Julian Wiesner war mit Sicherheit keiner, der Auswüchse wie die von Ihnen aufgezeichneten guthieß. Er war Verfassungsschützer. Und das darf man wörtlich nehmen. Ich gehe davon aus, dass der Mord nicht ihm als Person, sondern der Institution galt. Er starb, weil er ein Repräsentant unserer Demokratie war. Nein. Es hätte auch Sie, mich oder jeden anderen von uns treffen können.«

»Meinen Sie?«, fragte Mennchen nach einer längeren Pause mit belegter Stimme.

»Ich bin mir sicher. Wir sind die Aushängeschilder unserer Demokratie. Zumindest eine Art Zaun, der das Vordringen in das Zentrum unseres Gemeinwesens verhindern soll. Und aus diesem Zaun ist nun eine Latte herausgebrochen worden. Es liegt nun an uns, dass hier kein größeres Schlupfloch entsteht.«

Mennchen malte ein paar abstrakte Figuren auf einen Notizblock. »Und wenn wir falschliegen? Wenn tatsächlich mehr hinter dem Zitat von Schlieffens steckt, ich meine, dem mit dem Ausrotten einer bestimmten Rasse? Rassismus in der schrecklichsten und gewalttätigsten Form?«

»Wir stehen erst am Anfang. Gibt es außer den Wölfen noch weitere Kandidaten, die wir zuerst in den Fokus unserer Überlegungen rücken sollten?«

Mennchen nagte an der Unterlippe. »Sagt Ihnen der Name Dr. Jürgen Horst etwas?«

Lüder nickte. »Ja. Ein Arzt aus Plön. Der fällt durch manch merkwürdigen Gedanken auf. Er organisiert auch Demos und heizt dort die Menschen auf. Das ist aber alles durch das Demonstrationsrecht gedeckt. Selbst wenn man zwischen den Zeilen eine Aufforderung zur Gewalt heraushören könnte. Horst und seine Anwälte nennen es zivilen Ungehorsam, wenn sie die große Weltverschwörung am Horizont zu erkennen glauben.«

»Mir fallen noch die Osmanen Burners ein. Die wollen auch an den Grundfesten unseres Staates rütteln.«

»Die sind aber mehr kriminell als politisch ausgerichtet«, erwiderte Lüder. »Der Kollege Große Jäger aus Husum hat mit denen seine eigene leidvolle Erfahrung gesammelt, als er mit ihnen zusammenstieß. Die Burners waren auf der Jagd nach dem ausgebrochenen Polizistenmörder, der im Gefängnis ihrem Sergeant-at-Arms eine Gabel ins Auge gestochen hatte. Bei der Verfolgung des Täters ist Große Jäger mit den Burners aneinandergeraten, weil die ihre eigenen Vorstellungen von Ahndung hatten, die außerhalb der Regeln unseres Rechtsstaats liegen. So ist der Husumer auf die Todesliste der Burners geraten.«

»Und wenn darauf Platz für einen Husumer Polizisten ist, passen auch noch andere Staatsbedienstete darauf.«

»Und auf diesem Feld war Julian Wiesner tätig?«, fragte Lüder.

»Wir haben ein breites Spektrum, das unter Beobachtung steht«, erwiderte Mennchen ausweichend.

»Sie verfügen über gute Insiderinformationen über die Wölfe.«

»Hm.«

»Das ist eine ausweichende Antwort. Ich vermute, Sie haben einen Informanten in den Reihen dieser Leute.«

Mennchen wich Lüders Blick aus.

»Wir kennen uns schon lange. Deshalb sollte es keinen Grund geben, mich nicht einzuweihen.«

Mennchen beließ es bei einem erneuten »Hm«. Dann sah er Lüder an. Lüder glaubte, ein ganz schwaches Nicken zu erkennen. Mehr würde er vom Verfassungsschützer nicht erfahren.

»Wir werden in Kontakt bleiben«, sagte Lüder zum Abschied.

Sein nächstes Ziel war das Reich der Wölfe. Michalski und seine Anhänger hatten ein heruntergewirtschaftetes Gut in Grebin erworben. Die Herkunft der Mittel konnte nicht eindeutig geklärt werden. Lüder hatte diesem Punkt wenig Aufmerksamkeit gewidmet, nachdem er gelesen hatte, dass sich das Finanzamt mit dieser Frage auseinandergesetzt hatte. Es gab in Deutschland wohl kaum eine Behörde, die einem Sachverhalt hartnäckiger nachging. Manchmal hatte Lüder gedacht, dass die Polizeiarbeit effizienter wäre, wenn sie mit einem ähnlichen Umfang an Befugnissen ausgestattet wäre wie die Finanzverwaltung.

Aus den anfänglich zwanzig Aktiven war bis heute eine Gemeinschaft von etwa einhundertdreißig Menschen entstanden, die auf dem »Sonnenhof« lebten. Das Ganze war als Genossenschaft organisiert. Immerhin, überlegte Lüder, bediente man sich der geltenden Gesetze. Während Reichsbürger alle Normen unserer Rechtsordnung ablehnten und die Existenz der Bundesrepublik leugneten, war es das Bestreben der Wölfe, die Gesellschaftsordnung nach ihren Vorstellungen zu verändern.

Nach außen waren sie sehr erfolgreich. Dafür sprach auch das gepflegte Areal des Sonnenhofes. Er lag außerhalb der Ortschaft inmitten von Feldern, Wiesen und Wäldern. Ein hölzernes Schild wies den Weg von der Straße durch ein kleines Waldgebiet zum Gutshaus, das mustergültig instand gesetzt war. Sorgfältig geharkte Kieswege verbanden den Hauptplatz mit dem grünen Rondell mit den anderen Häusern. Dazwischen waren kleine Grünflächen angelegt, die liebevoll mit Blumen bepflanzt waren. Es war wirklich ein Idyll und entsprach den Impressionen, die Lüder schon dem Auftritt im Netz entnommen hatte.

Das Ganze hätte auch ein gepflegtes Feriendomizil sein können, wenn nicht der ausgesprochen ländliche Charakter prägend gewesen wäre. Häuser, in denen Wohngruppen untergebracht waren, erstreckten sich über einen größeren Bereich. Dazwischen tummelten sich Tiere. Hühner, ein paar Ziegen. Lüder sah drei Schweine frei herumlaufen. Bei diesem Anblick wunderte man sich, dass der Gruppe nicht neue Mitglieder in Scharen zuliefen.

Er parkte neben dem Haupthaus, stieg aus und fragte eine blonde Frau mit einem langen Pferdeschwanz, wo er Michalski treffen könne.

Sie schenkte ihm ein freundliches Lächeln und zeigte auf das Gutshaus. »Sören ist da drinnen. Meistens jedenfalls.« Mit einem zweiten Lächeln ging sie ihres Weges.

Hinter der schweren Holztür verbarg sich eine kühle Halle, die auch schon vor hundert Jahren dieses Ambiente ausgestrahlt haben mochte. Alles war blitzsauber. Und die dunklen schweren Möbel wirkten auch nicht erdrückend. Hinter einer angelehnten Tür drang Stimmengewirr hervor. Lüder klopfte an und steckte seinen Kopf durch den Spalt. Drei Frauen und ein Mann mit schulterlangen Haaren waren damit beschäftigt, Flyer in Umschläge einzutüten. Der Mann stand auf und begleitete Lüder, nachdem er die Frage nach Michalski wiederholt hatte, zu einem anderen Raum.

Das Büro war ebenfalls »altdeutsch« eingerichtet und hätte den Besucher in die Vergangenheit entführen können, wäre es nicht mit modernster Büro- und Kommunikationstechnik ausgestattet gewesen.

Lüder erkannte in dem groß gewachsenen Mann mit der sportlichen Statur Sören Michalski. Michalski trug lässig wirkende Markenkleidung, eine Edeljeans und ein Sporthemd mit dem Logo eines teuren Herstellers. Der Mann hatte Geschmack. Das spiegelte sich auch in der teuren Armbanduhr wider, die sein Handgelenk zierte. Er machte einen sympathischen Eindruck. Mancher würde ihm sicherlich einen Gebrauchtwagen abkaufen. Oder auch eine Ideologie, überlegte Lüder.

Michalski stand auf, umrundete den Schreibtisch und streckte Lüder die Hand entgegen. Es war ein fester Händedruck.

»Sören Michalski«, sagte er mit einer angenehmen, tiefen Stimme und zog fragend eine Augenbraue in die Höhe.

»Lüders. Landeskriminalamt.«

Michalskis Miene veränderte sich schlagartig. Er zog die Augenbrauen herab, sodass die Augen zu schmalen Schlitzen wurden.

»So?«

Lüder entschloss sich, auf Konfrontationskurs zu schwenken. »Polizeilicher Staatsschutz«, fügte er an und ließ es gleichgültig klingen.

»Gleich das große Kaliber?« Die zuvor gezeigte Freundlichkeit war urplötzlich verschwunden.

»Noch schlimmer. Ich komme persönlich.«

Damit war der Boden für das Gespräch bereitet.

Michalski kehrte zu seinem bequemen Bürosessel zurück und setzte sich. Lüder nahm unaufgefordert auf einem ledernen Freischwinger gegenüber Platz.

»Wir haben Sie nicht angefordert, sondern wissen unsere Interessen selbst zu vertreten«, sagte Michalski.

»Wir kommen meistens unaufgefordert, weil wir Ihre Interessen vertreten.«

Michalski benötigte zwei Lidschläge, um den Satz zu verstehen.

»Nur weil Sie für den sogenannten Staat tätig sind, bedeutet es nicht, dass es auch unsere Interessen sind.«

»Der Staat ist nicht nur ›sogenannt‹, sondern eine von allen getragene Wirklichkeit. So ist es in einer Demokratie.«

Michalskis Mimik entspannte sich. »So ist es, wenn sich Irrtümer verfestigen. *Dēmos* und *kratós* stammen aus dem Altgriechischen. Darunter versteht man aber im Allgemeinen eine Dorf- oder Siedlungsgemeinschaft. Und an der Entscheidungsfindung durften nur Bürger mit vollen Bürgerrechten teilhaben. Den Pöbel hat man außen vor gelassen.«

»Wie gut, dass die Menschheit sich weiterentwickelt. Sie hocken ja auch nicht mehr im Leopardenfell vor Ihrer Steinzeithöhle. Glauben Sie wirklich an die gute alte Zeit?«, fragte Lüder und ließ es betont herablassend klingen.

Michalski ließ sich Zeit mit der Antwort. Sehr viel Zeit. »Was ist gut am Jetzt? Hektik. Stress. Es fehlt an klaren Strukturen. Ein funktionierender Staat – das ist doch Glücksache. Wir lassen es zu, dass wir von außen überlaufen werden. Die Lösung für die Zukunft liegt in der Vergangenheit.«

»Haben Sie sich deshalb den Namen ›Kommando von Schlieffen‹ gegeben?«, fragte Lüder und musterte sein Gegenüber.

Michalski zuckte nicht einmal mit den Augenlidern.

»Von Schlieffen?«, wiederholte er mehrfach. »Das war doch ein … ein …« Er schnippte mit den Fingern in der Luft.

»Ein hoher Militär im Kaiserreich.«

Michalski lächelte. »Im Wilhelminismus war die Armee die beste Schule der Nation. Nur die Besten versammelten sich dort. Die Führung setzte sich aus Männern der ersten Familien zusammen.«

»Man könnte meinen, dass die Offiziersränge vererbt wurden. Man blieb unter sich.«

»Das muss nicht immer das Schlechteste sein. Auch in der Natur setzt sich das Gute durch. Das Raubtier, das nicht mehr schnell genug jagen kann, geht ein. Andererseits werden die zur Beute, die ihren Jägern nicht mehr entkommen können. Die Natur schleppt keine Kreaturen durch.«

»Das geht jetzt entschieden zu weit«, fuhr Lüder mit donnernder Stimme dazwischen, dass Michalski erschrocken zusammenfuhr. »Es ist widerlich, Gedankengut der Nationalsozialisten vorzutragen. Euthanasie. Ein Ausleseprozess. Das ist übelster Sozialdarwinismus. Der Mensch unterscheidet sich von anderen Kreaturen dadurch, dass uns Begriffe wie Ethik und Moral eigen sind. Haben Sie überhaupt ein Gewissen? Eine Seele?«

Michalski hatte sich ein wenig gefangen. »Kommen Sie mir nicht mit Religion, gleich wie sie heißt. Wenn es wirklich einen Gott gibt, hat er in seinem Job versagt. Sehen Sie sich um. Krankheiten. Not. Elend. Kriege. Und selbst wenn Sie behaupten, das sei alles menschengemacht, bleiben die Naturkatastrophen. Und die schickt der Himmel. Oder die Hölle. Und wer trägt die Verantwortung dafür, dass sich die Lebewesen da draußen gegenseitig auffressen? Es sind nicht nur die Tiere, die einander jagen und vernichten. So ist eben die Natur, werden Sie argumentieren.« Michalski breitete die Hände aus. »Was ist mit den sogenannten Menschen, die sich nicht anders verhalten? Es ist doch fast eine Art Kannibalismus, dass sich in Afrika ethnische Gruppierungen gegenseitig massakrieren. Das habe ich gemeint«, versuchte Michalski seine Aussage zu relativieren. »Und nichts anderes haben Leute wie von Trotha, Lettow-Vorbeck oder von Schlieffen erkannt. Die Deutschen haben in Deutsch-Südwest die Zivilisation eingeführt. Und was war der Dank? Die Herero haben gemordet und gestohlen, haben verwundeten Soldaten Ohren und Nasen abgeschnitten.«

Lüder stutzte kurz. Gab es einen Zusammenhang? So ähnlich sahen die Verstümmelungen aus, die man Julian Wiesner zugefügt hatte. »Sie betreiben Geschichtsverfälschung. Das war Völkermord, was dort geschehen ist. Verübt von deutschen Militärs unter der Ägide des von Ihnen so gepriesenen Kaisers.«

»Die Historiker schwimmen doch im Mainstream mit. Damals galt Deutschland etwas in der Welt, nicht zuletzt dank der Durchsetzungskraft der Militärs.«

»Können Sie der Vergangenheit so viel abgewinnen? Die von Ihnen hochgelobten Offiziere misshandelten die Rekruten und Untergebenen oft auf bestialische Weise, wenn sie sie nicht sinnlos ins Verderben schickten. Viele, die dem Drill nicht gewachsen waren, desertierten und flüchteten sich in den Suizid.«

Ein Lächeln umspielte Michalskis Mundwinkel. »Drehen Sie mir nicht wieder jedes Wort im Mund um, aber das ist es, was ich vorhin sagte. Das war eine Art Ausleseprozess. Und der Erfolg gab den Verantwortlichen recht. Es gab die Siege über Dänemark, Österreich und Frankreich zwischen 1864 und 1871. Das Volk nahm die neue deutsche Identität auf. Es entstand ein Begeisterungstaumel für die siegreiche Armee. Das stärkte das Selbstbewusstsein der Militärs, das zu einer eigenen kultur- und wertestiftenden Klasse avancierte.«

Lüder schüttelte heftig den Kopf. Dann tippte er sich mit dem Zeigefinger an die Stirn. »Sind Sie auch eine zweibeinige Bildungskatastrophe? Ihre Gedanken- und Geisteswelt ist für mich nicht nachvollziehbar. Ich respektiere Ihre Art der Lebensführung, denn jeder muss selbst sehen, wie er zu einem erfüllten Dasein kommt. Schlimm sind die Fanatiker, die meinen, mit Feuer und Schwert ihre Sicht der Dinge anderen aufoktroyieren zu müssen.«

Michalski stach mit dem Zeigefinger durch die Luft in Lüders Richtung. »Da sind wir auf einer Linie. Wir werden geflutet von Leuten, die unsere Lebensweise verachten und unsere Werte vernichten wollen. Das sind doch die Fehler, die die Bundesrepublik fortlaufend begeht. Die Unterwanderung unserer Kultur, die Verdrängung der ursprünglichen Menschen, die all das hier geschaffen haben. Es war ein Fehler, die klaren Strukturen des Kaiserreichs zu zerstören. Es ist ein Makel in der Geschichte, dass das alles hier bei uns, in Kiel, seinen Ausgang genommen hat.«

»Sie meinen den Matrosenaufstand in Kiel, der als Basis für den Novemberaufstand, das Ende des Kaiserreichs und das Ausrufen der Republik durch Scheidemann gilt.«

Michalski lächelte. »So sehen es die Bürgerlichen heute und übersehen, dass Karl Liebknecht parallel die sozialistische Republik ausgerufen hat. Aber im Ernst. Der Soldatenpöbel hat feige gekniffen, den Gehorsam verweigert und die Führung im Stich gelassen.«

»Sie verdrehen die historischen Fakten. Ihre verklärte Offizierselite hat versagt. Im Krieg. Und als alles verloren war, wollte man die Soldaten sinnlos in den Tod hetzen. Daraus resultierte der Matrosenaufstand.«

»Das war Meuterei«, beharrte Michalski.

»Es war die Erkenntnis von vernunftbegabten Menschen, dass dem sinnlosen Töten ein Ende gesetzt werden muss, nachdem allein die Schlacht um Verdun siebenhunderttausend Opfer gefordert hatte. Und«, dabei hob Lüder den Zeigfinger, »Ihr verehrter von Schlieffen war mit seinem falschen Plan nicht unwesentlich an diesem Desaster beteiligt.«

»So ist es«, erwiderte Michalski, »die zurechtgerückte Wahrheit. Heute nennt man es Fake News.«

»Sie nennen sich doch ›Kommando von Schlieffen‹.«

»Wir – nein! Man nennt uns ›die Vordenker‹. Das ehrt uns. Unsere Ideen, unser Leben sind zukunftsgerichtet.«

»Ich sehe Sie eher am anderen Ende – rückwärtsgewandt. Glauben Sie das wirklich?« Lüder sah sich demonstrativ um. »Veranstalten Sie hier auch einen Mittelaltermarkt?«

»Nein. Wieso?«

»Es würde gut zu Ihren rückwärtsgewandten Ansichten passen, verhaftet im Gestern.«

»Es ist doch klug, sich das Beste herauszupicken. Warum wollen Sie nicht anerkennen, dass es bewährte Lebensformen gab?«

»Ein unzureichendes Argument, wenn Sie die ganzen Mankos unberücksichtigt lassen, die damit verbunden waren. Freiheit. Demokratie. Wohlstand.«

»Damals hatten die Menschen eine Orientierung. Sie wussten, an was sie sich halten konnten. Wenn Sie so wollen – es waren Korsettstangen in ihr Leben eingezogen. Niemand konnte, niemand musste sich verbiegen.«

Lüder lachte laut auf. »Nun erklären Sie mir, das Leben war

früher besser. Als unsere Vorfahren noch in Erdlöchern hausten, wurde niemand von einem Auto überfahren. Ihre Bewegung wird doch getrieben von der Zukunftsangst.«

»Sehen Sie auf die Natur –«

»Das Thema hatten wir schon«, unterbrach Lüder Michalski. Der ließ sich nicht beirren. »Dort gibt es Einzelgänger, die sich durchschlagen. Wo das nicht der Fall ist, hat sich ein Rudelführer etabliert.«

»Und das sind Sie? Bei Ihnen gibt es keine demokratischen Strukturen? Sie geben die Marschrichtung vor?«

Michalski blieb die Antwort schuldig.

»Sind Sie und Ihre Anhänger – ein Wolfsrudel? Jagen Sie andere? Vertreter des Staates? Dessen Repräsentanten?«

Michalski verzog das Gesicht zu einem arrogant wirkenden Grinsen. »Fühlen Sie sich gejagt?«

»Es sei Ihnen versichert, dass ich der Jäger bin. Mein Wild sind jene, die sich gegen unsere demokratische Lebensform und unsere Rechtsordnung stellen.«

»Lassen wir es darauf ankommen«, sagte Michalski. Es klang wie ein Schlusssatz.

Lüder beließ es bei einem Kopfnicken. Sie schieden ohne Grußwort. Auf dem Weg zu seinem BMW begegnete ihm ein mittelgroßer Mann mit Vollbart. Braune Augen blitzten Lüder entgegen.

»Grüß Sie«, sagte der Mann mit erkennbarem österreichischen Akzent.

Oder war es Bergbauernbayerisch? Lüder schmunzelte vor sich hin. So, glaubte er, klang es, wenn Bergbauern auf der Alm sprachen.

Um den Mann tollten mehrere fröhliche Kinder, versuchten, sich an ihn zu hängen, an ihm hochzuspringen. Der Mann hob die Hände, hielt eine Weile stand, wenn eines der Kinder daran baumelte, kitzelte ein anderes und lachte lauthals. Es schien nicht nur den Kindern Vergnügen zu bereiten.

Wie erklärte sich der Widerspruch zwischen dem äußeren

Anschein eines intakten Gemeinwesens und den kruden Ideen, die Michalski hatte durchklingen lassen? War das die Masche der Wölfe, die Menschen zu gewinnen und für ihre Zwecke einzuspannen? Man hörte oft genug, dass Menschen auf die »gute alte Zeit« verwiesen, die These vertraten, dass nicht alles schlecht war in der DDR, aber zum Glück starb die Generation aus, die gelegentlich hatte durchklingen lassen, »bei Adsche wäre das nicht passiert«. Dieses Heile-Welt-Gehabe beeindruckte offenbar manche, die sich bereitwillig als Mitläufer anheuern ließen.

War es Julian Wiesner gelungen, hinter die Kulissen zu blicken? Hatte der Verfassungsschützer etwas entdeckt? War sein Wissen zu einer Gefahr für jene geworden, die an den Grundfesten von Staat und Demokratie rüttelten? Musste Wiesner deshalb sterben?

Lüder war so in seine Gedanken vertieft, dass er erst nach einer Weile einen Mann wahrnahm, der zehn Meter entfernt auf einer Rasenfläche stand, einen Rechen in der Hand hielt und ihn aus dunklen Augen beobachtete. Lüder nickte dem Gärtner zu, ohne eine Reaktion zu ernten. Nachdenklich fuhr er nach Kiel zurück.

Im LKA besorgte er sich einen Becher Kaffee, wechselte ein paar Worte mit Edith Beyer im Vorzimmer des Abteilungsleiters und suchte dann Dr. Starke auf. Der hörte sich die ersten Sätze an, unterbrach Lüder und schlug vor, das Gespräch gemeinsam mit Jochen Nathusius, dem stellvertretenden LKA-Leiter, fortzusetzen.

Kurz drauf saßen sie am Besprechungstisch in dessen Büro, und Lüder trug seinen Bericht über den Besuch bei den Wölfen vor. Er ließ auch nicht seinen positiven Eindruck vom Ambiente des Sonnenhofes unerwähnt.

»Das ist eine teuflische Strategie. Auf den ersten Blick muss man sich dort einfach wohlfühlen. Falls – was wir nicht wissen – dort mörderische Pläne geschmiedet werden oder gar schon verwirklicht wurden, geschieht das auf sehr subtile Art.«

Nathusius wiegte nachdenklich den Kopf. »Mir fehlt die Motivation für den Mord an einem Verfassungsschützer.«

»Wollen die ein Zeichen setzen?«, gab Dr. Starke zu bedenken.

»Dann müssen sie sich zu erkennen geben«, meinte Nathusius. »Wir kennen es von terroristischen Akten. Die Täter sind immer ganz erpicht darauf, dass ihnen die Urheberschaft zugesprochen wird. Sie wollen Aufmerksamkeit.«

»Die Art der Tatausführung und der Ort, der Mittelpunkt des Landes, weisen doch darauf hin, dass man etwas Spektakuläres ausführen wollte«, sagte Jens Starke.

Lüder stimmte seinem Vorgesetzten zu. »Es ist fast so wie bei der Interpretation eines abstrakten Kunstwerkes: Wie deutet man es? Ein Beamter des Verfassungsschutzes wird aus der Mitte des Landes herausgerissen. Heißt es: ›Wir greifen euch im Zentrum an. Auch dort seid ihr nicht sicher‹? Und weshalb der Verfassungsschutz? Oder galt der Anschlag direkt der Person Julian Wiesner? Hat der Kollege etwas herausgefunden, das für die Täter existenziell gefährlich sein könnte?«

»Wir wissen zu wenig«, stellte Nathusius fest. »Die Wölfe scheinen aber eine gefährliche Gruppierung zu sein. Ein Wolf im Schafspelz? Falls – *falls!* – sie dahinterstecken, haben wir es mit einem extrem gefährlichen Gegner zu tun. Sie treten nicht offen als gewalttätig auf.«

»Ich halte Michalski, den Kopf der Bewegung, für hochintelligent. Sie bezeichnen sich selbst als ›die Vordenker‹. Daraus kann man ableiten, dass sie einer Strategie folgen. Ich gehe auch davon aus, dass die Mehrheit der Anhänger gar nicht überblickt, wo sie hineingeraten sind. Es ist teuflisch, ein Wohlfühlambiente zu schaffen, aus dem der Mitläufer nicht ausbrechen kann.«

Lüder sah die beiden anderen an.

»Was bewegt Michalski dazu, dem Vergangenen so viel Aufmerksamkeit zu widmen?«, fragte Dr. Starke rhetorisch.

Auf diese Frage wusste keiner eine Antwort.

»Sie unterscheiden sich von Reichsbürgern und Selbstverwaltern«, meinte Nathusius.

»Das ist keine einheitliche Szene. Die sind daher nur schwer zu fassen«, warf Dr. Starke ein. »Da haben sich Gruppierungen und Einzelpersonen zusammengefunden, die die Existenz der Bundesrepublik und deren Rechtssystem ablehnen. Sie lassen sich dabei von unterschiedlichen Argumenten leiten. Manche berufen sich auch auf das Naturrecht, dessen Rahmen sie aber selbst definieren. Das ergibt eine ziemlich diffuse Gemengelage.«

»Die Verschwörungstheoretiker sprechen der demokratisch gewählten Volksvertretung, den Parlamenten, jegliche Legitimation ab.« Lüder tippte sich gegen die Stirn. »Sie berufen sich dabei auf das historische Deutsche Reich. Tendenziell neigt auch Michalski in diese Richtung, auch wenn er noch nicht offen gegen die Bundesrepublik und ihre Institutionen votiert. Er ist zu klug, um sich offen außerhalb unserer Rechtsordnung zu stellen oder gegen sie zu verstoßen. Aber was ist, wenn er beginnt, Nadelstiche zu setzen? Hoffen wir, dass diese Befürchtung nicht real wird.«

»Wie wollen wir weiter vorgehen?«, fragte Dr. Starke.

»Ich werde mit der Kieler Bezirkskriminalinspektion sprechen und fragen, wie weit deren Ermittlungen gediehen sind. Geert Mennchen hat außerdem noch weitere potenziell als Täter in Frage kommende Gruppierungen genannt. Die würde ich auch durchleuchten.«

»Gut«, entschied Nathusius. »Wir behalten mit unseren Möglichkeiten die Gefährder im Auge. Für mich schält sich noch niemand als primär Verdächtiger heraus.«

Lüder zog sich in sein Büro zurück und nahm Kontakt zu Hauptkommissar Vollmers auf.

»Ich dachte schon, der Fall interessiert Sie nicht«, sagte der Kieler mit leicht brummiger Stimme. »Sonst sind Sie doch nahezu nervig am Ball.«

»Ich war nicht untätig, sondern habe den Sonnenhof besucht.« Lüder erzählte von seiner Begegnung mit Michalski.

»Es ist sicher richtig, diese Leute mit ins Visier zu nehmen«, sagte Vollmers. »Aber für mich fehlt ihnen das drängende Motiv. Die politischen Ideen, die von dort ausgehen, klingen fragwürdig. Tatsache ist aber, dass man noch nie zu direkter Gewalt aufgerufen hat, auch wenn ich der Meinung bin, dass Julian Wiesner einem politisch motivierten Mord zum Opfer gefallen ist. Der Leiter des Verfassungsschutzes und Nils Gödeke –«

»Der ist Referatsleiter im Innenministerium für …«

»Personal«, half Vollmers aus. »Die beiden sind nach Pronstorf zur Familie Wiesners gefahren. Das war sicher kein leichter Gang. Ich habe gehört, dass sich vor dem Haus einige Pressevertreter aufgehalten haben, die ›die Stimmung einfangen‹ wollten.«

»Wie weit sind Sie mit Ihren Ermittlungen?«, wollte Lüder wissen.

»Wir haben versucht, Wiesners letzte Stunden zu rekonstruieren. Am Dienstagvormittag wurde er von dem Ehepaar mit dem Wohnmobil entdeckt. Wir haben bisher keine anderen Zeugen ausfindig machen können, die den Platz, der die Mitte Schleswig-Holsteins darstellt, an diesem Tag aufgesucht haben. Karl und Rita Diehm waren die Ersten. Nebenbei angemerkt: Sie sind später noch einmal mit der Polizei in Kontakt gekommen. Man musste sie sprichwörtlich aus dem Verkehr ziehen, nachdem sie mit Entspannungsmedizin abgefüllt, wie sie es nannten, ihre Reise fortsetzen wollten. Sie sollen dabei fürchterlich geflucht haben, dass sie die nächste Leiche, die sie finden werden, nicht melden würden. Also! Zurück zum Fall. Die letzten Besucher vor den Diehms müssen die Täter gewesen sein. Leider hat die Spurensicherung nichts Verwertbares gefunden. Es gab Reifenspuren am Fundort. Aufgrund der Verletzungen, die Wiesner beigebracht wurden, muss der Tatort ein anderer gewesen sein. Das bestärkt uns in der Vermutung, dass die Art der Präsentation des Leichnams Symbolcharakter hat. Damit wird eine bestimmte Aussage gemacht.«

Lüder stimmte Vollmers zu.

»Wir konnten rekonstruieren, dass Wiesner Montag früh

ins Amt gefahren ist. Dort hat er sich bis zum Nachmittag aufgehalten. Er hat auch zur Mittagszeit das Ministerium nicht verlassen. Gegen halb drei ist er aufgebrochen. Man weiß nur, dass er noch ein dienstliches Gespräch mit einer Kontaktperson führen wollte.«

»Mann oder Frau?«, wollte Lüder wissen.

»Im Zeitalter des Genderwahns bleibt diese Frage offen«, sagte Vollmers gereizt. »Frau Wiesner war informiert, dass ihr Mann noch einen auswärtigen Termin geplant hatte. Es hat sie auch nicht überrascht, dass er abends nicht nach Hause gekommen ist. Das kam gelegentlich vor. Wenn es sich einrichten ließ, telefonierte er von unterwegs mit seiner Familie. Das ist am Montag nicht erfolgt. Mehr wissen wir nicht. Die Auswertung von Wiesners Kontaktdaten auf den Handys läuft noch. Wir bemühen uns weiter, aber derzeit sieht es nicht gut aus. Die Chance, weitere Zeugen zu finden, ist allerdings nicht sehr groß.«

Sie verabredeten, weiter in Kontakt zu bleiben.

Lüders Handy vibrierte. Er sah auf das Display und nahm das Gespräch an.

»Moin. Der Leichenschänder. Schön, von Ihnen zu hören.«

Es war zwei Sekunden still in der Leitung, bevor Dr. Diether antwortete: »Können Sie als Jurist sich eigentlich selbst wegen Rufschädigung verklagen? Ich mache hier das, was ich sonst nur mit meinen Kunden mache: Ich reiße mir ein Bein aus und nutze eine Atempause, um Sie schlau zu machen. Und das ist der Dank. Sie sind doch nichts weiter als ein Kellinghusener Kleinstadt-Bond. Würde man Sie kennen, würden die Leute von Ihnen sagen: ›Geschlürft und nicht getrunken‹. Leider ist es weniger lustig, was man dem Mann vom Verfassungsschutz eingeflößt hat.«

»Eingeflößt?«, fragte Lüder.

»Ja. Das war teuflisch. Dass Wiesner ermordet wurde, ist ja schon bekannt. Ich habe schon viel gesehen und erlebt, aber in diesem Fall ist man mit besonderer Brutalität vorgegangen.

Die massiven Verletzungen an Zunge, Ohren und Nase wurden präletal zugefügt.«

»Oh verdammt. Wiesner hat noch gelebt?«

Die Stimme des Rechtsmediziners klang belegt. »Wenn man es leben nennen kann. Sagt Ihnen KCl – das Kaliumsalz der Salzsäure – etwas?«

»Sie meinen Kaliumchlorid?«

Dr. Diether bestätigte es. »Es wird technisch in großem Rahmen zur Herstellung von Kalidünger eingesetzt. Die farblosen und wasserlöslichen Kristalle schmecken salzig-bitter. Aber zunächst zur äußeren Inaugenscheinnahme des Leichnams. Wiesner wurde von vermutlich mehreren Personen, es könnten zwei gewesen sein, niedergedrückt. Davon zeugen Spuren an den Oberarmen und Oberschenkeln. Er muss sich gewehrt haben.«

»Julian Wiesner war ein Kopfarbeiter, Beamter. Er hatte keine Ähnlichkeit mit prügelnden Rambos aus drittklassigen Agentenfilmen.«

»Man hat ihm eine Handfesselung angelegt, vermutlich mit Einmalfesseln, wie sie auch die Polizei anwendet.«

»Fremdspuren?«, wollte Lüder wissen.

»Die Auswertung ist noch nicht abgeschlossen. Vermutlich werden wir etwas finden. Ich schließe das bei der *Behandlung* des Opfers nicht aus. Nachdem der Widerstand Wiesners gebrochen war, hat man ihm einen Zugang gelegt. In der Vene am linken Ellenbogen. Eine klassische Stelle. Der Zugang wurde aber vor dem Auffinden wieder entfernt.«

»Kann das jeder?«, fragte Lüder.

»Nicht jeder. Juristen halte ich dafür zum Beispiel für ungeeignet. In diesem Fall war es aber … nun ja … nicht schlecht.«

»Ein Arzt?«, wollte Lüder wissen.

»Nicht unbedingt. In der Praxis ist medizinisches Personal oft geübter in solchen Dingen, weil sie es häufiger machen. Wenn Sie den Täter suchen, dann halten Sie nach einem Krankenpfleger oder einem Arzt Ausschau. Oder nach einem Veterinär oder Scharfrichter.«

»Maskulin?«

»Sorry. Ich vergaß, dass wir ja im Zeitalter der Gleichberechtigung leben. Legen Sie die Frauenquote für diesen Fall aber selbst fest.«

»Was hat es mit dem Veterinär oder dem Scharfrichter auf sich?«

»Wir sprechen von einer hohen Dosis injizierten Kaliumchlorids, die hier verwendet wurde. Sie führt zu einer Hyperkaliämie und Herzstillstand und wird zum Einschläfern von Tieren verwendet, aber auch zur Verhinderung von Lebendgeburten bei späteren Schwangerschaftsabbrüchen. Man benutzt es auch als kardioplegische Lösung zum Einleiten des Herzstillstands bei einer Operation mit der Herz-Lungen-Maschine.«

»Das klingt sehr teuflisch.«

»Das ist es auch.«

»Was hat es mit dem Scharfrichter auf sich?«

»Der Henker setzt es mittels der Giftspritze ein, wenn er ein Todesurteil vollstreckt. Der Delinquent bekommt – laienhaft ausgedrückt – fürchterliches Herzrasen. Das geht mit grauenhafter Todesangst einher. Es ist ein unbeschreibliches Martyrium.«

»Warum wählt man eine solche Art, um jemanden zu ermorden?«, überlegte Lüder laut. »Ist das Symbolik? Soll dort ein Verfassungsschützer auf eine Art und Weise hingerichtet werden, die sonst nur von Staatsorganen ausgeübt wird?«

Dr. Diether überlegte eine Weile. »Das ist ein guter Ansatz«, stimmte er zu. »Dem steht aber entgegen, dass eine Vergiftung mit Kaliumchlorid nur schwer nachzuweisen ist, weil der natürliche Spiegel nach dem Tod durch Zellzerfall schnell ansteigt. Meistens liegt bei einer Kaliumchloridvergiftung ein ärztlicher Behandlungsfehler vor.«

»Und wie haben Sie es herausgefunden?«

»Bedanken Sie sich bei Daniel …«

»Sie meinen unseren Ministerpräsidenten?«

»Ja. Man hat uns in Schleswig-Holstein modernste Analysemöglichkeiten geschaffen. Wie gesagt – Kaliumchlorid gehört zu den am schwersten nachzuweisenden Giften in der Rechtsmedizin. Spektroskopisch gelingt der Nachweis der Elemente mittels Atomabsorptionsspektroskopie.«

»Puuuh«, sagte Lüder und ließ es anerkennend klingen. »Wenn Sie es künftig nicht gegen mich verwenden … Großes Kompliment an Sie und alle Forensiker.«

Dr. Diether lachte verhalten auf. »Es muss ja Menschen geben, die etwas Sinnvolles tun. Klempner zum Beispiel. Oder Rechtsmediziner. Im Unterschied zu Juristen.«

Es folgte noch ein kurzes weiteres Geplänkel, bis sie das Gespräch beendeten.

Lüder sah auf die Uhr. Es war spät geworden. Dr. Diether war ein merkwürdiger Kauz. Wer ihn und seine gewöhnungsbedürftige Art nicht kannte, mochte irritiert sein. Mit Sicherheit war er ein engagierter und hochkompetenter Rechtsmediziner.

Lüder beschloss, nach Hause zu fahren. Dort wartete Margit auf ihn.

VIER

Am heimischen Frühstückstisch war der Fall kein Thema gewesen, auch wenn Jonas es am Vorabend kurz erwähnt und mit »krass« kommentiert hatte. Immerhin war Lüders Sohn so weit gereift, dass er es nicht mehr mit »geil« beschrieb. Seitdem Jonas nach nicht immer einfachen Schuljahren das Abitur bestanden und sein Studium der Physik des Erdsystems – Meteorologie – Ozeanografie – Geophysik an der Christian-Albrechts-Universität aufgenommen hatte, war er ein anderer geworden. Das Ungestüme hatte er abgelegt. Geblieben war die Lust am Opponieren.

Auf dem Weg zum LKA hörte Lüder in den Radionachrichten, dass es in Kiel einen erneuten Zwischenfall gegeben habe. Näheres sei noch nicht bekannt. Man erwartete in Kürze eine erste Stellungnahme der Staatsanwaltschaft.

Die Zeitungen, die Lüder unterwegs erwarb und wie jeden Morgen an seinem Arbeitsplatz studierte, brachten den spektakulären Mord an Julian Wiesner groß heraus. Erstaunlicherweise waren die Medien gut informiert und wussten, welche Funktion das Opfer im Landesdienst wahrgenommen hatte.

Lüder hatte nur wenig Gelegenheit, die Meldungen zu studieren, da ihn Edith Beyer vorgewarnt hatte, dass der Abteilungsleiter ihn sprechen wolle, im Augenblick aber noch bei der Amtsleitung sei. Zehn Minuten später bat sie ihn, zu Dr. Starke zu kommen.

Der Kriminaldirektor, wie immer mit Hemd und Krawatte bekleidet, begrüßte ihn mit ernster Miene. »Hast du schon gehört?«

»Es gab Andeutungen im Radio. Konkretes wurde aber nicht berichtet.«

»Das ist auch noch geheim. Wir versuchen, die Informationen so weit wie möglich zurückzuhalten. Kennst du Klaus Schwartow?«

Lüder verneinte.

»Schwartow ist … war Referatsleiter im Finanzministerium in der Abteilung VI 3 Steuern.«

»War?«, fragte Lüder.

»Er ist heute Nacht in der Uniklinik gestorben. Die Symptome deuten auf eine Vergiftung hin.«

»In welcher Form?«

»Das alles ist noch ungeklärt. Schwartow ist gestern am frühen Abend mit dem Rettungswagen eingeliefert worden. Das hat der von seiner Frau herbeigerufene Notarzt veranlasst. Er ist am Montag vom Dienst nach Hause gekommen und hat über Übelkeit geklagt. Das hat im Laufe der Nacht zugenommen, sodass er sich am Dienstag krankgemeldet hat. Er hatte hohes Fieber, litt unter Übelkeit mit Erbrechen und blutigem Durchfall, begleitet von Koliken. Seine Frau sagte, dass er schon früher Gallenkoliken durchlitten hat. Da er meinte, seine Anwesenheit im Ministerium sei unabdingbar, wollte er keinen Arzt aufsuchen. Bis er schließlich kollabierte.«

»Und wie kommt man zu der Annahme, er sei vergiftet worden?«

Dr. Starke zuckte mit den Schultern. »Das ist alles noch ungeklärt. Wir müssen noch ein wenig abwarten. Es kann kein Zufall sein, dass innerhalb kürzester Zeit ein weiterer Beamter auf mysteriöse Weise ermordet wurde. Dieses Mal aus dem Finanzministerium. Spricht das gegen die These, Wiesner war ganz dicht an einer Sache dran?«

»Ich gehe davon aus, dass es einen Zusammenhang zwischen den Morden gibt. Dann passt diese Idee allerdings nicht. Wir haben noch einen weiteren mysteriösen Fall.«

Dr. Starke sah ihn an und zog fragend eine Augenbraue in die Höhe.

»Vor einem Vierteljahr starb ein Mitarbeiter des Wirtschaftsministeriums an den Spätfolgen eines Übergriffs, der sich Monate zuvor in Kiel ereignet hatte. Er war in der Innenstadt mit einem Regenschirm in den Fuß gestochen worden. Die Spitze des Schirms war mit Quecksilber präpariert. Diese Tat konnte bisher nicht aufgeklärt werden.«

»In welchen Zeiten leben wir?«, fragte Jens Starke zum Abschuss.

Ähnlich formulierte es Leif Stefan Dittert von dem bekannten Boulevardblatt, der Lüder auf dem Handy erreichte, bevor er in sein Büro zurückgekehrt war.

»Mensch, Lüders. Die Welt steht kopf. Wer killt unsere Beamtenschaft? Da steckt doch System hinter. Ehrlich. Sie haben doch schon eine Idee.«

»Ja, habe ich.«

»Waaaas? Los, raus mit der Sprache. Das geht doch die Menschen im Land an. Sind es Islamisten? Andere Extremisten? Nee. Die Reichskriegsflagge. Da haben die Islamisten keine Aktien drinnen. Bleiben nur die von gestern, die Schwachgeister von den Reichsbürgern. Glucken die jetzt mit den Rechten zusammen und brüten etwas aus? Ach du dickes Ei.«

Dann war es ruhig in der Leitung.

»Hallo? Lüders? Sind Sie noch da?«, rief der Journalist.

Lüder gab ihm noch zwei Sekunden, bis er antwortete: »Ja. Bei Ihnen kommt man ja nicht zu Wort. Sie ersetzen ja jede Frau.«

»Was soll das heißen? Ich hätte noch ein wenig freie Kapazität für einen Artikel ›Antifeminismus im LKA‹. Könnte Ihnen das gefallen?«

»In Ihrer Zeitung? Oder schreiben Sie jetzt freiberuflich für die ›Emma‹? Ich habe nichts gegen Frauen. Ganz im Gegenteil. Ich finde es großartig, dass sie ihr Wissen, ihre Intelligenz und Empathie zu unser aller Wohl einsetzen. Frauen in exponierter Stellung haben ihre Qualitäten unter Beweis gestellt. Sie hätten Ihre Zeitung im Format DIN A2 erscheinen lassen müssen, um die Negativschlagzeilen unterzubringen, die ein männlicher Kanzler bei all den Problemen der letzten Jahre ausgelöst hätte.«

»Ich kenne Ihre Taktik. Sie wollen ablenken. Also. Was läuft da? Gibt es eine Todesliste? Liegt sie Ihnen vor?«

»Fallen Ihre Artikel noch unter Journalismus, oder sind Sie ein begnadeter Fantasy-Autor?«

»Ich bin ein begnadeter Journalist. Das ist doch nicht normal, dass jetzt schon der dritte Staatsdiener dran glauben musste.«

»Wie kommen Sie auf drei?«

»Hören Sie doch auf. Der mit dem Regenschirm war der erste. Dann die Leiche vom Geheimagenten unter der Reichskriegsflagge. Und nun der Heini aus dem Finanzamt. Der war nicht Nawalny. Aber irgendjemand hat ihn doch vergiftet.«

»Wer spricht von Mord?«

»Wollen Sie mich verarschen?«

»Ja.«

Für einen Moment war es still in der Leitung. »Na ja. Das bin ich von Ihnen gewohnt«, stellte LSD mit einem Stoßseufzer fest.

Lüder war nicht überrascht, dass LSD – Leif Stefan Dittert – über Hintergrundinformationen verfügte. Der Journalist war in seiner Art gewöhnungsbedürftig, aber nicht ungeschickt. Er besaß Biss, verfügte über gute Kontakte und die nötige Spürnase. Sein Manko war, dass er Ereignisse in seinen Artikeln sprachlich stets bis zum Rande des Erträglichen auswalzte. Oder tat Lüder ihm unrecht, und dahinter steckte das Redaktionsmanagement?

»Es ist gut, dass wir eine scharf beobachtende und kritische Presse haben«, sagte Lüder. »Gut recherchierte Berichte halten unsere Demokratie in der Waage.«

»Danke für die Blumen. Aber der Strauß ist aus Kunstblumen. Dafür bekomme ich keinen Preis.«

»Seien Sie doch froh über solchen Blumengruß. Oder soll ich Ihnen einen Kaktus reichen?«

Dittert holte tief Luft. »Wir wären das erfolgreichste Gespann der nördlichen Halbkugel, wenn wir unsere Erkenntnisse zusammenwerfen würden.«

»Sie sind doch ein alter Hase und wissen, dass ich Ihnen nichts sagen kann.«

»Ich weiß«, stöhnte Dittert. »Jetzt kommt wieder Ihr Spruch

mit der Pressestelle. Die sind noch verschlossener als Sie, Lüders.«

»Dann kann ich Ihnen auch nicht weiterhelfen. Vielleicht hat Sören Michalski einen Tipp für Sie.«

»Sören ... wer?«

»Mensch, Dittert. Sie hören doch sonst das Gras wachsen.«
Bevor der Journalist antworten konnte, hatte Lüder das Gespräch beendet.

Vom Büro aus versuchte er, Vollmers zu erreichen. Der Hauptkommissar war nicht auf seiner Dienststelle. Nach längerem Warten nahm er den Anruf auf dem Handy entgegen.

»Was gibt es?« Es klang unwirsch.

»Der Fall Schwartow.«

»Wir drehen doch keine Däumchen. Glaubt das LKA etwa, die da draußen wüssten nicht, wie sie ihren Job zu verrichten haben?«

»Nein, so ist das nicht«, sagte Lüder beschwichtigend. »LKA. Das steht für ›leider keine Ahnung‹. Sie und alle Kollegen vor Ort und in der Fläche sind es, die in der Kriminalitätsbekämpfung an vorderster Front stehen.«

Vollmers brummte etwas Unverständliches. »In Sachen Wiesner gibt es nichts Elementares an Neuigkeiten. Wir haben keine weiteren Zeugen gefunden. Noch ist Wiesners Bewegungsprofil unklar. Es wäre wichtig, zu wissen, wo er sich getroffen hat. Das würde auch die Suche nach der Kontaktperson vereinfachen. Es ist ja nicht auszuschließen, dass er mit seinen Mördern verabredet war. Wir haben auch das Auto noch nicht gefunden. Leider war er mit seinem privaten Pkw unterwegs. Die Dienstwagen sind alle mit einem Tracker ausgestattet. Die Auswertung der Kontaktdaten auf den Handys –«

»Handys? Plural?«, unterbrach Lüder.

»Ja. Er hatte ein privates Mobiltelefon und zwei Diensthandys. Die Auswertung ist noch nicht abgeschlossen. Auf dem privaten Mobiltelefon gab es wirklich nur persönliche Dinge.

Das gilt für die Telefonate, Messengerdienste und sozialen Medien. Auch die gespeicherten Kontakte, Bilder und Notizen sind unverfänglich. Wir haben allerdings nur ein Diensthandy gefunden. Das zweite suchen wir noch.«

»Haben Sie mit Geert Mennchen gesprochen?«

Ein abfälliges Lachen kam durch die Leitung. »Glauben Sie, der redet mit mir? Wir haben aber Frau Schwartow befragt. Das war nicht einfach. Die hat es arg getroffen. Sie hat uns erzählt, dass ihr Mann sich gewundert habe. Er hatte am Montag, als er zu Fuß in der Innenstadt unterwegs war, das Gefühl, als hätte ihn ein Insekt in die linke Wade gestochen. Das war, als er an einem Fußgängerüberweg stand. Er wollte noch ein Geburtstagsgeschenk für die Enkelin besorgen. Das wird morgen ein schlimmer Tag für die Familie, wenn der Opa nicht mehr daran teilnehmen kann. Und bevor Sie jetzt nachhaken – es gab keine Drohungen gegen Schwartow, weder im Netz noch auf anderen Wegen. Er hat eine exponierte Position im Finanzministerium eingenommen, aber nicht an einer öffentlich sichtbaren Stelle.«

»Gute Arbeit«, sagte Lüder zum Abschied.

Dann suchte er sich die Informationen über den bisher ungeklärten dritten Todesfall heraus. Alwin Meierjoosten war Mitarbeiter im Wirtschaftsministerium gewesen. Der vierundvierzigjährige Geschiedene hinterließ drei Kinder aus seiner Ehe und eine Partnerin, mit der er seit drei Jahren zusammengelebt hatte. Aus den Unterlagen ging nicht hervor, welche Funktion Meierjoosten im Ministerium innehatte. Es schien, als sei er mit Sonderaufgaben betraut gewesen. Die Ermittlungen hatte damals Hauptkommissar Vollmers geleitet. Lüder wählte noch einmal das Mobiltelefon des Kielers an, wurde aber sofort weggedrückt. Seitens des Polizeilichen Staatsschutzes war Oberkommissarin Heitkamp in die Ermittlungen eingebunden gewesen. Lüder suchte die Kollegin in ihrem Büro auf und wechselte ein paar persönliche Worte, bevor er nach dem Fall fragte.

Birgit Heitkamp erinnerte sich an den Vorgang. Meierjoosten war im Gedränge in der Kieler Innenstadt mit einem Fremden zusammengestoßen. Der hatte ihm die Spitze eines Regenschirms durch den Stoff seiner Leinenschuhe gejagt. Erst bei der Rekonstruktion des Attentats wurde klar, dass es eine arrangierte Aktion war. Meierjoosten war in einen kleinen Pulk geraten – er hatte von drei Leuten gesprochen –, die ihn angerempelt hatten. Die Fremden waren dabei höflich geblieben und hatten sich entschuldigt. Beschreiben konnte sie Meierjoosten leider nicht. Sie hatten akzentfrei Deutsch gesprochen und waren unauffällige Erscheinungen gewesen. Er hatte auch den Schmerz des Einstichs gespürt, sich aber nichts dabei gedacht und an ein unglückliches Zusammentreffen geglaubt. Alle Ermittlungen waren im Sande verlaufen. Natürlich hatte man geprüft, ob es zuvor Drohungen gegen den Beamten gegeben hatte. Das war nicht der Fall gewesen.

»Das einzig Merkwürdige war, dass man sich im Wirtschaftsministerium bedeckt hielt, welche Aufgaben der Geschädigte dort wahrgenommen hatte. Es hieß, er sei als persönlicher Referent des Staatssekretärs tätig gewesen und habe diesem zugearbeitet.« Birgit Heitkamp strich sich die langen Haare aus der Stirn und schenkte Lüder ein Lächeln. »Also ähnlich wie Sie.«

Daran hatte Lüder Zweifel. Die Tätigkeit im Ministerium war sicher nicht mit der eines Polizisten vergleichbar.

»War Meierjoosten Jurist?«, wollte Lüder wissen.

»Nein. Volkswirt.«

Beide Beamten wussten, dass für die Mordmethode mit präparierten Regenschirmen der frühere bulgarische Geheimdienst berüchtigt war. Birgit Heitkamp versicherte, dass bei den Ermittlungen dieser Aspekt besonders gewürdigt worden war. Aber das Ministerium hatte erklärt, dass es derzeit oder in einem überschaubaren Zeitrahmen keine Kontakte oder Beziehungen zu diesem Land gegeben habe. Dem Ministerium waren auch keine Konflikte zwischen Behörden oder Unternehmen auf diesem Feld bekannt. So lag die Vermutung nahe, dass sich jemand dieser berüchtigten Methode bedient hatte.

Aber wer? Und weshalb Meierjoosten? Diese Frage war bisher unbeantwortet geblieben.

Für Lüder blieb es ein Rätsel, weshalb innerhalb kürzester Zeit drei Landesbedienstete hatten sterben müssen. Was verband die drei Männer?

Sein Versuch, im Wirtschaftsministerium einen Ansprechpartner zu finden, scheiterte. Er wurde nahezu ausgelacht, als er um einen Termin beim Staatssekretär bat.

»Ausgeschlossen. Sie haben keine Vorstellung davon, wie eng der Terminplan getaktet ist«, ließ ihn ein Mitarbeiter wissen. »Da kann nicht jeder kommen.«

»Ich bin nicht *jeder.*«

»Versuchen Sie eine Terminanfrage über Ihre Dienststelle.«

»Ich könnte es über die Staatsanwaltschaft versuchen. Wie war noch gleich Ihr Name?«

Der Gesprächspartner zeigte sich nicht beeindruckt. »Sie haben falsche Vorstellungen davon, wie hier gearbeitet wird.«

»Es geht um den Mord an Ihrem ehemaligen Kollegen Meierjoosten.«

»Ein tragischer Fall. Sehr schlimm. Aber trotzdem.«

Lüders Bemühungen blieben erfolglos. Das galt auch für den Versuch, herauszufinden, ob die drei Männer sich persönlich kannten. Dafür gab es keine Anhaltspunkte. Es war zum Verzweifeln. Weshalb waren die drei Opfer der perfiden Mordanschläge geworden?

Lüder hatte mehr Glück, als er versuchte, Dr. Diether zu erreichen.

»Das Beste ist, Sie besuchen mich«, schlug der Arzt vor und erwartete ihn eine halbe Stunde später im Institut für Rechtsmedizin. Für Ortsfremde war es eine Herausforderung, sich auf dem weitläufigen Areal des Universitätsklinikums zurechtzufinden.

Der Rechtsmediziner empfing ihn in seinem engen Büro.

»Kaffee?«, fragte er, wartete die Antwort nicht ab, holte einen angeschlagenen Becher aus dem Regal und sah hinein. Dann grinste er. »Ich wollte mich überzeugen, ob es der Behälter ist, in dem ich eine obduzierte Niere zwischengelagert hatte.«

»Danke«, sagte Lüder.

Dr. Diether lachte laut auf. »Sie haben Glück. Es war keine Niere, sondern eine Gallenblase.« Er schenkte aus einer Thermoskanne ein. »Gibt es nur schwarz. Ich habe weder Zucker noch Milch.«

»Ich trinke meinen nur mit einem Schuss Alkohol.«

»Damit könnte ich dienen. Davon haben wir reichlich. Wollen Sie reinen Alkohol? Oder einen mit Geschmack? Ich müsste dann einen Behälter mit einem Präparat öffnen.«

»Nun bieten Sie mir sicher auch an, dass wir uns den Fall Schwartow am Objekt ansehen?«

»Wenn Sie möchten … Allerdings kann ich die Redewendung ›am lebenden Objekt‹ nicht anwenden.«

»Ist Diether eigentlich Ihr Vorname?«, wollte Lüder wissen.

»Wieso?«

»Bei Ihrer Art Humor müssten Sie eigentlich Dunkelschwarz mit Zunamen heißen.«

Dr. Diether lächelte. Dann wurde er ernst. »Das war ein spannender Fall, den Sie angeliefert haben.«

»Ich habe nichts angeliefert«, protestierte Lüder.

Dr. Diether strich sich mit Zeigfinger und Daumen über die Mundwinkel. »Wir haben es hier mit einem richtigen Agentenkrimi zu tun. Man glaubt nicht, dass sich so etwas hier bei uns in Schleswig-Holstein zuträgt. Ich gehe davon aus, dass die Tat mittels eines präparierten Regenschirmes –«

»Regenschirm?«, unterbrach Lüder den Rechtsmediziner.

»Ja. Sagte ich. Ein Parapluie. So ein Gebrauchsgegenstand sollte Ihnen als Kieler vertraut sein.«

»Ich habe Sie unterbrochen, weil ein Regenschirm auch im Fall des Mordes an Meierjoosten eine Rolle spielte.«

»Sie meinen den Beamten aus dem Wirtschaftsministerium«, zeigte sich Dr. Diether gut informiert. »Bei den hiesigen Wetterverhältnissen ist ein Regenschirm eine überaus unauffällige Tatwaffe. Selbst im weltoffenen Kiel würde es auffallen, wenn Sie mit einer Panzerfaust auf der Schulter durch die Stadt laufen würden. Man spricht von einem sogenannten bulgarischen Regenschirm, dessen Spitze präpariert wurde. Mit der wurde eine Kugel aus einer Platin-Iridium-Legierung von eins Komma zweiundfünfzig Millimeter Durchmesser in den Unterschenkel des Opfers injiziert. In der waren zwei im rechten Winkel zueinander stehende Löcher mit minimalen Ausmaßen, weniger als ein halber Millimeter, vorhanden. Die Löcher waren mit Zuckerguss verschlossen, der sich bei Körpertemperatur leicht auflöst. Durch die minimale Öffnung der Löcher konnte sich das Gift aus der Kapsel freisetzen und das Opfer töten.«

»Das ist ein teuflischer Akt«, stellte Lüder fest.

Dr. Diether nickte zustimmend. »Es klingt makaber, aber das ist Hightech. Die Kapsel, die wir bei der Obduktion entdeckten, enthielt etwa zweihundert Mikrogramm Gift.«

»Eine winzige Menge.«

»Das reicht«, erwiderte Dr. Diether.

»Wissen Sie, um welches Gift es sich gehandelt hat?«

»Rizin. Das ist ein extrem giftiges Protein aus dem Wunderbaum, genauer aus dessen Samen. Sie kennen als Wunderbaum wahrscheinlich nur den Tannenbaum, der nie gerade stehen will. Aber vielleicht sagt Ihnen der lateinische Name etwas: Rizinus.«

»Ich kenne es nur als Rizinusöl mit der besagten durchschlagenden Wirkung«, sagte Lüder.

»Na ja. Wenn Sie auf einem Schlachtfeld die gegnerischen Kräfte mit Rizinusöl tränken, könnte das wirksam werden.« Dr. Diether verzog das Gesicht zu einer Grimasse. »Man könnte dann von einem Scheißkrieg sprechen.«

»In diesem Fall gibt es immer wieder einen Bezug zum Militär«, sagte Lüder nachdenklich und flocht kurz den Zusammenhang zum »Kommando von Schlieffen« ein.

»Das passt«, meinte Dr. Diether. »Rizin wird in Deutschland auf der Kriegswaffenliste geführt.«

»Wie wirkt es?«, wollte Lüder wissen.

»Die Giftigkeit beruht auf der Hemmung der eukaryotischen Proteinbiosynthese. Im menschlichen Organismus bringt es die betroffenen, also kontaminierten Zellen zum Absterben. Es macht einen Unterschied, ob das Gift oral, intravenös oder subkutan zugeführt wird. Wenn es gelingt, rechtzeitig ein Erbrechen herbeizuführen und eine sofortige Magenspülung vorzunehmen, besteht Aussicht auf Heilung. Dazu setzt man klinisch Aktivkohlepulver ein. Ich erzähle es deshalb so ausführlich, weil es gegen eine Rizinvergiftung kein Antidot, also kein Gegenmittel, gibt. Sie haben aufgepasst? Ich sprach von oraler Einnahme, als ich die Behandlungschancen erwähnte. Wird Rizin wie in diesem Fall subkutan, also unter die Haut, injiziert, gibt es keine Rettung.« Dr. Diether runzelte die Stirn. »Sie wollten wissen, wie es wirkt. Rizin führt zu einer Zerstörung der roten Blutkörperchen. Es gibt eine Latenzzeit von mehreren Stunden bis zu drei Tagen. Deshalb bringt der Betroffene die Injektion, die er im schlimmsten Fall nicht einmal als solche zuordnen kann, selten in Verbindung mit den Folgen. So soll es auch bei Klaus Schwartow gewesen sein. Übelkeit. Erbrechen. Durchfall. Bauchschmerzen. Daraus resultiert eine allgemeine Schwäche. Wer bringt solche Symptome schon mit einer Vergiftung in Verbindung? Durch den Flüssigkeitsverlust ist der Körper extrem geschwächt. Symptome einer Lebernekrose, akutes Nierenversagen, Krämpfe. Die roten Blutkörperchen verklumpen. Schließlich kommt es zur Lähmung der medullären Zentren, besonders des Atemzentrums. Nein! Kein Tod ist schön. Aber dieser ist nicht nur heimtückisch in der Ausführung, sondern auch barbarisch in der Wirkung.«

»Ich staune, mit welcher Akribie Sie arbeiten. Diese kleine Kapsel – und dann der Nachweis mit dem Zuckerguss, der sich auflöst und das Gift freisetzt …«

»Ach, daran hat unser toxikologisches Labor einen großen Anteil. Die Analytik von Rizin gelingt bei einer guten Probenvorbereitung durch den Einsatz einer Massenspektrometrie-Kopplung sowie den Nachweis von Ricinin als Biomarker durch die Gaschromatografie.«

Lüder lächelte. »Ich gestehe, nichts verstanden zu haben. Aber hinter dieser Mordmethode steckt Know-how. In den siebziger Jahren ist ein kritischer Journalist auf diese Weise in London durch den bulgarischen Geheimdienst ermordet worden. Wie bei Schwartow wurde es zunächst als harmloser Zwischenfall abgetan und die Ursache für die Symptome der Vergiftung viel zu spät erkannt. Man sagt, dass es enge Verbindungen zum KGB gegeben hätte. Aber der berüchtigte Geheimdienst wurde nach dem Sturz des Diktators Schiwkow aufgelöst.«

»Dann gibt es Parallelen zu dem Mord in London«, meinte Dr. Diether.

»Der DS – der Geheimdienst – hat vermutlich vor 1989 auch die gesamte Kontrolle über den Handel mit Alkohol, Zigaretten, Edelmetallen, Antiquitäten, Drogen und Waffen innegehabt und damit den Markt auf dem gesamten Balkan beherrscht. Ein lukratives Geschäft. Viele ehemalige DS-Agenten sind in die mafiagleiche Organisierte Kriminalität abgewandert. Vielleicht haben sie das Wissen von damals mitgenommen.«

Dr. Diether runzelte die Stirn. »Das ist nicht mehr mein Metier. Ich wünsche Ihnen viel Erfolg, insbesondere wenn Sie sich mit der Mafia anlegen wollen.«

Lüder verabschiedete sich von dem Rechtsmediziner und kehrte ins LKA zurück.

Es war ein abwegiger Gedanke, den Dr. Diether ins Spiel gebracht hatte. Konnte es wirklich sein, dass sich die bulgarische Mafia in Schleswig-Holstein niederlassen wollte? Das Land lag nicht im Zentrum und mochte für manchen als ruhiger Ort erscheinen, an dem man kriminellen Tätigkeiten ungestörter nachgehen konnte. Sollte von hier aus ein Netzwerk gesponnen werden? Das Ziel kriminellen Handelns war das Streben nach Macht und wirtschaftlichem Erfolg. Geld. Und für Geldströme interessierte sich das Finanzamt. War Schwartow aus dem Finanzministerium auf etwas gestoßen? Und Meierjoosten aus dem Wirtschaftsministerium mochte auch sein Augenmerk auf ungewöhnliche Entwicklungen gelegt haben. Die Wölfe, die den Sonnenhof bewohnten, ließen sich von der Lübecker Anwaltskanzlei vertreten, die treuhänderisch das Eigentum an dem Areal verwaltete. Lüder hatte noch keinen Hinweis darauf gefunden, wer dahintersteckte. Ließ sich eine Kanzlei mit der Reputation wie Hilgenroth Oberthür Neddernfeld auf solche Geschäfte ein?

Lüder hatte gewohnheitsmäßig die Tür seines Büros geöffnet. Er vermisste Friedjof, der in dieser Woche Urlaub hatte. Der Bürobote hatte stolz berichtet, dass er und seine Lebenspartnerin die Zeit nutzen wollten, um die gemeinsame Wohnung zu renovieren. Stattdessen erschien Oberrat Gärtner im Türrahmen und berichtete, dass für den Abend eine Demonstration der Wölfe auf dem Exerzierplatz angekündigt worden war.

Am Nachmittag erreichte Lüder die Nachricht, dass man Wiesners Pkw gefunden hatte. Einem Spaziergänger war der auf einem Wanderparkplatz im Felder Gehölz abgestellte silberne Volvo V70 aufgefallen.

»Ich wohne in der Nähe und bin hier öfter unterwegs. Der Wagen stand schon gestern da. Mich hat gewundert, dass er heute immer noch dastand. Da ist ja nix in der Nähe. Ich war in Sorge, dass dem Fahrer vielleicht beim Waldspaziergang schlecht geworden ist. Obwohl«, hatte der Mann angefügt, »das eigentlich nicht sein kann bei der guten Luft, die wir hier haben.«

Die herbeigerufene Streife aus Kronshagen hatte das Fahrzeug äußerlich in Augenschein genommen und konnte nichts Verdächtiges feststellen. Es war abgeschlossen. Die Halterabfrage ergab, dass nach dem Volvo gefahndet wurde. Die Beamten hatten sich mit ihrer Polizeidirektion in Neumünster in Verbindung gesetzt. Von dort aus war die Kieler BKI informiert worden. Oberkommissar Horstmann hatte in Abwesenheit von Vollmers veranlasst, dass das Fahrzeug geborgen und zum Kriminaltechnischen Institut des LKA gebracht wurde.

Dort zeigte man sich sehr irritiert, als Lüder nach ersten Ergebnissen fragte.

»Mensch«, herrschte ihn ein Mitarbeiter an, »wo leben Sie denn? Die Kiste steht noch vor der Tür. Auf dem Hof. Wir haben die zweite Maihälfte. Glauben Sie wirklich, dass wir seit Ostern hier hocken, Däumchen drehen und auf Sie warten?«

»Ja«, erwiderte Lüder. »Und nun drehen Sie Ihr Däumchen ein wenig schneller. Sonst springt uns Al Capone von der Schippe. Und Sie müssen auf Ihr kleines Häuschen eine Hypothek aufnehmen, um die Regressansprüche wegen Amtspflichtverletzung zu begleichen. Wenn Ihre Däumchen eine Pause machen, lesen Sie doch einmal Paragraf achthundertneununddreißig BGB.«

»Du Armleuchter«, sagte der Mann und legte auf.

Fünf Minuten später klingelte Lüders Telefon. Im Display wurde der andere Teilnehmer angezeigt.

»Paragraf zweihundertvierzig StGB«, sagte die weibliche Stimme anstelle einer Begrüßung.

Lüder lachte vergnügt in sich hinein. »Nötigung. Moin, Frau Dr. Braun.«

»Herr Lüders«, setzte die Leiterin des Kriminaltechnischen Instituts an. »Wir arbeiten jetzt seit vielen Jahren zusammen –«

»… und ich bin immer von Ihrer und Ihrer Mitarbeiter Expertise überzeugt. Aber –«

»Nichts ›aber‹, Herr Lüders! Wir bereiten keine Kindergeburtstage vor. Bei uns geht es immer um die Aufklärung von Straftaten. Und alles ist gleich wichtig.«

»In diesem Fall dreht es sich –«

»Nein«, unterbrach ihn die Wissenschaftlerin. »Vorhin hat mich der Papst angerufen. Auch sein Ansinnen kommt in die Warteschlange.«

»Geht es um die Anzeige gegen den Bischof?«, fragte Lüder.

Es war ihm gelungen, Frau Dr. Braun zu irritieren. »Welchen Bischof?«, fragte sie.

»Die Anzeige gegen einen Bischof wegen Drogenmissbrauchs. Jemand hat ihn angezeigt, weil im feierlichen Hochamt das Weihrauchfass zu heftig geschwungen wurde.«

Frau Dr. Braun war wieder im Thema. »Ich habe davon gehört«, erwiderte sie. »Das war in Süddeutschland. *Wir* befassen uns hier mit ernsthaften Dingen.«

Es gelang ihm, die aufgebrachte Institutsleiterin zu besänftigen, bevor sie auflegte.

Die Demo war für siebzehn Uhr dreißig auf dem Wilhelmplatz im Herzen Kiels angemeldet. Als Verantwortlicher hatte sich Valentin Untermenger beim Ordnungsamt gemeldet. Lüder suchte nach Informationen und erkannte auf dem Bild den Mann wieder, dem er auf dem Sonnenhof begegnet war und der dort mit den Kindern gespielt hatte.

Untermenger stammte aus Linz in Österreich und lebte seit zwei Jahren bei den Wölfen in Grebin. Er war mehrfach bei Demonstrationen aufgefallen, weil er Widerstand gegen die dort eingesetzten Polizeikräfte leistete. Zu einer Verurteilung war es jedoch nie gekommen.

Lüder nahm Kontakt zu Geert Mennchen auf.

Der Verfassungsschützer musste keine Unterlagen wälzen. Lüder war überrascht, dass Mennchen die Informationen sofort parat hatte. Untermenger hatte an der Johannes Kepler Universität Medizin studiert und war nach sechs Jahren an die Universität Regensburg gewechselt.

»Er ist jetzt zweiunddreißig«, stellte Lüder fest. »Dann müsste er doch in einem Krankenhaus tätig sein und seine Facharztausbildung fortsetzen.«

»Nein«, erwiderte Mennchen. »Uns liegen keine Informationen vor, weshalb er das Studium nicht in Linz abgeschlossen hat. Vermutlich reichten seine Leistungen nicht. Das trifft möglicherweise auch auf seine Zeit in Regensburg zu. Er hat nie eine Approbation erhalten. Dann war er von der Bildfläche verschwunden. Wir wissen erst wieder etwas von ihm, als er vor zwei Jahren bei den Wölfen auftauchte.«

»Weshalb haben Sie ein Dossier über ihn?«, fragte Lüder.

»Wir nehmen unsere Aufgabe ernst«, wich Mennchen aus.

»Sie sammeln keine Informationen über Leute, die zu dumm waren, die Prüfungen des Medizinstudiums zu bestehen.«

»Er ist seit zwei Jahren der Schatten von Michalski.«

»Hm. Michalski ist der Anführer des Wolfsrudels. Da wird man nicht Stellvertreter, wenn man nicht die entsprechenden Qualitäten mitbringt. Ist Untermenger auffällig geworden?«

»Ich habe Ihnen ein paar sachliche Informationen gegeben. Das muss reichen.«

»Herr Mennchen! Wir arbeiten jetzt schon viele Jahre erfolgreich und vertrauensvoll zusammen. In diesem Fall geht es um sehr viel für unser Land.«

»Das ist mir bewusst. Trotzdem.«

Es half nichts. Mennchen hüllte sich in Schweigen.

Bereits drei Stunden vor Beginn der Versammlung hatten sich kleinere Gruppen an verschiedenen Stellen der Kieler Innenstadt gebildet. Die größte war am Hauptbahnhof entstanden, ungefähr einhundertfünfzig Personen, teilte die Bundespolizei mit. Einige trugen die schwarz-weiß-rote Reichsflagge, jemand hatte die schwarz-weiß-schwarze Flagge mit dem preußischen Adler entrollt. Eine Admiralsflagge tauchte auf. Lüder erfuhr aus dem Radio, dass die Leute Lärm verursachten und mit Trillerpfeifen und Getöse durch die Stadt zogen. Polizei begleitete die Gruppierungen und griff ordnend ein, wenn genervte Bürger ihren Unmut über die Störungen des Straßen- und Busverkehrs äußerten.

Von solchen kleinen Hakeleien abgesehen verliefen die Märsche friedlich. Nach und nach schlossen sich kleinere Gruppen, die an anderen Stellen gestartet waren, dem Zug an. Ihr gemeinsames Ziel war der Wilhelmplatz, der früher der preußischen Staatsmacht als Aufmarschgelände diente. Für die heutigen Demonstranten hatte er sicher eine besondere Bedeutung. 1918 war er Kundgebungsort im Rahmen der Novemberrevolution, die

die Wölfe und Gleichgesinnte wie die Reichsbürger als Ausgangspunkt für das folgende Unheil ansahen, das Ende des Kaiserreiches.

Lüder schüttelte für sich selbst den Kopf. Er hatte Probleme, die Gedanken dieser Leute zu verstehen. Welche Motivation trieb sie um, die Existenz der Bundesrepublik zu leugnen? Konnten vernunftbegabte Menschen dem Kaiserreich mit all seinen historisch belegten Beschränkungen für die Bürger wirklich etwas abgewinnen gegenüber den Freiheiten, die man heute genoss?

Immerhin hatte der Wilhelmplatz auch andere Zeiten erlebt. Bis zur Einweihung des Nordmarksportfeldes wurde er als Fußballplatz genutzt. Ein unrühmliches Kapitel war die hier durchgeführte Bücherverbrennung im Jahr 1933. Es gab aber auch fröhliche Veranstaltungen in Form der Jahrmärkte und Zirkusse. Heute diente das Areal als Parkplatz und als Standort für den Wochenmarkt.

Lüder machte sich auf den Weg zum Wilhelmplatz. Er ging zu Fuß und erreichte Kiels zweitgrößten Platz nach knapp zwanzig Minuten. Mit dem Auto wäre er nicht schneller gewesen. Inzwischen staute sich der Verkehr in alle Richtungen. Ob die Leute sich bewusst waren, dass sie mit ihrem Ansinnen, Aufmerksamkeit zu wecken, oft das Gegenteil bewirkten? Das Thema dürfte die Mehrheit der Bürger nicht interessieren. Dafür wuchs in manchem der Groll über die Beeinträchtigung des Straßenverkehrs.

»Diese Idioten«, fluchte ein Grauhaariger, als ihn ein Polizist anwies, weiterzufahren, weil die Parkmöglichkeit auf dem Platz heute nicht gegeben war. »Sollen die doch in der Walachei demonstrieren. Aber nicht hier. Ich habe einen Termin beim Optiker. Und nun?«

»Fahren Sie bitte weiter«, sagte der junge Beamte freundlich.

»Nein! Ich zahle meine Steuern. Vermutlich mehr als diese Taugenichtse. Wogegen protestieren die eigentlich? Wieder irgendetwas Kurdisches? Das sollte verboten werden. Die können doch bei Erdowahn aufmarschieren.«

»Es sind nicht die Kurden«, erwiderte der Polizist geduldig. »Fahren Sie jetzt bitte weiter.«

»Wer denn?«

»Es geht um … um … die Rückkehr des Kaisers«, kürzte der Uniformierte die Erklärung ab.

»So ein Schwachsinn«, fluchte der Autofahrer und setzte schimpfend seine Suche nach einem alternativen Parkplatz fort.

Der flüchtige Betrachter mochte der Häuserfront nicht viel abgewinnen. Wer sie mit Muße betrachtete und ein wenig der Phantasie freien Raum ließ, entdeckte hinter den Fassaden der sehenswerten Bürgerhäuser Zeugnisse von Generationen urbanen Lebens. Nur der lang gestreckte Bau des Amtes für Soziale Dienste war in Lüders Augen eine Bausünde.

Ein Teil des Platzes war durch Absperrgitter abgegrenzt. Dort stand ein Lkw mit Pritsche. Die Plane war hochgekappt. Lüder bemerkte etwa ein Dutzend Leute, die mit neongrünem Überzieher bekleidet waren und als Ordner fungierten. Gleichzeitig verteilten sie Flugblätter. Über dem Lkw war ein Banner angebracht. »Sagt Nein«, las Lüder. Weitere Plakate zeigten großflächig Bilder, die glücklich lächelnde Menschen zeigten, die auf gepflegten Wegen promenierten. Alles wirkte friedlich.

Wer nur auf solche Momentaufnahmen achtete, übersah, wie schwierig das Leben damals gewesen war. Die Mehrheit musste hart arbeiten, darbte in beengten Wohnverhältnissen, hatte keinen Zugang zu einer ausreichenden medizinischen Versorgung und litt sicher auch unter Armut. Nirgendwo wurde auf die Errungenschaften der modernen Zivilisation verwiesen, auf Mobilität, Freiheit, Selbstbestimmtheit. Welcher Untertan des Kaisers hatte von Urlaubsreisen in ferne Länder geträumt? Vom Sozialstaat heutiger Prägung? Von Bildung und dem Zugriff auf umfassende Kommunikation und Information? Und die Stellschilder, die Werbung für den Sonnenhof und die dort lebende Gemeinschaft machten, waren in sich ein Widerspruch im demagogischen Verharren im Gestern.

Lüder stellte sich ein wenig abseits und beobachtete die

Szenerie. Die Zahl der Interessierten war überschaubar. Er bezweifelte, dass sich ein paar hundert eingefunden hatten. Die Zuschauer standen in kleinen Gruppen zusammen, Hausfrauen, Rentner, junge Leute. Die fünfundzwanzig Prozent der Bevölkerung mit Migrationshintergrund waren eindeutig unterrepräsentiert. Mit böser Zunge hätte man behaupten können, dieses sei eine »deutsche Veranstaltung«. Das entsprach aber auch der Ideologie der Reichsbürger und der ihnen Nahestehenden.

In der Ferne war der Lärm des Demonstrationszuges zu hören, der langsam anschwoll. Die Wölfe marschierten an der Ostseehalle, die heute den Namen eines Sponsors trug, und am Exerzierplatz vorbei, blockierten den Verkehrsfluss auf dem stark frequentierten Schützenwall und erreichten den Wilhelmplatz. Der Lärm war ohrenbetäubend. Gegen die Trillerpfeifen kam die schrille Stimme einer Frau, die durch ein Megafon die Menge aufpeitschen wollte, nicht an. Dumpf dröhnten die Paukenschläge aus dem Demonstrationszug und mischten sich mit den jetzt aus großen Lautsprechern drängenden Tönen von Marschmusik.

Lüder erschien es nahezu unwirklich. Konnte man diese Inszenierung wirklich ernst nehmen? Leider ja. Zu seiner Überraschung füllte sich der Platz. Die Teilnehmer des Zuges verteilten sich vor der Behelfsbühne. Ganz langsam ebbte der Lärm ab. An seine Stelle trat eine Geräuschkulisse wie im Foyer eines Theaters, wenn die Besucher sich untereinander austauschten und jedermann bemüht war, seine Worte im Stimmengewirr durchdringen zu lassen.

Inzwischen hatten vier junge Leute das Podium erklommen und an den bereitgestellten Musikinstrumenten Platz genommen. Die Marschmusik erlosch, und die vier fetzten ohrenbetäubend los. Von der Sängerin war fast nichts zu verstehen. Die Lautsprecher schienen überdreht zu sein. Der Drummer hämmerte auf seine Schießbude ein, als hätte er noch eine persönliche Rechnung mit den Instrumenten zu begleichen. Und die beiden Gitarristen verrenkten sich, dass man nur hoffen konnte, hinter der Bühne stünde ein Chiropraktiker bereit. Lüder war sich nicht sicher: War das noch Musik oder schon Lärm?

Es war ein buntes Publikum, fast ein repräsentativer Bevölkerungsquerschnitt. Das unterschied diese Demonstration von anderen, bei denen Studierende, Schüler oder Umweltaktivisten auf ihr Anliegen aufmerksam machen wollten. Oder glatzköpfige Verschwörungstheoretiker, die Arm in Arm mit Rassisten ihre Ideologie herausbrüllten.

Dieser fast bürgerliche Anstrich war das Gefährliche, überlegte Lüder. Dadurch fühlten sich unter Umständen auch Menschen angesprochen, die sonst nicht für Ideologien oder Extreme empfänglich waren. Michalski als Kopf dieser Bewegung war ein ernst zu nehmender Gegner. Das musste auch der Verfassungsschutz erkannt haben. Mennchen war ausnehmend gut über Valentin Untermenger informiert. Außerdem gab es den V-Mann in den Reihen der Wölfe. Trotzdem verstand Lüder nicht, weshalb Mennchen in diesem Fall mauerte und nicht zur Zusammenarbeit bereit war.

In der Menge waren auch Journalisten unterwegs. Einzelne, die zugleich fotografierten und ein Aufnahmegerät mitlaufen ließen, andere, die im Team arbeiteten. Lüder sah ein paar Fernsehteams, an deren Kameras und Mikrofonen die Logos der Sender angebracht waren. Ob die Wölfe über eine so gute Organisation verfügten, dass sie im Vorhinein die Medien informiert hatten? All das sprach für die Gefährlichkeit dieser Leute.

Ein Raunen ging durch die Menge und wandelte sich zu einem Klatschen, als ein Mann und eine Frau die Behelfsbühne erklommen. Lüder erkannte Untermenger, der wie ein Popstar beide Arme in die Luft riss und dem johlenden Publikum zuwinkte. Die Frau, glaubte Lüder, hatte er bei seinem Besuch auf dem Sonnenhof auch gesehen. Die Band gab noch einmal alles. Trotz großer Kraftanstrengung gelang es ihr jedoch nicht, die Instrumente zu zerlegen.

Ein infernalischer Lärm erhob sich unter den Umstehenden und mochte als Dank für die Darbietung vermutet werden.

Untermenger schwenkte immer wieder die Arme und lachte ins Publikum, bis es ihm endlich gelang, zu sprechen.

»Freunde – Kameraden«, setzte er an und legte eine Pause ein, bis sich die Menge wieder beruhigt hatte. Er sprach von der großen Begeisterung, die sich hier zusammengefunden habe, davon, dass ein sichtbares Zeichen gesetzt werden müsse, um den Illegitimen an den Schalthebeln der Macht klarzumachen, dass sie nicht den Willen des Volkes repräsentierten. »Hier ist das Volk. Ihr seid das Volk. Sagt denen, was ihr wollt.«

»Maoam«, rief jemand in Lüders Nähe und löste Lacher aus.

Ein Ehepaar mittleren Alters hatte neben Lüder Platz genommen. Die Frau hatte sich bei ihrem Partner eingehakt.

»Der ist aber nicht von hier«, sagte die Frau. »Der spricht komisch.«

»Dialekt«, entgegnete ihr Mann.

»Was für einer? Bayern?«

Der Mann schüttelte den Kopf. »Nee. Klingt eher nach Österreich.«

»Was will der hier bei uns?«

»Keine Ahnung.« Nach einer kurzen Pause ergänzte er: »Mein Gott, schon wieder ein Österreicher. Das hat uns schon einmal ins Unglück gestürzt.« Er zerrte am Arm seiner Frau. »Komm bloß mit. Mir wird ganz schlecht.«

Widerstandslos folgte sie ihm.

»Hier, an diesem historischen Ort«, rief Untermenger, »begann das Unrecht. Hier auf dem Wilhelmplatz startete der Matrosenaufstand, der zum Sturz des Kaisers und zum Ende einer glorreichen Zeit führte. Hier maßte sich der Pöbel an, die Ordnung zu zerstören. Deshalb, Kameraden, muss auch hier die Gegenrevolution beginnen. Lasst es nicht zu, dass die Regierung euch – uns – auf Dauer die Grundrechte rauben will. Das, was dort abgeht, hat Ähnlichkeit mit dem Ermächtigungsgesetz von 1933.«

Die weiteren Worte gingen im Johlen der Menge unter. Trotz mehrerer Anläufe gelang es Untermenger nicht mehr, seine Ausführungen fortzusetzen. Lächelnd schien er das Toben der Masse zu genießen. Dann trat er mit einem Schulterzucken ab und überließ die Bühne der Band. Neben Lüder tauchte ein älterer Mann auf. Seine Schiebermütze war aus dem gleichen senffarbenen Cord wie seine Hose, die Jonas sicher als Ballerbüx bezeichnet hätte. Der Oberkörper war mit einem kurzärmeligen Sporthemd bekleidet, aus dem oben dichte graue Haarbüschel hervorquollen. Er stand eine Weile schweigend neben Lüder und beobachtete das Geschehen. Schließich tippte er sich an die Stirn.

»Sie sind doch nicht ganz dicht«, schrie er, um sich gegen den Lärm der Band bemerkbar zu machen. »Sicher, das ist die freie Meinungsäußerung. Jeder hat das Recht, seine Blödheit frank und frei herauszubrüllen. Das ist doch alles falsch, was dort gesagt wird. Die Stätte stimmt nicht. Der Versammlungsort des Matrosenaufstands war an anderer Stelle, am Krusenrotter Weg. So genau nehmen diese Figuren es offenbar nicht mit der Historie. Das gilt nicht nur für die Örtlichkeiten, auch für die krausen Gedanken, die hier verkündet werden.«

Lüder musterte seinen Nachbarn stumm.

»Entschuldigung«, sagte der Mann. »Da kommt der Geschichtslehrer wieder zum Vorschein.«

»Sie haben Geschichte unterrichtet?«

Ein Lächeln zeigte sich auf dem faltenreichen Gesicht.

»An der Realschule. Dreißig Jahre. Aber das ist ein Fach, das niemanden interessiert. ›Wer die Vergangenheit nicht kennt, kann die Gegenwart nicht verstehen und die Zukunft nicht gestalten‹, sagte einst Helmut Kohl. Ich war zwar Lehrer, aber habe meine Zweifel am heutigen Bildungssystem.«

»Die jungen Leute sind nicht besser oder schlechter als wir«, entgegnete Lüder. »Die Lehrinhalte sind anders. Die Welt wandelt sich.«

»Mag sein«, stimmte der alte Mann zu. »Aber deshalb dürfen wir doch die Wahrheit um unsere Geschichte weder vergessen noch falsch wiedergeben.« Er streckte den Arm aus und zeigte auf die Behelfsbühne. »Sie sehen es doch selbst. Da steht ein Demagoge und erzählt Humbug. Und von denen, die es nie gelernt haben, kommt kein Widerspruch.« Er bewegte den Zeigefinger hin und her. »Denken Sie einmal über Helmut Kohls Worte nach. Ich bin selbst ein Stück Geschichte. Geboren im Juli 1945. Meinen Vater habe ich nie kennengelernt. Ich bin während seines letzten Fronturlaubs gezeugt worden. Er ist irgendwo da draußen im Nirgendwo umgekommen. Wann? Wo? Wie? Die Ungewissheit – das hat meine Mutter am meisten gequält. Aber – was soll's. Und dann hört man solche Typen herumtönen, die den Wahnsinn des Krieges verherrlichen und die Verbrechen der Vergangenheit leugnen. Ob der Kerl da vorn den Namen Schlieffen überhaupt richtig schreiben kann, geschweige denn von dessen abartigem Handeln weiß? Mir reicht es«, sagte der alte Mann zornig. »Bevor mir noch übel wird, gehe ich lieber. Ich würde Ihnen gern einen schönen Tag wünschen, aber was ist daran schon schön? Tschüss.«

Er tippte sich grüßend an den Mützenschirm und schlurfte mit gesenktem Haupt müde davon.

Die Band spielte einen Song, dann brach wieder der Jubel aus. Sören Michalski erschien auf der Bühne. Lüder musste sich eingestehen, dass der Mann ein sicheres Auftreten hatte und sich seiner Wirkung auf das Publikum bewusst war. Er schien den Trubel zu genießen, strahlte und bewegte seine Arme nach der gleichen Masche wie zuvor Untermenger. Es war ein gekonntes Auftreten, als er so tat, als würde er um Ruhe bitten. Nach einer Weile beruhigte sich die Menge, und Michalski konnte sie begrüßen. Schon nach den ersten Worten brandete wieder Beifall auf.

Lüder war entsetzt über die demagogische Magie, die von Michalski ausging. Solche Bilder hatte er in historischen Filmdokumenten von nationalsozialistischen Parteitagen gesehen. Wie konnte es angehen, dass sich solche Momente wiederholten? Als Polizist sollte er das Geschehen vor seinen Augen neutral betrachten. Er gestand sich ein, dass es ihm nicht gelang.

Es gab zahlreiche Filme, die sich mit der Zeit des Dritten Reiches auseinandersetzten. In vielen stand der Mann im langen Ledermantel mit dem tief in die Stirn gezogenen Hut in der Ecke und versuchte, Leute mit einer kritischen Distanz zu den Ausführungen des Redners ausfindig zu machen. Lüder empfand keine Gemeinsamkeit mit diesen Spitzeln, auch wenn Michalski sich am Rande dessen bewegte, was von der Meinungsfreiheit gedeckt war. Michalski sprach von Mitleid mit jenen, die durch »das System« in eine persönliche Notlage gedrängt wurden, weil sie im Wettbewerb mit den das Land überflutenden Massen aus fremdländischen Kulturen unterlegen waren. Geschickt brachte er das Beispiel von den invasiven Arten wie der pazifischen Auster, die die heimische Miesmuschel verdrängte.

»Wollt ihr Miesmuscheln sein?«, fragte er laut. Ein infernalischer Lärm drang ihm entgegen. Michalski vermied es, die Juden direkt anzusprechen, nannte aber eine kleine Volksgruppe, die besonders privilegiert werde und sich an den Schalthebeln von Wirtschaft, Politik und Kultur wieder breitmache. »Es gibt Leute, die kümmert es nicht, wenn ihr Arbeit und Wohnung verliert«, brüllte er. »Diese Sippe zog schon immer an den Strippen des internationalen Finanzwesens. Warum hat man denen während der Finanzkrise das Geld in den gierigen Schlund geworfen?«

Michalski verfügte über rhetorische Fähigkeiten. Es war eine Gratwanderung, als er antisemitische Verschwörungstheorien von sich gab, von »gewissen Volksstämmen« sprach, die den Ersten Weltkrieg geplant und damit den Grundstock für den Zusammenbruch des Kaiserreichs gelegt hatten. »Nehmt ein Geschichtsbuch zur Hand und schlagt einmal nach, wer von den Verschwörern und Verrätern getauft wurde«, rief er. »Und nicht nur die Stämme, die über den Zugriff auf die Finanzsysteme das Geld abziehen, solltet ihr beachten. Bis heute reiten sie auf Ereignissen herum, deren Geschehnisse von vielen Wissenschaftlern in Zweifel gezogen werden.«

Ob jeder auf dem Wilhelmplatz verstand, dass Michalski damit den Holocaust in Frage stellte?

Der Redner bezog eindeutig Positionen der Reichsbürger und Selbstverwalter, die offen antisemitisch agierten. Michalski trug eine Litanei angeblicher Fehler der etablierten Politik vor und schloss: »Wir unterstellen nicht, dass die Dümmsten die Macht in Berlin, in den Ländern und an anderen Schalthebeln ergriffen haben. Dahinter steckt System.« Er ballte die Faust und streckte den Arm ruckartig wie Superman vor. »Schluss damit.«

Die Menge begann zu bellen und wie ein Wolfsrudel zu heulen. Das Ganze ging in ein gemeinsames Lachen über, begleitet von einem gellenden Pfeifkonzert, das nicht als Missfallenskundgebung, sondern als Beifall gedeutet werden konnte.

Lüder schüttelte den Kopf. Wie konnten vernunftbegabte Menschen solchen Ausführungen folgen? Vor seinem geistigen Auge tauchten die Bilder der Demos auf, bei denen die Pandemie geleugnet und die Medien der Verschwörung bezichtigt wurden, die gezielte Ausrottung oder zumindest Manipulation der Menschheit durch Impfungen behauptet wurde und Horrorgeschichten die Runde machten, dass in unterirdischen Orten Kinder gezüchtet wurden, deren Blut den Mächtigen ewiges Leben verlieh. Lüder sah sich um. Gab es in Deutschland wirklich so viele dumme Menschen? Oder war Kiel ein Hotspot dieser Spezies?

Lüder erinnerte sich an das »Kommando von Schlieffen« und das dem General zugeschriebene Zitat »Der entbrannte Rassenkampf ist nur durch die Vernichtung einer Partei abzuschließen«. In den Prospekten, die für das entspannte Leben und Miteinander auf dem Sonnenhof warben, waren nur Menschen zu sehen, die den Vorstellungen bestimmter Kreise entsprachen: blond und blauäugig. Was ging hier vor? Immerhin entsprachen weder Valentin Untermenger noch der finster dreinblickende ältere Gärtner, den Lüder bei seinem Besuch auf dem Sonnenhof gesehen hatte, diesem Klischee.

»Es liegt in eurer Hand«, beschwor Michalski die Menge. »Wendet euch an diejenigen, die für die Zustände verantwortlich sind. Sagt ihnen, was ihr denkt. Nutzt dazu alle Wege und Möglichkeiten. Das ist die direkte Demokratie.«

Die Menge lärmte und johlte. Dadurch bekam Lüder erst mit Verzögerung mit, dass sich seitlich der Behelfsbühne ein Tumult entwickelte. Michalski war es nicht mehr möglich, mit seinen Worten durchzudringen. Sofort setzte die Band ein und beschallte den Platz mit dem, was sie für Musik hielt.

Eine Gruppe offensichtlicher Störenfriede musste aus der engen Weißenburgstraße gekommen sein. Die ersten Besucher der Veranstaltung waren auf sie aufmerksam geworden, als sie bei der kleinen Buchhandlung um die Ecke bogen. Es mochten etwa vierzig schwarz gekleidete und maskierte Leute sein. Einige wenige waren mit Baseballschlägern bewaffnet. Sie trugen ein Transparent vor sich: »Nazis raus«. Offenbar eine Gruppe aus dem Antifa-Spektrum. Daneben war das Logo abgebildet, ein schwarzer Kreis, in dem die rote und die schwarze Fahne flatterten. In der ersten Reihe marschierte ein Mann mit kahl geschorenem Schädel, der ein Megafon vor sich hertrug. Seine Worte waren nicht zu verstehen, da sie von der schrillen Musik überdeckt wurden. In die Kakofonie mischten sich auch noch Trommelschläge, die aus der Antifa-Gruppe kamen. Mitglieder schienen auf blecherne Gefäße zu schlagen.

Die Reaktion der Demonstranten und Zuhörer auf dem Platz war unterschiedlich. Die Mehrheit versuchte sich in Richtung der Behelfsbühne oder zum Amt für Soziale Dienste zu flüchten, andere nahmen die Herausforderung an und stellten sich dem schwarzen Block entgegen. Es kam zu ersten Rangeleien. Die Schutzpolizisten, die in unmittelbarer Nähe standen, bemühten sich, die Kontrahenten zu trennen. Es waren zu wenig Uniformierte, sodass sie keine geschlossene Kette bilden konnten. Die beiden Blöcke prallten aufeinander. Es wurde geschubst und gestoßen. Man versuchte aufeinander einzuschlagen.

Lüder sah, dass dabei die Baseballschläger nicht eingesetzt

wurden. Im dichten Gedränge fehlten zum Glück auch die Möglichkeiten, grobschlächtig zu agieren.

Dann nahten im Laufschritt weitere Polizeibeamte, die sich ins Getümmel stürzten, um die Gruppen zu trennen. In der Berichterstattung über diese Ereignisse würde kaum jemand den Einsatz der jungen Beamten erwähnen, die ihre Gesundheit gefährdeten und hinterher in der Öffentlichkeit hören mussten, dass sie zu spät, zu zaghaft oder – je nach Standpunkt – unangemessen hart eingegriffen hätten.

Von seinem Standort konnte Lüder nicht erkennen, ob im Gewühl auch gefährliche Waffen wie Messer, Schlagringe oder Ähnliches eingesetzt wurden.

Für eine Weile war die Lage unübersichtlich.

Die Aufmerksamkeit der Zuschauer hatte sich von Michalski der Auseinandersetzung zugewandt. So bekamen die Leute nicht mit, dass vier stämmige Männer die Bühne geentert hatten und den Anführer der Wölfe vom Podium drängten.

Lüder wurde mit dem Ellenbogen leicht angestoßen.

»Na, Lüders? Sind Sie als Staatsknecht hier?«

»Mich interessiert, ob die Lügenpresse vor Ort ist«, erwiderte er und warf Leif Stefan Dittert einen Seitenblick zu. Der Journalist des Boulevardblattes war wie aus dem Nichts aufgetaucht. »Ohne Kamera? Machen Sie kein Bild von der Veranstaltung?«

»Ich mache mir *ein* Bild. Für die Fotos sind Kollegen zuständig.« Er knuffte Lüder erneut in die Seite. »Heiß, was hier in Kiel abgeht. Das passiert doch sonst immer nur im Wilden Osten.« Dittert stutzte. »Was treibt Sie hierher?«

»Der gleiche Grund wie Sie.«

»Nee. Nix da. Ich bin im Namen der vierten Gewalt hier.«

»Und ich für die zweite.«

»Hä?« LSD musterte Lüder mit einer hochgezogenen Augenbraue. Als der nicht sofort antwortete, ergänzte der Journalist: »Wer soll das sein?«

»Die Judikative.«

»Wieso? Sie sind doch ausführendes Organ.«

»Eben.«

Plötzlich packte Dittert Lüder am Ärmel und zerrte heftig daran.

»Kommen Sie«, rief er und zog Lüder hinter sich her. »Der Oberspinner haut ab.«

Sie zwängten sich durch die aufgebrachte Menschenmenge. Dittert zeigte sich wenig rücksichtsvoll und zog den Zorn derer auf sich, die er anrempelte oder zur Seite stieß. Er hielt Lüder immer noch am Ärmel gepackt. Der bekam mehrfach Knüffe von Betroffenen ab. Schließlich hatten sie das Gedränge verlassen, und Dittert steuerte auf seinen Pkw zu, einen himmelblauen Nissan Qashqai. Noch im Laufen öffnete er die Tür. Der Journalist ließ Lüder keine Zeit zum Fragen.

»Sie standen im Halteverbot«, sagte Lüder, nachdem er eingestiegen war.

»Sind Sie vom LKA oder vom Ordnungsamt?«, erwiderte Dittert und zeigte auf das Schild hinter der Windschutzscheibe mit der Aufschrift »Presse«.

»Das ist kein Freibrief.«

»Doch«, lachte Dittert. »Da ist das Logo meiner Zeitung drauf. Das reicht. Mit uns legt sich niemand an.« Er sah sich um und rief plötzlich: »Habe ich mir gedacht. Da ist er.«

Ein unscheinbarer weißer Polo schob sich in das Gewühl.

»Woher wollen Sie das wissen?«, wandte Lüder ein.

Dittert lachte. »Ich weiß noch viel mehr.«

Er folgte dem Polo, der im dichten Verkehr den Kronshagener Weg bis zur Bundesstraße nahm und dort Richtung Lübeck abbog. Diese ausgebaute Umgehung nannten manche Einheimische auch »Kieler Statt Autobahn«. An der Überführung der »richtigen« Autobahn wurde es eng.

»Die kommen aus allen Knopflöchern«, fluchte Dittert und hatte Mühe, dem Polo zu folgen. Hier endete nicht nur die Autobahn aus Richtung Hamburg, es lagen rund um das Verkehrskreuz auch mehrere Groß- und Verbrauchermärkte und das schwedische Möbelhaus mit dem Elch. »Wo kommen die alle her?«

Der Journalist schimpfte wie ein Rohrspatz. Er drängte hemmungslos jene anderen Verwegenen ab, die gerade auf die Richtungsfahrbahn auffuhren und nun ihrerseits direkt auf die linke Spur wechseln wollten.

»Früher gingen die Kerle zum Kräftemessen in die Arena«, meinte Lüder. »Heute zwängen sie sich hinter das Lenkrad eines Kleinlasters.«

»Kleinlaster?«

»Ja. Was sonst sind Kisten wie Ihre?«

Dittert antwortete nicht, sondern konzentrierte sich darauf, den Anschluss an den Polo an den nächsten neuralgischen Punkten nicht zu verlieren. Er wurde entspannter, als sie den Ostring passiert hatten und nun in angemessenem Abstand dem Polo Richtung Osten folgten.

»Hoffentlich bemerkt er uns nicht. Ist er allein unterwegs?«, fragte Lüder.

»Ja«, bestätigte Dittert. »Ein Solo von Sören Michalski.« Er warf Lüder einen kurzen Seitenblick zu. »Was haben Sie dort gesucht?«

»Ich war in der Stadt und wollte unsere Billardkugeln neu einkugeln lassen.«

»Hä?« Dann begriff Dittert. »Wie immer. Schweigsam wie ein …« Er suchte nach dem passenden Wort.

»Holsteiner«, half Lüder nach. »Woher haben Sie Ihre Informationen?«

Dittert lachte kurz auf. »Nicht von Ihnen oder Ihrer Pressestelle. Haben Sie die Leute beobachtet?«

»Untermenger?«

»Ja. Der steht in Michalskis Schatten. Ich weiß nicht, weshalb der durch alle Prüfungen gesegelt ist. In seinen Kreisen wird behauptet, das sei politisch motiviert, weil er ein kritischer Geist ist. Er wirkt harmlos, ist aber brandgefährlich. Wir haben es mit Leuten zu tun, die nicht mit offenem Visier kämpfen, auch wenn Michalskis Rede grenzwertig war. Oder was meinen Sie?«

Lüder beließ es bei einem Knurrlaut.

»Ihre Beiträge sind nicht sehr ergiebig.«

Wenn er weiter mauerte, würde auch Dittert schweigen, vermutete Lüder. »Untermenger schien mir zugänglich zu sein«, sagte er und dachte erneut an seinen Besuch auf dem Sonnenhof und das muntere Toben mit den Kindern.

»Das sind sie alle. Auch Michalski ist vordergründig nett. Das ist das Gefährlich an ihnen, dass sie nicht in der Maske des Teufels auftreten. Sie sehen aus wie wir.« Erneut warf er Lüder einen Seitenblick zu. »Na ja. Vielleicht sogar noch ein bisschen freundlicher als Sie.«

»Ich glaube, dass Michalski die entscheidenden Zügel in Händen hält. Sein Vertreter hat nicht viel zu sagen«, sagte Lüder.

»Das mag sein. Michalski ist die Figur, die nach außen antritt. Er ist der Strahlemann der Wölfe. Aber was befähigt Untermenger, zumal mit seinem komischen Dialekt bestraft, zu seiner Position?«

»Vielleicht gibt es noch andere, die im Hintergrund stehen«, gab Lüder zu bedenken. »Wie Sie schon selbst feststellten, waren Michalskis Ausführungen grenzwertig. Man schiebt einen nicht zu starken Mann an die zweite Position, um selbst im Verborgenen an den Fäden der Marionette zu ziehen und sie nach eigenen Vorstellungen tanzen zu lassen.«

»Interessant«, murmelte Dittert und wiederholte es mehrfach nachdenklich. »Mensch, Lüders. Sie glauben, hinter dem ganzen Brimborium stecken noch andere? Michalski und Untermenger sind nur nützliche Idioten? Aber warum das Ganze? Es sieht doch so aus, als würden dort ein paar Bekloppte ihren Irrsinn verbreiten.« Dittert klatschte sich mit der flachen Hand gegen die Stirn. Dann stimmte er »Wir wollen unseren alten Kaiser Wilhelm wiederhaben« an.

Lüder hielt sich demonstrativ die Ohren zu. »Hören Sie auf. Ihr Gejaule ist noch schrecklicher als Ihre Artikel.«

»Finden Sie denn den Antisemitismus besser, den die Wölfe offen verkünden?«

»Das ist keine ernst gemeinte Frage. Die Meinungsfreiheit ist bei uns ein hohes Gut. Sie hat aber ihre Grenzen, wenn es um das Schüren von Hass gegenüber bestimmten Bevölkerungsgruppen geht.«

»Nur Hass? Oder auch Gewalt? Mensch, Lüders. Die drei Toten – das ist doch kein Zufall. Da mäht jemand die Staatsdiener um.« Dittert ließ das Lenkrad los und zeigte auf Lüder. »Wer sagt denn, dass Sie nicht auch bald dran sind?«

»Als Polizist geht man einer gefahrgeneigten Tätigkeit nach«, wich Lüder aus.

»Das heißt aber nicht, dass Menschen, die dem Staat dienen, Freiwild sind.«

Sie schwiegen eine Weile. Inzwischen war die Straße zweispurig geworden. Der Verkehr floss gleichmäßig. Sie hatten Preetz passiert.

»Weshalb ist er allein unterwegs?«, fragte Lüder.

»Untermenger ist mit Laura zusammen nach Kiel gekommen.«

»Ist sie seine Freundin?«, fragte Lüder beiläufig.

»Die Hintze?« Dittert ließ kurz das Lenkrad los, um anschließend mit den flachen Händen daraufzuklatschen. »Wie es bei solchen Sekten …«

»Sekten?«

»Nun ja. Religiöse Ziele verfolgen die ja nicht, zumindest nicht erkennbar. Auf dem Gelände des Sonnenhofes gibt es weder eine Kapelle noch einen Andachtsraum oder so was. Aber zurück zu Ihrer Frage. Da geht es gemischt zu. Auf dem Sonnenhof leben Familien, ganz konventionell. Vater, Mutter und Kinder. Andere genießen gewisse Freiheiten. In dieser Hinsicht scheint Michalski das Erstzugriffsrecht zu haben.«

»Das wäre ein guter Aufhänger für eine Story. Aber da läuft nichts.«

Von Weitem war jetzt das Plöner Schloss zu sehen, das hoch

über der Stadt am Ufer des Sees lag. Links und rechts der Straße begleiteten größere und kleinere Seen den Weg. Sie fuhren die Umgehungsstraße entlang. Fast hätte Dittert den Anschluss verpasst, als der Polo im letzten Moment, ohne zu blinken, rechts abbog und Richtung Plöner Innenstadt fuhr.

»Was will der hier?«, wunderte sich der Journalist.

Nach dreihundert Metern bog das Fahrzeug erneut in eine Straße mit dem Namen »Krabbe« ab. Kurz darauf hielt der Polo an. Dittert gelang es gerade noch rechtzeitig, eine Parklücke anzusteuern. Gebannt starrten die beiden Männer durch die Windschutzscheibe. Michalski ließ sich Zeit, bevor er ausstieg, dem Kofferraum eine Reisetasche entnahm und den Polo verschloss.

»Nun bin ich aber gespannt«, meinte Dittert, den offenbar das Jagdfieber gepackt hatte.

Michalski ging ein Stück die Straße voraus, blieb vor einem silbernen Mercedes C 200 Cabriolet stehen. Er kramte in seiner Tasche den Schlüssel hervor und öffnete das Fahrzeug. Die Reisetasche legte er auf dem Beifahrersitz ab. Er rückte die Sitzposition zurecht.

»Michalski hat den Mercedes nicht hierhergefahren«, stellte Lüder fest und begründete es auf Ditterts Nachfrage damit, dass er den Sitz sonst nicht hätte verändern müssen.

»Aber er hat doch einen Schlüssel«, sagte der Journalist.

Lüder lächelte. »Es gibt doch Zweitschlüssel.«

»Mich würde interessieren, wer den Mercedes hier geparkt hat. Und wie Michalski an die Schlüssel gekommen ist.«

Der Mercedes setzte sich in Bewegung.

»Von hier ist er nicht«, stellte Dittert fest. »Der Wagen ist in Nordfriesland angemeldet.«

Michalski hatte sein Ziel sicher angesteuert. Er wusste um den Standort des Autos.

»Nun wird es interessant«, sagte Lüder, während Dittert den Qashqai startete und dem Fahrzeug folgte.

»Was soll das denn?«, wunderte sich der Journalist, als der

Mercedes den Weg Richtung Kiel einschlug. »Der fährt ja zurück.« Eine Weile später ergänzte er: »Ich dachte, als er nach Plön abbog, dass er den verrückten Doktor aufsuchen will.«

»Sie meinen Dr. Jürgen Horst?«

»Der stammt ja aus Plön. Horst wettert schon eine ganze Weile massiv gegen die Landespolitik. Er vertritt die These, dass man das Land verkauft hat, und wittert dahinter eine Verschwörung. Wer profitiert eigentlich von der Staatsknete für die HSH Nordbank? Da haben sich ein paar krumme Manager verzockt, die Politiker dahinter haben entweder nicht aufgepasst oder keine Ahnung. Im schlimmsten Fall haben sie mitgemischt und jetzt steinreiche Verwandte auf den Kanaren oder sonst wo sitzen.«

»Wenn Sie davon überzeugt sind ... Weshalb gehen Sie der Sache nicht mit den Möglichkeiten der Presse auf den Grund?«

»Das funktioniert nicht«, erwiderte Dittert. »Zeitungmachen kostet Geld. Und das wird durch eine möglichst hohe Auflage in die Kassen gespült. Komplexe wirtschaftliche Sachverhalte interessieren die Masse aber nicht.«

Lüder lachte verhalten auf. »›Opa beim Striptease erwischt‹ kommt eher an.«

»Was bewegt diesen Dr. Horst, sich so zu echauffieren?«, überlegte Dittert laut. »Geld wird er kaum bei der HSH Nordbank verloren haben.«

Lüder zog es vor, nicht zu antworten. Die Erfahrung lehrte ihn, sich gegenüber Dittert keinen Spekulationen hinzugeben.

»Was meinen Sie?«, fragte der Journalist im kumpelhaften Ton.

»Haben Sie schon mit dem Arzt gesprochen?«, antwortete Lüder mit einer Gegenfrage.

»Im Augenblick bin ich an dieser Sache dran.«

»Ich schätze Sie so ein, dass Sie eine Verbindung vermuten.«

»Verbindung?«, echote Dittert. »Zwischen den Wölfen und Horst?«

Lüder zuckte nur mit den Schultern.

»Mensch, Lüders. Sie wissen doch mehr. Wir sind doch Kump… Kollegen«, korrigierte sich Dittert. »Wir haben doch gemeinsame Interessen.«

»Kaum«, erwiderte Lüder. »Wir veröffentlichen unsere Ermittlungsakten nicht vor einem Millionenpublikum.«

»Das ist doch etwas anderes.«

»Aha. Und eben waren wir noch Kollegen.«

Für eine Weile herrschte Schweigen. Michalski bog in Kiel auf die Autobahn Richtung Hamburg ab, um kurz darauf den Abzweig nach Rendsburg zu wählen.

»Das Kennzeichen – Nordfriesland –, ob er an die Westküste will?«, fragte Dittert und wedelte mit der rechten Hand in der Luft herum. »Befragen Sie doch einmal Ihr Handy nach dem Halter«, schlug er vor.

Natürlich war der Journalist neugierig. Lüder tat ihm nicht den Gefallen. Er hätte ihm erklären können, dass er aus Datenschutzgründen keine Auskunft geben könne. Dann würde Dittert sicher argumentieren, dass doch niemand etwas erfahren würde. Dabei hatte die Kungelei zwischen der Polizei und der Presse einen Innenminister in Schleswig-Holstein den Job gekostet.

Sie hatten Rendsburg erreicht und wunderten sich, dass Michalski die Zufahrten zur Flensburger Autobahn ignorierte. Er bog etwas später ab und unterquerte den Nord-Ostsee-Kanal durch den Tunnel, der seit Jahren zu einer Dauerbaustelle mutiert war.

»Das bekommen die nie in den Griff«, stellte Dittert fest. »Hier könnte sich Horst auch austoben. Was für eine Steuerverschwendung.«

Nach dem Tunnel wählte Michalski die Abfahrt zur B 203 und folgte der Straße Richtung Westen. Dittert quittierte es mit einem »Hä?«.

»Er will Richtung Westküste.«

»Aber doch nicht hier.«

Lüder grinste hämisch. »Geografie schwach?«

Sie durchquerten ein größeres Waldgebiet sowie einige wenige kleine Dörfer und kreuzten die Eider und den alten Eiderarm. Fast eintausend Jahre markierte Schleswig-Holsteins längster Fluss die Südgrenze Dänemarks. Ähnlich den Reichsbürgern gab es auch im benachbarten Königreich Nationalliberale, die den Fluss weiterhin als Südgrenze ansahen und deshalb Eiderdänen genannt wurden.

»Es war fast zu erwarten, dass die Veranstaltung in Kiel durch die Antifa gestört wird. Mich hat es nicht überrascht, dass diese linke Krawalltruppe die Rechten aufmischen wollte.«

»Das ist eine sehr schlichte Definition«, sagte Lüder.

»Passt das nicht? Die Wölfe stehen doch für Rassismus, Nationalidentität und so was.« Dittert lachte laut auf. »Früher stiftete unsere Fußballnationalmannschaft noch so etwas wie ein unpolitisches Nationalgefühl. Aber damit ist es jetzt auch vorbei. Die Rolle hat Bayern München eingenommen. Aber das ist auch nur eine Truppe von überbezahlten Söldnern ohne Heimatgefühl.«

Lüders Gedanken schweiften kurz zu Friedjof, dem glühenden Anhänger der Kieler Störche, ab. Der Triumph, einen der weltbesten Vereine wie Bayern München aus dem Pokal geworfen zu haben, dürfte noch lange Zeit vorhalten.

»Die Antifa tritt gern auf, wenn sie Aufmerksamkeit erheischen kann«, sagte Lüder.

»Die Vermummten zögern nicht, anderen ihre Meinung einzubläuen. Zumindest versuchen sie es. Haben Sie die Baseballschläger gesehen, die sie geschwungen haben? Weshalb greift der Staat da nicht konsequenter durch?«

»Straftaten werden unabhängig von der Person geahndet.«

»*Geahndet.*« Dittert äffte Lüder nach. »Die machen Randale. Ich frage mich, wie lange die Besetzung des Hauses durch die Antifa noch geduldet wird.«

»Hat der Eigentümer auf Räumung geklagt?«, fragte Lüder.

»Das wird er kaum. Hinter den Kulissen ist es eine Auseinandersetzung zwischen Vater und Sohn. Dem alten von Dortelweil scheint halb Kiel zu gehören. Da sieht man, wie viel Geld mit Rüstungsprodukten zu verdienen ist. Aber an diesem Thema knabbert keiner. Sein Filius hat offenbar keinen Bock, sich in das gemachte Nest zu setzen. Stattdessen zieht er sich schwarze Klamotten an, hat einen Ring durch die Nase, einen Irokesenschnitt mit rotem Kamm und haust mit den schwarzen Gesellen im Abbruchhaus. Den Alten dürfte es stören, wenn es sich zu einer großen Aktion ausweitet und die Medien genussvoll über die Familienfehde berichten würden. ›Die Bonzen gegen die Ausgebeuteten‹ könnte die Schlagzeile lauten. ›Vater verstößt Sohn in die Gosse‹. Das ist keine gute Publicity. Rüstungsproduzenten haben keinen Rückhalt in der Bevölkerung. Im Mittelalter sah jeder die Notwendigkeit ein, dass es Henker geben musste. Das war aber kein angesehener Berufsstand.«

»Und wenn das Zerwürfnis zwischen Vater und Sohn nur vordergründig ist?«

»Wie – was?« Dittert wirkte irritiert. »Ich erkenne keinen Grund, weshalb man der Öffentlichkeit Theater vorspielen sollte.«

War Benedikt von Dortelweil wirklich ein Idealist und verzichtete auf die Annehmlichkeiten, die ein Leben im Schoß einer begüterten Familie bot?

»Da der Staat nichts gegen diese Trottel von Reichsbürgern und ähnliches Gesocks unternimmt, müsste man der Antifa fast dankbar sein«, meinte Dittert.

»Aber nicht, wenn manche glauben, sich gegen die bestehenden Regeln nur mit Gewalt zur Wehr setzen zu können.«

»Was ist gefährlicher? Gelegentlich jemandem die Meinung mit dem Schwingen eines Knüppels zu erklären oder subtil Fake News und Verschwörungstheorien unter die Leute zu bringen und die Menschen in einer Krise noch mehr zu verunsichern? Das ist die Methode der Extremisten«, sagte Dittert. Nach einer längeren Pause fügte er an: »Die Wölfe geben sich harmlos und haben einen bürgerlichen Anstrich. Glauben Sie auch, dass wir es hier mit Wölfen im Schafspelz zu tun haben?«

Lüder ließ die Frage unbeantwortet.

»Zumindest hat Michalski heute vergessen, dass der Wolf im Märchen Kreide gefressen hat, um die Geißlein zu bezirzen. Ich fand, er hat sich vorhin auf dem Wilhelmplatz weit aus dem Fenster gelehnt. So habe ich ihn noch nicht erlebt.«

Falls die Wölfe hinter den Mordanschlägen steckten, überlegte Lüder, könnte das ein Anzeichen für die nächste Eskalationsstufe sein. Ob sie jetzt mutiger oder offener mit ihren kruden Gedanken an die Öffentlichkeit traten?

»Haben Sie übrigens Dr. Horst gesehen?«, fragte Dittert.

»Der stand ziemlich weit vorne, fast vor der Bühne.« Er grinste.

»Der hat bestimmt was auf die Ohren gekriegt. Nicht von der Antifa, sondern von den Lautsprecherboxen. Aber ehrlich. Die laute Musik war nicht ungenießbarer als das, was Untermenger und Michalski verbal abgesondert haben.«

Sie passierten Tellingstedt, das als Handlungsort von Arno Schmidts Roman »Die Schule der Atheisten« bekannt geworden war. Vor mehr als fünfzig Jahren starb an der Tellingstedter Kreuzung die Sängerin Alexandra, die mit ihren Titeln »Mein Freund, der Baum« und »Zigeunerjunge« berühmt wurde. Die Kreuzung wurde später durch eine Brücke entschärft. Nach weiteren zwölf Kilometern durch eine nahezu unbebaute Gegend erreichten sie Heide und fuhren am größten Marktplatz Deutschlands vorbei.

Michalski fuhr quer durch die Stadt. »Da geht es nach Büsum«, stellte Dittert fest. »Richtung Nordfriesland hätte er hinter der Polizei abbiegen müssen.«

Lüder korrigierte ihn. Die Bundesstraße Richtung Norden liege außerhalb der Stadt. Beide waren verwundert, dass der Mercedes weiter geradeaus fuhr. Noch vor Büsum verließ Michalski die Bundesstraße. Der Weg führte sie durch die dünn besiedelte Marsch und die Hebbelstadt Wesselburen.

»Ob Untermenger informiert ist, dass sein Rudelführer hier mit einem eleganten Sportwagen herumkurvt?«, fragte Dittert, als sie durch den Tunnel des gigantischen Eidersperrwerks fuhren. Das technische Meisterwerk schützte seit fünfzig Jahren das Land und dessen Bewohner oberhalb der Anlage.

»Wie oft waren Sie auf dem Sonnenhof?«

»Mehrfach«, wich Dittert aus. »Es war dürftig. Offenbar hatte man allen Bewohnern einen Maulkorb verpasst. Niemand wollte auch nur harmlose Fragen beantworten. Ich fühlte mich wie in einer schlimmen Diktatur. Untermenger wich nicht von meiner Seite. Ich habe lediglich mit einer Familie in deren Haus sprechen können. Die waren hellauf begeistert vom harmonischen Zusammenleben in der Gemeinschaft. Laura Hintze zeigte sich ausgesprochen verschlossen. Ich meine, gesprächstechnisch. Optisch war sie … war sie …« Dittert rang nach einer geeigneten Beschreibung. »Nun ja. Wenn eine Frau sich so kleidet, würde ich behaupten, das ist eine Art von Marketing. Wenn Sie verstehen, was ich meine. Dann lief da noch ein Älterer herum. Es sah aus, als wäre er der Gärtner.«

Lüder hatte den Mann auch bemerkt.

»Der wirkte sehr verdrießlich, während alle anderen aus dem Katalog ›Glückliches Landleben‹ entsprungen schienen. Ich hätte dem Alten zu gern ein paar Fragen gestellt, aber mein Aufpasser wusste es zu verhindern.«

Sie hatten St. Peter-Ording, das ebenso schicke wie beliebte Seebad an der Spitze Eiderstedts, erreicht. Michalski schien sich hier bestens auszukennen. Er steuerte den Mercedes zum Marktplatz und weiter durch die Dorfstraße mit ihren schmucken kuscheligen Geschäften, bis die Fahrt im Theodor-Storm-Viertel endete. Hier waren die Straßen nach Novellen des Dichters benannt. Immensee. Schimmelreiter. Pole Poppenspäler und selbstverständlich Hauke Haien. Exquisite Häuser lagen in dieser bevorzugten Gegend. Alle Wege waren Einbahnstraßen, sodass die Anwohner nicht durch den Durchgangsverkehr gestört wurden. Das Wohngebiet lag direkt an der vordersten Dünenreihe. Dahinter folgte der breite Strand, das Markenzeichen des Ortes.

Michalski ließ den Wagen langsam durch die Straßen rollen. Dittert hielt Abstand. Außer ihnen war hier niemand unterwegs.

Lüder war ohnehin überrascht, dass Michalski scheinbar sorglos auf direktem Weg hierhergefahren war. Er schien nicht damit gerechnet zu haben, dass ihm jemand folgte. Als sie mit dem Qashqai um die Ecke bogen, war der Mercedes verschwunden.

»Wo ist er geblieben?«, staunte Dittert. »Das ist eine Sackgasse. Da geht es nicht weiter.«

»Bleiben Sie im Auto«, sagte Lüder. »Ich sehe nach.«

»Kommt nicht in Frage«, entschied Dittert und tippte sich an die Stirn. »Ich mache doch keine halbe Weltreise, ohne zu erfahren, was hier vor sich geht.«

Er stieg aus und machte sich auf den Weg. Sie fanden den Mercedes auf der Zufahrt eines der Häuser. Als sie sich vorsichtig dem Anwesen näherten, ging innen das Licht an.

»Das wird immer mysteriöser«, befand Dittert. »Es sieht so aus, als wäre niemand zu Hause.« Er kratzte sich den Hinterkopf. »Erst der unauffällige Polo. Dann der Mercedes. Und jetzt dieses Haus. Führt Michalski ein Doppelleben? Der Typ hatte nicht nur den Autoschlüssel an Bord, sondern auch den Haustürschlüssel.«

Obwohl Lüder ihn zurückhalten wollte, marschierte Dittert direkt zum Haus, blieb an der Einfahrt stehen, schüttelte den Kopf und warf Lüder einen Blick zu. Dann betrat der Journalist das Grundstück und steuerte die Haustür an. Kurz darauf tauchte er wieder auf, bewegte die Arme und zog die Schultern in die Höhe. Die Geste bedeutete, dass er ratlos war.

»Da steht kein Name an der Tür. Verdammt. Wem gehört das schmucke Schloss? Ich kann mir so einen Schuppen nicht leisten. Ich fürchte, allein das Reetdach übersteigt meine Möglichkeiten.« Er stieß Lüder an. »Sagen Sie doch auch mal was. Das ist doch komisch, oder?«

Lüder gab ihm recht.

»Und nun?«, wollte Dittert wissen. »Ich könnte einmal bei den Nachbarn klingeln und ein paar Fragen stellen. Oder, noch besser, Sie machen das. Sie haben doch so einen schicken Ausweis, der Eindruck schindet.«

»Haben Sie schon einmal etwas von einem Rechtsstaat gehört? Da gibt es Regeln«, sagte Lüder.

»An die halten sich aber nicht alle. Ich erinnere mich, dass es auch verboten ist, Leute umzubringen.«

»Trotzdem. Wollen Sie einen der Nachbarn verdächtigen?«

»Habe ich nicht gesagt. Aber der Oberwolf – dem muss man doch auf den Zahn fühlen.«

»Jeder nach seiner Methode.«

»Gut. Dann gehe ich jetzt zu Michalski und frage ihn, was das Ganze soll.«

»Das unterlassen Sie.«

»Wer sagt das?«

»Ich.«

Dittert wollte losmarschieren, aber Lüder packte ihn am Oberarm und hielt ihn fest. »Ich habe Sie schon einmal vor einer Dummheit bewahrt. Damals in Timmendorfer Strand, als Sie über den Tod des US-Präsidenten schreiben wollten.«

»Oh Mann«, maulte Dittert. »Wie soll man seine Arbeit machen mit einem Mühlstein wie Ihnen am Hals.«

»Erst nachdenken, dann kommt etwas Gescheites heraus«, sagte Lüder. »Und nun fahren wir zurück nach Kiel.«

»Sie sitzen doch an der Quelle.« Dittert zeigte auf Lüders Hosentasche, in der das Handy steckte. »Ein Anruf, und Sie wissen, wem das Auto gehört und wer sich ein so schmuckes Haus leisten kann.«

»Auch Beamte haben irgendwann Feierabend.«

Dittert murrte, trottete aber zu seinem Wagen zurück.

Lüder rief Margit an.

»Ich warte auf dich. Das Abendbrot«, sagte seine Frau.

Er erklärte ihr, dass er im Augenblick noch an der Westküste sei, sich aber jetzt auf den Heimweg machen werde.

Die Rückfahrt verlief überwiegend schweigend.

FÜNF

Margit hatte sich nicht begeistert gezeigt, als er am Vorabend spät aus St. Peter-Ording zurückkehrte. Immerhin hatte ihn LSD vor der Haustür abgesetzt und nicht wie seinerzeit bei dem Einsatz in Büsum irgendwo in der Marsch stehen lassen.

Lüders Frau hatte nach »seinem Tag« gefragt und sich mit Ausflüchten zufriedengegeben. Sie wusste, dass er berufliche Dinge nicht in das Familienleben mitnahm.

Zum Frühstück war sie versöhnlicher gewesen. Zu lange wusste sie, dass Lüders Beruf nicht vergleichbar war mit einer Tätigkeit in der Verwaltung, die zumindest einen geregelten Tagesablauf bot.

Mit den obligatorischen Tageszeitungen im Gepäck, einem Becher Kaffee aus dem Geschäftszimmer und einem kurzen Gespräch mit Edith Beyer erreichte er sein Büro. Die Ausschreitungen auf dem Wilhelmplatz wurden in allen Zeitungen erwähnt, waren aber nicht der Aufmacher auf der Titelseite. Zum Glück hielten sie sich in Grenzen. Es gab Blessuren auf beiden Seiten, aber keine Verletzten, die ins Krankenhaus gemusst hätten. Ditterts Zeitung dokumentierte die Begegnung zwischen den Wölfen und der Antifa mittels großformatiger Fotos. Im Begleittext vermisste Lüder die Erwähnung des rassistischen Inhalts der Reden. Andere Zeitungen gingen ein wenig ausführlicher darauf ein. Einen ausführlichen oder gar kritischen Hintergrundbericht fand er nicht.

Lüder startete als Nächstes eine Halterabfrage. Der Mercedes, mit dem Michalski am Vorabend von Plön an die Westküste gefahren war, war auf Caralina Silvestri zugelassen. Als Anschrift war die Adresse in St. Peter-Ording genannt.

Wer war diese Frau? Er recherchierte weiter. Silvestri war neununddreißig Jahre alt und in Sorrent am Golf von Neapel, nahe der Sehnsuchtsinsel Capri, geboren. Das Bild zeigte eine rassige Schönheit mit langen schwarzen Haaren. Die Frau wohnte seit drei Jahren im exklusiven Badeort an der Nordsee. Polizeilich war sie noch nicht in Erscheinung getreten.

Lüders Erstaunen erfuhr noch eine Steigerung, als er feststellte, dass Caralina Silvestri auch als Eigentümerin des Hauses eingetragen war. Man durfte das Anwesen und die Lage durchaus als luxuriös bezeichnen. Was führte Michalski dorthin? War er mit der schönen Italienerin liiert? Wie vereinbarte sich das mit der »Gleichheit der Wölfe«, der propagierten Solidargemeinschaft?

Im Internet fand er Bilder, die aus der Welt der High Society zu stammen schienen. Es waren stets ähnliche Motive: Männer und Frauen in ausgelassener Partystimmung, oft mit einem Champagnerglas in der Hand. Lüder hatte das Gefühl, in einem der Magazine zu blättern, die beim Damenfriseur auslagen. Texte gab es keine zu den Aufnahmen, lediglich sporadisch ein paar Namen der Abgebildeten. Manche erkannte Lüder. Promis aus Film und Kultur, Wirtschaft und Politik. Hielt sich Silvestri den Rudelführer der Wölfe als aparten Gespielen? Was trieb eine attraktive Italienerin aus einer bevorzugten Sonnenregion in das raue Klima an der Nordsee? Und aus welcher Quelle stammten ihre Mittel, das alles zu finanzieren?

Lüders Bemühungen, hierzu weitere Informationen zusammenzutragen, scheiterten. Nirgendwo in den Gesellschaftsnachrichten tauchten Hinweise auf, die eine begüterte Familie oder einen ehemaligen reichen Ehemann auswiesen. Silvestri war im Internet eine unbekannte Größe.

Für Lüder tat sich ein weiteres Rätsel auf. Das Grundstück samt Gebäuden, das die Wölfe für ihren Sonnenhof gepachtet hatten, wurde treuhänderisch von der Lübecker Anwaltskanzlei Hilgenroth Oberthür Neddernfeld verwaltet. Damit blieb aber offen, wer der wahre Eigentümer war. Lüder wurde durch das Telefon abgelenkt.

»Breitenbach«, meldete sich eine Stimme. »Ich bin der Däumchendreher vom KTI.«

»Und ich der Paragrafenschinder«, erwiderte Lüder. »Es geht um das Fahrzeug Julian Wiesners?«

»Des Kollegen vom Verfassungsschutz. Wenn ich gewusst hätte, dass es um die Mordserie an Beamten geht …«

»Ist schon gut«, beschwichtigte Lüder den Techniker.

»Wir konnten Fremdspuren sicherstellen. Von einer Person. Sie sind identisch mit denen, die wir an der Leiche haben identifizieren können. Der Spureneigner hat das Fahrzeug bewegt. Er hat zwar Handschuhe getragen, aber jede Menge Genmaterial im Auto verteilt. Wir sind uns sicher, dass er das Auto durchsucht hat, bevor es im Wald bei …«

»Felde«, half Lüder aus.

»Bevor er es dort abgestellt hat. Dann wurde der Volvo ordnungsmäßig verschlossen. Den Schlüssel haben wir nicht gefunden. Dafür aber das zweite Handy. Es war unter den Fahrersitz gerutscht. Das muss der Täter übersehen haben. Für mich waren es erkennbar keine Profis. Die hätten das Fahrzeug abgefackelt.«

»Danke«, sagte Lüder. »Und das nächste Mal …«

Breitenbach lachte. »Drehe ich meine großen Zehen, bevor Sie mich wieder anmachen. Tschüss denn.«

Keine Profis, geisterte es durch Lüders Kopf. Natürlich hatten sie es hier nicht mit Berufskriminellen zu tun. Oder doch? Seine Überlegungen waren zu den ehemaligen Agenten des bulgarischen Geheimdienstes DS gewandert, die die für den Staat durchgeführten lukrativen Geschäfte nach dem Zusammenbruch des Ostblocks auf eigene Rechnung fortgeführt hatten. Wenn diese Annahme, dass es eben keine professionellen Verbrecher waren, zutraf, schien die Konzentration auf den Ermittlungsschwerpunkt Verschwörungstheoretiker vielsprechender.

Lüder fuhr zum Innenministerium an die Förde und suchte den Verfassungsschützer Mennchen auf.

»Ich bin ein wenig enttäuscht von Ihnen«, eröffnete Lüder das Gespräch. »Bisher gab es immer eine konstruktive und kollegiale Zusammenarbeit zwischen Ihnen und mir. Dieser Fall hat eine besondere Brisanz. Es geht an die Substanz unseres Landes. An die Substanz des Staates. Schleswig-Holstein ist nur der Schauplatz einer Bewegung, die ganz Deutschland umfasst.« Mennchen wich seinem Blick aus. »Ich weiß, Herr Dr. Lüders.«

Lüder horchte auf. Das klang sehr förmlich.

»Es ist eine brisante Mischung aus Populismus, historischen Verfälschungen, Hass und Hetze. Wenn wir die sogenannten Wölfe als exemplarisch nehmen, locken sie mit einem sorgenfreien Leben in einer heilen Welt. Denjenigen, die sich ihnen anschließen, wird vieles geboten. Eine intakte Gemeinschaft, die – wenn Sie so wollen – das Ideal des reinen Kommunismus bietet, ohne dessen Nachteile zu verwursten. Sehen Sie sich nur die Werbung des Sonnenhofes an. Das ist doch ein Idyll. Da müsste doch jeder neidisch werden. Das klingt wie Sirenengesang.«

»Sirenen«, meinte Lüder, »das trifft wohl zu. Für mich sind es aber Alarmsirenen, die dort ertönen. Wie kann man noch dem Kaiserreich verbunden sein? Vereinfacht könnte man von Ewiggestrigen sprechen. Wer darauf herumreitet, denkt an glorreiche militärische Siege. Das waren blutige Kriege. Gegen Dänemark, Österreich und Frankreich. Dabei vergisst man aber die Verachtung von Pluralismus und Demokratie durch Kaiser und Eliten. Wilhelm II. hat das Parlament einst ›Reichsaffenhaus‹ genannt. Wer Bismarcks Neuerungen lobpreist, vergisst den Militarismus der Zeit.«

»Michalski wird sich hüten, solche Punkte zu erwähnen. Er reitet auf den damals errungenen wirtschaftlichen und wissenschaftlichen Erfolgen des Reiches herum, erstmals war in der Mitte Europas ein Staat entstanden, der durch seine Lage, Größe und wirtschaftliche Stärke die Machtverhältnisse in Europa nachhaltig verändert hat.«

Lüder nickte versonnen. »Wer solche Kriterien anführt, sollte einen Blick auf die heutige Bundesrepublik werfen. Was die Menschen nach dem Krieg geschaffen haben, sucht seinesgleichen. Und all das ohne Säbelrasseln. Ganz im Gegenteil. Wie oft wurde uns vorgeworfen, dass wir uns konsequent aus allen kriegerischen Auseinandersetzungen herausgehalten haben.« Mennchen spielte mit seinem Kugelschreiber. »Das Kaiserreich entstand durch Blut und Eisen. Es ist ein sehr abwegiger Gedanke, aber könnte es nicht ausländische Interessenten geben, denen ein in sich geschwächtes Deutschland gelegen käme? Wie heißt es im Fußball? Ein Spiel dauert neunzig Minuten plus Verlängerung. Und am Ende gewinnen die Deutschen im Elfmeterschießen.«

»Dummköpfe gibt es überall. Nicht nur bei uns.« Lüder musterte Mennchen eindringlich. »Sie haben einen V-Mann bei den Wölfen eingeschleust.«

Der Verfassungsschützer wich Lüders Blick aus und sah aus dem Fenster.

»Wiesner war kein Zufallsopfer. Wenn mit der Art der Präsentation unter der Reichskriegsflagge auch ein Zeichen gesetzt wurde, hatte man nicht irgendeinen zufälligen Beamten ausgewählt. Wiesner war auf die Wölfe angesetzt. Was hat er herausgefunden? Weshalb musste er sterben?«

»Die Leute sind sehr vorsichtig«, erwiderte Mennchen. »Und dass sie nicht vor Gewalt zurückschrecken, haben sie bewiesen.«

»Das sind Vermutungen«, gab Lüder zu bedenken. »Mit Ihrer Unterstützung könnten wir weitere mögliche Beweise zusammentragen.«

Mennchen rümpfte die Nase. »Wir haben ein faires Rechtssystem. Vor Gericht zählen nur gerichtsfeste Beweise. Da kommen wir mit unseren Erkenntnissen nicht weit.«

»Sie könnten sie mir offenbaren. Auf der Basis könnte ich meine Ermittlungen vorantreiben. Wie Sie schon sagten – die Wölfe sind sehr vorsichtig. Also: Was hat Wiesner herausgefunden?«

Der Verfassungsschützer zögerte lange. Dann breitete er die Hände aus. Es war eine hilflose Geste.

»Sie ahnen es. Ja! Wiesner war an etwas dran. Er wollte es in Kürze vortragen. Manche Menschen neigen nicht dazu, Bruchstücke von sich zu geben. Der Kollege Wiesner gehörte dazu. Nun sind wir in unserer Branche nicht so dokumentationsfreudig.«

Lüder seufzte. »Sie wissen es also nicht.«

Die Antwort bestand nur aus einem hilflosen Schulterzucken.

Lüder berichtete von seiner Observation, die ihn nach St. Peter-Ording geführt hatte. »Caralina Silvestri. Für uns ist sie ein unbeschriebenes Blatt.«

»Und was sagt der BND? Ausländische Dienste?«

Lüder unterließ es, darauf einzugehen. Deutschland hatte eine föderale Struktur. Aus gutem Grund. Manchmal erwies sie sich aber auch als hinderlich und erinnerte an Kleinstaaterei. Das wirkte sich besonders in den Bereichen Kultur und Bildung aus. Manche Landesfürsten mit Rosinen im Gepäck nutzten sie auch zur Profilierung der eigenen Person. Es gab Eifersüchteleien zwischen den Ländern, die leider nicht immer der Sache zuträglich waren. Zuweilen führten solche Versäumnisse auch ins Verderben, wie einige Attentate in der Vergangenheit gezeigt hatten, bei denen Landesbehörden im Vorfeld Informationen für sich behalten und die Bedrohung nicht weitergegeben hatten.

»Haben Sie Informationen über die Italienerin?«

»Nein!«

Die Antwort kam zu schnell. Es war sinnlos. Mennchen mauerte.

»Was verband die drei Opfer Wiesner, Meierjoosten aus dem Wirtschaftsministerium und Schwartow, außer dass sie ermordet wurden?«

Mennchen spitzte die Lippen. »Meierjoosten war gelernter Volkswirt. Er hat Sonderaufgaben wahrgenommen. Welche? Das weiß ich nicht. Und Schwartow war eine Art Außenbeauftragter, wenn man es so nennen darf. Er hat Kontakte zu anderen Dienststellen gepflegt.«

»Anderen Ministerien?«

»Möglich.«

»Also könnte er dabei auch mit Meierjoosten an einem Projekt zusammengearbeitet haben.«

»Möglich.«

»Dr. Jürgen Horst hat ein Lieblingsthema. Er wirft dem Land vor, die Gelder des Volkes, wie er es nennt, veruntreut zu haben, indem man es den Banken in den Rachen wirft. Die Milliarden, die zum Beispiel in die Rettung der HSH Nordbank geflossen sind. Für diese Aktion zeichnen administrativ das Wirtschafts- und das Finanzministerium verantwortlich.«

»Da gäbe es eine Verbindung zwischen Meierjoosten und Schwartow«, stimmte Mennchen zu.

»Aber wie passt Wiesner in dieses Puzzle?«, fragte Lüder.

»Da finde ich auch keine Antwort.«

»Alle drei wurden vergiftet. Das lässt auf denselben Täter oder dieselbe Tätergruppe schließen«, sagte Lüder.

»Es gibt noch viele ungelöste Fragen«, schloss Mennchen das Gespräch.

Lüder kehrte ins LKA zurück. Dort fing ihn Edith Beyer ab. Er solle zum Vize kommen, erklärte sie ihm. Lüder zeigte auf die Bürotür des Abteilungsleiters.

»Und er?«

»Dr. Starke hat Besuch vom Bundeskriminalamt.«

»Na gut«, sagte Lüder und suchte das Büro des Leitenden Kriminaldirektors auf.

Jochen Nathusius begrüßte ihn und fragte nach dem Wohlbefinden Margits. Mit Genugtuung vernahm er, dass es Lüders Ehefrau relativ gut ging und auch sonst in der Familie alles zum Besten bestellt war.

»Schön, dass alles zum Besten bestellt ist«, sagte Nathusius.

»Das trifft sicher nicht auf alle jene Menschen und Familien zu, die durch die Hassmails und Drohungen verunsichert werden«, gab Lüder zu bedenken.

Nathusius räusperte sich. »Es ist nicht neu, dass Amtsträger beschimpft, verfolgt oder angegriffen werden. Denken Sie an den Kasseler Regierungspräsidenten Walter Lübcke oder an den Hamelner Landrat Butte, die ermordet wurden. Oder das Attentat auf die spätere Kölner Oberbürgermeisterin Reker, die nur knapp überlebte.« Nathusius nahm ein Blatt Papier zur Hand. »Es gibt zahlreiche weitere Beispiele. Da wird offen mit Mord gedroht. Zwei Amtsdirektoren waren betroffen. Dem einen hat man versucht, die Haustür einzutreten, dem anderen gedroht, ihn in den Bauch zu schießen, wenn er sich – wörtlich – nicht verpissen würde. Es ist fast schon harmlos, wenn ein Bürgermeister als ›dummes Arschloch‹ bezeichnet wird. Wir wissen, dass Amtsträger mit dem Auto bis auf das eigene Grundstück verfolgt wurden, tote Ratten oder Fäkalien im Briefkasten landeten, mit Zugriff auf Familienangehörige gedroht wird und vieles mehr.«

»Nun aber eskaliert es. Repräsentanten des Staates werden ermordet«, stellte Lüder fest. »Man fragt sich, wer als Nächster gefährdet ist. Wie kann man die Menschen schützen?«

»Realistisch …« Nathusius runzelte die Stirn. »Das geht nicht. Der Kreis potenziell Gefährdeter ist einfach zu groß. Wir können uns auf die Regierungsmitglieder und andere im Fokus der Öffentlichkeit stehende Leute konzentrieren. Aber Wiesner und Schwartow – der Mörder war kein gestörter Steuerzahler.«

Lüder nickte bedächtig. »Von einer geordneten Finanzverwaltung hängt unser Zusammenleben ab. Darüber wird der Staat finanziert. Ohne den würden die Strukturen auseinanderbrechen. Infrastruktur. Schulen. Gesundheitswesen. Sicherheit. Auch dieser Mord war ein gezielter Anschlag auf unseren Staat. Stecken die Reichsbürger und Selbstverwalter dahinter? Sie vertreten den juristisch und historisch völlig absurden Ansatz, die Bundesrepublik und ihre Organe seien nur Teil einer von den Alliierten aufgezwungenen Nachkriegsordnung. Sie beziehen sich dabei auf eine von der ehemaligen Bundeskanzlerin getätigte Bemerkung, die völlig aus dem Zusammenhang gerissen wurde: Die Nachkriegsordnung sei zu Ende. Damit gelte im Gebiet des ehemaligen Deutschen Reichs automatisch wieder

der letzte völkerrechtskonforme Verfassungsstand, also der Rechtsstand vom 30. Juli 1914, zwei Tage vor dem Ausbruch des Ersten Weltkriegs.« Lüder tippte sich an die Stirn. »Wie irre können manche Menschen sein.«

Nathusius pflichtete ihm bei. »Das Kopfschütteln führt uns aber nicht weiter. Wir bilden uns unsere eigene Meinung über die Querdenker. Gefährlich wird es, wenn sie wie in Berlin auf das Reichstagsgelände vordringen. Bedenklich sind auch Aktionen wie das Bedrängen von Abgeordneten durch Besucher des Reichstages, die von einer bestimmten Partei eingeladen wurden. Man darf unterschiedlicher Meinung sein und diese äußern, aber jede Art von Drohgebärden oder gar praktizierte Gewalt gefährdet unsere demokratische Gemeinschaft. Und wenn die Repräsentanten des Staates ermordet werden, sind das unhaltbare Zustände. Ich fürchte, nur wenige haben bisher begriffen, in welcher brisanten Lage wir uns befinden. Wir verdanken der Politik und besonnen agierenden Frauen und Männern, dass wir uns seit dem Zweiten Weltkrieg in einer Phase des Friedens und Wohlstands befinden, die es nie zuvor in der Geschichte gab. Sind die Menschen da draußen sich eigentlich bewusst, dass sie dankbar sein sollten, in diesem Land leben zu dürfen?« Nathusius atmete tief durch. Der »Vize« gab nur selten etwas von seinem Seelenleben preis. Lüder hatte ihn fast immer als nüchternen und neutral argumentierenden Analytiker erlebt.

»Wir wissen, wie explosiv das ist. Man darf nicht vergessen, dass die potenziell bedrohten Leute auch nur Menschen sind, die nicht nur Verantwortung für die Allgemeinheit, sondern auch für ihre Familien, ihre Kinder tragen. Und natürlich auch für sich selbst.«

»Sie waren gestern auf der Demo auf dem Wilhelmplatz?«, fragte Nathusius.

»Ja.« Lüder berichtete von der Veranstaltung. »Es kam zu Auseinandersetzungen zwischen den Wölfen und der Antifa.«

»Ich bin informiert«, sagte Nathusius. »Es gibt ein paar Anzeigen wegen Körperverletzung und Beleidigung. Darunter ist auch Benedikt von Dortelweil, ein Aushängeschild der Bewegung.«

»Das wundert mich immer wieder.«

»Das ist gar nicht so selten«, erwiderte Nathusius. »Ein Aussteiger. Der kennt nur das Leben im goldenen Käfig. Wenn Sie immer nur Kaviar und Hummer zu essen bekommen, freuen Sie sich auf einen Hering. So muss es dem Junior ergehen. Wer weiß. Vielleicht hat der alte von Dortelweil versucht, den Nachwuchs auf Linie zu trimmen. Man hört es gelegentlich aus den Königshäusern, dass die Nachkömmlinge sich gegen die Riten und die ihnen zugedachten Aufgaben auflehnen. Prinz Harry aus England ist ein berühmtes Beispiel. Sein Urgroßonkel hatte sogar zugunsten einer Bürgerlichen auf den Thron verzichtet.«

»Ein Jobaussteiger«, kommentierte Lüder.

»Sie haben manchmal eigentümliche Definitionen«, befand Nathusius. »Der dänische Kronprinz fühlte sich lange den an ihn gestellten Anforderungen nicht gewachsen. Berühmt sind seine Worte anlässlich der Silberhochzeit seiner Eltern, als er seinem Vater vorwarf, den beiden Söhnen die Liebe versagt zu haben, die Kinder benötigen. Wer weiß, ob es Benedikt von Dortelweil nicht ähnlich ergangen ist?«

»Rechtfertigt das die Anwendung von Gewalt?«

Nathusius runzelte die Stirn. »Natürlich nicht. Aber es könnte eine Erklärung sein.«

»Benedikt von Dortelweil hat eine führende Rolle bei der Antifa inne. Liegt es daran, dass er quasi Hausrecht hat, weil seinem Vater das Gebäude gehört? Solange der Junior mitmischt, herrscht ein fragiler Waffenstillstand.«

»Das ist denkbar. Auskunft wird uns der alte von Dortelweil dazu nicht erteilen. Auch in Familien kann sich ein abgrundtiefer Hass entwickeln. Es gibt aber einen Unterschied, von welcher Seite er ausgeht. Kinder vermögen ihre Eltern oder einen Elternteil zu hassen. Umgekehrt kann es vorkommen, dass sich Eltern von ihrem Nachwuchs abwenden. Aber Hass? Das würde ich anders definieren.«

Lüder stimmte Nathusius zu und sagte: »Aufgrund zahlreicher Vorfälle haben wir von Dortelweil junior im Auge. Er ist ja kein unbeschriebenes Blatt. Hinzu kommt, dass er eine gute Ausbildung genossen hat. Er war zwar schon als Schüler aufmüpfig, aber die Schwierigkeiten fingen erst an, als er das Abitur erworben hatte. Statt zu studieren, zog der Sohn es vor, sich zunächst der Protestbewegung anzuschließen und schließlich deren Kopf zu werden. Er hat es sogar abgelehnt, auf Kosten des Vaters temporär ein bequemes Leben im Ausland zu führen. Da muss irgendetwas in seinem Inneren kochen.«

Kinder und Heranwachsende rebellieren manchmal und begehren gegen die Eltern und das Establishment, wie sie es nennen, auf. Lüders Sohn Jonas hatte ihm oft genug Kopfzerbrechen bereitet. Lüder war ein häufiger Gast in der Schule gewesen, wohin er einbestellt worden war. Jetzt hatte Jonas sich gefangen. Ob Benedikt von Dortelweil auch irgendwann zurück in die Spur fand?

Nathusius bewegte langsam den Kopf auf und ab. »Lassen Sie uns unser ganzes Können aufwenden, um diesem Schrecken ein Ende zu bereiten.«

Lüder versprach es und verließ das Büro des stellvertretenden LKA-Leiters.

War Michalski nur vordergründig ein Demagoge?, überlegte Lüder, als er mit einem frisch gebrühten Kaffee in sein Büro zurückkehrte. War dem Rudelführer der Wölfe zuzutrauen, dass er nicht nur zu Hassmails an Politiker und andere Verantwortliche aufrief, sondern »das System« auch durch Mord und Gewalt zum Wanken bringen wollte? Und die Antifa war auch nicht zimperlich bei der Anwendung ihrer Mittel. In ihren Reihen gab es Ansätze von Rassismus, allerdings keinen offenen Antisemitismus, während Michalski bis über die Grenze des Erträglichen das Judentum anprangerte, verpackt in Vorwürfe zu dessen angeblicher Verstrickung beim Niedergang des ruhmreichen Kaiserreiches.

Lüder interessierte sich für den Sonnenhof. Er recherchierte dazu in verschiedenen Quellen und sprach mit einem Kollegen aus dem Dezernat 22, einem Experten für Wirtschaftskriminalität. Dem war der Sonnenhof nicht bekannt.

»Ich möchte nur etwas über die Strukturen in Erfahrung bringen«, erklärte Lüder.

Der Sonnenhof war als Genossenschaft organisiert, als deren Geschäftsführer Sören Michalski ins Genossenschaftsregister eingetragen war. Lüder staunte, dass fast zweihundert Genossen Anteile am Sonnenhof hielten. Die Sonnenhof eG hatte das von ihr bewirtschaftete Areal in Grebin von der Sun Real Estate Ltd. gepachtet. Dahinter verbarg sich laut Grundbuch ein Unternehmen aus Limassol auf Zypern.

»Wir kennen solche Konstrukte«, sagte der Kollege. »Da besteht wenig Aussicht auf Erfolg, herauszubekommen, wer sich dahinter verbirgt. Zypern ist neben Malta das schwarze Schaf in der EU. Die beiden Inselstaaten haben einen lukrativen Geschäftszweig entdeckt. Sie verkaufen EU-Bürgerschaften.«

Lüder war das Verfahren bekannt. Jedem EU-Bürger war es möglich, sich innerhalb der Union frei zu bewegen, sofern er einen Pass eines der Mitgliedsstaaten hatte. Das galt auch für Malteser und Zyprer. Niemand hinterfragte in solchen Fällen die Herkunft des Passinhabers. Man konnte die zyprische Staatsangehörigkeit erwerben, wenn man einen Antrag stellte und über selbst genutztes Wohnungseigentum im Wert von mindestens einer halben Million Euro im Land verfügte. Es gab noch weitere Möglichkeiten, sich die Staatsbürgerschaft »zu kaufen«. Dazu gehörten Personen, die drei Jahre lang mindestens einhunderttausend Euro Steuern zahlten, Eigentümer von Firmen, die in Zypern mindestens zwei Millionen investierten und fünf oder mehr Zyprer beschäftigten, und andere Angebote, um Kapital ins Land zu holen.

Diese Arrangements lockten zahlreiche Ausländer, darunter viele Russen und Chinesen an, die somit legal zu EU-Bürgern wurden und sich frei in deren Grenzen bewegen konnten.

»Die Zyprer sind nicht kooperationsbereit«, erklärte der Wirtschaftsexperte. »Für sie ist es ein lukratives Geschäftsmodell. Sie erhalten dadurch fremdfinanzierte Investitionen in ihre Infrastruktur. Und das ohne Gegenleistung. Befürchten müssen sie nichts. Falls sich hinter den Eingebürgerten zwielichtige Figuren verbergen, gehen die ihren dunklen Geschäften in anderen EU-Ländern nach.«

»Da hat jemand beim Abfassen der europäischen Verträge nicht aufgepasst«, stellte Lüder fest.

»So ist es.«

Es war nahezu unmöglich, herauszufinden, wer sich hinter diesem Konstrukt verbarg. Das war keine gute Erkenntnis.

Lüders Handy meldete sich. Es war Dittert. Lüder zögerte, ob er das Gespräch annehmen sollte. Er verspürte wenig Lust, von dem Journalisten wieder ausgefragt zu werden. LSD sah in ihm oft und gern eine Quelle, um an Informationen heranzukommen.

»Was ist los, Dittert?«, begrüßte er ihn mürrisch.

»Sind Sie sauer, weil Sie nicht vorankommen?«

»Ist das eine offizielle Interviewanfrage nach dem Seelenheil eines Polizeibeamten?«

»Eher eine Feststellung. Natürlich wissen Sie inzwischen, wem der Mercedes gehört. Und wer das exklusive Anwesen in St. Peter-Ording sein Eigen nennt.«

»Ja – und?«

»Ich weiß es auch. Nun fragen wir uns beide, wie eine schöne langbeinige Italienerin zu einem solchen Luxus kommt.«

»Ich bin nicht vom Finanzamt«, knurrte Lüder.

»Die Silvestri ist weder alter Adel, noch gehört sie zu einem Geldclan. Hat sie im Lotto gewonnen? An der Börse gezockt oder erfolgreich das Casino in Monte Carlo besucht? Nee. Also muss es eine andere Quelle geben.«

»Ich werde Ihre Vermutung morgen in der Zeitung lesen.«

»Da finden Sie nichts. Ich bin kein Gesellschaftsreporter. Aber manchmal ist es hilfreich, wenn man auf das Archiv der

Kollegen aus diesem Bereich zurückgreifen kann. Streiten wir uns nicht, ob Silvestri ein B- oder ein C-Promi ist. Irgendwo dort ist sie zu Hause.«

»Danke für den Tipp«, erwiderte Lüder. »Ich werde bei meinem nächsten Friseurbesuch einen Blick in die bunten Blätter werfen.«

»Seien Sie nicht so obstinat. Silvestri hat sicher schon mehr Champagnergläser in Händen gehalten als wir beide zusammen. Und während Sie sich in den letzten Jahren mit einen Glas Rotwein mit Ihrer Frau vergnügt haben, war die Signora auf Partys unterwegs. Und das an vielen Stellen in Europa. Aber nicht nur dort.«

»Auch auf Zypern?«, fragte Lüder.

»Wie? Was?« Dittert war irritiert. »Warum ausgerechnet Zypern? Das ist ein Urlaubsziel für Sie und mich. Die Silvestri ist etwas Besseres gewohnt.«

»Von Saint-Tropez nach St. Peter-Ording?«

»Langsam, Lüders. Sie können sich dort doch nur eine Woche in einer Familienpension leisten. Und die Dosen mit Eierravioli für das Abendessen bringen Sie im Kofferraum mit.«

»Kommen Sie endlich zum Punkt, Dittert.«

»Ich weiß nicht, ob Silvestri mit den Leuten, die auf den Bildern in unserem Archiv abgebildet sind, nur Champagner getrunken hat. Die Leute, namentlich die männlichen Geschlechts, sehen nicht so aus, als hätten sie die Dame wegen ihrer geistreichen Unterhaltung eingeladen.«

»Gibt es einen sogenannten ständigen Begleiter?«, fragte Lüder.

»Ja, der ist männlich und schlüpft in verschiedene Gestalten. Mit anderen Worten: Ich behaupte, nach dem Champagner war die Dame nicht abgeneigt, ans Eingemachte zu gehen.«

»Sie hat sich den sichtbaren Wohlstand erschlafen?«

»Das könnte eine mögliche Option sein.«

»Und wie passt Michalski in das Bild?«

»Tja. Das müssen Sie selbst herausfinden. Nun habe ich zwei

gut bei Ihnen. Vergessen Sie das nicht«, sagte Dittert und legte auf.

Es lagen keine Anzeichen dafür vor, dass die Gemeinschaft auf dem Sonnenhof eine sektenähnliche Struktur aufwies. Religiöse Hintergründe schienen nicht vorzuliegen. Oft verband man mit solchen Gruppierungen sexuelle Hörigkeit, verknüpft mit dem Missbrauch von Kindern und Frauen. Solche Motive leiteten Michalski und die Anführer der Bewegung nicht. Auf manche mochte der Oberwolf sympathisch wirken. Waren er und Caralina Silvestri ein Paar? Wie hatten sie sich kennengelernt? Michalski erweckte nicht den Eindruck, als sei er ebenfalls ein Partygänger und verkehre in den Kreisen der B-Prominenz. Andererseits musste es ein – wie auch immer geartetes – Verhältnis geben. Sonst hätte er sich nicht so vertraut in St. Peter-Ording bewegt. Offen blieb die Frage, woher die Frau die Mittel bezog.

Thomas Vollmers meldete sich. »Es ist nur eine Information, die ich am Rande aufgeschnappt habe. Aber vielleicht ist es interessant für Sie. Sachlich berührt es meine Dienststelle nicht.«

Es hatte einen Einsatz des Polizeireviers Plön gegeben, initiiert von der Kreisverwaltung. Das Ehepaar Knut Helmroth und Bianca Nordmeyer hatte sich fortgesetzt geweigert, seine Kinder zur örtlichen Schule zu schicken. Sie waren weder den Aufforderungen nachgekommen, noch hatten sie das gegen sie verhängte Zwangsgeld beglichen. Der vom Kreis in Marsch gesetzte Vollstreckungsbeamte war auf Widerstand gestoßen. Daraufhin hatte er die örtliche Polizei um Amtshilfe gebeten. Das Paar hatte sich in seinem Haus auf dem Sonnenhof verschanzt. Sie würden weder die Verwaltung noch den Vollstreckungsbeamten oder die Staatsbüttel akzeptieren, hatten sie gesagt. Die Bundesrepublik, in deren Namen diese agierten, würde es rechtmäßig nicht geben. Als ein herbeigerufener Schlüsselnotdienst die Tür öffnen wollte, wurde diese plötzlich aufgerissen, und Helmroth wurde handgreiflich gegen den Handwerker und die beiden Polizisten, während es Bianca Nordmeyer bei Beleidigungen gegen die Anwesenden beließ. Die beiden weigerten sich auch, ihre Papiere vorzulegen, und wurden zur Personenfeststellung mit auf das Revier nach Plön genommen. Dort beschränkte sich der Widerstand auf Verbales.

»Wie wäre es ausgegangen, wenn die uniformierten Kollegen mit Pickelhaube und Kaiser-Wilhelm-Bart aufgetreten wären?«, meinte Lüder.

Vollmers berichtete noch, dass der Vorfall zahlreiche Zuschauer angelockt hatte, offensichtlich Bewohner des Sonnenhofes. Die hatten die Geschehnisse kommentiert, aber nicht eingegriffen.

»War denn keiner der Anführer anwesend?«, fragte Lüder.

»Ich habe keinen detaillierten Einsatzbericht vorliegen«, antwortete Vollmers ungehalten.

Lüder besänftigte den Hauptkommissar und dankte ihm für die Nachricht.

Eine Rückfrage beim Plöner Revier brachte die zusätzliche Information, dass bei der Aktion Valentin Untermenger anwesend gewesen war, aber nicht eingegriffen hatte.

»Woher kennen Sie den?«, fragte Lüder erstaunt.

»Wir kennen unsere Pappenheimer«, erwiderte der Plöner.

»Haben Sie öfter Einsätze auf dem Sonnenhof?«, wollte Lüder wissen.

»Eigentlich nicht. Das ist jetzt ein neues Kaliber.«

»Hat die Streife noch andere Personen identifizieren können?«

»Dazu gab es keine Veranlassung. Niemand ist übergriffig geworden. Insofern wäre eine Personenfeststellung nicht angebracht gewesen.«

»Ich meine – nur so. Visuell.« Lüder senkte die Stimme, um dem Polizisten die Vertraulichkeit der Information zu signalisieren.

»Einige kennt man vom Ansehen«, bestätigte der Beamte.

Seinen Schilderungen entnahm Lüder, dass unter den Schaulustigen auch der finster dreinblickende Gärtner und Laura Hintze waren.

»Ach so. Da wäre noch etwas. Wir hatten dort einmal einen Einsatz, als ein paar linke Chaoten aus Kiel dort aufgetreten sind.«

»Die Antifa?«

»Ich glaube, ja. Ungefähr ein Dutzend Schwarzgekleidete sind dort angerückt und haben Randale gemacht. Wir waren mit mehreren Streifenwagen vor Ort und haben auch Unterstützung aus Eutin angefordert.«

»Wann war das?«

»Puhhh. Ungefähr vor einem halben Jahr. Die Leute vom Sonnenhof haben sich passiv verhalten und uns die Drecksarbeit überlassen. Ist das nicht lustig? Da gibt es welche, die bestreiten die Existenz der Bundesrepublik, von unseren jungen Beamten lassen sie sich aber selbstredend schützen.«

»Wie ist diese Aktion ausgegangen?«

»Es gab ein paar Anzeigen gegen Mitglieder des schwarzen Mobs.«

»Auch durch die Wölfe?«

»Das ist mir nicht bekannt, obwohl es zu Sachbeschädigungen gekommen ist.«

Es war aufschlussreich, was der Plöner Beamte zu berichten wusste. Lüder beschaffte sich Informationen über die Vorkommnisse. Tatsächlich lagen die Anzeigen bei der Kieler Staatsanwaltschaft. Eine Rückfrage bei Staatsanwalt Taner bestätigte es.

»Die Bearbeitung liegt nicht bei mir«, erklärte Taner. »Es wird wohl noch eine Weile dauern, bis wir mit der Prüfung durch sind, ob Anklage erhoben wird.«

Lüders Frage, ob es außer den Anzeigen der Plöner Polizei weitere gebe, verneinte Taner. Die Wölfe hatten sich offenbar zurückgehalten. Entsprach es ihrer Geisteshaltung, dass sie sich nicht gegen die Okkupanten rechtlich wehren wollten, weil sie den Staat, den sie nicht anerkannten, nicht um Hilfe bitten konnten?

Zum Schluss bestätigte Taner, dass auch gegen Benedikt von Dortelweil ermittelt würde. »Merkwürdig ist, dass er der Einzige ist, der anwaltlich vertreten wird. Die anderen scheint das alles nicht zu tangieren.«

»Durch wen wird von Dortelweil vertreten?«

»Moment.« Taner benötigte einen Moment, um es herauszufinden.

»Rechtsanwalt Uwe Deckert aus Kiel.«

Lüder kannte den Juristen. Er genoss an der Förde einen untadeligen Ruf.

Er beschloss, der Antifa einen Besuch abzustatten.

Das von der Gruppe besetzte Haus befand sich in einer kleineren Nebenstraße in einem sogenannten Problemviertel. Die Fenster des Erdgeschosses waren mit Brettern vernagelt. Schmierereien zierten die heruntergekommene Fassade. Dazwischen tauchten Parolen auf. »Tod den Faschos«. »Enteignet«. Wen – das hatte man offengelassen. Halb verblasst stand: »Merkel muss weg«. Jemand hatte dazugekritzelt: »Die geht allein bei solchen Idioten«. Die Texte waren ebenso geistreich wie die Wandbemalungen auf versifften Bahnhofstoiletten.

Anstelle der Haustür, die sicher auch keine Zierde gewesen war, hatte man eine solide Metalltür eingesetzt, wie sie oft auf Baustellen zu sehen war. Eine Klingel suchte Lüder vergeblich. Er schlug mit der Faust gegen das Metall. Auch vergeblich. Nach mehreren Versuchen gab er es auf und konzentrierte sich auf die Holzverschalung vor den Fenstern.

Ein vorbeikommender Passant blieb stehen.

»Das ist richtig«, stellte der unrasierte ältere Mann in der abgerissenen Kleidung fest. »Zeig es ihnen, immer feste druff. Trifft die Richtigen, die Heinis, die immer krakeelen.«

Dann zog er weiter und murmelte etwas Unverständliches vor sich hin. Lüders Trommelschläge waren so heftig, dass die stabilen Holzlatten zu vibrieren begannen. Die Tür öffnete sich, und ein Mann mit millimeterkurz rasiertem Schädel sah hinaus.

Er erspähte Lüder und brüllte: »Haben sie dir ins Gehirn geschissen?«

»Bist du der Vollpfosten, der heute den Pförtner mimt?«, antwortete Lüder. »Klaro. Für das Marketing bist du zu doof.« Der Mann sah aus, als würde er regelmäßig Bodybuilding betreiben. Und wenn nicht, saß er die übrige Zeit in irgendwelchen Tattoostudios. Er kam auf Lüder zugewalzt. Seine Körpersprache verriet, dass ihm nicht an einer Diskussion gelegen war. Er würde sofort handgreiflich werden. Der Mann war gewaltbereit und durchtrainiert. Es fehlte ihm aber die Schnelligkeit, körperlich und im Denkvermögen.

Als er vor Lüder stand und zuschlagen wollte, zog Lüder das Knie an und traf seinen Gegner dort, wo es besonders schmerzhaft war. Mit einer solchen Reaktion hatte der Mann nicht gerechnet. Gewalt ging immer nur von Typen wie ihm aus, nicht aber von harmlosen Bürgern. Mit einem Wehlaut krümmte er sich zusammen und legte beide Hände vor die Stelle, von der ein mächtiger Schmerz ausging.

Lüder umrundete ihn, verpasste ihm mit der Faust noch eine Kopfnuss und sagte: »Vielleicht regt das deinen Denkmuskel an.«

Im Flur, der sich vor ihm auftat, war es dunkel. Ein übler Latrinengeruch strömte aus dem Inneren. Von den Wänden blätterte großflächig die Farbe ab. Die hölzernen Treppenstufen ins Obergeschoss waren ausgetreten. Stellenweise fehlte das Geländer. Irgendwo im Haus dröhnten Bässe. Lüder ging ins Halbdunkel hinein und rief: »Hallo.« Als er den Zugang zur Erdgeschosswohnung erreichte, eine Tür fehlte, erschien eine junge Frau mit lila gefärbtem Haar. An der Unterlippe baumelten mehrere Metallringe.

Sie sah Lüder aus unnatürlich geöffneten Augen an und lallte: »Hi. Wer bist du denn?«

»Ich«, antwortete Lüder.

Sie war offensichtlich zugedröhnt.

»Wo kommst du her?«

Er zeigte mit dem Daumen über die Schulter hinter sich. »Von da.« Er wollte sich an ihr vorbeizwängen, dann fragte er: »Wo ist Benedikt?«

Sie sah ihn ratlos an. Es verging eine gefühlte Ewigkeit, bis sie die Frage verarbeitet hatte. »Du meinst Basti?«

Lüder nickte. Weshalb nannte man Benedikt von Dortelweil Basti?

»Keine Ahnung. Irgendwo. Vielleicht fickt er gerade. Oder chillt. Oder macht was anderes.«

»Das ist alles, was ihr treibt?«, fragte Lüder.

Sie zuckte gleichgültig mit den mageren Schultern. »Reicht doch, oder?«

»Ich muss mit Basti sprechen.«

»Tu doch«, sagte sie uninteressiert.

»Wo ist er in diesem Stall?«

Sie drehte sich um und rief mit belegter Stimme ins Halbdunkel: »Eh, Lutscher. Da ist einer. Der will ...« Der Rest ging in einem Gurgeln unter.

Ein finster dreinblickender Bursche trat in den Flur. Die Füße steckten in nietenbeschlagenen Stiefeln. Die Jeans war fleckig und zerrissen. Unter dem olivfarbenen Unterhemd spannten sich die Brustmuskeln. Auch er wies zahlreiche Tätowierungen auf.

»Hä?« Er musterte Lüder aus zusammengekniffenen Augenlidern. »Wie kommst ...? Was machst du ...? Wo ist ...? Weshalb hat ...?«, stammelte er zusammenhangslos.

»'ne Menge Fragen. Soll ich sie sequenziell beantworten?«

Der Mann ließ seinen Blick an Lüder auf und ab gleiten. *»Bullshit.«*

»Okay. *Let's talk English.«*

Sein Gegenüber klatschte sich mit der flachen Hand an die Stirn. »Wo ist ...?«

»Der Pförtner?«, sagte Lüder leichthin und zeigte über die Schulter hinter sich. »Der schnappt frische Luft. Wundert mich nicht bei dem Mief hier.«

»Eh Mann. Was soll der Scheiß? Mach Platte. Verpiss dich.« Er kam einen Schritt näher. »Hau ab!«, brüllte er.

»Man suutje«, erwiderte Lüder. »Sag mal. Von euch ist keiner Mitglied bei Mensa?«

»Sag. Willst du was verkaufen?« Der »Lutscher«, wie das junge Mädchen ihn gerufen hatte, scannte Lüder erneut, als würde er nach einem Musterkoffer Ausschau halten. »Dieser Mensa … den du verkaufen willst. Was ist das für ein Dreck? Woll'n wir nicht haben.«

»Dachte ich mir«, sagte Lüder und ließ unerwähnt, dass es sich um die Vereinigung der Hochbegabten handelte. Eintrittskarte war ein IQ von mindestens einhundertdreißig. »Ich will mit Basti schnacken.«

»Er aber nicht mit dir.«

Der Lutscher sah an Lüder vorbei. Hinter Lüder entstand Bewegung. Lüder drehte sich um und stellte sich mit dem Rücken zur Wand. Der Pförtner kam mit unsicheren Schritten in den Flur, sah Lüder hasserfüllt an und schlich sich an ihm vorbei.

»Arschgeige«, fluchte der Lutscher. »Warum hast du ihn nicht draußen gelassen?«

»Wollte ich ja«, erwiderte der Pförtner. »Aber die Sau hat mir in die Eier getreten. Mann – das ist wie Hölle.«

»Er hat – was?«, fragte der Lutscher ungläubig.

Der Pförtner wiederholte es und verschwand durch die fehlende Tür in die Wohnung.

Lüder widerstand der Versuchung, zu grinsen, als sein Gegenüber unwillkürlich in eine leicht gekrümmte Abwehrhaltung ging, um einem ähnlichen Schicksal vorzubeugen.

»Was ist nun?«, fragte Lüder. »Ruft ihr Basti? Oder soll ich ihn selbst suchen in diesem Dreckstall?«

»Zieh Leine«, fluchte der Lutscher.

»Bist du taub oder blöde? Vermutlich beides. Also, mach dich auf den Weg. Ich will zu Basti.« Als sich sein Gegenüber bewegte, drohte Lüder mit dem Zeigefinger. »Versuch es nicht. Sonst könnt ihr für den Rest des Tages zu zweit euer Leid beklagen.« Dem Lutscher war anzusehen, dass er den Sinn nicht verstanden hatte. Immerhin wies er die Frau an, Basti zu holen. »Los, Dicki, mach.«

Dicki! Lüder hätte laut loslachen mögen. Das Mädchen litt eindeutig an Magersucht.

»Immer ich«, murrte sie und erklomm die knarrenden Stufen ins Obergeschoss. Nach einigen Minuten erschien sie auf dem Zwischenabsatz und rief mit dünner Stimme herunter: »Er kommt.«

Es dauerte fast zehn Minuten, bis Benedikt von Dortelweil erschien. Er trug Sneakers, eine Jeans und ein Muscleshirt. Tattoos gehörten offenbar zur Kriegsbemalung der Antifa, auch wenn sie bei von Dortelweil weniger martialisch ausfielen. Er hatte eine sportliche Figur, ohne den Testosteronballast der anderen Männer. Seine blond gefärbten Haare waren kurz geschnitten. Von Dortelweil zögerte kurz, als er auf dem Treppenabsatz erschien, dann kam er mit federndem Schritt die Stufen herab und blieb an deren Fuß stehen. Er verschränkte die Arme vor der Brust und zog fragend eine Augenbraue in die Höhe.

»Herr von Dortelweil?«, fragte Lüder.

»Nicht *von*. Das habe ich abgelegt.«

»So?«

»Das ist ein Adelsprädikat, das der olle Wilhelm meinem Urgroßvater in den Hintern geschoben hat. Noch kurz vor Toresschluss, bevor er zu den Käseköppen verschwinden musste.«

»Sie sind dem Adel nicht sehr zugewandt?«

»Ha. Meine Sippe sind ja nur Speichellecker in dieser Intrigantentruppe. Der Urahne hat fleißig Giftgas produziert, mit dem massenweise Menschen umgebracht wurden. Das war in meinen Augen ein Massenmörder. So wie Haarmann, Honka und andere.«

»Das nehmen Sie ihm übel?«

»Ich habe den Dreckskerl ja nicht kennengelernt. Mich stört aber, dass sich die Nachkommen nicht von diesen Schweinereien distanzieren.«

»So wie Ihr Vater?«

»Der ist genauso ein Verbrecher.«

»Weil er Wehrtechnik produziert?«

Wieder folgte das lang gezogene verächtlich klingende »Ha«. Dortelweil bewegte den Kopf. Als der Lutscher nicht reagierte, zischte er ihn an. »Du kannst gehen.« Dann wandte er sich wieder Lüder zu. »Wer sind Sie eigentlich? Ein Pressefuzzi?«

Lüder schüttelte den Kopf.

»Bulle?«, riet Dortelweil. Als Lüder nicht sofort antwortete, meinte er: »Hab ich mir gleich gedacht. Wo sind Ihre Schergen?«

»Ich komme in der Regel allein. Das ist schlimmer, als wenn ein Bataillon anrückt.«

»Sind Sie größenwahnsinnig?«

»Nein. Das ist real.« Immerhin duzte Dortelweil ihn nicht plump.

»Was wollen Sie?«

»Ich möchte verstehen, weshalb Sie sich mit solchen Leuten umgeben und auf das angenehme Leben verzichten, das Ihnen Ihr Elternhaus bieten könnte.«

Dortelweil wiegte den Kopf. Dann lehnte er sich lässig gegen die fleckige Wand des Flurs, fischte eine zerknautschte Zigarettenpackung aus den Tiefen der Jeans hervor und hielt sie Lüder hin. Der lehnte dankend ab.

»Die sind garantiert mit ohne«, erklärte Dortelweil und schüttelte eine Zigarette heraus. »Fabrikware.« Er zeigte ein paar ebenmäßig gewachsene Zähne. »Sogar ohne Steuerbanderole.« Nachdem er den Glimmstängel entzündet hatte, fragte er: »Aber deshalb kommen Sie nicht. Geht es um eine letzte Warnung vor der Zwangsräumung? Will mein Alter jetzt zubeißen?«

»Ich komme vom LKA. Es geht um die Morde an Staatsbediensteten in der jüngsten Zeit.«

Dortelweil zeigte ein arrogant wirkendes Lächeln. »Augen auf bei der Berufswahl.«

»Gilt das auch für Sie? Welche Perspektiven bieten sich Ihnen? Berufsrevoluzzer?«

Der Mann inhalierte tief den Rauch seiner Zigarette. »Wenn

ich an einer sicheren Versorgung interessiert wäre, wäre ich auch Beamter geworden. So wie Sie. Morgens an den Schreibtisch. Mittags in die Kantine. Und abends zurück ins Reihenhaus zu Mutti.«

»Ihr Vater führt ein anderes Leben.«

»Hören Sie mit dem auf«, antwortete Dortelweil aufgebracht. »Das verlogene Subjekt. Alle beide, die sich meine Eltern nennen. Das war der große Fehler in der Evolution, dass man sich seine Eltern nicht aussuchen kann. Als meine Mutter abschob, war ich zwölf. Ich habe damals wirklich geglaubt, jetzt wird es besser. Aber denkste. Die ist nur von einem Himmelbett in ein anderes gehüpft. Vom dem des Fabrikanten für Kriegsspielzeug in die Falle eines Anlagebetrügers.«

»Und?«

»Jetzt ist sie so alt, dass sie Falten am Hintern hat. Da lebt sie von dem, was sie in ihren Ehen abgegriffen hat. Und für das Bett … Da muss jetzt der Gärtnergehilfe herhalten.«

»Das klingt nach Verbitterung.«

»Ach, hören Sie doch auf. Ich kann doch nichts dafür, dass meine Eltern das Verhüterli vergessen haben und ich auf die Welt kam.« Dortelweil zog ein paarmal tief an seiner Zigarette und sah beim Ausatmen den Rauchschwaden nach. Als er die Zigarette aufgeraucht hatte, ließ er die Kippe fallen und trat sie mit den Zehenspitzen aus.

»Das trägt nicht zur Gemütlichkeit der Unterkunft bei«, sagte Lüder.

»Das ganze Leben ist kein Spaß. Und der kümmerliche Rest wird durch solche Figuren wie meinen Alten zusätzlich versaut.«

»Und durch Leute wie Michalski?«

»Die sind doch hirnrissig. Man muss schon einen richtigen Hackenschuss haben, um zu glauben, damals war alles besser. Ich finde auch vieles scheiße, was heute läuft. Oder nicht läuft. Weshalb lässt man Faschos wie diesen Michalski und seine Kumpane gewähren? Dem muss sich jemand entgegenstellen.«

»Sie?«

»Wer sonst? Ihr macht ja nix. Bei den Rechten lasst ihr alles durchgehen.«

»Es gilt die Meinungsfreiheit.«

»Ach, Blödsinn. Wenn wir gegen den Mist, den die Aluhüte verbreiten, protestieren, kommt gleich die Bullerei und prügelt los.«

»Wenn man mit Baseballschlägern bei einer Demo anrückt, muss die Polizei eingreifen.«

»Ja, ja. Leck mich doch. Die Faschos dürfen losprügeln. Aber wir dürfen uns nicht wehren.«

Lüder lächelte. »Wehren – das klingt lustig. Sie sind bewaffnet angekommen.«

»Klar. Wir wussten doch, was uns erwartet.«

»Dann meiden Sie solche Konfrontationen.«

»Das hättet ihr gerne. Schön die Schnauze halten und zusehen, wie alles kaputt gemacht wird. Oder wie die Faschos sich alles unter den Nagel reißen. Wir wollten es uns einmal ansehen, in welchem Luxus die auf dem Dingsbums … dem Sonnenhof leben. Nur mal so. Und schon wird man zusammengeknüppelt.«

»Im Polizeibericht liest es sich anders.«

»Klar. Da wird es so zurechtgebogen, wie es am besten in den Kram passt.«

»Sie haben doch keinen Grund zur Klage. Oder zahlen Sie Miete?«

»Für diesen stinkenden Schuppen? Lächerlich. Eine warme Unterkunft ist ein Grundrecht.« Er stach mit dem Zeigefinger in Lüders Richtung. »*Das* ist es, was wir wollen.«

»Seit jeher musste der Mensch für sein Auskommen arbeiten.«

»Ja – als Lohnsklave in der Rüstungsfabrik.« Dortelweil war laut geworden.

»Es gibt viele Betätigungsfelder, die der Allgemeinheit dienen.«

»Aber nicht als Staatsbüttel.«

»Verachten Sie den Staat?«

»Diesen – ja. So wie er sich gibt. Er sollte gerecht sein.«

»Unser Land ist gerecht.«

»Ha – dass ich nicht lache. Wo denn? Wem gehört das Ganze? Doch nicht dem armen Schwein, das den Buckel krumm macht. Da sitzen die dicken Bosse und sahnen ab. Nee. So läuft das nicht. Das muss anders werden.«

»Mit Gewalt?«

Dortelweil sah Lüder lange an. »Wenn es nicht anders geht …«

»Wollen Sie diesen Staat abschaffen?«

»Ändern. Gerechter machen. Alle sollen etwas abbekommen.«

»Und wie wollen Sie das bewirken?«

»Aufrütteln. Dazu treten wir an.«

»Durch spektakuläre Aktionen?«

»Genau.«

Lüder flocht eine längere Pause ein. Dabei fixierte er Dortelweil aus zusammengekniffenen Augen. Er spürte, wie es seinem Gegenüber unbehaglich wurde.

»Indem Sie Menschen ermorden?«

Dortelweil winkte heftig ab, versagte ihm aber die Antwort.

»Denken Ihre Spießgesellen genauso? Leben hier nur Idealisten?«

Dortelweil ließ sich Zeit mit der Antwort. »Unterschiedlich. Manche sind auch gestrandet.«

»Nicht jeder hat das Glück, eine Ausbildung wie Sie bekommen zu haben.«

»Sagte ich doch. Unterschiedlich.«

»Aber der Staat, den Sie verachten, ernährt Sie.«

»Wieso das denn?«

»Über Sozialleistungen.«

»Das ist doch gerecht, dass die Bonzen etwas abdrücken müssen. Okay. Hier sind Hartzer.«

»Alle?«

Dortelweil blieb die Antwort schuldig.

»Was motiviert Ihre Leute?«

»Mann, das habe ich doch schon erklärt. Wir haben den Kampf gegen die Bourgeoisie aufgenommen. Und gegen die Faschisten, Rassisten, Aluhüte.«

»Fast gegen die ganze Welt.«

»Spinnkopf.«

»Dicki macht auf mich nicht den Eindruck, als sei sie eine überzeugte Revolutionärin.«

»Melanie – das ist eine Ausnahme. Sie gehört zu den Gestrandeten.«

»Sie ist süchtig«, stellte Lüder fest.

Dortelweil verzog keine Miene. »Sie hat hier ein Dach über dem Kopf.«

»Ist das hier die Wohlfahrt?«

Der Mann bewegte seine Hände hektisch. »Was soll das hier werden, eh? Wenn es Ihnen einen hochtreibt … Ja, Melanie legt sich auf den Rücken für die Leute hier. Wir haben mehr Männer als Frauen. Na und? In allen Kriegen zogen Bordelle direkt hinter der Frontlinie her, um die Moral der kämpfenden Truppe zu erhalten.«

»Und Sie haben eine kämpfende Truppe um sich versammelt, sind in einer Art Krieg gegen den Staat?«

Dortelweil zeigte Richtung Tür. »Raus!«, brüllte er aus Leibeskräften.

Lüder zog es vor, der Aufforderung Folge zu leisten. Die »Unterhaltung« war zu Ende. Es bestand die Gefahr, dass die anderen Bewohner des Hauses erscheinen und sich nicht mit Worten begnügen würden.

»Sie hören von uns. Von mir«, sagte er und wandte sich zum Ausgang. Lüder beschleunigte seinen Schritt, als Dortelweil das »Raus« mit sich überschlagender Stimme wiederholte und er auf der hölzernen Treppe polternde Schritte hörte.

In einer Stadt wie Kiel gab es verschiedene Gruppierungen, die sich dem Kampf gegen »vieles« verschrieben hatten. Homogen war die Szene nicht, wusste Lüder. Von Studierenden geprägt waren Aktionen gegen Rassismus und Antisemitismus, andere setzten sich für die Rechte von Migranten ein. Immer noch populär war der Ruf nach Umverteilung der Reichtümer und der Vergesellschaftung der Produktionsmittel. Die Bandbreite der Vorschläge reichte vom bedingungslosen Grundeinkommen bis zum Recht auf kostenfreie Nutzung der Verkehrsmittel, von der Befreiung der Eltern von jeglichen Kosten für Schule und Kita bis zum Wohnen ohne Mietzahlung. Diese Forderungen wurden durch Plakataktionen und Handzettel, durch Protestmärsche bis hin zu gewalttätigen Aktionen und Auseinandersetzungen mit Meinungsgegnern ausgetragen. Zerstörungen waren in den Augen der gewaltbereiten Linken ebenso Kollateralschäden wie die Prügeleien mit der Staatsmacht.

Die Antifa, deren Ableger Lüder soeben besucht hatte, unterschied sich im Inneren von anderen Bewegungen, fand er. Der harte Kern, der auf etwa fünfzig bis sechzig Aktivisten geschätzt wurde, gehörte eher zur Fraktion »Randale machen und aufmischen«. Lüder war überzeugt, dass die Mehrheit an keiner politisch fundierten Diskussion teilhaben wollte. Dortelweil hatte es kurz umrissen. Die Leute waren Mitläufer, denen eine Bleibe für eine besondere Art des Daseins geboten wurde. Das heruntergekommene Haus und seine Bewohner waren keine Heimstatt für revolutionäre Theorien, die die Gesellschaft verändern sollten. Zweifelsfrei war Benedikt Dortelweil der Kopf der Bewegung. Er gab die Richtung vor. Der Rest trottete geistlos hinterher. Und Aktionen wie jene am Vortag auf dem Wilhelmplatz waren willkommene Belebungen des tristen und perspektivlosen Alltags.

Wenn Lüder recht hatte, überlegte er, musste Dortelweils Motiv ein anderes sein. Konnte es eine abgrundtiefe Abneigung gegen seinen Vater sein? Ein tiefschürfender Vater-Sohn-Konflikt? Mit Sicherheit war der alte von Dortelweil eine dominierende Persönlichkeit. Er war daran gewöhnt, dass man sich seinem Willen beugte. Jeder Vater wusste, dass in der Pubertät die Zeit kam, in der ein Sohn im Vater nicht mehr das bewunderte Vorbild, sondern den Sparringspartner für ein virtuelles Kräftemessen sah. Dieser natürliche Vorgang musste im Hause von Dortelweil eskaliert sein. Benedikt hatte einen Ausweg aus der Drohung »Solange du deine Füße unter meinen Tisch stellst ...« gesucht und in der Antifa-Bewegung gefunden.

Natürlich wusste er, wem das Haus gehörte. Sicher war er auch eingeweiht in die Pläne des Alten, das Bauwerk zu sanieren oder gar neu zu errichten. Die Besetzung war ein Nadelstich. In Verbindung mit den Bewohnern und deren Aktionen war es den Behörden ein Dorn im Auge. Das betraf nicht nur das aggressive Auftreten der Gruppe in der Öffentlichkeit. Die Polizei war aber machtlos, solange der Eigentümer keine Räumung durchführen ließ. Wolfgang von Dortelweil, der mit seiner Defense Tech AG Rüstungsgüter produzierte, würde durch solch eine Aktion die Aufmerksamkeit der Öffentlichkeit auf sich und sein Unternehmen lenken. Dieser Industriezweig werkelte aber lieber im Verborgenen.

Waren die Ermittlungsbehörden hier also tatsächlich gar keiner politischen Aktion auf der Spur, sondern einem Vater-Sohn-Konflikt der besonderen Art, der öffentlich ausgetragen wurde? Eine Antwort würden die Beteiligten nicht geben. Aber für Lüder schien es zutreffend, dass die Antifa nicht die treibende Kraft hinter den jüngsten Morden sein konnte, die das Land erschütterten und seine Strukturen durcheinanderbringen sollten. Benedikt Dortelweil mochte durchtrieben sein, aber Lüder hielt ihn nicht für den strategischen Kopf hinter einer groß angelegten Verschwörung. Insofern war der Besuch bei den schwarzen Gestalten erfolgreich gewesen.

Im LKA suchte Lüder seinen Vorgesetzten auf und trug seine Vermutung vor. Dr. Starke pflichtete ihm bei. Lüder erzählte auch vom Verdacht gegen die Wölfe.

»Welche Verbindung besteht zwischen Michalski und Caralina Silvestri? Uns ist nicht klar, mit welchen Mitteln die Frau ihren Lebensunterhalt in einer solchen Umgebung finanziert. Ich würde vorschlagen, dass wir das Haus observieren, um möglicherweise Hinweise auf weitere Kontakte zu erhalten.«

Dr. Starke gab zu bedenken, dass es keinen begründeten Verdacht gegen die Frau gab. Wenn sie ein Verhältnis zu Sören Michalski unterhielt, war das kein strafbarer Tatbestand. »Und auch Michalski hat sich nichts zuschulden kommen lassen.«

Lüder wies auf die anlässlich der Veranstaltung auf dem Wilhelmplatz vorgetragenen Äußerungen hin, die durchaus grenzwertig seien.

Dr. Starke wiegte den Kopf. »Die Meinungsfreiheit ist bei uns ein hohes Gut. Selbst wenn wir beide über solche Reden nur den Kopf schütteln können, liegt nichts gegen den Mann vor. Als vernunftbegabte Menschen kann man nur staunen über die Verschwörungstheorien. Wie irre muss man im Kopf sein, um wie QAnon anonym und ohne Einschränkung im Netz weltweit Verschwörungstheorien zu posten? Da wird behauptet, dass Mitarbeiter oder enge Vertraute der Regierungen Geheiminformationen ans Licht bringen und die QAnon mit Insiderwissen aus Politik und Finanzwesen versorgen.«

»Man darf es nicht mit Whistleblowern à la Julian Assange und Wikileaks vergleichen, die offenkundige Missstände und Verbrechen von Staaten öffentlich gemacht haben. Das sehen die Betroffenen natürlich nicht gern, dass sie an den Pranger gestellt werden. Deshalb versuchen sie, solche Publikationen zu unterbinden. Man geht ebenso gegen die Presse vor. Wie viele Journalisten sitzen weltweit in Gefängnissen oder wurden sogar ermordet?«, sagte Lüder.

»QAnon ist anders gestrickt«, setzte Dr. Starke seinen Gedanken fort. »Sie fühlen sich als abgehobene Elite. *WWG1WGA Where we go one, we go all.* Einer für alle, alle für einen.«

Lüder lachte bitter auf. »Wie das Motto der Muskeltiere.«

»Muskeltiere?«, fragte der Kriminaldirektor irritiert.

»Das hat mich als Kind begeistert. Und da ich nicht wusste, was ein Musketier ist, habe ich sie in Anbetracht ihrer Heldentaten Muskeltiere genannt. Aber zurück zu QAnon. Die basteln an der großen Weltverschwörung. Der einzelne Verschwurbler glaubt daran, ein besonders wichtiges Puzzleteil beizutragen, wenn er ein Stück Hirnrissigkeit ins Netz pustet.«

»Pustet? Postet!«

Lüder winkte ab. »Da gibt es die große Verschwörung. Die Gebrüder Grimm waren ja durchaus nicht zimperlich bei ihren Erzählungen. Da wurde gemordet, geschlitzt, verbrannt, vergiftet und manches mehr. Das ist aber gar nichts gegen die bekloppte QAnon-Behauptung, dass es einen satanischen Kult aus Pädophilen und Kannibalen gibt. In unterirdischen Städten werden Kinder gezüchtet. Von deren Blut ernähren sich die Reichen und die Mächtigen und machen sich unsterblich.« Er lachte bitter auf. »Man hat ja schon lange den Verdacht, dass manche Politiker abtauchen. Aber ausgerechnet in diese unterirdischen Städte? Wie kommt man dorthin? Wenn es einer mit einem Flugzeug versucht hat, ist es schiefgegangen. Man hört dann, dass der und der Politiker abgestürzt ist. *Mit dem Flieger.* Ansonsten kommt es öfter einmal vor, dass einer von denen abstürzt. Ich denke dabei zum Beispiel an den, der uns mit seiner Aktion im Weißen Haus in Timmendorfer Strand beschäftigt hat. Diese Aktion hat die Welt nicht glauben wollen. Dabei war das gar nichts im Vergleich zu dem, was später noch folgte. Die Mär vom Wahlbetrug und der unrühmliche Abgang aus dem Amt. Man kann sich auch mit Blödheit einen Platz in der Geschichte sichern.«

»Solchen Leuten wie QAnon und ähnlichen wäre zuzutrauen, dass sie zu Mitteln wie den Morden an Ministerialbeamten greifen«, setzte Dr. Starke Lüders Gedanken fort. »Denen kämen Unsicherheiten bei den Verantwortlichen gelegen. Mit wem haben wir es hier zu tun?«

Darauf wusste Lüder auch keine Antwort. »Über QAnon wird kolportiert, dass die Leute Tipps von Regierungsmitarbeitern erhalten. Wenn hier wirklich eine solche Verschwörung im Gange ist, muss es jemanden geben, der vertrauliche Informationen weitergibt. Uns ist immer noch nicht bekannt, was die bisherigen Mordopfer miteinander verbindet. Es ist unverständlich, weshalb uns Informationen aus den Ministerien vorenthalten werden, an welchen Aufgaben die Männer gearbeitet haben. Von Wiesner wissen wir grob, dass er sich mit Michalskis Wölfen beschäftigte. Aber was hat Schwartow gemacht? Und Meierjoosten?«

»Was wirst du jetzt machen?«, wollte Dr. Starke wissen.

»Ich will den Arzt in Plön besuchen. Der ist auch kein Sympathisant unserer Landesregierung. Und er war neugieriger Besucher auf der Demo auf dem Wilhelmplatz.«

Der Abteilungsleiter wünschte ihm viel Erfolg.

Lüders Versuch, einen telefonischen Kontakt herzustellen, scheiterte. Stattdessen wurden die Sprechstunden auf einer Bandansage durchgegeben.

Der Allgemeinmediziner war neununddreißig Jahre alt und geschieden. Er stammte aus der Region und praktizierte seit drei Jahren in der Kreisstadt. Als Student war er aktiv in der Antifa-Bewegung tätig. In dieser Zeit gab es Zusammenstöße mit der Polizei, die aktenkundig waren. Es waren Bagatellen, die gegen kleine Auflagen eingestellt wurden. Um Jürgen Horst war es zunächst stiller geworden. Vermutlich hatte die Tätigkeit als Arzt in verschiedenen Kliniken seine Zeit in Anspruch genommen. Seit zwei Jahren engagierte er sich wieder, allerdings nicht in einer bekannten Gruppierung. Dr. Horst war ins Visier der Verfassungsschützer geraten, weil er auf von ihm organisierten Veranstaltungen und in den sozialen Medien offen dazu aufrief, sich mit allen gebotenen Mitteln gegen die Machenschaften der »Führungskraken« zur Wehr zu setzen. Er hatte sich auch nicht von Beiträgen distanziert, die zu »Die da oben müssen weg«-Aufrufen auch skandierten, dass dieses mit kraftvoller Anstrengung geschehen solle. »Alle Gewalt geht vom Volke aus«

war das Motto der Bewegung. Man berief sich dabei auf Artikel zwanzig des Grundgesetzes, der allerdings falsch zitiert wurde. Den vorliegenden Unterlagen war nicht zu entnehmen, welches Motiv den Arzt antrieb. Eine strafbare Handlung konnte ihm bisher nicht nachgewiesen werden. Immerhin reichte es für eine informelle Beobachtung durch den Verfassungsschutz. Horst hatte davon erfahren und es für seine Agitation ausgenutzt. Ob es eine direkte Konfrontation zwischen dem Arzt und Julian Wiesner gegeben hatte, war den Unterlagen nicht zu entnehmen.

Lüder machte sich auf den Weg nach Plön. Der gleichnamige Kreis begann direkt an der Kieler Stadtgrenze, während die Kreisstadt am anderen Ende lag. Eingebettet in die hügelige Seenlandschaft der Holsteinischen Schweiz lag Plön direkt am größten Binnensee Schleswig-Holsteins. Die Hohenzollern-Prinzen erhielten ihre schulische Ausbildung teilweise in Plön. Daran erinnerte die in den See hinausragende Halbinsel »Prinzeninsel«, ein gern besuchtes Ausflugsziel. Hoch über der Stadt lag direkt am See das Plöner Schloss, eines der bedeutendsten Renaissancebauwerke des Landes.

Die Fußgängerzone Lange Straße musste ihren Namen von einem Scherzbold bekommen haben. Zwischen ihr und dem See lag die malerische Altstadt. Die Einkaufsstraße selbst war nur etwa dreihundert Meter lang. In den gemütlich wirkenden Spitzgiebelhäusern reihte sich ein Geschäft neben das andere. Das Ambiente der kleinen Läden unterschied sich wohltuend in seiner Vielfalt von der Uniformität der Malls in den Metropolen. Das kleinteilige Granitpflaster und die Blumenkübel luden zum gemütlichen Promenieren ein. In einem der Häuser hatte der Arzt seine Praxis.

Lüder betrachtete das Praxisschild. »Dr. med. Jürgen Horst. Facharzt für Allgemeinmedizin. Alle Kassen«. Darunter standen die Sprechzeiten. Lüder war erstaunt über die langen Öffnungszeiten, die montags, dienstags und donnerstags bis neunzehn Uhr reichten.

Während er sich dem Hauseingang zuwandte, drängte sich eine Frau an ihm vorbei, erklomm behände die Stufen zur ersten Etage und baute sich vor ihm am Tresen auf. Dabei warf sie Lüder über die Schulter einen abschätzenden Blick zu. Er hielt den Abstand zur Wahrung der Diskretion ein. Trotzdem erfuhr er nicht nur den Grund des Arztbesuchs der Dränglerin, sondern auch ihre persönlichen Daten. Als die Frau ins Wartezimmer komplimentiert worden war, forderte ihn eine verhärmt aussehende Mitarbeiterin hinterm Tresen zum Vortreten auf. Sie wollte wissen, ob er schon einmal als Patient in der Praxis gewesen war, und bat um seine Versichertenkarte.

Lüder präsentierte seinen Dienstausweis, senkte die Stimme und bat darum, den Arzt sprechen zu dürfen.

»Als Patient?«, erkundigte sich die Frau.

»Nein, persönlich. Dr. Horst betreffend«, fügte er an.

Die Frau musterte ihn, stellte aber keine weiteren Fragen. »Nehmen Sie bitte im Wartezimmer Platz«, bat sie.

Lüder betrat den Raum. An den Wänden waren Stühle aufgereiht. In der Mitte stand ein niedriger Tisch mit Zeitschriften und Broschüren. Er nickte der Frau zu, die sich an ihm vorbeigestohlen hatte und ihm einen triumphierenden Blick zurückwarf. Dann nahm er neben einem älteren Mann Platz.

Der Mann in der abgetragenen Kleidung sah ihn an. Bartstoppeln bedeckten sein faltiges Gesicht. Als er Lüder ansprach, sah man die Zahnstummel im Mund.

»Sie sind neu hier, was?«, sagte er. »Was haben Sie denn?«

Lüder zuckte nichtssagend mit den Schultern.

»Na, ist ja egal. Bei mir ist es das Alter. Es zwackt hier, es zwackt da.« Er unterstrich seine Worte dadurch, dass er sich ans Herz, ans Knie und in den Nacken fasste. Eine schwergewichtige Frau, die schräg vor ihnen saß, räusperte sich vernehmlich.

Der alte Mann grinste breit. »Ist doch nichts dabei. Kann doch jeder wissen, dass ich auch was an der Prostata habe.«

»Also«, beklagte sich die Rundliche und bewegte heftig ihren Kopf, dass das Doppelkinn in Schwingung geriet.

»Das ist so, wenn man ein Leben lang malocht hat.« Der Nachbar sah auf Lüders Hände. »Kein Arbeiter, was?«

»Ich bin berufstätig, habe aber Respekt vor Menschen, die ihr Leben hart gearbeitet haben.«

»Das kannst du sagen«, pflichtete der Mann bei. »Aber der Doktor ist in Ordnung. Hat was über für uns kleine Leute. Stimmt's?«, fragte er in die Runde.

Nur eine ältere Frau gegenüber fühlte sich bemüßigt, leicht zu nicken.

»Beim Doc kriegst du auch mal was verschrieben, was andere nicht machen. Das zahlt die Kasse nicht, sagen die. Nee. Der Herr Doktor ist da anders.« Der Mann berührte Lüders Ellenbogen. »Da haben Sie eine gute Wahl getroffen. Sie sind wohl nicht von hier?«

»Doch«, behauptete Lüder.

»Ich kenn mich hier aus. Leb schon über siebzig Jahre hier. Aber geseh'n hab ich Sie noch nicht. Wir sind ja nicht so viele hier, abgesehen von denen, die hier am See längs laufen wollen. Von mir aus, wenn sie man nicht so aufdringlich in unsere Läden rein würden. Aber, sag ich immer, leben und sterben lassen.«

Lüder brummte etwas Unverständliches.

»Aber das mit dem Sterben ... Da passt Dr. Horst schon auf, dass das nicht so schnell geht. Ist ein feiner Mensch. Wenn alle so wären, dann wär die Welt in Ordnung. Obwohl er ein kluger Mann ist, hat ja fix was studiert, ist er einer von uns, von den einfachen Leuten. Sollst mal sehen, wie er Klartext spricht mit denen da oben. Der zeigt ihnen, was 'ne Harke ist. Von der Sorte brauchen wir noch mehr. Die verarschen uns doch. Schwimmen im Geld, fahren mit ihrer Yacht nach ... nach ... nach sonst wo in Urlaub, und wir kriegen nur eine kleine Rente.« Er zeigte mit seinem ausgestreckten Arm in die Runde. »Frag doch mal die Leute hier.« Der Mann sah Lüder erneut an. »Sag doch mal was«, forderte er ihn auf. Als Lüder schwieg, rückte er demonstrativ ein Stück von ihm ab. »Oder bist du auch einer von denen da oben? So ein feiner Pinkel?«

»Ich möchte nur zum Arzt«, erwiderte Lüder betont freundlich.

Sie wurden durch die Arzthelferin abgelenkt, die an der Re-
zeption stand und jetzt suchend in das Wartezimmer sah. Als
sie Lüder erblickte, nickte sie ihm zu.

»Sie können jetzt.«

Lüder stand auf und schenkte der Dränglerin ein hämisches
Lächeln.

»Moment«, begehrte die Frau auf. »Ich war vor ihm da.«

Lüder folgte der Arzthelferin und wurde in ein schlichtes Be-
handlungszimmer geführt. Hinter dem aufgeräumten Schreibtisch saß der Arzt. Dr. Horst hatte rotblonde Haare, die auf
dem Kopf millimeterkurz geschoren waren. Die Länge schien
mit der des Bartes auf Wangen und Kinn zu korrespondieren.
Am rechten Ohrläppchen baumelte ein goldener Ring. Aus
dem Gesicht mit den kantigen Zügen sahen zwei wasserblaue
Augen Lüder an. Der Arzt trug keinen weißen Kittel, sondern
ein am Kragen offenes Sporthemd mit kurzen Ärmeln. Mit dem
Äußeren versuchte der Mediziner wohl die häufig anzutreffende
Distanz zwischen Arzt und Patient zu überwinden.

»Bitte.« Dr. Horst wies auf den Besucherstuhl vor sich. Er
machte keine Anstalten, Lüder die Hand zu reichen. Noch während Lüder Platz nahm, stellte der Arzt fest: »Sie kommen von
der Polizei.«

»Lüders. Landeskriminalamt. Ich komme vom Polizeilichen
Staatsschutz.«

»Klar.« Dr. Horst wirkte nicht überrascht. »Sie sehen nicht
so aus, als würden Sie mir vorwerfen, meinen Maserati falsch
geparkt oder mit meiner Neunzig-Meter-Yacht eine zu große
Bugwelle auf dem Plöner See verursacht zu haben.«

Lüder ging nicht darauf ein. »Es geht um Mord.«

Der Arzt bewegte bedächtig den Kopf. »Sie meinen, an dem
Beamten vom Innenministerium. Was habe ich damit zu tun?«

»Unsere routinemäßigen Ermitt–«

»Ach, hören Sie doch mit solchem Gesumse auf«, unterbrach ihn Dr. Horst grob. »Es gefällt manchem nicht, dass ich die Dinge beim Namen nenne. Alles, was unter den Teppich gekehrt wird, bleibt unsichtbar. Die Leute vergessen nur, dass eine Stolperfalle entsteht, wenn sich unter dem Teppich zu viel Dreck anhäuft.«

»Sie haben öffentlich gegen Repräsentanten unserer Gesellschaft gewettert und dabei auch nicht vor harschen Formulierungen zurückgeschreckt.«

Dr. Horst legte seinen linken Zeigefinger gegen die Nase. »Ich spreche nicht von der Lügenpresse. Aber man kann auch durch Weglassen Meinungen beeinflussen.«

»Wenden Sie diese Taktik an? Fordern Sie die Menschen auf, sich gegen die Büttel dieses Staates zur Wehr zu setzen?«

»Ich lasse Ihre Worte unkommentiert im Raum stehen. Wer weiß, welche Konsequenzen es sonst für mich hat, wenn die Gesinnungspolizei hier auftaucht.«

»Gesinnungspolizei?«

»Was soll es sonst bedeuten, wenn ich von einem Staatsschützer verhört werde? Wollen Sie mir einen Mord in die Schuhe schieben? Kommt jetzt die berühmte Frage, was ich zu diesem oder jenem Zeitpunkt gemacht habe? Brauche ich ein Alibi?«

»Das hier ist kein Verhör, sondern ein Gespräch.«

»Ach, so nennt man es. Ich habe doch nur kritische Fragen in der Öffentlichkeit gestellt. Es wäre zum Beispiel gut, wenn die Presse einmal vorgerechnet hätte, was man mit den fünf Komma vier Milliarden alles hätte machen können, die man stattdessen als Verlust bei der HSH Nordbank eingefahren hat. Aber darüber schweigen die Medien. Das nenne ich gleichgeschaltet, wenn die Versäumnisse und Kungeleien der Politik unter den Tisch gekehrt werden. Wir hätten eines der besten Verkehrsnetze der Welt und nicht nur Rumpelstraßen, die nur aus Flicken bestehen. Aber bei diesem Betrag ist es ja nicht geblieben. Man hat dem Investor noch mehr in den Rachen geworfen, indem man behauptet hat, diese Bankenruine sei systemrelevant. Das erschließt sich mir nicht, aber da ja Ignoranz und Dummheit die

Entscheidungen vieler Politiker maßgeblich bestimmen, werden diese Typen das Ammenmärchen von der Systemrelevanz glauben und nachbeten. Und alle, die das Desaster verursacht haben, kommen total ungeschoren davon. Dass man sie nicht einmal symbolisch packen kann! Da sind doch massive Fehler in unserem Rechtssystem. Aber: Wir haben eben nur einen Rechtsstaat und keinen Staat, der gerecht sein will. In Situationen wie diesen bin ich manchmal wirklich froh, dass ich einmal sterben und die irdische Dummheit hinter mir lassen kann. Es wäre ja nicht auszuhalten, wenn man ohne jede zeitliche Begrenzung mit solchen Schandtaten konfrontiert werden würde.«

Dr. Horst holte tief Luft, drehte sich etwas zur Seite und schlug die Beine übereinander.

»Jeder darf seine Meinung äuß–«, setzte Lüder an, wurde aber durch eine Handbewegung seines Gegenübers unterbrochen.

»Man muss kein mathematisches Genie sein, um auszurechnen, dass man mit dem Geld alle Kitas siebenundzwanzig Jahre lang beitragsfrei stellen oder alle Sportstätten einhundert Mal – einhundert! – sanieren könnte. Man könnte sechzehn neue Rader Hochbrücken davon bauen. Na ja. Die da oben kriegen nicht einmal eine gebacken. Sie könnten auch sechsmal alle maroden Landstraßen sanieren, ganz zu schweigen von den Schulen, Krankenhäusern und vielem mehr.«

Sicher hatte Dr. Horst in vielen Punkten recht, befand Lüder. Die Mehrheit der Bürger hatte das Thema nur nebenbei aufgenommen. Was würde geschehen, wenn die Menschen im Lande aufstehen und sich gegen eine solche Verschwendung wehren würden? Es schien, als hätte der Arzt seinen Gedanken aufgegriffen.

»Wie soll man dem Bürger, der ja über Generationen die Schuldenlast tragen muss, klarmachen, dass dieser Verlust durch kriminelle und größenwahnsinnige Manager und unfähige Politikclowns in nur wenigen Jahren zustande gekommen ist? Weshalb werden die nicht in Regress genommen, auch wenn das in Anbetracht des idiotischen Verlustes nur eine symbolische Geste wäre? Aber sie würde Wirkung zeigen. Der Erwerber der Bank scheint auch von krimineller Energie getragen zu werden. Ich traue denen nicht. Die werden binnen kurzer Zeit die Bank ausschlachten. Auch dann bleiben Trümmer über. Wollen wir wetten, dass der Steuerzahler dann erneut zur Kasse gebeten wird, weil eine systemrelevante Bank nicht geopfert werden kann? Opfer sind mit Sicherheit nicht nur die Bürger, sondern vielmehr noch die Mitarbeiter. Man jagt kleine Selbstständige, die sich mühsam einen Bauchladen aufgebaut haben, durch Finanzamt und AOK gnadenlos in die Insolvenz, aber solche Gangster hofiert man. Es macht mich gleichzeitig sprachlos und wütend. Vor allem, wenn man an die unterstützungsbedürftigen Familien mit kleinen Kindern denkt, die schon heute die enormen Kita-Gebühren nicht tragen können.«

»Das klingt fast so, als hätten Sie einen Hass auf die Politik und das System? Weshalb engagieren Sie sich nicht politisch?«

»Hören Sie doch auf.« Dr. Horst war laut geworden und zeigte auf Lüder. »Da, wo Sie jetzt sitzen, hockte gestern ein ALG-II-Empfänger. Der bekommt keine neue Brille bezahlt. Ohne Brille kann er aber nicht arbeiten. Neulich saßen dort Eltern, auch ALG II, die sich die Kita nicht mehr leisten können. Sie haben den Nachwuchs abgemeldet. Das große Kind ist in der Schule aggressiv, weil es ständig gehänselt wird wegen getragener Kleidung. Es kann an keiner Veranstaltung teilnehmen. Die Altvorstände der Bank werden hingegen fürstlich abgefunden für ihren Mist.«

»Sie haben Ihren Unmut bei Demos und spektakulären Protestaktionen kundgetan.«

Dr. Horst fuchtelte wild mit der Hand in der Luft herum. »Da sehen Sie, wie recht ich habe. Artikel acht des Grundgesetzes garantiert die Versammlungsfreiheit. Aber wenn Sie sich mit einem Thema zu Wort melden, das denen da oben nicht passt, stehen Sie unter Beobachtung der Schlapphüte. Oder die politische Polizei schlägt bei Ihnen auf.«

»Sie haben zum gewalttätigen Widerstand –«, sagte Lüder, aber Dr. Horst unterbrach ihn sofort.

»Das ist die Interpretation derer, die selbst Gewalt ausüben ...«

»Sie sprechen vom staatlichen Gewaltmonopol?«

»Es ist doch egal, wie Sie es nennen. Da geht man mit Brachialgewalt gegen Menschen vor, weil sie eine Kleinigkeit nicht bezahlt haben. Die großen Verbrecher hingegen hofiert man. Soll ich Ihnen noch einmal vorrechnen, was man mit den HSH-Milliarden alles hätte machen können?«

Lüder winkte ab. »Wir haben eine demokratische Grundordnung und eine funktionierende Justiz. Bei aller Gedanken- und Redefreiheit ist es aber nicht zulässig, öffentlich zum handgreiflichen Widerstand aufzurufen und Staatsbedienstete zur Jagd freizugeben.«

Dr. Horst lachte schrill auf. »Haben Sie als Büttel des Staates auch Angst?«

»Ich bin Polizist und für die Ermittlung bei Staatsschutzdelikten zuständig. Die Polizei wird aber auch präventiv tätig. Doch in diesem Fall handelt es sich um Mord. Das Opfer war ein Familienvater.«

Dr. Horst schnaufte verächtlich. »Er war jemand, der hinter der Gesinnung anderer Menschen hinterhergeschnüffelt hat. Sagt Ihnen Hoffmann von Fallersleben etwas?«

Lüder bestätigte es. »Aus dessen Feder stammt unsere Nationalhymne.«

»Ich denke eher an seine Fassung von ›Die Gedanken sind frei‹. Dort heißt es in der zweiten Strophe: ›Ich denke, was ich will und was mich beglücket‹.«

Lüder lächelte. »So ist es mit Halbwahrheiten, die von Ihresgleichen gern verbreitet werden. Zitieren Sie weiter.«

Dr. Horst wich seinem Blick aus.

»›Doch alles in der Still und wie es sich schicket‹, geht es im Text weiter. Da ist nicht die Rede von Krawall und Aufforderung zur Gewalt.«

»Wollen Sie mir etwas unterjubeln?«, begehrte Dr. Horst auf und zeigte mit ausgestrecktem Arm auf die Tür. »Sie stehlen meine Zeit. Und nicht nur meine, sondern auch die der Menschen da draußen, die auf mich warten. Als Arzt«, fügte er an.

»Denken Sie auch an den hippokratischen Eid?«, fragte Lüder und stand auf.

»Kein Medizinstudent *muss* ihn schwören«, erwiderte Dr. Horst.

»Sind Sie Dr. Horst oder Dr. Jekyll, der beseelt ist von dem Gedanken, das Gute und das Böse in der menschlichen Seele voneinander trennen zu können? Mein Rat: Bleiben Sie beim Guten. Mord ist nicht Ihr Metier. Und Gedanken wie jene, die aktuell in Verbindung mit von Schlieffen gebracht werden, auch nicht.«

»›Der Worte sind genug gewechselt. Lasst mich endlich Taten sehen‹«, sagte Dr. Horst scharf.

»Und deshalb rufen Sie zur Gewalt auf? Das wäre nicht in Goethes Sinn gewesen.«

Der Arzt sprang auf. »Raus«, brüllte er.

Dr. Horst war so laut geworden, dass es offenbar in der ganzen Praxis gehört worden war. Neugierige Blicke folgten Lüder, als er zum Ausgang ging.

Hatte Dr. Horst wirklich zwei Gesichter? Die Patienten schienen ihn zu mögen. Als Arzt und als Menschen. Hatte er sein studentisches Engagement für die soziale Gerechtigkeit, wie sie von den jungen Leuten interpretiert wurde, ins Heute hinübergerettet?

Menschen wurden oft klischeehaft in Schubladen gesteckt. Millionärssöhne kosteten das unbeschwerte Leben aus, das ihnen durch ihre Herkunft offenstand, und Ärzte gehörten zu den Beziehern gehobener Einkommen. Böse Zungen behaupteten, wer am Mittwochnachmittag bei einem medizinischen Notfall dringend ärztliche Hilfe benötige, finde sie am ehesten auf einem Golfplatz. Horsts Feldzug richtete sich gegen die Regierung, speziell gegen deren Mittelverschwendung. Er warf ihr unsoziales Verhalten zulasten der Bevölkerung vor. Irgendwo hatte Lüder gelesen, dass der Arzt auch unterschwellig das Gerücht streute, es seien Korruption und Bestechung im Spiel und die Verantwortlichen würden an den Milliarden für die Bankenrettung partizipieren. Der Mediziner war klug genug, diese Behauptungen nicht öffentlich vorzutragen. Das hätte unter Umständen rechtliche Konsequenzen für ihn. Es wäre interessant, zu wissen, ob es eine Verbindung zwischen Dr. Horst und der Antifa gab. Beide vertraten nach eigenem Bekunden die Interessen der Benachteiligten.

Lüder beschloss, direkt nach Hause zu fahren. Der beschauliche bürgerliche Stadtteil, das kleine Haus am Hedenholz … Es war eng gewesen, als sie dort noch zu sechst wohnten. Vier lebhafte Kinder beanspruchten Zeit und Raum. Wie oft war es hoch hergegangen im Hause Lüders? Er hatte sich in solchen Situationen nach ein wenig Ruhe gesehnt. Die gab es jetzt. Und nun vermisste er die Lebendigkeit.

Margit zeigte sich erfreut über seine Rückkehr vom Dienst. Sie umarmten sich, dann bat sie ihn auf die Terrasse, auf der sie gesessen hatte und Zeit für ihr Hobby, die Handarbeit, gefunden hatte. Sie fragte nach seinem Arbeitstag, hörte aber nur halbherzig zu. Irgendetwas beschäftigte sie, fesselte ihre Gedanken.

Lüder fragte nach.

»Frau Mönckhagen«, sagte Margit und meinte die langjährige Nachbarin.

Die alte Dame hatte sich stets in unaufdringlicher Weise um die Familie Lüders gekümmert, hatte einen fürsorglichen Blick auf das Haus und die Kinder geworfen, besonders während der langen Krankheit Margits.

Lüder hörte zu und ließ Margit Zeit, ihre Gedanken zu sammeln.

»Sie war vorhin hier und hat angekündigt, dass sie wegzieht.«

»Was?«, fragte Lüder überrascht. »In ihrem Alter? Das geht

doch nicht. Sie ist doch eine Institution in Hassee, fast eine Art Denkmal.«

Margit fingerte an ihrer Handarbeit herum. »Auch ein Denkmal wird älter.«

»Aber doch nicht Frau Mönckhagen«, protestierte Lüder.

»Doch. Alles wird beschwerlicher. Sie hat Probleme, das Haus und den Garten allein in Schuss zu halten.«

»Da können wir ihr doch helfen«, sagte Lüder. »Schließlich war sie auch immer für uns da.«

Margit streckte die Hand aus und tätschelte seinen Unterarm. »Ach, so denken Männer. Dabei entgehen euch viele Dinge des Alltags. Der Schnelldurchgang mit dem Staubsauger wird irgendwann beschwerlich. Das Einkaufen. Ein selbstbestimmtes Leben zu führen ist anstrengend, besonders im Alter. Frau Mönckhagen ist klug genug, das zu erkennen. Es fällt ihr bestimmt schwerer, als sie zugeben mag, ihren Lebensmittelpunkt am Hedenholz aufzugeben.«

»Dann soll sie doch blei–« Lüder brach ab, als Margit ihm sanft ihren Zeigefinger auf die Lippen legte.

»Frauen, auch ältere, sind eben doch die Klügeren. Sie wird in eine Seniorenwohnanlage umziehen.«

»Und das Haus?«

»Das soll verkauft werden.«

»Dann können wir doch … Für die Kinder …«, radebrechte Lüder.

Margit kuschelte sich an ihn an. »Ich frage mich«, sagte sie lächelnd, »wie du jemals einen Strauchdieb gefangen hast. Aber vielleicht ist deine Logik ja auch eine ganz spezielle.«

Er atmete tief durch. »Dr. Diether, der akademische Schlachtermeister, würde jetzt behaupten, Juristen würden fern der Logik dahinvegetieren.«

Sie lachten beide. Dann besorgte er zwei Glas Sherry.

SECHS

Edith Beyer strahlte, als Lüder sie in ihrem Büro aufsuchte.
»Noch heute, dann ist Wochenende«, sagte sie vergnügt. »Es
ist gutes Wetter prophezeit. Wir wollen endlich wieder etwas
unternehmen.« Sie legte die Hände in die Nacken und streckte
sich. »Und Sie?«

»In meinem Alter geht es gemächlicher zu. Da steht die
Familie im Vordergrund.«

»Kommen Ihre Kinder?«

Lüder zuckte mit den Schultern. »Das kann man nicht im
Voraus sagen. Die sind in einem sehr dynamischen Alter.«

Edith Beyer lachte vergnügt. »Herrliche Formulierung. Dy-
namisches Alter. Wollen Sie Ihren Kaffee mitnehmen?«

»Ja – wie immer.«

Sie legte den Kopf in den Nacken. »Wie immer? Zum Glück
nicht – nehme ich an.«

Lüder schenkte ihr einen fragenden Blick.

»Er wartet auf Sie.« Dabei wies sie auf die geschlossene Tür
zum Büro des Abteilungsleiters.

Lüder füllte den bereitstehenden Kaffeebecher, klopfte pro
forma gegen das Holz und betrat Dr. Starkes Arbeitsraum.
»Moin, Jens.«

»Guten Morgen, Lüder.« Der Kriminaldirektor war – wie
immer – perfekt gekleidet.

Lüder nahm Platz, schlürfte am Kaffee und erklärte, nachdem ihm Dr. Starke einen kritischen Blick zugeworfen hatte:
»Heiß.«

»Es betrifft uns nicht, aber es ist trotzdem interessant.« Jens
Starke legte eine kleine Kunstpause ein. Die sollte ihm eine
vermehrte Aufmerksamkeit verschaffen. »Es gab heute Nacht
einen Zwischenfall auf dem Grundstück von Dortelweils.«

»Graffiti?«, fragte Lüder.

»Das würde uns nicht interessieren. Nein! Jemand ist auf das Grundstück eingedrungen.«

Lüder nahm einen Schluck Kaffee. »Das verwundert mich nicht. Das ist sicher ein großes, repräsentatives Haus. Das weckt in gewissen Kreisen Begehrlichkeiten.«

»Das ist auch von Dortelweil bekannt. Hinzu kommt die ähm … besondere Art seiner Tätigkeit. Deshalb ist das Grundstück gut gesichert.«

»Also wurde Alarm ausgelöst und der Eindringling in die Flucht geschlagen.«

»Nein. Von Dortelweils Haus wird auch von einem Sicherheitsdienst bewacht.«

»Potz Blitz. Die Produktion von Kriegsspielzeug scheint ein einträgliches Geschäft zu sein.«

»Können wir ernsthaft miteinander reden?« Es klang wie eine Ermahnung. »Der Eindringling, nach bisherigen Erkenntnissen war es eine Einzelperson, hat den Zaun und die Sicherungsanlagen überwunden. Das ist im Haus nicht unbemerkt geblieben. Zur Sicherung waren gestern zwei Mitarbeiter eingesetzt. Einer ist darauf in das parkähnliche Freigelände gegangen. Als er nach einer gewissen Zeit nicht wieder zurückkehrte, hat sein Kollege nach ihm gesucht. Er fand ihn schwer verletzt auf dem Rasen zwischen Haus und Zaun.«

»Schwer verletzt?«

»Ja«, bestätigte Dr. Starke. »Er wurde mit einem Messer angegriffen. Georgi Mamalev, so heißt er, liegt im Städtischen Krankenhaus.«

»Weißt du etwas über seinen Zustand?«

»Nein, leider nicht.«

»Gut«, sagte Lüder. »Ich werde mich darum kümmern.«

Nachdem er in sein Büro zurückgekehrt war, nahm er Kontakt zu Thomas Vollmers auf.

»Ist das noch Kiel? Oder Chicago?«, knurrte der Hauptkommissar grimmig. »Soll der Dieb doch mitnehmen, was sein

Herz begehrt. Ich bin mir sicher, dass Wolfgang von Dortelweil den Verlust im Zweifelsfall gar nicht bemerken würde.«

»Das sind aber keine korrekten Anmerkungen eines objektiv agierenden Polizisten«, stellte Lüder fest.

»Soll das eine Ermahnung sein?«, fragte Vollmers bissig zurück. »Was soll das Ganze? Das ist eine schwere Körperverletzung, wenn nicht gar versuchter Totschlag. Natürlich nehmen wir uns der Sache an. Wie jeder anderen Straftat auch. Aber von Dortelweil behandelt uns fast so, als seien wir die Täter. Zunächst trafen zwei Streifenwagen ein, nachdem der Alarm ausgelöst worden war.«

»Ist das Grundstück direkt bei der Polizei angeschlossen?«

»Nein. Der Alarm geht ins Werk. Von dort wird die Polizei telefonisch verständigt. Die Streife hat den Tatort gesichert und die Umgebung abgesucht. Leider vergeblich.«

»Sie sagten, zwei Sicherheitsleute waren anwesend. Hatten die keine Hunde?«

»Das habe ich mich auch gefragt. Von Dortelweil mag keine Tiere. Das ist eine einfache Erklärung. Man hat den Rettungsdienst gerade noch geduldet, die Streife aber nahezu bedrängt, das Grundstück wieder zu verlassen.«

»Gibt es eine Erklärung dafür?«

»Ich habe keine. Als wir eintrafen, gab es erregte Diskussionen. Die Spurensicherung konnte ihre Arbeit kaum verrichten. Überall wuselten Sicherheitsleute herum.«

»Wie hat sich von Dortelweil dazu geäußert?«

»Was weiß ich denn«, knurrte Vollmers. »Er wollte nicht mit uns sprechen.«

»Das ist merkwürdig«, stellte Lüder fest.

Vollmers stimmte ihm zu. »Mehr kann ich nicht sagen.« Mit diesen Worten verabschiedete sich der Hauptkommissar.

Einbrüche waren ein häufiges Delikt und beschäftigten viele Polizeidienststellen im Land. Dieser wies aber Merkwürdigkeiten auf. Zum Glück wollten Diebe in der Regel nicht erkannt werden und traten bei Begegnungen mit den Wohnungsinhabern meistens die Flucht an. Weshalb war das hier nicht geschehen? Und weshalb hatte der Eindringling sich ein so gut gesichertes Objekt ausgesucht?

Georgi Mamalev war dreiunddreißig Jahre alt und stammte aus Plowdiw, der zweitgrößten Stadt Bulgariens, die für ihre herausragende Bedeutung in der Musikwelt bekannt war. Er lebte seit zwei Jahren in Deutschland und war seitdem bei der Münzberger Security beschäftigt. Mehr Informationen lagen über Mamalev nicht vor.

Lüder beschloss, den knappen Kilometer zum Städtischen Krankenhaus zu Fuß zurückzulegen. Sein Bemühen, Mamalev zu befragen, war allerdings vergeblich. Der Mann war in der Nacht operiert worden und lag noch auf der Intensivstation. Das Messer, der Täter hatte es mitgenommen, war von vorne in den Bauchraum eingedrungen und hatte die Bauchaorta nur knapp verfehlt. Das wäre tödlich gewesen. Es werde noch eine Weile dauern, bis der Patient vernehmungsfähig sei, meinte der behandelnde Arzt, aber Lebensgefahr bestehe »wahrscheinlich« nicht. Mehr wollte man Lüder nicht anvertrauen.

Er kehrte zum LKA zurück, stieg in seinen mittlerweile schon betagten BMW und fuhr zum Anwesen von Dortelweils. Das Wohnviertel war nach Persönlichkeiten aus dem Kaiserreich benannt: Graf Spee, Moltke, Bülow, Esmarch und … Schlieffen. War es Zufall, dass sich zum Mord an Wiesner das »Kommando von Schlieffen« bekannte? Und ausgerechnet in einer nach dem General benannten Straße wohnte von Dortelweil.

Es hatte seinerzeit viel Aufregung verursacht, als die Baugenehmigung für das großzügige Anwesen erteilt worden war. Man hatte dafür einen Teil des Forstbaumschulen-Parks abgetreten. Auch ein Untersuchungsausschuss hatte nicht klären können, wie von Dortelweil an die Baugenehmigung in diesem beliebten Naherholungsgebiet gelangt war. Die Stimmung in der Bevölkerung war aufgeheizt gewesen und hatte sich gegen den »Bonzen« gerichtet. Es wurde offen über Korruption und Vetternwirtschaft spekuliert, und namhafte Medien hatten dem Vorgang ihre Aufmerksamkeit gewidmet. Es wurde behauptet, von Dortelweil habe damit gedroht, seine Fabrikation in ein anderes EU-Land zu verlagern. Und nicht jedes Mitglied der Union erfüllte die ungeschriebenen Anforderungen an Bündnistreue, wie das Beispiel der käuflich zu erwerbenden Staatsbürgerschaften in Zypern und Malta zeigte.

Das repräsentative Grundstück war durch einen hohen Zaun gesichert. Mit Kameras bestückte Masten waren äußere Merkmale des Objektschutzes. Lüder war überzeugt, dass es noch weitere Sicherungsmaßnahmen gab. Wie konnte ein Einzelner sie überwinden und sich dem Haus nähern? Entweder war er tollkühn, oder er hatte Kenntnisse von der Sicherung und glaubte, sie überwinden oder umgehen zu können. Ein Insider? Ein Dieb, der es auf materielle Güter abgesehen hatte, würde kaum das Wagnis eines Einbruchs eingehen, zumal der Zaun und die Kameras deutlich sichtbar waren.

Hinter dem Zaun waren Büsche angepflanzt, die einen Blick auf das Haus verwehrten. Von Dortelweil lebte gut abschirmt und versteckt.

Lüder parkte am Straßenrand, ging die wenigen Schritte bis zum großen Tor und betätigte die Klingel am kleineren Personeneingang daneben. Es dauerte eine längere Zeit, bis sich eine herb klingende männliche Stimme meldete. Zuvor, davon war Lüder überzeugt, hatte man ihn durch die Kamera am Eingang in Augenschein genommen.

»Ja?«, fragte jemand.

»Lüders. Landeskriminalamt. Ich will mit Herrn von Dortelweil sprechen.« Lüder hatte bewusst die Formulierung »Ich will« gewählt.

»Ausweis«, forderte die Stimme. Lüder hielt das Dokument vor die Kamera. Dann herrschte Stille. Er wartete eine Minute, um erneut zu klingeln. Nichts rührte sich. Nach einer weiteren Minute legte er den Zeigefinger auf den Knopf und beließ ihn da. Es dauerte nur ein paar Sekunden, bis die Stimme sich wütend meldete: »Eh, was soll das?«

»Sagte ich schon. Ich will Dortelweil sprechen.«

»Herr *von* Dortelweil«, sagte die Stimme belehrend.

»Genau den. Aber nicht erst morgen.«

Erneut folgte eine kurze Pause. »Er aber nicht mit Ihnen«, erklärte die Stimme.

Von Dortelweil war offenbar anwesend. Weshalb weigerte er sich, mit der Polizei zu sprechen? In der Nacht hatte es schon merkwürdige Reaktionen gegeben, als die Polizei nach dem Angriff auf den Mann vom Sicherheitsdienst das Grundstück betreten hatte.

»Richten Sie ihm aus, es sind seine Steuergelder, die verschwendet werden, wenn ich hier vor dem Haus warte.«

»Niemand muss mit Ihnen reden«, erklärte die Stimme. »Gehen Sie!«

Lüder betätigte erneut die Haustürklingel. Sofort dröhnte es aus dem Lausprecher: »Lassen Sie das, sonst …«

»Was sonst?«, fragte Lüder.

Nach zehn Sekunden verkündete die Stimme: »Hören Sie auf. Es kommt jemand ans Tor.«

Lüder musste sich zehn Minuten gedulden, bis zwei Männer erschienen. Einer trug einen mausgrauen Anzug, war gedrungen und blickte finster drein. Man konnte ihn für einen Osteuropäer halten. Der zweite Mann trug Business-Outfit – einen dunkelblauen Anzug, weißes Hemd, eine dezent gemusterte blaue Krawatte und schwarze, blank polierte Lederhalbschuhe. Er war mittelgroß mit einem nicht zu übersehenden Bauchansatz. Die Haare schienen schon früh ergraut zu sein. Die Hornbrille passte zu seinem Alter, das Lüder auf Anfang sechzig schätzte.

»Guten Tag«, sagte er von Weitem. »Man hat Ihnen gesagt, dass man nicht mit Ihnen sprechen möchte.« Er hatte eine angenehme, akzentuierte Stimme.

»Da stoßen zwei unterschiedliche Wünsche aufeinander«, sagte Lüder. »Mein Name ist Lüders. Ich komme vom Landeskriminalamt. Ich habe noch Fragen zu der Tat heute Nacht und dem versuchten Totschlag.«

»Versuchter Totschlag?« Der Mann war einen Meter hinter dem Torgitter stehen geblieben, während der zweite einen größeren Abstand hielt. »Das ist nicht bewiesen. Dazu müssen erst die Vorermittlungen abgeschlossen sein. Dann schätzt die Staatsanwaltschaft es ein.«

»Wollen wir hier juristisches Geplänkel absolvieren?«, fragte Lüder.

»Deckert«, stellte sich der Mann vor.

»Rechtsanwalt Deckert?«, fragte Lüder.

Der Mann nickte. »Uwe Deckert.«

»Sie vertreten Wolfgang von Dortelweil? Oder die Defense Tech AG?«

»Ich möchte Ihnen nur mitteilen, dass Herr von Dortelweil nicht an einem Gespräch mit Ihnen interessiert ist«, wich der Rechtsanwalt aus.

»Und ich möchte wissen, mit wem ich es zu tun habe.«

»Das habe ich Ihnen gesagt.«

»Ich habe gehört, Sie vertreten auch den Sohn, Benedikt von Dortelweil. Ist das eine Mediation? Sonst könnten Sie nicht beide Parteien gleichzeitig vertreten.«

Deckert stutzte. »Woraus leiten Sie Ihre Vermutung ab, dass es einen Dissens in der Familie von Dortelweil gibt?«

»Ich habe meine Quellen«, behauptete Lüder.

»Legen Sie diese offen«, forderte der Anwalt Lüder auf.

Lüder lächelte. »Die ganze Stadt weiß um das Verhältnis von Vater und Sohn.«

»Gerüchte sind kein Kriterium«, erwiderte Deckert.

Der Mann war geschickt, musste Lüder anerkennen. Er wich allen Fragen aus.

»Ich möchte Herrn von Dortelweil als Zeugen befragen.«

»Er kann nichts zu den Ereignissen der letzten Nacht beitragen.«

»Das möchte ich gern von ihm selbst hören.«

»Sie haben es offiziell von mir vernommen. Ich bin sein Anwalt.«

»Aha«, stellte Lüder fest. »Jetzt haben Sie meine Frage beantwortet, wen Sie vertreten. Weshalb nicht gleich? Darf ich einmal Ihre Vollmacht sehen?«

Deckert war für einen kurzen Moment irritiert. »Die trage ich nicht bei mir«, fasste er sich.

»Dann behaupte ich mit Nichtwissen, dass Sie keine haben.«

Deckert stutzte. »Diese Formulierung …«, setzte er an. »Sind Sie Jurist?«

Lüder nickte. »Dr. jur. Lüder Lüders. Kriminalrat.«

»Aha«, war alles, was Deckert antwortete.

»Welches Motiv hat den Täter geleitet, trotz umfangreicher Sicherungsmaßnahmen hier einzudringen?«

»Fassen Sie ihn. Dann können Sie ihn befragen.«

»Mich interessiert Ihre Meinung.«

»Ich stütze mich auf Fakten.«

»Ich muss darauf bestehen, mit Herrn von Dortelweil zu sprechen«, sagte Lüder mit Nachdruck.

»Sie wissen, wie das einzurichten ist. Und welche Hinderungsgründe es gibt.«

»Hat Herr von Dortelweil schon Strafanzeige erstattet?«

»Nein.«

»Weshalb nicht?«

»Dazu ist er nicht verpflichtet.«

»Der versuchte Totschlag ist ein Offizialdelikt. Wir ermitteln auch ohne Anzeige.«

»Guten Tag.«

Der Anwalt drehte sich um und ging, gefolgt von dem Sicherheitsmann, zurück zum Haus.

Weshalb weigerte sich von Dortelweil, mit der Polizei zu sprechen? Hatte er etwas zu verbergen? Lüder war überzeugt, dass es sich keineswegs um einen normalen Einbruchsversuch handelte. War es unter Umständen gar kein Einbruch, sondern hatte es der Täter auf von Dortelweil selbst abgesehen? Als

Unternehmer der Rüstungsindustrie war er umstritten, bei bestimmten politischen Gruppierungen, aber möglicherweise auch bei jenen, denen mit Produkten seines Unternehmens zugesetzt wurde. Salopp könnte man diese als Kriegsgegner bezeichnen.

Aber was, überlegte Lüder, hatte das mit den Morden an den Regierungsbeamten zu tun? War es Zufall, dass von Dortelweil in einer Straße wohnte, die den Namen des Militärs trug, nach dem sich die Mörder Wiesners benannten?

Es gab noch eine andere Gedankenkette. Michalski und die Wölfe waren dem Vergangenen verhaftet. Sie schwadronierten von den guten alten Zeiten, vom Kaiser und seiner Elite, die vorwiegend militärisch geprägt war. Schlieffen passte in diese Zeit; er war ein Teil dieser Epoche. Von Dortelweil bewegte sich mit der Defense Tech AG auf dem Sektor der Rüstungsproduktion. Dieser Industriezweig weckte Begehrlichkeiten bei anderen Staaten oder Mächten. Es war kein Geheimnis, dass selbst NATO-Partner sich untereinander ausspionierten. Rüstungsexporte waren streng reglementiert. Verlockend war, trotz Verboten und Restriktionen an den Einschränkungen vorbei Geschäfte zu betreiben. Auch renommierte deutsche Unternehmen waren immer wieder daran beteiligt. War Wiesner auf etwas gestoßen, das nicht nur einen Skandal ausgelöst, sondern auch einen großen Deal betroffen hätte? Stand er mit seinen Erkenntnissen diesen Dingen im Wege? Es wäre sehr einfältig, die Morde einem »Kommando von Schlieffen« zuzuschreiben. Man müsste damit rechnen, dass den Behörden die Verbindung zur Anschrift von Dortelweils auffallen musste. Aber auch der intelligenteste Verbrecher stolperte oft über kleine Fehler.

Lüder begann, sich für das Geschäftsmodell der Defense Tech AG zu interessieren.

Es war nicht weit bis zum Innenministerium. Regierungsamtmann Mennchen wirkte nicht begeistert, als Lüder ihn aufsuchte. Er hörte sich Lüders Bericht über den Besuch bei von Dortelweil an und gab vor, den Namen des Anwalts noch nicht gehört zu haben. Der Verfassungsschützer leugnete nicht, zu wissen, dass sich mit der Defense Tech AG ein Unternehmen mit einer brisanten Produktionspalette innerhalb der Stadtmauern befand.

»Es ist nicht unsere Aufgabe, das zu beurteilen oder zu kritisieren«, wiegelte er ab. »Es gibt sicher Gründe, weshalb Deutschland die Produktion von Verteidigungsgütern nicht verboten hat.«

Lüder sah demonstrativ zur Tür, als wolle er sich vergewissern, dass sie unter sich waren.

»Verteidigung – das ist eine nette Umschreibung. Von Dortelweil produziert Kriegswaffen.«

»Wir haben die Aufgabe, Angriffe auf unsere Verfassung und deren Organe zu erkennen und zu vereiteln«, wich Mennchen aus. »Wir sind aber nicht der CIA, MI6 oder FSB.«

»Oder der Mossad«, ergänzte Lüder und bemerkte, dass Mennchen seinem Blick auswich. Lüders Vorwurf, Informationen zurückzuhalten, beantwortete Mennchen mit Schweigen. »Wer ist Ihr V-Mann? Welche Informationen hat er im Köcher?«

»Ach.« Der Verfassungsschützer atmete tief durch. »Wir haben das Thema doch schon oft durchgekaut. Sie wissen doch, dass uns die Wölfe besonders interessieren.«

»Es muss doch etwas Brisantes sein, an dem Wiesner gearbeitet hat.«

Mennchen griff einen kleinen gelben Notizzettel und notierte etwas darauf. Dann schob er das Stück Papier über den Tisch.

»Ragnarök«, las Lüder und wollte das Papier an sich nehmen. Aber Mennchen war schneller und steckte es ein.

»Wer oder was ist Ragnarök?«

»Finden Sie es heraus«, sagte Mennchen. »Ich bin jetzt beschäftigt.«

So wenig kooperativ hatte Lüder sein Gegenüber noch nie erlebt. Mit einem knappen »Tschüss« verließ er das Innenministerium.

Im LKA schlug Lüder den Begriff nach. »Ragnarök« war die Sage von der Geschichte und dem Untergang der Götter, dem Weltuntergang. Im vierten Teil des »Rings der Nibelungen« behandelte Richard Wagner das Thema in seiner Oper »Götterdämmerung«.

»Ich bin nicht Bundeskanzler«, murmelte er vor sich hin. »Und deshalb auch selten in Bayreuth. Woher soll ich das wissen? Mein Vater hat mir Praktisches beigebracht.«

Als Folge des Kampfes der Götter und Riesen geht die ganze Welt unter. Drei Jahre heftiger Kämpfe und ein langer Fimbulwinter gehen ihm voraus. Fimbulwinter? Eine der Katastrophen.

Alles ist eine Katastrophe, überlegte Lüder. Was sollte der Verweis auf die nordische Mythologie? Da machen sich Gestalten auf den Weg, Sonne und Mond zu verschlingen, und Sterne fallen auf die Erde. Berge stürzen ein. Bäume werden entwurzelt. Irgendeine Schlange kommt an Land und überflutet es.

»Heute nennt man es Sturmflut«, sinnierte er. »Oder die Apokalypse der Freitagsdemos.«

Der Sohn eines Gottes schleudert Feuer und wird anschließend vergiftet. Vergiftet? Gift spielte auch bei den drei Opfern eine Rolle. War es Zufall? Ein Riese namens Surt schleudert Feuer, das den Weltenbrand auslöst und alles zerstört. Danach versammeln sich die Asen, die Götter, und durch die Ausgewogenheit von Chaos und Ordnung wird ein Gleichgewicht entstehen. Alles Böse bessert sich.

Im Widerspruch zur christlichen Vorstellungswelt passte aber nicht, dass sich Christus in den Rat der Asen begibt. Die neue Welt kam nach der christlichen Lehre mit der Wiederkunft Christi zustande.

Mir wäre es lieb, wenn unsere derzeitige Welt frei von Chaos wäre, überlegte Lüder und rätselte über das ihm zugespielte Stichwort »Ragnarök«, zumal die Wölfe Skalli und Hati eine Rolle spielten.

Wölfe!

Er schenkte sich, das Wirrwarr weiter zu überfliegen, auch wenn im letzten Abschnitt der »Ragnarök« die neue Welt geschildert wird, die nach dem Untergang der alten entstehen soll.

Der geheimnisvolle V-Mann hatte sich keine rätselvolle Geschichte ausgedacht. Es war schon vorgekommen, dass sich Spitzel wichtigmachen wollten und Geschichten erfanden. Hier passten einige Stichworte. Die Wölfe, die Vernichtung der Welt und die Schaffung einer neuen Ordnung, weil man der Überzeugung war, die bestehende würde der Menschheit nicht genügen.

Oder ging es um Macht? Das Bestreben, Macht auszuüben, war nicht selten die Triebfeder für ein bestimmtes Handeln. Wer die Fähigkeit und das Charisma besaß, ein Land zu führen, würde sich auch an der Spitze eines bedeutenden Konzerns behaupten. Diese Positionen wurden aber überproportional besser honoriert als die politische Arbeit. Für die Bezüge eines Bundeskanzlers würden selbst Manager aus der zweiten Reihe nicht antreten. Und mittelmäßig begabte Ballkicker schon gar nicht. Geld konnte nicht der Reiz sein, ein solches Amt zu übernehmen. Also ging es um das Gefühl der Macht. Und an die Macht gelangte man, indem man die aktuell an der Spitze Stehenden verdrängte. Oder ermordete?

Lüder seufzte. Es gab zahlreiche Optionen dafür, welches Motiv den Verbrechen zugrunde lag. Er musste noch einmal mit Michalski sprechen und dessen Gedanken zu »Ragnarök« erkunden. Oft gab es Übereinstimmungen zwischen Rassismus, Antisemitismus und nordischem Rassenwahn. Und auf den Prospekten des Sonnenhofes waren nahezu ausschließlich blonde, blauäugige Menschen abgebildet. War das Zufall?

Zunächst interessierte er sich aber für die Familie von Dortelweil und deren Defense Tech AG. Der veröffentlichte Geschäftsbericht war wenig aussagekräftig. Die großen Wirtschaftsprüfungsunternehmen beschäftigten gut ausgebildete Autoren, die es verstanden, die Jahresberichte so zu gestalten,

dass sie mehr einer Imagebroschüre als einem Rechenschafts-
bericht glichen. Das entsprach der Selbstdarstellung des Unternehmens. Man betätigte sich in einem internationalen Markt
und produzierte Hightech made in Germany, las Lüder. Ein-
tausendzweihundert Menschen biete das Unternehmen hochmoderne Arbeitsplätze, hinzu kämen noch zahlreiche weitere
in Zulieferbetrieben. Neben der erfolgreichen Vergangenheit
stehe das Unternehmen mit seinem verantwortungsvollen Handeln für Gesellschaft und Umwelt für eine gesicherte Zukunft
der Menschheit.

Lüder rieb sich die Augen. Wahre Poeten mussten diese Texte
verfasst haben. Mit keiner Silbe wurde erwähnt, dass die Defense Tech AG ein bedeutender Rüstungsproduzent war. Sicher
gab es gute Gründe, keine Details zur Produktpalette preiszuge-
ben. Während Automobilhersteller gern zufriedene Mitarbeiter
zeigten, die strahlend Fahrzeuge montierten, wirkten die Bilder
hier eher, als hätte man einen Betriebsausflug dokumentiert. Aus
anderer Quelle wusste Lüder, dass hier hochmoderne Geräte
für die elektronische Kriegsführung entwickelt und produziert
wurden. Es gab unbestätigte Gerüchte, dass man sich auch mit
der Entwicklung moderner Einsatzmittel beschäftigte. Offen
blieb, was sich hinter diesem Begriff verbarg.

Lüder fuhr die Bundesstraße Richtung Norden, die hier den
Namen des ermordeten schwedischen Ministerpräsidenten
Olof Palme trug. Auch er war Opfer eines Attentäters geworden. Hinter der gepflegten Parkanlage des Nordfriedhofs lag
das Stadion von Holstein Kiel. Zeitzeugen gab es heute keine
mehr, die dabei waren, als dieser Verein 1912 Deutscher Fuß-
ballmeister wurde. Lüder verließ die Rampe, die zur Holte-
nauer Hochbrücke über den Nord-Ostsee-Kanal führte. Die
meistbefahrene künstliche Wasserstraße der Welt hieß früher
nach ihrem Erbauer Kaiser-Wilhelm-Kanal. War es ein Zufall,
dass man in Kiel immer wieder auf Spuren stieß, die in die Vergangenheit führten?

Durch den nördlichen Teil der Wik, des zweitgrößten Stadt-
teils Kiels, schlängelte sich Lüder bis zum Kanal durch und
ließ die Schleusenanlage Holtenau rechts liegen. Die Uferstraße
war durch Öltanks und Silos von der Wasserstraße getrennt.
Auf der anderen Straßenseite begleiteten Wälder den Weg. Er
unterquerte die Hochbrücke. Kurz darauf tauchte das Gewer-
begebiet auf, in dem die Defense Tech AG beheimatet war. Das
Areal lag zwischen dem von Naturliebhabern und Ausflüglern
gleichermaßen geschätzten Waldgebiet Tannenberg und dem
Nord-Ostsee-Kanal. Ein durch Stacheldraht und Kameras ge-
sicherter Zaun zog sich an der Straße entlang. Mit zwei Metern
Abstand war ein Sichtschutz hinter dem Gitter installiert, sodass
Passanten der Blick auf das Werkgelände verwehrt wurde.

Lüder bog von der Straße ab und hielt an der rot-weißen
Schranke, die den Eingang markierte. Dahinter befand sich ein
geschlossenes Tor. An der Auffahrt stand eine Rufsäule. Er hatte
gerade das Fenster abgesenkt, als sich eine Stimme meldete. Sie
gehörte einem älteren Mann, der mit einem Kollegen zusammen
im Pförtnerhäuschen hockte und fragte, zu wem Lüder wolle.

»Zu Herrn von Dortelweil.«

Der Mann wirkte irritiert. »Zu wem bitte?«

Lüder wiederholte es. Er sah, wie sich die beiden Männer
im Pförtnerhäuschen berieten. Dann griff einer zum Telefon.
Dabei beobachtete er Lüder durch die Panzerglasscheibe. Dann
nickte er eilfertig, legte auf, wechselte mit seinem Kollegen ein
paar Worte und meldete sich über die Wechselsprechanlage.

»Das muss ein Irrtum sein«, sagte er. »Da weiß keiner was
von.«

»Es könnte Ärger mit dem Chef geben«, erklärte Lüder. Ihm
war aufgefallen, dass er nicht einmal nach seinem Namen gefragt
wurde.

»Ich kann da nichts machen. Wenn man sagt, dass keiner was
weiß von Ihnen, dann ist das so.«

»Holen Sie einen Verantwortlichen her. Ich werde mit ihm
persönlich sprechen.«

»Ich weiß nicht«, sagte der Mann unsicher, griff aber noch einmal zum Telefon. Die Antwort fiel erwartungsgemäß negativ aus. »Tut mir leid, aber da ist nichts zu machen. Sie müssen wieder nach Hause fahren.«

»Ich bestehe aber darauf, mit einem Verantwortlichen zu sprechen.«

»Fahren Sie«, sagte der Mann in einem fast flehentlichen Tonfall. »Sie kriegen sonst Ärger. Und wir beide«, dabei zeigte er auf seinen Kollegen, »auch. Bitte! Das ist hier Privatgelände. Das ist sonst Hausfriedensbruch.«

Möglicherweise hatte der Mann recht, und man würde den beiden Pförtnern Vorhaltungen machen. Lüder legte den Rückwärtsgang ein, fuhr auf die Straße und parkte den BMW etwa zehn Meter hinter der Zufahrt mit zwei Rädern auf dem Gehweg. Er stieg aus und schlenderte gemächlich ein Stück am Zaun entlang. Unterwegs blieb er öfter stehen und sah demonstrativ auf das Werkgelände, auch wenn ihm der Blick versagt blieb. Er legte die Hände links und rechts an die Augen, als würde er eine Fotoaufnahme machen. Dann kehrte er zurück, baute sich vor der Zufahrt auf und achtete darauf, die unsichtbare Grundstücksgrenze nicht zu überschreiten.

In der Zwischenzeit waren zwei Fahrzeuge eingetroffen, die ohne weitere Prüfung durchgelassen wurden. Sie mussten den Pförtnern bekannt sein. Lüder hatte die Fahrer lässig durch ein kurzes Antippen an den Stirnansatz begrüßt. Er holte sein Handy hervor und begann, den Eingangsbereich und den Zaun zu fotografieren.

Kurz darauf erschienen zwei Männer in der bekannten mausgrauen Uniform, die ihm schon bei von Dortelweils Privathaus aufgefallen war. Der Sicherheitsdienst war offenbar auch für den Werkschutz zuständig.

Die Männer mochten um die vierzig sein, wirkten durchtrainiert und hatten das gleiche osteuropäische Aussehen wie der Sicherheitsmann bei von Dortelweils Villa.

Das Fußgängertor summte und öffnete sich. Dann steuerten

die beiden direkt auf Lüder zu. Er hatte sich nicht getäuscht. Die Aussprache war osteuropäisch gefärbt.

»Das ist verboten«, sagte der Wortführer und streckte fordernd die Hand aus. »Das Handy.« Man hatte sein Tun offenbar über die Kameras verfolgt.

»Nichts ist verboten.«

»Das ist Privatgelände. Fotografieren ist hier nicht erlaubt.« Lüder zeigte auf die Betonplatten der Straße. »Hier ist öffentlicher Grund und Boden, bezahlt von der Stadt Kiel.«

»Dieses ist ein Sicherheitsbereich. Her mit dem Handy!«

Lüder lachte provokativ auf. »Kennen Sie Friedensreich Hundertwasser? Den Maler? Der hat einmal die Fensterfreiheit propagiert. Jedermann sollte das Recht haben, die Fassade seines Hauses so weit nach eigenem Gutdünken zu bemalen, wie der Arm mit dem Pinsel reichte. Das ist nichts geworden. Aber ich darf von hier aus so weit sehen und fotografieren, wie ich möchte.«

Der Wortführer trat näher an Lüder heran. Es trennte sie noch eine Armlänge. »Quatsch nicht so viel. Ich will die Kamera. Freiwillig.«

»Oder?«

»Mach schon.«

»Genug des Wortgeplänkels. Nein!«

Der Mann streckte die Arme vor und wollte Lüder packen. Der reagierte schneller, packte den rechten Unterarm und riss den Mann herum. Das geschah so schnell, dass sein Gegenüber auf dem Absatz herumgeschleudert wurde und jetzt vor Lüder stand.

»Das Berühren der Figuren mit den Pfoten ist verboten«, raunte ihm Lüder ins Ohr, ließ ihn los und gab ihm einen kleinen Stoß, um ein wenig Distanz herzustellen. »Ein guter Rat: Fass mich nicht an. Okay?«

Der Werkschutzmann funkelte ihn böse an. Über die Schulter sagte er etwas zu seinem Begleiter in einer Sprache, die Lüder nicht verstand. Ob es Bulgarisch war?

Die beiden Männer wandten sich ab und kehrten auf das Betriebsgelände zurück. »Fuck you very mich«, sagte er im Selbstgespräch. Jonas würde ihm entgegenhalten, dass sein Denglisch nicht perfekt sei.

Weshalb reagierte man so sensibel?, fragte sich Lüder. Natürlich war es richtig, sich vor unbefugtem Zugang und Industriespionage abzuschirmen, auch wenn diese heute vorwiegend auf andere Weise erfolgte. Die elektronischen Netze waren ein viel gefährlicheres Einfallstor. Lüder verstand, weshalb sich die Defense Tech AG einen Sicherheitsdienst leistete. Es war auch naheliegend, diesem nicht nur den Betrieb, sondern auch das private Anwesen anzuvertrauen. Aber weshalb bediente sich von Dortelweil dabei osteuropäischer Kräfte? Traute er einheimischen nicht? Zu gern hätte er die Namen seiner Widersacher in Erfahrung gebracht.

Er kehrte ins LKA zurück. Seine Mission war nur bedingt erfolgreich gewesen. Lüder rief in der BKI Kiel an. Hauptkommissar Vollmers war nicht zu sprechen. Oder er ließ sich verleugnen. Oberkommissar Horstmann half ihm aber mit der erbetenen Information weiter. Der mit einem Messer angegriffene Georgi Mamalev war immer noch nicht vernehmungsfähig.

»Münzberger – Münzberger«, sagte er mehrfach vor sich hin, während er nach Informationen suchte. Das Unternehmen war im Handelsregister von Kiel als GmbH eingetragen. Sonst lagen keine Publikationen vor. Lüder fand weder im Internet noch im öffentlich zugänglichen Telefonverzeichnis einen Hinweis auf »Münzberger Security«.

Es war merkwürdig, wenn ein Unternehmen völlig inkognito unterwegs war. Ob es mit der Vergangenheit des Geschäftsführers im Zusammenhang stand? Rudolf Münzberger war im polizeilichen Infosystem kein Unbekannter. Jetzt fiel es Lüder wieder ein. Münzberger hatte eine Zeit lang die Medien interessiert. Nach seiner Zeit bei der Bundeswehr, man schrieb damals vage vom »knallharten Einzelkämpfer«, hatte er seine

Erfahrungen in den Dienst fragwürdiger »Sicherheitsfirmen« gestellt. Eine Umschreibung für Söldnertruppen.

Er war an verschiedenen Brennpunkten im Einsatz gewesen. Es gab Bilder von ihm in martialischer Pose. Rambo wirkte dagegen wie der gute Onkel im Kindergarten. Auch Glück gehörte zu diesem Job. Irgendwann einmal war es ihm nicht hold gewesen, und eine Granate oder ein unzulässiges Geschoss hatte ihm ein Bein zerfetzt. Es mussten auch noch andere Kampfmittel im Einsatz gewesen sein. Man munkelte, dass sein Gesicht nur noch wenig Ähnlichkeit mit einem menschlichen Antlitz aufwies. Münzbergers internationale Kontakte, mochten sie noch so fragwürdig sein, konnten eine Erklärung dafür sein, dass seine Mitarbeiter sich aus Bulgarien rekrutierten. Die Zusammenhänge wurden immer dubioser.

Lüder wurde durch das Telefon unterbrochen. Jens Starke bat ihn zu sich.

»Setz dich«, sagte der Kriminaldirektor, als Lüder eintrat. »Du warst heute in der Wik?«

»Ja«, bestätigte Lüder.

»Bei der der Defense Tech AG?«

»Ja.«

»Es liegt eine Beschwerde über dich vor.«

»Interessant. Von wem?«

»Die Anwaltskanzlei Hilgenroth Oberthür Neddernfeld aus Lübeck hat sich bei der Amtsleitung beschwert. Du bist übergriffig gegen Mitarbeiter geworden.«

Lüder äußerte sein Erstaunen. Das war zügig eingeleitet worden. Und es ergab sich eine Reihe von Fragen. Woher wusste man, wer er war? Niemand hatte nach seinem Namen gefragt. Er hatte ihn auch nicht gegenüber den beiden Pförtnern genannt. Weshalb war seine Identität dort bekannt? Es gab bisher erst einen Kontakt zu ihm. Das war, als er versucht hatte, mit von Dortelweil nach dem Angriff auf den Sicherheitsmitarbeiter zu sprechen. Nun hatte man ihn visuell identifiziert? Das war merkwürdig. Weshalb beschäftigte man sich mit ihm?

An der Privatadresse hatte er mit Rechtsanwalt Deckert gesprochen, der offengelassen hatte, auf welchen Umfang sich sein Mandat bezog. Lüders Frage, ob er auch die Interessen der Defense Tech AG vertrat, war unbeantwortet geblieben. Deckert war sicher ein guter Anwalt, aber seine Kanzlei war vermutlich nicht groß genug, um ein international agierendes Unternehmen zu vertreten. Das wiederum traf auf die Lübecker zu. Dabei ergab sich eine weitere Parallele. Hilgenroth Oberthür Neddernfeld waren auch Treuhänder für die unbekannten Eigentümer des Areals, das in Grebin an die Sonnenhof-Genossenschaft verpachtet worden war. War das Zufall?

Lüder trug seinen Gedanken vor. Dr. Starke wusste auch keine Antwort darauf. Dafür berichtete er, dass eine Nachricht vom MEK vorlag. Zwei Beamte waren gestern mit einem Observierungsauftrag nach St. Peter-Ording in Marsch gesetzt worden. Sie hatten das Haus beobachtet. Irgendwann war ein Unbekannter aufgetaucht. Michalski musste sich im Haus aufgehalten haben, da die Polizisten ihn nicht hatten kommen sehen. Der Mann und Michalski waren in den Mercedes eingestiegen und davongefahren. Das Observationsteam verfügte nur über ein Fahrzeug. Sie hatten überlegt, ob sie dem Mercedes folgen oder das Haus weiter beobachten sollten. Sie entschieden sich für den Verbleib vor Ort und hatten am folgenden Morgen nach Abstimmung mit Kiel die Aktion abgebrochen. Der Mercedes war nicht zurückgekehrt. Weder Caralina Silvestri noch eine andere Person hatte die Villa in St. Peter-Ording betreten oder verlassen. Dafür waren den beiden Beamten zwei weitere Personen aufgefallen, die sich für das Haus interessierten.

Man hatte die beiden angesprochen und eine Personenfeststellung vorgenommen. Die Männer hatten sich ungehalten gezeigt und widerwillig ihre Ausweise präsentiert. Trotz mehrmaliger Nachfrage hatten sie keinen Grund für ihre Präsenz angeben wollen. Als der Mercedes das Grundstück verließ, sei ihm einer der Beobachter gefolgt. Der zweite, sie waren mit zwei Fahrzeugen vor Ort, habe sich am späten Abend entfernt.

»Eine längere Observation ist nicht zu vertreten«, erklärte Dr. Starke. Als Lüder den Mund öffnete, ergänzte er schnell: »Auch eine Telefonüberwachung bekommen wir nicht genehmigt.«

»Es wäre eine Möglichkeit, auf die Kontenbewegungen der Silvestri zu sehen. Vielleicht erklärt das, wie sie ihren Lebensunterhalt finanziert. Ist das Grundstück beliehen? Wie hoch? Wer ist der Geldgeber?«

»Ich muss dir nicht antworten«, sagte Dr. Starke. »Es liegt nichts gegen die Frau vor. Kein Richter wird die Genehmigung erteilen.«

Von seinem Büro aus rief Lüder LSD an.

»Na, Lüders?«, begrüßte ihn der Journalist gut gelaunt. »Wie weit sind wir?«

»Ich weiß nicht, wie es Ihnen geht. Ich sammle Puzzleteil um Puzzleteil.«

»Ja, mit allen Möglichkeiten, die Ihnen gegeben sind. Sie dürfen sogar mit Zivilpolizisten spielen.«

Lüder hatte es vermutet. Die beiden Männer in St. Peter-Ording waren von Dittert beauftragt worden.

»Da haben wir die gleiche Idee gehabt«, sagte er.

Dittert lachte ins Telefon. »Nur mit dem Unterschied, dass wir mit zwei Autos vor Ort waren, während Väterchen Staat sich nur eins leisten kann.«

»Wir gehen sparsam mit unseren Ressourcen um. Außerdem weiß ich, dass Michalski zu seinem Polo in Plön gebracht wurde.«

»Woher wissen …?«, fragte Dittert erstaunt.

Lüder hatte geraten.

»Wir sind die Polizei. Und wohin ist der Mercedes anschließend gefahren? Ihr Mann hat Michalski bis zum Sonnenhof verfolgt.«

»Deal?«, fragte Dittert. »Wer war das im Mercedes? Und wo ist er gelandet?«

»Sehen Sie«, erwiderte Lüder mit spöttischem Unterton. Er ließ unerwähnt, dass es ihn auch interessiert hätte.

»Das ist unfair«, meinte Dittert.

»So ist das Leben«, tröstete ihn Lüder und wünschte ihm viel Erfolg.

Die nächste Stunde verwandte er darauf, im Internet »spazieren zu gehen«. Mit der nötigen Kreativität bei der Wahl der Suchbegriffe stieß man auf eine nahezu unüberschaubare Anzahl von Hassmails und Postings. Das ganze Repertoire an Schimpfwörtern wurde angewandt. Dazu kamen Drohungen unspezifischer Art wie »Wir wissen, wo du wohnst« oder »welches Auto du fährst« über »Wir kennen deine Kinder« bis zu handfesten Drohungen gegen Leib und Leben, von der Brandstiftung bis zum Mord. Es wurden diffamierende Behauptungen aufgestellt, von der Pädophilie bis zu angeblichen kriminellen Tätigkeiten. Sie galten Kommunalpolitikern, Amtsträgern, Abgeordneten und kirchlichen Würdenträgern.

Wie konnten Menschen mit solchen Bedrohungen leben? Ihren Ämtern nachgehen? In den Spiegel sehen, wenn ihnen so Widerwärtiges nachgesagt wurde? Und wie gingen die Beamten der Kieler Ministerien mit der latenten Bedrohung um? Drei Männer aus ihren Reihen waren ermordet worden.

Ein »Netzaktivist« hatte es offenbar auf von Dortelweil und sein Unternehmen abgesehen. In mehreren Beiträgen wurde er als Kriegstreiber, Kriegsverbrecher und Massenmörder beschimpft. Konkret drohte ihm der unbekannte Verfasser an, ihn auf grausame Weise ins Jenseits zu befördern. Und mit ihm die Verantwortlichen, die ihn hinter den Kulissen stützten und sein schändliches Handwerk förderten. »Die müssen alle weg«, drohte der Schreiber. »Rübe ab.«

Lüder suchte Oberrat Gärtner auf.

»Sie waren bei den letzten Dienstbesprechungen nicht anwesend«, sagte der Kollege. »Da wurde dieser Fall thematisiert. Natürlich schließen wir nicht aus, dass es eine Verbindung zur

Mordserie gibt. Anhaltspunkte dafür haben sich aber noch nicht ergeben.« Gärtner senkte die Stimme, als hätte er etwas Vertrauliches zu berichten. »Unter uns. Haben Sie sich verrannt? Sind Sie einem Phantom auf der Spur? Ich würde dafür plädieren, den Wölfen etwas mehr auf die Pelle zu rücken.«

»Der Verfassungsschutz hat einen V-Mann eingeschleust«, erklärte Lüder.

»Das habe ich mir gedacht.« Gärtners Frage nach dem Namen konnte Lüder allerdings nicht beantworten. »Und welchen Zusammenhang sehen Sie zwischen den Wölfen und von Dortelweil?«

Lüder musste passen. Er wollte nicht von einem »Bauchgefühl« sprechen. Das wäre nicht professionell gewesen. Gärtner wiegte nachdenklich den Kopf, als Lüder darauf verwies, dass es bisher nur einen gemeinsamen Nenner gab: die Lübecker Anwaltskanzlei.

»Das ist mager«, meinte Gärtner. »Obwohl es nachdenkenswert ist, weshalb diese Kanzlei die Stromrechnung für den Sonnenhof bezahlt.«

Mit dieser unbeantworteten Frage verabschiedete sich Lüder ins Wochenende.

SIEBEN

Es war viele Jahre her, dass Sinje am Sonnabend auf dem Arm ihres Vaters mit zum Bäcker gegangen war, um Brötchen für das Familienfrühstück zu besorgen. Jetzt lag die Fünfzehnjährige in ihrem Zimmer und schlief. Es war unwahrscheinlich, dass sie vor dem Mittag auftauchen würde. Mit Jonas konnte man noch später rechnen. Trotzdem hatte Lüder eine größere Auswahl besorgt. Nun saß er mit Margit in der Küche und genoss das Frühstück zu zweit. Sie hatten noch einmal über Frau Mönckhagens Entschluss, in eine Senioreneinrichtung zu wechseln, gesprochen. Dann hatte er Margit vorgeschlagen, dass sie einen Ausflug unternehmen sollten. Margits Begeisterung wurde gedämpft, als er sie bat, ein wenig ohne ihn am Plöner See spazieren zu gehen. Nach ihrem hartnäckigen Nachfragen gestand er ein, noch einmal einen dienstlichen Besuch mit dem Ausflug verbinden zu wollen. Er wollte den Sonnenhof aufsuchen.

»Geht die Welt bis Montag unter?«, fragte Margit spöttisch.

»Vielleicht.« Lüder versuchte ihr zu erklären, dass es Menschen im Land gebe, die Angst um das Wohlergehen ihrer Familie und ihr eigenes hätten. »Wenn ich mein Scherflein dazu beitragen kann, sehe ich nicht auf den Kalender und prüfe, welchen Wochentag wir haben.«

Margit hatte mit einem Seufzer geantwortet.

Sie brachen etwas später auf, und Lüder steuerte den BMW in der Kolonne der Wochenendausflügler in die inmitten der Seenlandschaft der Holsteinischen Schweiz gelegene Kleinstadt Plön, die in ihren Mauern nicht nur das Schloss und die Kreisverwaltung, sondern auch die Marineunteroffizierschule und das Max-Planck-Institut für Evolutionsbiologie beherbergte. Lüder versprach, als er Margit in Zentrumsnähe absetzte, sich zu beeilen. Er fuhr noch einmal durch die Straße »Krabbe«.

Dort waren weder Silvestris Mercedes noch Michalskis Polo abgestellt.

Auf der Bundesstraße, die er nach wenigen Kilometern wieder verließ, herrschte mäßiger Verkehr. Das kleine Dörfchen Grebin war eingebettet in die liebliche Hügellandschaft. Die zahlreichen Seen mochten aus der Satellitenperspektive wie kleine blaue Farbtupfer wirken. Wer diese Region für sich entdeckte, wunderte sich nicht, dass sie eine der nördlichsten Weinbaugebiete Deutschlands war. Das Idyll der Landschaft vereinigte sich mit dem Ideal, das Michalski seinen Anhängern mit dem Leben auf dem Sonnenhof versprach.

Lüder fuhr auf das Gelände und wurde neugierig von Leuten beäugt, die dort herumliefen. Er steuerte das Haus an, in dem er bei seinem ersten Besuch Michalski angetroffen hatte. Seitlich war der Polo geparkt. Bevor er eintreten konnte, wurde er von einem Mann im Jogginganzug angehalten.

»Wohin wollen Sie?«, fragte der etwa Dreißigjährige kurzatmig.

»Ich suche Sören Michalski.«

»Sören?« Der Mann sah zum makellosen blauen Himmel. »Bei dem Wetter ... Der könnte hinterm Haus sitzen. Einfach hier außenrum.« Dann lief er weiter.

Lüder umrundete das Gebäude. Eine kleine Grünfläche mit Blumentuffs lud zum Verweilen ein. Sie wies Schadstellen auf und war ungleichmäßig gemäht. Der Gärtner der Queen hätte sich bei ihrem Zustand sicher gegrämt. Das störte aber die Handvoll Kinder nicht, die sich auf dem Grün vergnügten. Ein Dutzend Erwachsener hatte sich um einen Tisch gruppiert. Zwei Thermoskannen, eine Saftkaraffe, Tassen unterschiedlicher Services und ein großer Teller mit Selbstgebackenem standen dort. Die Runde sah ihm entgegen.

Lüder trat heran und grüßte freundlich: »Guten Tag.«

Ein allgemeines Gemurmel antwortete. Michalski hockte mitten in der Gruppe.

»Haben Sie Zeit für mich?«

Der Rudelführer lachte trocken auf. »Nee«, sagte er gedehnt und ließ seinen Blick kreisen. Die Heiterkeit, die er mit seiner Antwort auslöste, schien ihn zu belustigen.

»Okay. Dann lassen Sie uns hier über Nordseeheilbäder sprechen. Mich würde da einiges interessieren.«

Michalskis Miene verfinsterte sich.

Die blonde junge Frau neben ihm, Laura Hintze, hängte sich bei Michalski ein. Es war eine vertraute Geste.

»Sören – was heißt das?«

»Was weiß ich«, antwortete Michalski unwirsch. »Geschwafel.«

»Nun gut«, erwiderte Lüder gelassen. »Dann will ich das aufklären.«

Gebannt richteten sich alle Blicke auf ihn. Prompt erhob sich Michalski.

»Merken Sie nicht, dass Sie unsere Kaffeerunde stören? Kommen Sie.«

Er machte sich auf den Weg in Richtung des Buschwerks, das in einiger Entfernung stand.

»Wer ist das?«, hörte Lüder hinter seinem Rücken eine Frauenstimme.

»Ein Staubsaugervertreter«, witzelte ein Mann und erntete ein befreiendes Lachen.

Nach drei Schritten hatte Lüder Michalski eingeholt.

»Was soll das? Was haben Sie hier zu suchen? Dieses ist Privatgelände. Heute ist Sonnabend. Da wollen wir unsere Ruhe haben.«

»Ich könnte Sie auch förmlich nach Kiel einladen.«

»Sie können gar nichts.«

»Aha«, sagte Lüder. »Kommt jetzt wieder die Litanei, dass es die Bundesrepublik gar nicht gibt und ich demnach nicht existent bin? Ist es Ihre Philosophie, dass Deutschland und Bielefeld gemeinsam haben, dass es sie nicht gibt?«

Michalski warf ihm einen bösen Blick zu, schwieg aber.

»Erzählen Sie mir etwas über ›Ragnarök‹.«

Michalski blieb abrupt stehen. »Was soll das denn?«

»Das würde ich gern von Ihnen wissen. ›Ragnarök‹ ist Ihnen ein Begriff?«

Michalskis Schweigen deutete Lüder als Zustimmung.

»Arbeiten Sie am Niedergang dieser Welt, um eine neue, bessere zu schaffen? Was ist schlimm am Heute? Sehen Sie sich um – rund um den Globus. Wo kann man besser leben als hier? Wir haben Freiheit und Demokratie. Jeder darf glauben und sagen, was er möchte. Selbst solch einen Blödsinn wie jenen, den Sie verkünden. Und während Sie auf der Bühne stehen und Stuss reden, müssen sich junge Polizisten auf eine körperliche Auseinandersetzung mit Leuten einlassen, die Ihre kruden Reden stören wollen. Und diesen Staat sehen Sie als nicht bestehend an, der selbst Ihre Rechte verteidigt? Wie auch immer man Ihre Ideen verstehen soll – mit Logik ist dem nicht beizukommen.«

Michalski ließ seinen ausgestreckten Arm kreisen. »Sehen Sie sich doch um. Die Leute, die hier leben dürfen, sind glücklich. Es ist eine bessere Welt als die da draußen.«

»Ich weiß«, bestätigte Lüder. »Auf den Prospekten, die für Ihr Wohnprojekt –«

»Wohnprojekt?«, warf Michalski zornig ein. »Das ist eine *Idee*.«

»In den Prospekten tauchen ausschließlich blonde, blauäugige Menschen auf. Würden Sie auch Migranten aufnehmen?«

»Das sind Fragen, die sich nicht stellen«, wich Michalski aus.

»Doch«, widersprach Lüder. »Es gibt oft eine Übereinstimmung zwischen nordischem Rassenwahn, Rassismus und Antisemitismus.«

»Kommt jetzt wieder der Gesinnungspolizist in Ihnen durch?«, fragte Michalski spitz.

»Ich möchte dazu beitragen, dass all das, was unsere freie und pluralische Gesellschaft ausmacht, erhalten bleibt. Ich war erschrocken darüber, was Sie bei der Demo in Kiel zum Besten gegeben haben. Glauben Sie wirklich, dass im Kaiserreich alles besser war? Das ist doch hirnrissig.«

Michalski warf Lüder bei dessen deutlichen Worten einen kritischen Blick zu.

»Wem gehört das Areal des Sonnenhofes? Ihre Genossenschaft hat es gepachtet.«

»Sie haben doch schon alles erschnüffelt. Was sollen diese Fragen?«

»Ich verstehe nicht, weshalb Ihr Gedankengut rückwärtsgewandt ist, Sie aber Computer, Autos und alle anderen Errungenschaften der modernen Zivilisation nutzen. Sie bewegen sich auf einem dünnen Drahtseil. Es ist ein Balanceakt, die Existenz der Bundesrepublik zu leugnen, aber dennoch gerade daran vorbeizuschrammen, sich der Justiz auszusetzen. Sie haben Ihre Fahrzeuge angemeldet und versichert, lassen sich vom Briefträger die Post ins Haus tragen und nehmen auch die Annehmlichkeiten der Energieversorgung in Anspruch. Pontius Pilatus hat damals seine Hände in Unschuld gewaschen. Und Sie lassen Verträge und das Begleichen der Rechnungen durch die Lübecker Anwaltskanzlei Hilgenroth Oberthür Neddernfeld ausführen. Weshalb das Versteckspiel?«

»Ist es ungesetzlich? Oder weshalb interessiert sich der Schnüffelstaat dafür?«

»Wissen die Bewohner des Sonnenhofes, die schließlich an der Erwirtschaftung der Erträge mitwirken, von diesen Praktiken?«

Sie wurden unterbrochen, weil drei Meter vor ihnen der Gärtner aus den Büschen auftauchte. Er trug einen Laubbesen wie ein Alibi. Lüder fragte sich, welchem Zweck ein solches Gerät jetzt im Mai diente.

»Ist gut, Dirk«, sagte Michalski und schlug eine andere Richtung ein. Als sie außer Hörweite waren, fuhr er fort: »Die Menschen sind glücklich. Sehen Sie sich doch um. Wir sind dabei, unsere Ernährung auf mehr Autarkie umzustellen. Das funktioniert nicht von heute auf morgen. Vieles können wir schon allein. Das ist die Öko-Landwirtschaft, die Kinder erleben täglich, wie es ist, im Einklang mit der Natur zu leben.

Da draußen, vor dem Tor, da rufen die Leute laut nach dem Klimawandel. Hier, bei uns, sehen die Menschen, wie er funktioniert.«

»Der Wandel im politischen Klima?«, unterbrach Lüder den Monolog. »Es mag ja sein, dass manche Ihrer Ideen gut sind. Aber weshalb verknüpfen Sie es mit Verschwörungstheorien? Weshalb spielen Sie nicht mit offenen Karten? Wem gehört das Gelände? Wer lässt Sie hier agieren, gestattet es, dass dieses eine stille Keimzelle für absurde Gedankenspiele ist? Um in dieser auf Kommerz ausgerichteten Welt zu fragen: Wer profitiert davon?«

»Sie sind weit davon entfernt, an das Gute im Menschen zu glauben. Hat Ihr ständiger Umgang mit Kriminellen Ihre Sicht auf Positives vernebelt?«

»Ich stehe für das Offene«, erwiderte Lüder. »Deshalb interessiert mich auch, weshalb Sie Ihren Polo irgendwo im Verborgenen abstellen und mit einem bereitgestellten Mercedes nach St. Peter-Ording fahren. Dort erwartet Sie eine elegante Frau. Es ist nicht verwerflich, eine Beziehung zu ihr zu unterhalten.«

Michalski war abrupt stehen geblieben. Er drehte sich zu Lüder um. Überraschung war in seinem Blick zu lesen.

»Was erlauben Sie sich, mich auszuspähen?«, fragte er laut. Seine Augen funkelten böse.

»Wir spähen Sie nicht aus, sondern möchten etwas mehr zum Hintergrund wissen. Es lässt uns nicht gleichgültig, wenn Beamte ermordet werden, wenn unsere Gesellschaft zerstört und unsere demokratischen Errungenschaften vernichtet werden sollen.«

Michalski tippte sich aufgeregt an die Stirn. »Sie sind ja total verrückt, wenn Sie glauben, ich … wir würden hinter diesen Morden stecken.«

»Immerhin verherrlichen Sie historische Größen, die dafür stehen, nicht zimperlich im Umgang mit Menschenrechten und -leben gewesen zu sein.«

»Das ist doch etwas anders. Das waren andere Zeiten.«

Lüder stemmte seine Fäuste in die Seiten. »Ach nee. Wie passt diese Erkenntnis zu Ihren lautstark vorgetragenen Ansichten, dass damals alles besser war? Ist Caralina Silvestri auch Ihrer Ansicht? Oder ist es nur eine Beziehung, die Sie tunlichst vor Ihren Mitstreitern auf dem Sonnenhof verbergen? Wie würde Laura Hintze reagieren, wenn sie von Ihren Liebesabenteuern an der Nordseeküste wüsste?«

»Sie sind ja komplett verrückt«, schimpfte Michalski und schlug den Weg zurück zum Haus ein.

»Woher kennen Sie Silvestri?«, wollte Lüder wissen.

Michalski versagte ihm die Antwort.

»Hat Wiesner es herausgefunden?«, fragte Lüder.

»Wiesner? Wer ist Wiesner?«

»Eines der Opfer, das vom ›Kommando von Schlieffen‹ ermordet wurde.«

»Ein Staatsknecht?«

»Der Ermordete war ein Mensch und hinterlässt Frau und Kinder.«

»Ich spotte über keinen Menschen, der einem Gewaltakt zum Opfer fällt«, versuchte Michalski die Wogen zu glätten. »Aber irgendwie ist es merkwürdig, dass er in Pronstorf wohnte.«

Lüder stockte der Atem. Natürlich waren die Taten in allen Medien ausführlich behandelt worden. Es gab auch Hintergrundberichte. Doch nirgendwo wurden die Namen genannt, schon gar nicht die Wohnorte. Oder irrte er sich? Hatte er etwas übersehen? Hatte Ditterts Zeitung einen Mitleidsbericht über die Hinterbliebenen gebracht? Lüder würde das noch einmal prüfen müssen.

»Was finden Sie daran merkwürdig?«

»Wenn der Tote die gleiche enge Staatsdoktrin verinnerlicht hatte, dass der Blick auf die erfolgreiche Zeit in der Geschichte verboten ist«, erklärte Michalski, »dann hätte er sich doch schämen müssen, in dem Ort zu wohnen. Auf dem Friedhof der Vicelinkirche ist Paul von Lettow-Vorbeck beigesetzt.«

»Ist das eine der Ikonen Ihrer Truppe?«

Michalski gab einen Zischlaut von sich. »Sie haben eine merkwürdige Ausdrucksweise. Der Mann war eine anerkannte Kapazität auf militärischem Gebiet, jemand, der Großes für Deutschland geleistet hat.«

»Historiker sprechen schon lange vom Völkermord in Deutsch-Südwest. Und Lettow-Vorbeck hat in vorderster Front mitgemischt.«

»Das wird heute kolportiert. Falsch wiedergegeben. Begreifen Sie es nicht? Es geht um Geld. Viel Geld. Wie Israel wollen die Neger –«

»Neger?«, unterbrach Lüder.

»Jahrhunderte war dieser Begriff literaturwürdig. Und nun wird uns auch in dieser Hinsicht der Mund verboten«, beklagte sich Michalski. »Also! Es geht doch nur darum, möglichst viel Geld von Deutschland zu bekommen. Niemand fragt, weshalb die deutschen Schutztruppen sich gegen die Aufständischen wehren mussten. Sie haben doch nur kaiserliches Recht durchgesetzt. Kennen Sie das Zitat? ›Für Milde und Nachsicht hat der Eingeborene auf die Dauer kein Verständnis: Er sieht nur Schwäche darin und wird infolgedessen anmaßend und frech gegen den Weißen, dem er doch nun einmal gehorchen lernen muss, denn er steht geistig und moralisch doch so tief unter ihm.‹«

»Ist das Ihre Gedankenwelt?«, fragte Lüder entsetzt.

»Ich habe ausdrücklich gesagt, dass es ein Zitat ist«, wich Michalski aus.

Inzwischen hatten sie die Kaffeerunde wieder erreicht und wurden neugierig beäugt.

»Ihr seht aus, als hättet ihr auf eurem Spaziergang die Probleme dieser Welt gelöst«, stellte Laura Hintze fest.

Michalski winkte ab.

»Gehen Sie«, sagte er schroff zu Lüder, der dieser Aufforderung nachkam.

Margit erwartete ihn auf dem Platz vor der Nikolaikirche. »Das hat aber lange gedauert.« Ein leiser Vorwurf schwang mit.

Lüder fragte, ob sie nicht das ruhige Shopping genossen habe. Sie antwortete ausweichend, dass das Angebot in Plön überschaubar sei. Er legte seinen Arm um ihre Schulter.

»Nun wandern wir zur Prinzeninsel.« An deren Spitze gab es ein Ausflugslokal. »Dort werden wir rustikal holsteinische Küche genießen. Und wenn du zurückfährst, werde ich mir zur Feier des Tages auch ein oder zwei Bier gönnen.«

Margit knuffte ihm in die Seite. »Was ist denn mit dir los?«

»Ich freue mich, dass es dich gibt«, sagte er.

Das Essen war rustikal gewesen. Der anschießende Rückweg in die Stadt tat gut. Lüder hatte sich im Auto entspannt zurückgelehnt und bestritt, als sie ihre Wohnung erreichten, unterwegs eingenickt zu sein. Er zog sich in die Arbeitsecke, die er sich im Schlafzimmer eingerichtet hatte, zurück. Den Luxus eines eigenen Raumes konnten sie sich nicht leisten. Die vier Kinder hatten stets viel Platz beansprucht.

TuWaKi – Tu was, Kiel – war von mehreren jungen Müttern ins Leben gerufen worden. Ursprünglich wollten sie damit Gleichgesinnte ansprechen, die ihre Kinder zum Spielplatz führten, Kinderturnen organisierten und Kontakte herstellten. Auf das kleine Netzwerk waren andere aufmerksam geworden, die die Plattform nutzten, um gegenseitig Hilfestellungen zu leisten. Kinderbetreuung, Einkaufshilfe für Senioren oder Kranke – bis Leute dort ihren Unmut kundtaten über unsaubere Gehwege, defekte Straßenbeleuchtungen, unfreundliches Personal in Ämtern, geschlossene Schwimmbäder und defekte Schultoiletten.

Das Forum gewann an Popularität und fand die Aufmerksamkeit weiterer Nutzer. Leider entdeckten auch jene Leute dieses Medium, die Ansichten und Botschaften vertraten, die von Hass und Verschwörung erfüllt waren. So wurden falsche und ehrenrührige Behauptungen ins Netz gestellt, offen wurde zu Maßnahmen gegen die Verantwortlichen aufgerufen. Die ursprünglichen Nutzer, die solchen Parolen nichts abgewinnen konnten, zogen sich zurück, und TuWaKi war irgendwann von den Extremisten gekapert worden. Mit »Tu was – einmal im Monat ist Sperrmüllabfuhr« wurden Bilder führender Politiker untertitelt.

Lüder war erschrocken, als er ein unscharfes Foto von Jochen Nathusius entdeckte. »Einer der Kettenhunde«, stand dort. »Sein Zwinger steht hier.« Es folgte ein Bild des Privathauses. »Tu was – tun wir was – tun wir es gemeinsam – kommt alle«, forderte ein Schreiber. Und irgendjemand beschwor den Cleaner herauf. Für eine saubere Umwelt in Berlin, Kiel und anderswo.

Als Cleaner wurden in Actionfilmen jene kaltblütigen Mörder bezeichnet, die im Auftrag von Clanbossen unliebsame Konkurrenten oder in Ungnade gefallene Gefolgsleute beseitigten. All diese Kommentare waren nicht mehr nur grenzwertig. Für Lüder waren es Aufforderungen zu Straftaten bis hin zum Mord. Seine Abteilung unter der Leitung von Jens Starke befasste sich mit diesem Kriminalitätsfeld. Und zusätzlich belastete sie die Ermittlungsarbeit in Sachen Beamtenmorde.

Eine andere Internetseite fesselte Lüders Aufmerksamkeit. Das Hintergrundbild zeigte drei Wölfe mit aufgerissenem Maul. Deutlich waren die Reißzähne erkennbar. Die Tiere schienen direkt ins Kameraobjektiv zu jagen.

»Sie waren einst bei uns heimisch und haben für eine ausgeglichene Natur gesorgt. Dann kamen invasive Arten. Das gesunde Miteinander starb aus. Holt euch die Natur zurück!« Das war Rassismus pur. Der nachfolgende Text forderte auf, die Ehre der Einheimischen wiederherzustellen.

»Ehrenmord: ja! Aber auf unsere Weise.«

Lüder würde sich am Montag im Detail informieren, wie weit die Ermittlungen in diesen Fällen gediehen waren.

ACHT

Der Wochenanfang war erfreulich. Die stets gut gelaunte Edith Beyer hatte ungefragt von einem schönen und erfüllten Wochenende gesprochen. Lüder hatte Ähnliches bestätigt, obwohl sie den Sonntag nur in ruhiger Zweisamkeit verbracht hatten. Die Kinder waren nahezu unsichtbar geblieben.

Lüder hatte Mühe, die Balance zu wahren und den Becher mit dem heißen Kaffee so auszugleichen, dass der Inhalt nicht überschwappte, als er einen Schlag auf das Schulterblatt erhielt.

»Na, Herr Krimineller«, meldete sich Friedjofs fröhliche Stimme in seinem Rücken. »Hast du mich gar nicht vermisst?«

»Nein«, antwortete Lüder und schluckte seinen anfänglichen Groll hinunter. »In der letzten Woche habe ich meinen Kaffee kleckerfrei bis in mein Büro geschafft.«

»Gehört das nicht zur Laufbahnprüfung für den höheren Dienst?«, lästerte Friedjof.

»Die gilt als bestanden, wenn man dir in den ...« Lüder simulierte einen Hustenanfall. »Moin, Friedhof. Hast du eine ganze Woche den Sieg der Störche gefeiert?«

»Hör doch auf. Willst du mich verarschen?« Friedjofs Miene verzog sich.

»Hä?«

»Die haben am Wochenende verloren. Und das gegen den 1. FC Lusche.«

»Oh, das tut mir aber leid.«

Friedjof umrundete Lüder und baute sich vor ihm auf. »So siehst du aber nicht aus.«

»Du musst noch an deiner Menschenkenntnis arbeiten.« Bevor Friedjof antworten konnte, ergänzte Lüder: »Wie geht es Franzi?«

Seit einem Jahr lebte der mehrfach behinderte Mitarbeiter der Hausdienste mit Franzi zusammen. Lüder hatte die beiden jungen Leute zu sich nach Hause eingeladen. Franzi war eine fröhliche und lebenslustige Frau. Ihre Behinderung durch das Downsyndrom war nur schwach ausgeprägt. Franzis Begeisterung für das Kochen hatten Lüder und Margit bei der Gegeneinladung erleben dürfen.

Friedjof strahlte. »Weißt du was?«, fragte er.

»Ich weiß viel, Friedhof, aber nicht alles. Das ist auch nicht erforderlich. Dafür habe ich ja dich.«

»Franzi hat eine Stelle in Aussicht.«

»Ehrlich? Das ist ja super.«

»Und dann einen Traumjob.«

»Als Köchin?«, riet Lüder.

Friedjof nickte.

Lüder nahm den Büroboten mit links in den Arm und versuchte gleichzeitig, mit rechts den Kaffeebecher waagerecht zu halten. Ein Kollege kam über den Flur und wich den beiden aus.

»Verbrüderung?«, fragte er im Vorbeigehen.

»Wir haben uns gerade verlobt«, rief Lüder ihm hinterher. Dann sah er Friedjof an. »Mensch, Friedhof. Dann haben Margit und ich ein neues Stammlokal in Kiel.«

Sie trennten sich mit einem gegenseitigen freundschaftlichen Schulterklopfen.

Inzwischen lag der Bericht des Kriminaltechnischen Instituts vor, ergänzt um einen Kommentar von Frau Dr. Braun. Die Leiterin des KTI wollte wissen, »was dort los ist«. Sie habe den Eindruck, dass andere Dienststellen im Land mauern würden. Das empfand Lüder genauso. Es ging um die Auswertung des Handys, das in Wiesners Wagen gefunden wurde. Darauf waren vertrauliche Daten gespeichert, hatte Mennchen gesagt und seine Verärgerung darüber gezeigt, dass die Polizei das Gerät ausgewertet hatte.

Lüder interessierte, mit wem Wiesner Kontakt hatte. Die gespeicherten Kontakte könnten aufschlussreich sein, ebenso die Adressen und Telefonnummern. Aus dem Gesprächsverlauf wäre nachvollziehbar, mit wem er sich verabredet hatte. Das galt auch für die SMS und anderen Messages.

Das Ergebnis war enttäuschend. Das Handy war fast nicht benutzt worden. Auch der Versuch, gelöschte Daten zu rekonstruieren, war gescheitert. Das KTI glaubte, mit diesem Handy sei nur Kontakt zu einem einzigen anderen Mobiltelefon unterhalten worden. Das würde bedeuten, dass Wiesner es ausschließlich zur Kommunikation mit einem einzigen Gesprächspartner benutzt hatte. War es der V-Mann bei den Wölfen? Es war gelungen, die Rufnummer zu identifizieren. Die Techniker hatten angemerkt, dass beim Versuch, sie anzuwählen, stets die Meldung kam: »Uns ist diese Rufnummer nicht bekannt.«

Leider hatte sich – bisher – der Provider geweigert, Auskünfte zu erteilen. Man berief sich auf den Datenschutz und das Fernmeldegeheimnis. Sie benötigten einen richterlichen Beschluss.

Lüder rief Staatsanwalt Taner an, erfuhr aber, dass der Jurist den ganzen Tag über einen Termin vor Gericht habe und nicht erreichbar sei. Sein Versuch, Geert Mennchen zu kontaktieren, war erfolgreicher. Der Verfassungsschützer erwies sich als sehr verschlossen. Er wollte Lüders These, dass das bearbeitete Handy nur dem Kontakt zum V-Mann diente, nicht kommentieren.

»Sie boykottieren unsere Arbeit, wenn Sie weiter mauern«, schimpfte Lüder. »Ich gehe davon aus, dass Wiesner einer heißen Sache auf der Spur war. Musste er deshalb sterben? Wenn es Ihren Kollegen das Leben gekostet hat, ist auch das des V-Manns ernsthaft in Gefahr. Ziehen Sie ihn sofort zurück«, sagte Lüder eindringlich. »Nichts kann so bedeutsam sein, dass es einen Menschen das Leben kostet. Überwinden Sie sich. Es geht um Leben und Tod, und das nicht nur sprichwörtlich.«

Aber Mennchen schwieg eisern. Immerhin hatte er nicht geleugnet, dass Wiesner Kontakt zu den Wölfen hatte, nicht direkt, aber über seinen Spitzel. Es war ein gefährliches Spiel, wenn der Verfassungsschutz glaubte, die Verschwörung allein ohne polizeiliche Unterstützung aufklären zu können. So mussten sie versuchen, Wiesners Bewegungsprofil weiter abzuklären.

Mit wem hatte er sich getroffen? War es der V-Mann? War der V-Mann vielleicht sogar eine Frau? Lüder hatte bisher nur zwei kennengelernt. Laura Hintze und Caralina Silvestri. Aber das war sehr abwegig. Spielte die schöne Italienerin Mata Hari und entlockte Michalski im Liebesrausch Geheimnisse? War es sogar denkbar, dass der Mercedes und das Haus vom Verfassungsschutz finanziert wurden? Gab es dort Abhöreinrichtungen? Dann konnte der Verfassungsschutz mithören, wie Michalski beim Austauschen von Intimitäten plauderte. Das erklärte möglicherweise auch das hartnäckige Schweigen Mennchens. Diese Methoden waren illegal.

Durfte man das eine gegen das andere abwägen? Lüder hatte seine Hoffnung auf die Handyauswertung gesetzt. Möglicherweise hätte man Hinweise auf Wiesners Mörder gewinnen können. War er mit ihnen verabredet gewesen? Standardmäßig waren die Dienstfahrzeuge des Verfassungsschutzes auch mit Trackern ausgestattet. Man musste wissen, wo Wiesner sich aufgehalten hatte, wo er seinen Häschern in die Arme lief.

Lüder empfand Mitleid mit Thomas Vollmers und dessen Team. Unter diesen Bedingungen war es nahezu unmöglich, den Mord kriminalistisch aufzuklären. Er fand deutliche Worte der Missbilligung gegenüber Mennchen.

»Ihr Verhalten hat da das in langen Jahren aufgebaute Vertrauen nachhaltig gestört«, erklärte er.

Mennchen seufzte tief. »Da läuft ein ganz großes Ding. Und ich bin Besoldungsstufe A 11 und siebenundfünfzig Jahre alt. Für was soll ich alles riskieren?«

»Wiesner. Meierjoosten. Schwartow. Die haben ihre Pension auch verloren. Durch Tod. Sie wissen, dass die Sun Real Estate Ltd. den Wölfen das Land verpachtet. Dahinter steckt ein Unternehmen aus Limassol auf Zypern. Das wissen Sie. Aber wem gehört dieses dubiose Unternehmen?«

»An diese Information kommen wir vermutlich nicht heran. Um Ihnen zu demonstrieren, wie wichtig die V-Person –«

»Person?«, unterbrach Lüder. »Mann oder Frau?«

»Person«, wiederholte Mennchen. »Wir haben ein Dokument aus dieser Quelle vorliegen. Treuhänder der Sun Real Estate ist Rechtsanwalt Evgenios Valeriano. Sein Business ist das Treuhändergeschäft. Er repräsentiert nach unserem Wissen Dutzende unerkannt bleibender Geldgeber.«

»Das ist doch kriminell«, sagte Lüder.

»Nach unserer Einschätzung – ja. Aber nach zyprischem Recht ist es legal. Und nur das zählt.«

Beide Männer waren unzufrieden mit dem Gesprächsverlauf, als sie sich verabschiedeten.

Es erwies sich als schwierig, einen Ansprechpartner beim Amtsgericht Husum ans Telefon zu bekommen. Niemand war bereit, mit Lüder zu sprechen. Man beschied ihm, er möge bitte innerhalb der üblichen Geschäftszeiten persönlich vorstellig werden. Lüder suchte die Durchwahl der Husumer Kriminalpolizeistelle heraus und erwischte Mats Skov Cornilsen.

»Herr Große Jäger«, sagte der Kommissar förmlich, »ist im Augenblick nicht am Platz. Kann ich etwas ausrichten?«

»Es ist dringend. Ist er außer Haus?«

»Nein, dienstlich im Gebäude unterwegs.«

»Ich nehme an, er ist zu einer Besprechung bei Kriminalrat Mommsen. Ich versuche es dort«, sagte Lüder.

»Moment«, bat Cornilsen um einen Moment Geduld. »Ich suche ihn.«

Nach wenigen Minuten meldete sich der Hauptkommissar.

»Moin, Herr Dr. Lüders.«

»Moin, Wilderich.«

Vor Jahren hatte Lüder dem Husumer das Du angeboten. Es war nahezu ein Ritual, dass Lüder ihn duzte, während Große Jäger ihn Dr. Lüders nannte. Es war eine Geduldsprobe, Große Jägers freundliche Erkundigungen nach dem Wohlbefinden

Margits und der Kinder zu beantworten. Erst als Lüder anfügte, dass der Kanarienvogel vom Nachbarn gegenüber seit Kurzem verlobt war und der neue Briefträger zuvor zum Postamt auf der Queen Elizabeth abkommandiert worden war, hörte sich Große Jäger Lüders Bitte an.

Eine Viertelstunde später rief er zurück und wollte nicht verraten, wie er an die gewünschten Informationen gekommen war. Das Grundstück in St. Peter-Ording, das auf den Namen Caralina Silvestris eingetragen war, war mit Hypotheken bis über die Belastungsgrenze hinaus belegt.

»Für die eingetragene Schuldsumme hätte man ganz St. Peter beleihen können«, erklärte Große Jäger.

»Zu wessen Gunsten sind die Hypotheken eingetragen?«

»Sun Real Estate –«

»Aus Limassol auf Zypern«, fiel ihm Lüder ins Wort.

Große Jäger bestätigte es.

Wer verbarg sich hinter diesem Unternehmen, das auch Eigentümer des Sonnenhofs war? Viel interessanter war aber, dass sich jetzt erstmals eine Verbindung zwischen Silvestri und Michalski abzeichnete. Es gab wirtschaftliche Verknüpfungen. Folglich musste es noch andere gemeinsame Interessen der beiden geben. Eine weitere Frage schien auch beantwortet zu sein. Caralina Silvestri war nicht die geheimnisvolle Superreiche. Sie diente lediglich als Strohmann. Oh, Pardon. Als Strohfrau. Und der Mensch im Hintergrund hatte sich abgesichert. Bei den Belastungen auf dem Grundstück war das Haus unverkäuflich.

Lüder rief das 1. Kieler Polizeirevier an. Dort war bis heute keine Anzeige wegen des Übergriffs auf das Privatgrundstück von Dortelweils eingegangen. Rechtsanwalt Deckert hatte die BKI aufgesucht und war bemüht, den Angriff auf Wachmann Mamalev herunterzuspielen. Deckert wusste, dass die Ermittlungen von Amts wegen fortgesetzt würden. Immerhin hatte er für seinen Mandanten erreicht, dass von Dortelweil keine Aussage tätigen musste.

Welchen Zusammenhang gab es zwischen den Wölfen, dem Plöner Arzt Dr. Horst und der Defense Tech AG? Die Antifa unterstand Dortelweil junior. Das mochte ein Vater-Sohn-Konflikt sein, der nach außen getragen wurde. Sie wären einen Schritt weiter, wenn sie wüssten, wer sich hinter dem ominösen Unternehmen auf Zypern verbarg, das sich hinter Treuhändern versteckte. Hatte von Dortelweil senior seine Hände im Spiel? Weshalb mauerte der Verfassungsschutz und verweigerte die Zusammenarbeit mit der Polizei? Außerdem hüllten sich die Ministerien in Schweigen darüber, mit welchen Aufgaben sich die beiden ermordeten Beamten beschäftigt hatten.

Lüder griff zum Telefon und ließ sich mit dem Vorzimmer von Staatssekretär Sorgenfrei aus dem Innenministerium verbinden. Die freundliche Assistentin bedauerte, dass ihr Chef nicht im Hause sei. Sie versprach aber, Lüders Bitte um einen Gesprächstermin vorzutragen und sich zu melden. Er war überrascht, dass sie weder nach seinem Namen und seiner Funktion noch dem Grund seines Gesprächswunsches fragte.

Lüder sah auf, als es an seiner offenen Bürotür klopfte und Oberkommissarin Heitkamp eintrat.

»Sie sind an der Sache mit den Wölfen dran?«, fragte sie und trat an seinen Schreibtisch. »Vielleicht interessiert Sie ein Post von Heimdall.«

»Heimdall?« Lüder runzelte die Stirn.

Irgendwo war ihm der Name schon begegnet.

Birgit Heitkamp lächelte und zeigte dabei zwei Grübchen auf ihren vollen Wangen.

»Mir ergeht es auch manchmal so. Wussten Sie, dass der durchschnittliche Wortschatz eines Deutschen zwischen zwölf- und fünfzehntausend liegt?«

Lüder grinste. »Ich kenne Leute, die kommen auf keine vierhundert. Aber es stimmt. Heimdall – irgendwo liegt es im Hinterkopf vergraben. Wer ist das?« Er zeigte auf den Bildschirm. »Haben wir eine Akte über ihn?«

Heitkamp lachte hell auf. »Ihn? Ist das *genderlike*?«

Lüder nickte mit zur Grimasse verzogenem Gesicht. »Ja. Bösewichte sind immer männlich. Deshalb hat sich die ›Bösewichtin‹ im Sprachgebrauch auch noch nicht durchgesetzt.«

»Das Argument akzeptiere ich. Nein! Heimdall ist nicht in unserer Datei. Sein Fall ist verjährt.«

Lüder schnippte mit dem Fingern und wiederholte den Namen. »Jetzt erinnere ich mich. Heimdall gehörte zur Asen-Bande.«

»Eine nette Umschreibung für das nordische Göttergeschlecht der Asen. Er ist ein Gott, der als Wächter der Götter dargestellt wird.«

»Ein Securitymann in der Mythologie.«

»Wenn Sie so wollen. Heimdall hat ein Bild ins Netz gestellt. Ich glaube, es könnte Sie interessieren.« Sie umrundete den Schreibtisch und fragte: »Darf ich?«

Lüder rückte zur Seite, und die Oberkommissarin gab etwas ein.

»Da«, sagte sie.

»Das sieht aber nicht historisch aus«, meinte Lüder. »Es scheint Sommer zu sein.« Das Bild zeigte sommerlich bekleidete Männer. Frauen waren nicht zu sehen. Sie schlenderten herum oder standen in kleinen Gruppen zusammen. »Ein Kongress?«, riet er.

»Ja. Die SOFEX in Amman, Jordanien.«

Lüder sah sie fragend an.

»Das ist eine internationale Wehrfachmesse.«

»Wehrfachmesse in Arabien«, wiederholte Lüder. »Kann man das auch mit ›Marktplatz für Kriegsspielzeug‹ übersetzen?« Bevor Heitkamp antworten konnte, ergänzte er: »Von Dortelweil?«

Sie warf ihm einen langen Blick zu, suchte auf Lüders Schreibtisch und nahm sich einen Kugelschreiber. Mit der Spitze tippte sie auf einen Mann in einer Gesprächsrunde im Bildvordergrund. Er trug ein kurzärmeliges weißes Hemd, war korpulent und hatte einen grauweißen Haarkranz um die Glatze, auf der Schweißtropfen perlten.

»Der hier.«

»Das ist ein Europäer.«

»Ein Kieler. Diplomingenieur Heinz Mehsig, Chefentwickler der Defense Tech AG.«

»Donnerwetter. Aber eine Weltsensation ist das nicht, wenn der auf einer Wehrfachmesse auftaucht.«

»Die Sensation ist der hier.«

Sie zeigte auf den Mann neben Mehsig. Lüder schätzte ihn auf Mitte vierzig, etwa zwanzig Jahre jünger als Mehsig. Der Mann trug einen elegant geschnittenen Anzug. Die Goldrandbrille verlieh ihm das Aussehen eines Intellektuellen.

»Araber?«, riet Lüder.

»Das ist nicht exakt zu beantworten. Offiziell kommt er auch aus Kiel. Wir haben eine Weile gebraucht, bis wir seine Identität ermitteln konnten.«

»Ein Begleiter Mehsigs? Was ist das Besondere an ihm?«

»Dr. Sabah Wassouf, geboren in Kafroun in Syrien. Hat einen deutschen Pass. Ist also Kieler.«

»Arbeitet er auch für von Dortelweil? Als Syrer ist er sicher nützlich für die Verkaufsgespräche.«

»Er ist Chemiker.«

Lüder stieß einen Überraschungspfiff aus.

»Was macht ein Chemiker in einem Unternehmen für elektronische Wehrtechnik?«

»Das fragen wir uns auch. Deshalb zeige ich Ihnen das Bild.«

»Danke. Sehr gut. Und wer ist nun Heimdall? Welches Interesse hat der an der Veröffentlichung des Fotos?«

»Zwei Fragen, die wir noch nicht beantworten können. Tschaui.«

Lüder sah der Kollegin nach, die trotz leichten Ansatzes zum Properen mit einem gekonnten Hüftschwung sein Büro verließ.

In der nächsten Stunde suchte Lüder nach Informationen zur SOFEX.

Die Abkürzung stand für »Special Operations Forces Exhibition and Conference«. Dahinter verbarg sich eine Verteidigungs-, Sicherheits- und Waffenmesse, die in der Hauptstadt Jordaniens abgehalten wurde. Der Schwerpunkt der Messe lag in der Präsentation von Lösungen für die innere Sicherheit und für Sondereinsatzkräfte. In Deutschland verband man mit diesem Aufgabenbereich das KSK der Bundeswehr und die GSG9 der Bundespolizei, vielleicht auch Spezialeinheiten der Landespolizeibehörden. In anderen Teilen der Welt definierte man »Sondereinsatzkräfte« möglicherweise anders. Gelegentlich wurden Bilder in den Medien präsentiert, die eine nach unseren Vorstellungen brutale Vorgehensweise gegen die Zivilbevölkerung zeigten. War die Defense Tech AG in solche Geschäfte verwickelt?

In der Abteilung 3 des LKA, dem Staatsschutz, herrschte rege Betriebsamkeit. Die Ereignisse der jüngsten Zeit hatten ein großes mediales Interesse gefunden. Wie fast immer in solchen Fällen lockten sie Trittbrettfahrer hervor. Manche meinten, sie würden sich einen fröhlichen Scherz erlauben, wenn sie Bombendrohungen ausstießen, Politikern mit Mord drohten oder von abstrusen bevorstehenden Weltuntergängen faselten.

Zusätzliche Arbeit bereiteten den Behörden die Fälle, in denen es nicht bei Worten blieb. Reifen wurden zerstochen, Häuser beschmiert, Scheiben eingeschlagen. Am Morgen hatte jemand versucht, den Bürgermeister einer der für das Land typischen Kleinstädte mit dem Auto zu überfahren. Der Amtsträger war in ein Krankenhaus eingeliefert worden. Die Verletzungen waren zum Glück nicht lebensgefährdend. Den Täter hatte man schnell gestellt. Ein Zusammenhang mit dem »Kommando von Schlieffen« wurde ausgeschlossen.

Jens Starke war in diesen Tagen nicht um seine Aufgabe zu beneiden. Es waren nicht nur die Ermittlungen in diesem Fall und die Nachahmertaten, der Kriminaldirektor war auch für den Personenschutz zuständig. Die Anforderungen an diese Aufgabe wuchsen überproportional.

Lüder war selbst ein Jahr auf diesem Sektor tätig gewesen.

Hinzu kam die öffentlich vorgetragene Kritik an der vorgeblichen Erfolglosigkeit der polizeilichen Arbeit. Nicht nur in der Presse oder in den sozialen Medien wurde auf die Beamten eingedroschen, auch mancher Politiker aus der zweiten Reihe nahm es zum Anlass, auf die Unfähigkeit der Verantwortlichen und der Polizisten zu schimpfen. Der Druck kam von allen Seiten.

Lüder suchte ein paar Unterlagen zusammen, dann verließ er sein Büro und fuhr in die Wik.

Horst Schönberg öffnete die Tür, als er wenig später dort klingelte, und sah ihn mit großen Augen an.

»Du?« Der Lebenskünstler war unrasiert. Er war leger gekleidet. Es sah aus, als hätte Horst den Montag an ein *lazy* Wochenende angefügt.

»Störe ich dich?«, fragte Lüder. »Ist sie blond? Dunkelhaarig? Rot? Oder ist von jeder Sorte eine vertreten?«

»Du hast falsche Vorstellungen von mir. Wie lange sind wir eigentlich schon befreundet?«, fragte Horst mit gespielter Empörung.

»Eben drum«, erwiderte Lüder und folgte der Einladung, einzutreten.

Horst betrieb eine erfolgreiche kleine Medienagentur, die sich aus der früheren Werbeagentur entwickelt hatte. Sein Domizil wirkte sehr individuell. Man konnte nicht exakt abgrenzen, welcher Teil des Refugiums privat war und welcher beruflich genutzt wurde. Im Wohnzimmer standen Kameras und Computer. Oder war es ein Studio, und das kuschelige Sofa sowie die extravaganten Möbel gehörten zum Arbeitsambiente?

Horst warf sich in einen Sitzsack. Lüder nahm auf einem bequemen Stuhl Platz. Sein Freund kratzte sich den Hinterkopf und verzog das Gesicht.

»Wenn du hereinplatzt, soll ich ein krummes Ding für dich ausführen.«

»Auf keinen Fall«, widersprach Lüder. Beide fielen in ein schallendes Gelächter.

»Soll ich wieder einmal die Welt retten?«, fragte Horst.

»Mehr.«

Horst versuchte, sich aus dem Sitzsack zu erheben. Er schaffte es im zweiten Anlauf.

»Deine diesbezüglichen Exkursionen sind immer Parforceritte«, behauptete Horst. »Wird das wieder so eine Art Mutprobe?«

»Überhaupt nicht.«

Horst ging zu einem der an der Wand befestigten Fächer und kehrte mit einer ungeöffneten Flasche und zwei Gläsern zurück.

»Nein«, protestierte Lüder. »Ich bin mit dem Auto da.«

Horst drehte sich in Zeitlupe um. »Und ich kann nur privat und inkognito für dich tätig werden. Und zum Privaten gehört für mich ein Whisky. Also?«

Lüder seufzte. »Okay. Aber nur ein winziger Schluck.«

Horst baute sich vor Lüder auf, drückte ihm die beiden Gläser in die Hand, öffnete die Flasche mit der eigenwilligen Form, die an eine überdimensionale Handgranate erinnerte, und schenkte ein.

»Ist gut«, protestierte Lüder laut, als Horst mit Schwung ein halbes Glas füllte. »Was ist das überhaupt?«

Horst hielt ihm die Flasche hin. »Das wird dir schmecken. Glenrothes heißt das Zeug. Ein Speyside.«

Lüder nippte am Glas. »Nicht schlecht.«

»Nicht schlecht?«, echote Horst und hielt sich demonstrativ wie ein kleines Kind beide Ohren zu. »Ich höre dir erst zu, wenn das Glas leer ist.«

Lüder sprach mit Engelszungen, aber es half nichts. Erst als er das Glas geleert hatte, hörte sich Horst seine Bitte an.

»So«, fasste der Freund zusammen. »Ich soll also eine Collage manipulieren.«

»Das ist doch dein Geschäft.«

»Na. Hör mal. Ich bin ein seriöser Mensch.«

Lüder nickte versonnen. »Das können Dutzende von jungen Frauen bestätigen.«

Horst streckte ihm die Zunge heraus. »Nur Dutzende? Willst du meinen legendären Ruf schädigen?«

»Sorry. Ich meine damit: pro Jahr.«

»Einverstanden. Und nun? Was soll ich verbrechen?«

Lüder zeigte ihm zwei Bilder. »Kannst du daraus ein Paar machen?«

»Das ist alles? Wie hättest du es gern? Am Strand von Waikīkī? Vor einem kalbenden Eisberg? Oder freischwebend in der ISS?«

»Das überlasse ich deiner Kreativität.«

Sie setzten sich an einen Apple Mac Pro mit einem großen Bildschirm. Horst starrte konzentriert auf den Screen, während seine Hände abwechselnd über die Tastatur huschten oder die Maus bedienten. Er unterbrach seine Arbeit nur, um einen Schluck zu trinken. Dabei animierte er Lüder, seinem Beispiel zu folgen. Das Nachschenken erfolgte automatisch. Nach eineinhalb Stunden war er fertig und lehnte sich zurück. Fast wäre er umgefallen, weil er nicht bedachte, dass er auf einem Sitzball Platz genommen hatte.

»Zufrieden?«, fragte er.

»Prima«, antwortete Lüder.

»Und nun?«

»Können wir das Bild ins Netz stellen?«

»Bist du verrückt?«, empörte sich Horst. »Hast du schon einmal etwas von der Datenschutzgrundverordnung gehört?«

»Ich meine ja nicht, ausgelabelt mit dem Hinweis, dass dieses Prachtwerk von der Medienagentur Horst Schönberg gefälscht wurde.«

Horst schlug Lüder auf den Oberschenkel. »Du bist mir der Richtige. Werden deine Kurse an der Volkshochschule eigentlich gut besucht?«

»Welche Kurse?«

»Kriminalität für Anfänger.« Dann stellte Horst das Bild ins Netz ein. »Ich habe als Absender Putin angegeben«, erklärte er. »Das ist so gut getarnt, das findet niemand.« Horst griff zur Flasche, sagte: »Oh«, und wollte nachschenken.

»Nein«, protestierte Lüder.

»Was soll's«, erwiderte Horst. »Nur noch den Rest.« Zwei Drittel des Inhalts hatten sie gemeinsam geleert. »Du darfst ohnehin nicht mehr fahren.«

Das sah Lüder ein. Horst schlug Lüder vor, dass er ihn zum Hedenholz bringen könne. Aber Lüder rief mit belegter Zunge zu Hause an und bat Margit, ihn abzuholen.

»Nimm ein Taxi«, sagte er.

Als Margit eine halbe Stunde später eintraf, war die Flasche ein Fall für den Glascontainer.

NEUN

Zwei Brötchen – ein weich gekochtes Ei – zwei Tassen Kaffee – zwei Glas Wasser und ein Aspirin. Das war Lüders Frühstück.

»Der Auftakt am Gaumen ist füllig und packend, die Fruchtaromen kommen im lange anhaltenden Finale sehr gut zur Geltung. Seine eleganten Tannine geben ihm Struktur, sein Eindruck ist insgesamt sehr harmonisch.« Lüder wunderte sich immer wieder darüber, dass die Produktbeschreibungen für Weine von Poeten kreiert wurden. Zum gestrigen Tag würde er anfügen: Im Nachgang erfüllt der Whisky den Raum zwischen den Ohren mit mystischem schottischen Nebel. Die Fülle der Impressionen scheinen dem Loch Ness zu entsteigen und zum Geist zu wandern, um es in ein Loch Nichts zu verwandeln.

Es war ein hoher Preis gewesen, den Horst für seine Gefälligkeit verlangt hatte. Im Eifer des Gefechts hatte Lüder nicht mitbekommen, dass der Freund eine zweite Flasche geöffnet hatte. Es soll Menschen geben, die jeden Abend eine Flasche Schnaps trinken. Er gehörte nicht zu dieser Art der Bürger »mit besonderen Fähigkeiten«.

Als er die Dienststelle erreichte, war es später als üblich. Edith Beyer sah auf die Uhr, unterließ es aber, es zu kommentieren. Die Tür zum Büro des Abteilungsleiters war geöffnet. Dr. Starke musste Lüders zweiten Anlauf eines »Guten Morgen« gehört haben. Der erste Versuch war in einem Räuspern untergegangen.

Er erschien in der Tür, erblickte Lüder, zog eine Augenbraue in die Höhe und fragte anstelle einer Begrüßung: »Party?« Dabei rümpfte er die Nase. Dann winkte er mit dem Finger. »Komm mal mit.«

Lüder setzte sich vor den Schreibtisch und wartete, bis Dr. Starke diesen umrundet hatte.

»Es hat einen weiteren Toten gegeben«, begann der Kriminaldirektor übergangslos.

»Bitte?«, fragte Lüder überrascht.

»Die Holsteinische Schweiz ist nicht erst seit den ›Immenhof‹-Filmen für ihre Gestüte bekannt. Es gibt noch weitere. Eines liegt am Schmarksee. Dort hat ein Spaziergänger, genau genommen war es ein Paar, gestern eine Leiche entdeckt.« Dr. Starke legte eine Pause ein und beobachtete Lüder. Dann fuhr er fort: »Der Tote war fürchterlich zugerichtet.«

»Wie Wiesner?«, wollte Lüder wissen.

»Auf andere Weise. Ihm waren die Genitalien abgetrennt worden. Wenn man es salopp formuliert: alles, was nicht unter Putz lag.«

»Weiß man schon, wer es ist?«

»Papiere trug er nicht bei sich. Aber wir hatten Glück. Einer der Beamten vom Plöner Revier erinnerte sich, ihn schon einmal gesehen zu haben. Der Tote soll einer der Bewohner des Sonnenhofs sein. Die Kieler Kripo ist am Ball. Die Auffindesituation weicht von denen der anderen Morde ab. Es handelt sich hier auch nicht um einen Staatsbediensteten. Es ist für uns nur insofern von Interesse, als die Tat möglicherweise in Verbindung mit dem Sonnenhof und den Wölfen stehen könnte.«

Lüder rieb sich das Kinn. »Sonderbar. Nach deinen Schilderungen scheint der Tathergang anders zu sein als die Fälle, mit denen wir es bisher zu tun hatten.«

»Wir haben uns auch nicht eingemischt. Die Bearbeitung liegt bei der BKI Kiel.« Dr. Starke schwenkte den Zeigefinger. »Herr Vollmers hat sich kurz bei mir gemeldet und gebeten, dass wir ihn und sein Team ungestört arbeiten lassen.«

»Ja – natürlich«, sagte Lüder.

Nach der Rückkehr in sein Büro rief er das Polizeirevier in Plön an und ließ sich mit dem Revierleiter verbinden. In ganz Schleswig-Holstein gab es fünfzig Mordfälle in einem Jahr. Und das war ein absoluter Höchststand. Für die Beamten in Plön war so ein Fall eine Ausnahme. So war der Kollege sofort bereit, Lüders Fragen zu beantworten.

»Einer meiner Beamten, PHM Schuster, konnte sich an das

Opfer erinnern. Das macht die langjährige Berufserfahrung aus. Vor Kurzem hatten wir dort einen Einsatz in Sachen eines Schulverweigerers. Dort hat er den Mann gesehen.«

»War er beteiligt?«

»Nein. Er war Zuschauer.«

»Und daran hat er sich erinnert?« Lüder war erstaunt.

»Das mag sonderbar klingen. Aber während alle anderen Gaffer einer – ich möchte jetzt nichts Falsches sagen – Werbung für gesunde Ernährung entsprungen schienen«, gab der Revierleiter seine Eindrücke wieder, »wich dieser Mann in seiner Erscheinung ab. Er war älter.«

»Haben Sie schon einen Namen?«

»Nein. Mehr können wir auch nicht sagen. Die Ermittlungen liegen bei der Kieler Kripo.«

Lüder bedankte sich. Ihm war während seiner Besuche auf dem Sonnenhof nur ein Mann aufgefallen. Der ältere Gärtner, der überraschend aus dem Dickicht auftauchte, als Lüder den Spaziergang mit Michalski unternommen hatte. Der Rudelführer hatte ihn angesprochen. Lüder überlegte. Was hatte er gesagt? Ist gut, äh … äh … Es war ein kurzer Name gewesen. Ist gut, äh … Jörg? Nein! Plötzlich fiel es ihm wieder ein. Dirk!

Lüder rief die Meldedaten des Sonnenhofes auf und war überrascht, dass sich die Bewohner ordnungsgemäß beim Amt Großer Plöner See angemeldet hatten. Es war eines der Merkmale der Reichsbürger, dass sie die bestehende Administration nicht anerkannten, keine Steuern zahlten und sich weigerten, Ausweise zu führen oder Meldepflichten nachzukommen. Obwohl Michalski und seine Leute im Gestern verhaftet schienen, mieden sie die offene Konfrontation mit den Behörden.

Lüder fand unter den Bewohnern drei mit dem Vornamen Dirk. Der Zwölfjährige schied aus. Das galt auch für den Einunddreißigjährigen, der mit Frau und drei Kindern dort gemeldet war. Der Dritte hieß Dirk Lohgerber und war einundfünfzig Jahre alt. Auf dem Passfoto erkannte Lüder den Gärtner wieder. Der Mann hatte stets finster dreingeblickt. Es schien so, als würde er ständig mit seinem Gartengerät in der Hand auf dem Gelände herumschleichen. Und den hatte man ermordet aufgefunden? Mit verstümmelten Genitalien? Merkwürdig.

Lüder schickte die Meldedaten an Vollmers mit dem Hinweis, dass es sich möglicherweise um den Toten vom Schmarksee handeln könnte. Fünf Minuten später kam die kurze Antwort: »Das wissen wir auch.«

Dirk Lohgerber stammte aus Forst in der Lausitz, war ledig und besaß die Führerscheine der Klassen B und C1, ursprünglich ausgestellt vom DDR-Bezirk Cottbus.

»Da muss er noch Kind gewesen sein«, murmelte Lüder. Lohgerber war seit dreizehn Monaten in Grebin gemeldet. Als letzter Wohnort war Guben angegeben. Mehr Informationen lagen nicht vor.

Wer bist du?, fragte sich Lüder. Und weshalb musstest du sterben? Für einen Moment überlegte er, ob er den Sonnenhof aufsuchen und sich umhören sollte. Lüder entschied sich dagegen. Die Wölfe waren kritische Geister, allen voran Sören Michalski. Vollmers und seine Leute würden es schwer genug haben. Lüders Erscheinen wäre atmosphärisch nicht förderlich.

Es gab noch viele offene Fragen. Wer war Heimdall, der kommentarlos das Bild der beiden führenden Mitarbeiter der Defense Tech AG ins Netz gestellt hatte? Wie war er an dieses Foto gekommen, und welches Motiv trieb ihn zur Veröffentlichung? Auf jeden Fall wollte er damit dem Unternehmen schaden.

Natürlich hatten erfolgreiche Menschen Feinde, Neider. Bei von Dortelweils Geschäftszweig kamen noch jene hinzu, die aus ideologischen Gründen Krieg ablehnten. Die Friedensaktivisten. Lüder suchte nach Informationen und befragte auch Birgit Heitkamp. Tatsächlich gab es Hinweise, dass die Antifa um Benedikt Dortelweil auch aktiv gegen den Krieg, die Kriegstreiber und Kriegsgewinnler war. Das war gegen seinen Vater gerichtet und mit der immer noch ungeklärten Frage verknüpft, ob es persönlich oder ideell motiviert war.

Auf einer Sicherheits- und Waffenmesse wollten die Unternehmen ihre Produkte präsentieren und verkaufen. Aber wer waren die Käufer? Mit wem schlossen die Unternehmen Verträge? Ob Leute wie Rudolf Münzberger, der für sogenannte Sicherheitsfirmen im Einsatz war, sich dort auch umsahen, um sich mit neuester Technologie zu versorgen? Heute sicherte er von Dortelweil ab, den Betrieb und das Privathaus. Und dabei war Georgi Mamalev schwer verletzt worden, als jemand versuchte, in das Anwesen in der Schlieffenallee einzudringen.

Was übersehe ich?, fragte sich Lüder. Mamalev. Ein Bulgare. Die beiden Mitarbeiter vom Werkschutz, mit denen er vor dem Zugang zum Gelände der Defense Tech AG aneinandergeraten war, könnten auch Bulgaren sein. Mit ein wenig Phantasie könnte man den Unbekannten, der Rechtsanwalt Deckert begleitete, als Lüder vergeblich versuchte, von Dortelweil zu befragen, auch Bulgarien zuordnen. Welche Rolle spielte das Balkanland? Und – sehr gewagt – war es Zufall, dass zwei der drei getöteten Beamten mit einem sogenannten bulgarischen Regenschirm ermordet wurden?

Der Werkschutz – das war Münzberger Security. Weshalb trat das Unternehmen öffentlich nicht in Erscheinung? Betrieb keine Werbung? Warb nicht um Kunden? Lüder hätte zu gern eine Hausdurchsuchung in Münzbergers Geschäftsräumen durchgeführt, aber dafür lagen keine triftigen Gründe vor. Mit Sicherheit würde man dort keinen Hinweis auf die präparierten Regenschirme finden. Die gingen auf Entwicklungen des ehemaligen berüchtigten Geheimdienstes DS zurück, der seinerzeit das lukrative Geschäft mit Waffen und Drogen beherrschte.

Hatte sich Münzberger mit Unterstützung oder als Partner in dieses Geschäftsfeld eingeklinkt? Oder mischte auch von Dortelweil auf diesem Sektor mit und kooperierte mit der Bulgarien-Mafia?

Vordergründig galt die Defense Tech AG trotz der umstrittenen Wehrtechnik als seriös. Es gab keinen Hinweis auf verdeckte Geschäfte. Es reichte aber, wenn man moderne Technologie auch an Sicherheitsfirmen vermarktete, die nur ein Tarnunternehmen für Söldnereinsätze waren.

Lüder machte sich auf den Weg zum besetzten Haus der Antifa. Es dauerte eine Ewigkeit, bis jemand auf sein heftiges Klopfen reagierte. Zwischendurch waren einige Passanten vorbeigekommen, hatten neugierig geguckt, wenige waren auch kurz stehen geblieben.

Eine ältere Frau hatte ihrem Begleiter zugeraunt: »Der sieht aber nicht so aus, als würde er zu den Chaoten gehören.«

»Die sind zwar chaotisch«, hatte der Mann geantwortet, »und sehen komisch aus. Aber irgendwie haben die doch recht. Die da oben greifen uns doch nur noch in die Tasche. Überleg mal, was wir jetzt an Miete zahlen. Alles wird teurer. Nur unsere Rente bleibt niedrig. Nee, Ella. Wenn ich jünger wär, würd ich …«

Den Rest des Satzes verstand Lüder nicht mehr, da die beiden alten Leute weitergingen.

Schließlich wurde die Tür geöffnet. Dicki, das dürre Mädchen, sah suchend durch den Türspalt.

»Hast du geklopft?«, fragte sie mit belegter Stimme. Sie war zugekifft und hatte Lüder nicht wiedererkannt.

»Ich will zu Basti.«

»Zu unserem Basti?«, lallte sie.

Zu welchem sonst?, dachte er sich, unterließ es aber, eine Diskussion zu beginnen.

»Ja«, sagte er. »Hol ihn einmal her.«

»Is gut.« Sie wankte kurz, ließ die Tür angelehnt und verschwand.

Es dauerte eine Ewigkeit, bis der muskelbepackte Lutscher erschien, in seinem Windschatten folgte Benedikt Dortelweil.

»Ach, der«, stellte der Lutscher fest. »Hau ab, sonst gibt's Stress.«

»Stimmt«, erwiderte Lüder. »Aber für dich.« Er trat einen Schritt dichter an den Mann heran. »Die Minderjährige, die eben geöffnet hat, ist mit Stoff abgefüllt.« Lüder wedelte mit der Hand vor seiner Nase herum. »Hier stinkt es wie in einer Kokain-Kocherei in Medellín.«

Der Lutscher sah ihn ratlos an. »Kokain-Kocherei?«

»Du nennst mich Bulle. Okay. Ich habe aber eine ganze Herde von Jungbullen auf der Weide, die hier gleich anrücken und jede Ecke eurer versifften Bude nach *drugs* durchsuchen werden. Nun komm mir nicht mit einem blöden Spruch wie ›richterliche Genehmigung‹ und so. Hier ist Gefahr im Verzug. Es geht um Kinder wie eure Dicki.«

»Dicki? Kind?« Der Lutscher war komplett aus dem Konzept gebracht.

Von Dortelweil schob ihn zur Seite. »Ich mach das«, sagte er und trat auf die Straße hinaus. »Das ist großes Gedröhne. Außerdem ist Dicki volljährig.«

»Stimmt nicht«, behauptete Lüder unbeeindruckt. Immerhin ließ sich von Dortelweil nicht auf eine Diskussion ein. »Heimdall!«, sagte Lüder und ließ es wie eine Feststellung klingen.

Dortelweil sah ihn überrascht an. Das rechte Augenlid zuckte kurz. Lüder verstand es, in der Mimik zu lesen. Wäre Dortelweil unwissend gewesen, hätten sich die Augen geweitet.

»Die ältere Generation spottet oft über Sie und Ihresgleichen und behauptet, die Breite der Bildung würde immer geringer werden. Es sei ein Hohn, heute noch von der Allgemeinen Hochschulreife zu sprechen. So ist es nicht mehr erforderlich, das Latinum vorzuweisen, wenn Sie Medizin oder Jura studieren. Deshalb verwundert es mich, dass Sie sich mit der ›Ragnarök‹ auseinandergesetzt haben.«

Dortelweil musterte Lüder, ohne zu antworten.

»Sie sind Heimdall«, behauptete Lüder.

Sein Gegenüber wich Lüders Blick aus.

»Wie kommen Sie auf Heimdall? Der Bewacher der Götter? Das würde eher auf Münzberger passen.«

Dortelweil schwieg. Natürlich kannte er den Securityboss.

»Wollten Sie damit eine falsche Fährte legen?« Er sah an Dortelweil vorbei in den dunklen Hausflur. Der Lutscher hatte sich inzwischen zurückgezogen. »Ich frage mich ohnehin, weshalb Sie diese Show hier abziehen. Sie sind für den Rest der Truppe viel zu intelligent. Haben Sie die anderen Trottel als Fußtruppen rekrutiert? So wie Münzberger, der Wachhund Ihres Vaters, mehr oder minder willfährige Bulgaren um sich versammelt?«

Dortelweil senkte den Blick und kratzte mit der Fußspitze auf dem Gehweg.

»Welche Verbindung haben Sie zu den Wölfen?«

Plötzlich entstand Bewegung in Dortelweil. Es zuckte um seine Mundwinkel. Er öffnete mehrfach den Mund und schloss ihn wieder.

»Das ist ... Das ist ...«, empörte er sich lautstark. »Sie können mich doch nicht mit diesem faschistoiden Geschmeiß in einen Topf werfen.«

»Heimdall«, erinnerte ihn Lüder.

»Sie haben wirklich keine Ahnung. Ich habe mit diesem ganzen Scheiß, diesem Drecks-Rassismus und dem Nazitum, absolut nichts am Hut. Ganz im Gegenteil. Heimdall sagt man nach, dass er ein ausgezeichnetes Gehör und scharfe Augen hatte. Ihm wird auch ein goldenes Gebiss angedichtet. Nun denn. Das ist mir in die Wiege gelegt worden. Das Goldene. Aber das mit Gehör und Auge ... Einer muss diese Saubande doch im Blick haben.«

»Und das sind Sie?«

Dortelweil zuckte mit den Schultern. Dann berichtete er, dass er zufällig auf das Bild mit Mehsig und Dr. Sabah Wassouf gestoßen war.

»Wenn die beiden auftauchen, geht es um Schweinereien.« Er atmete tief durch. »Den Syrer kenne ich nicht. Ich bin ihm nie begegnet. Aber Mehsig, der war öfter bei uns zu Hause.« Er klatschte sich mit der Hand an die Stirn. »Ich habe ihn als Kind gemocht. Wäre ich früher geboren, hätte ich ihn den damaligen Gepflogenheiten entsprechend vermutlich sogar ›Onkel Heinz‹ genannt. Wer ahnt denn, dass sein Lebenswerk darin besteht, Dinge zu entwickeln, die töten? So etwas Widersinniges. Da regt man sich auf, dass Jugendliche vor dem Bildschirm hocken und Ballerspiele treiben. Es müssen reaktionsschnell andere Figuren erlegt werden, dass das Blut spritzt.«

Dortelweil malte mit beiden Händen in der Luft herum. Dann verdrehte er kunstvoll die Augen.

»Wenn wieder ein Jugendlicher ein Massaker angerichtet hat, treten irgendwelche Figuren im ›Brennpunkt‹ vor die Kamera und behaupten, die Leute seien durch solche Spiele radikalisiert worden. Aber der irre Mehsig sieht seinen Lebenszweck darin, Dinge zu erfinden oder zu verbessern, die real das Blut spritzen lassen.«

»Sie wollten in der Familienvilla einbrechen. Weshalb?«

»Ich wollte nach Dokumenten suchen, die der Öffentlichkeit zeigen, was dort gespielt wird.«

Von Dortelweil senior hatte den Einbrecher erkannt. Deshalb mauerte er und weigerte sich, mit der Polizei zu sprechen. Nichts wäre für sein Geschäft schädlicher, als in den Fokus der Öffentlichkeit zu geraten. Der Industrielle wollte diesen Vorfall ebenso vertuschen wie die Besetzung des Hauses, vor dem sie jetzt standen.

»Weshalb hassen Sie Ihren Vater so abgrundtief?«, fragte Lüder.

»Das ist nicht mein Vater!«, schrie Dortelweil aufgebracht.

»Soooo?«

Lüders Gegenüber schwenkte wild den Arm.

»Biologisch schon, aber was soll das heißen? Ich habe nichts mit ihm gemeinsam, außer dem Blut. Und das hätte ich auch mit einem Verbrecher, wenn ich eine Transfusion bekommen hätte.«

»Da wären noch die Gene«, erinnerte Lüder.

»Das ist ja mein Problem. Ich habe es mir nicht ausgesucht, in diese Familie hineingeboren zu sein.«

»Sie haben keine Geschwister.«

»Was weiß ich, wo der Alte sein Ding reingehängt hat. Rund um den Globus. Offiziell bin ich Einzelkind.«

»Ihre Eltern sind geschieden. Also werden Sie das Unternehmen erben.«

»Sind Sie nicht ganz dicht? Soll ich auch Kriegsgeräte produzieren? Bei jedem Hummer, jedem Löffel Kaviar und jedem Schluck Champagner müsste ich kotzen, wenn ich daran denke, wie das Geld dafür verdient wurde.«

»Sie können die Erbschaft ausschlagen. Dann tritt der Staat an Ihre Stelle.«

Ein kurzes Aufleuchten überzog Dortelweils Antlitz. »Das wäre doch eine Idee. Der ganze Laden wird zerlegt. Das, was übrig bleibt, wird für afrikanische Kinder gespendet, die durch Landminen verstümmelt wurden. Da würde der Alte auf Wolke sieben aber Pirouetten drehen. Ach nee. So einer kommt mit Sicherheit nicht in den Himmel, sondern muss in der Hölle schmoren. Geschieht ihm recht.«

»Sie sind nicht glücklich mit Ihrer Familie.«

»Ich?« Es folgte ein höhnisches Auflachen. »Ich sagte es schon. Eine total verkommene verbrecherische Sippe.« Er bewegte den Zeigefinger dicht vor Lüders Nase. »Sehen Sie sich einmal unsere Familiengeschichte an. Wenn Ihnen nur übel wird, kommen Sie noch gut dabei weg.«

»Und deshalb ziehen Sie mit einer marodierenden Bande durch Kiel?«

»Den Nazis mit der Keule einen Scheitel ziehen ... Das ist okay. Aber die arme bulgarische Sau, die den Hofhund spielen muss ... Das tut mir leid. Das war so 'ne Art Notwehr. Der kannte mich ja nicht. Was meinen Sie, was der mit mir gemacht hätte? Der hätte mich nicht mitgenommen in die Betriebskantine und dort Honigbrot geschmiert. Ich musste mich zur Wehr setzen.«

»Ist es bei Ihnen Standard, ständig ein Kampfmesser bei sich zu führen? Behaupten Sie nicht, Sie müssten manchmal einen Laib Brot schneiden. Ganz unverhofft.«

»Ach.« Dortelweil winkte ab.

»Ich muss Sie jetzt mitnehmen«, sagte Lüder.

Der junge Mann sah ihn aus traurigen Augen an. »Ja – ist

okay. Ich weiß. Hat das noch Zeit bis morgen? Ich latsche dann mit meinem Anwalt zur Bullerei.«

»Rechtsanwalt Deckert?«

Er nickte.

»Wie kommt es, dass Sie denselben Anwalt haben wie Ihr Vater?«

Dortelweil stapfte wütend auf. »Er ist nicht mein Vater.«

Lüder ließ ihm Zeit.

»Deckert ist gut. Er ist unser Familienanwalt. Ich kenne ihn. Deshalb.«

»Und weil Ihr Vater das Honorar zahlt?«

Ein schräger Blick streifte Lüder. Dann drehte sich Dortelweil um und verschwand ins Hausinnere.

»Nicht vergessen: morgen!«, rief ihm Lüder hinterher.

Die Antwort bestand aus einem über die Schulter gezeigten Mittelfinger.

Es war kurz vor Feierabend im Büro, als sich Hauptkommissar Vollmers meldete.

»Sie geben ja doch keine Ruhe«, sagte der Kieler. »Als Sie uns den Namen nannten, hatten wir es schon selbst herausgefunden. Woher wussten Sie es?«

Lüder erzählte, dass ihm der Mann bei seinen Besuchen auf dem Sonnenhof aufgefallen war.

Die Kieler hatten die Bewohner befragt. Natürlich kannte jeder Lohgerber. Er galt als schweigsam und verschlossen. Er hatte kaum Kontakte zu den anderen.

»Das war ungewöhnlich«, hatte ein Zeuge erklärt. »Das Besondere hier ist die Gemeinschaft. Wir arbeiten zusammen, wir leben zusammen. Wir feiern zusammen. Aber Dirk hat sich immer abseitsgehalten. Wir haben uns manchmal gefragt, weshalb er sich uns angeschlossen hat, wenn er die Idee des Sonnenhofes nicht gelebt hat.«

Lüder wollte wissen, ob die Kieler auch mit Michalski gesprochen hatten.

»Natürlich. Der zeigte sich betroffen. Zumindest erweckte er den Eindruck. Wir haben offen agiert und die Umstände des Todes offengelegt. Das hat Erschütterung hervorgerufen. Die Leute waren entsetzt. Aber – wie gesagt – leider waren die bisherigen Ergebnisse dürftig. Lohgerber war ein Einzelgänger, weder sonderlich beliebt noch unbeliebt. Er hatte mit niemandem persönliche Kontakte. Angeblich hat er auch nie Besuch empfangen, keine Post erhalten. Wir haben seine einfache Ein-Zimmer-Wohnung durchsucht. Dort gab es nichts. Keine Briefe, keine Kontoauszüge, keine Bücher, wenn man von ein paar Bänden Fachliteratur absieht. Er hatte einen kleineren Fernsehapparat und einen Rekorder. Dort haben wir Kassetten gefunden. Ziemlich bunt gemischt. Beiträge von ›Länder – Menschen – Abenteuer‹, ›Expeditionen ins Tierreich‹, Krimis. Sieht alles nach harmloser Unterhaltung aus.«

»Das ist alles?« Lüder war enttäuscht. »Keine Kontoauszüge?«

»Nein. Auch kein Computer. Das ist heute fast ungewöhnlich. Wir fanden ein Ladegerät für ein Handy.«

»Ladegerät? Und das Mobilfon selbst?«

»Das ist das Merkwürdige. Danach suchen wir noch.«

»Ortung?«

»Läuft.«

Lüder wünschte Vollmers viel Erfolg.

ZEHN

Lüder hatte es aufgegeben, den Überblick über die Medienreaktionen zu bewahren. Es war zu vielfältig. Vom seriösen Journalismus über die schlagzeilenfokussierte Presse bis hin zu abstrusen Kommentaren, die manchmal als »News« verpackt wurden, war das Kaleidoskop der Meldungen bunt schillernd. Leider gab es immer noch zu viele Menschen, die der Meinung waren, Politik interessiere sie nicht. Sie waren verwundert, wenn das Benzin an der Tankstelle plötzlich erheblich teurer wurde, weil eine erneute Erhöhung von Ökosteuern aufgeschlagen wurde. Das war ebenso »Politik« wie die Unebenheiten auf den nicht gepflegten Fußwegen der Heimatgemeinde.

Dr. Diether, den Lüder zu Beginn des Dienstes anrief, zeigte sich erstaunlich munter und behauptete, »seit Tagen« ununterbrochen im Dienste der Gerechtigkeit aktiv zu sein. Lüder verwies ihn darauf, dass es auch den Tatbestand der uneidlichen Falschaussage gebe.

»Dann müssten alle Politiker nach der Wahl strafrechtlich belangt werden, weil sie ihre Versprechungen nicht einhalten. Und die Werbeleute gleich mit«, sagte der Rechtsmediziner. »Von den Hämorrhoiden, die gleichzeitig mit den lästigen Haarschuppen verschwinden, wenn man das Präparat X in die Marmelade rühre, bis zum weißesten Weiß aller Zeiten des neuen Waschmittels. Neues Waschmittel? Das beste Persil aller Zeiten. Bei solchen Sprüchen frage ich mich, ob man davor nur Mist produziert hat. Überhaupt: Was uns da alles geboten wird.«

»Danke«, unterbrach ihn Lüder. »Hatten Sie gestern Langeweile und haben vor acht den Fernseher angeschaltet?«

»Würde ich ja machen, wenn Sie mir nicht immer solche krummen Fälle auf den Obduktionstisch legen würden.«

»Sie meinen Lohgerber?«

»Hatte der Kinder?«, wollte Dr. Diether wissen.

»Mir nicht bekannt.«

»So wie man den verstümmelt hat, wird es auch nichts mehr.«

»Sie haben wirklich eine ausgeprägt schwarze Seite«, stellte Lüder fest.

»Anders können Sie diesen Job auch nicht ertragen«, erwiderte Dr. Diether ernst. »Ich gehe davon aus, dass das Opfer betäubt wurde. Ich habe eine Einstichstelle gefunden. Das Laborergebnis liegt noch nicht vor, aber wenn Sie mich fragen …? Ich würde Propofol nehmen.«

»Also hat der Täter medizinische Vorkenntnisse?«

»Das kann man nicht sicher sagen. Propofol ist fast Allgemeinwissen. Vielleicht nicht bei Juristen, aber sonst. Die Todesart war jedenfalls eine nicht alltägliche. Man hat das Opfer entmannt. Unter diesem Oberbegriff finden sich unterschiedliche Eingriffe in diesem Bereich. Bei Lohgerber hat jemand alles abgetrennt, was zu den äußeren Geschlechtsmerkmalen eines Mannes gehört. Wenn Sie mir jetzt nicht wieder unterstellen, ich würde nur schwarz sprechen, könnte man behaupten, der Tote war danach glatt wie eine Kinderpuppe. In meiner Praxis habe ich das in dieser Konsequenz noch nicht gesehen.«

»Das soll etwas heißen«, warf Lüder ein, »schließlich war der halbe Zentralfriedhof zuvor bei Ihnen Kunde.«

»Sie wollen mir aber nicht unterstellen, dass ich ein Stümper bin wie jener, der Lohgerber so zugerichtet hat? Der war in keiner Weise qualifiziert.«

»Ein Laie?«

»Nein, die bekommen das nicht hin. Ein wenig anatomische Kenntnisse müssen Sie schon haben. Man erkennt es an der Schnittführung. Aber hier war eine Niete am Werk, genauso eine wie jene, die Wiesner entstellt hat. Es könnte jemand sein, der im Krankenhaus arbeitet, aber nicht im medizinischen Bereich, sondern als Haustechniker. Damit will ich nichts gegen die Handwerker gesagt haben, solange sie keine Menschen auseinandernehmen.«

»Also müssen wir nach einem Täter suchen, der zumindest Grundkenntnisse in der Medizin hat?«, fragte Lüder.

Dr. Diether bestätigte es.

»Auch die Morde an den drei Beamten erforderten medizinisches Verständnis, es wurde Gift eingesetzt, dessen Wirkung geplant war.«

»Konzentrieren Sie Ihre Suche darauf. Das macht die Sache einfacher. Sie können Juristen als Tatverdächtige ausschließen. Die haben nämlich keine Ahnung. Auch davon nicht.«

Mit einem überzogenen spitzen »Danke« verabschiedete sich Lüder.

Dr. Diethers Hinweis machte Lüder nachdenklich. Gab es eine Verbindung zwischen der Ermordung des Gärtners und den drei anderen Opfern? Lohgerber erschien Lüder als ein Sonderling. Er passte nicht zu den übrigen Bewohnern des Sonnenhofes. Eine weitere Verbindung bestand darin, dass Lohgerber zu den Wölfen gehörte und diese verdächtigt wurden, an den Morden an den Beamten mitgewirkt zu haben. Zumindest mochte Lüder das nicht ausschließen.

Er suchte in den sozialen Netzwerken und war erstaunt, Bilder Dirk Lohgerbers zu finden. Eines zeigte ihn in Gärtnerpose. Wie Lüder ihn kannte – Lohgerber blickte mürrisch in die Kamera. Das zweite Bild zeigte das Gesicht des Mannes, wobei dessen Augen starr gen Himmel gerichtet waren. Der Blick eines Toten. Zum Glück hatte der unbekannte Verfasser darauf verzichtet, Details der Verstümmelung zu präsentieren. War der Fotograf auch der Mörder? Mit Sicherheit würde Vollmers von diesem Bild Kenntnis haben und es als eine wichtige Spur aufnehmen.

Neu war die Überschrift zu den Bildern: »Das Ende eines Sexmonsters«.

Das war alles. Keine weiteren Erklärungen.

Es würde schwierig bis unmöglich werden, denjenigen zu identifizieren, der diesen Beitrag gepostet hatte, wenn er sich genauso geschickt angestellt hatte wie Freund Horst bei seinen Manipulationen.

Lüder zog die Stirn kraus, als er an den Whisky dachte, den sie bei der Bearbeitung der Bilder getrunken hatten. Er hatte gut geschmeckt. Aber der delikate Fanø Laks, den Horst als Beilage dazu gereicht hatte, konnte die Schwere des Glenrothes nicht aufwiegen.

Lüder zermarterte sich das Hirn, welche der im Zuge der bisherigen Ermittlungen aufgetretenen Personen einen Bezug zur Medizin hatte. Ihm fiel nur Dr. Jürgen Horst ein, der Arzt aus Plön. Die Patienten in seinem Wartezimmer hatten sich positiv über ihn geäußert. Dr. Horst war Allgemeinmediziner, aber nicht Chirurg. Käme er für solche Taten in Frage? Der Plöner trat lautstark in der Öffentlichkeit auf und machte keinen Hehl aus seiner Ansicht, dass die derzeitige Regierung falsch handle. Sie müsse durch eine andere ersetzt werden. Aus seiner Sicht bestand dringender Handlungsbedarf.

Es gab auch eine gute Nachricht. Benedikt Dortelweil war am Morgen in Begleitung von Rechtsanwalt Uwe Deckert bei der Bezirkskriminalinspektion in der »Blume«, wie die Institution in der Blumenstraße genannt wurde, erschienen und hatte gestanden, bei einem Einbruchsversuch in sein Elternhaus im Gerangel den Sicherheitsdienstmitarbeiter Georgi Mamalev verletzt zu haben. Das Messer, so hatte er vorgetragen, wollte er einsetzen, um ein Kellerfenster aufzuhebeln. Lüder hielt die Angaben für reine Schutzbehauptungen, aber darum sollten sich andere kümmern. Er brach auf, um Erkundigungen auf dem Sonnenhof einzuholen.

Bevor er auf dem Areal in Grebin ausstieg, spürte er, dass hier eine andere Atmosphäre den Rhythmus bestimmte. Die Leute standen in kleinen Gruppen oder einzeln herum. Während sonst eine muntere Geschäftigkeit herrschte, schien alles in Lethargie verfallen zu sein. Vor dem Gebäude, das Lüder als zentralen Punkt ausgemacht hatte, standen zwei zivile Fahrzeuge mit Kieler Kennzeichen und zwei Streifenwagen. Die Ermittlungen und Befragungen waren noch im Gange.

Lüder parkte hinter den Dienstwagen. Er wurde argwöhnisch beäugt, als er in das Haus eintrat. Niemand sprach ihn an oder hielt ihn auf. Sein Klopfen an der Tür, die zu Michalskis Büro führte, blieb unbeantwortet. Er öffnete. Der Raum war verwaist. Er folgte dem Stimmengewirr und fand sich in einer Art Versammlungsraum wieder. Dort saßen zwei Beamte aus Vollmers Kommissariat, ihnen gegenüber Valentin Untermenger, Laura Hintze und ein untersetzter Mann mit Goldrandbrille und lichtem Haupthaar. Die Anwesenden sahen ihm entgegen. Lüder hob zum Gruß kurz die Hand und nahm abseits Platz.

»Dieses ist eine geschlossene Veranstaltung«, sagte der Mann mit der Goldrandbrille. »Wer sind Sie überhaupt?«

»Lüders. Landeskriminalamt«, stellte sich Lüder vor.

»Dr. Falk Oberthür. Ich bin der Anwalt der Genossenschaft. LKA? Was führt Sie hierher?«

»Polizeiliche Ermittlungen«, sagte Lüder.

Der Anwalt schien nicht zufrieden zu sein, unterließ es aber, weiter nachzuhaken. Oberkommissar Horstmann setzte Lüder kurz ins Bild, dass man mit den Bewohnern sprach und Zeugen vernahm.

»Wo ist Herr Michalski?«, wollte Lüder wissen.

»Abwesend«, antwortete Oberthür schroff.

»Er ist Vorstand der Genossenschaft«, stellte Lüder fest.

Untermenger räusperte sich. »Ich vertrete ihn.«

Dr. Oberthür bestätigte es. »Herr Untermenger ist als zweites Vorstandsmitglied bestellt.«

Lüder zeigte auf Laura Hintze. »Und die Frau?«

Bevor jemand antworten konnte, sagte der Anwalt: »Frau Hintze ist als mögliche Zeugin anwesend. Und wenn Sie jetzt die Güte haben, dass wir das Gespräch fortsetzen können.«

Es ging um Formalien. War Lohgerber eingetragen als Genosse? Hatte er einen Arbeitsvertrag? Einen Mietvertrag? Interessant wurde es, als die Kriminalbeamten wissen wollten, wie sein Verhältnis zu anderen Bewohnern war. Sie erfuhren, dass der Gärtner sehr verschlossen gewirkt hatte, nie etwas von sich erzählt oder sich an Gesprächen beteiligt hatte. Insofern war es verwunderlich, dass er an jeder Gemeinschaftsveranstaltung teilgenommen und schweigsam dabeigesessen hatte.

»Dirk, also Lohgerber, wurde auch ›der Geist‹ genannt«, erzählte Untermenger.

Und Laura Hintze ergänzte, dass es manchmal ein bisschen unheimlich gewirkt habe, wenn er aus dem Nichts auftauchte. Lüder erinnerte sich an seinen Spaziergang mit Michalski. Da war der Gärtner auch plötzlich durch die Büsche auf sie zugekommen.

»Haben Sie sich vor ihm gefürchtet?«, wollte Horstmann wissen.

Lüder fiel Laura Hintzes unsteter Blick auf, der im Raum umherwanderte und stets dem des Gesprächspartners auswich.

Sie sah zunächst den Anwalt an, dann Untermenger. Ihre Finger waren ineinander verhakt. Dann öffneten sie sich wieder, um das Spiel erneut zu beginnen.

»Nein«, sagte sie unsicher. »Weshalb?«

»Sie wissen, wie man das Opfer aufgefunden hat?«

Wieder wechselte der Blick der Frau zwischen dem Anwalt und Untermenger hin und her, als würde sie hoffen, einer der beiden übernähme das Antworten. Dann nickte sie schwach.

»Was soll diese Frage?«, mischte sich Oberthür ein, der merkte, dass Laura Hintze zunehmend unsicher wurde. »Das ist kein Verhör.«

»Sie wissen, dass wir uns bei Mord mit dem Umfeld des Opfers beschäftigen, es verstehen müssen«, übernahm Horstmann das Gespräch. »Die Verstümmelungen des Opfers könnten auf ein religiöses oder satanistisches Motiv deuten, aber auch auf Rache.«

Oberthür lachte bitter auf. »Rache? Wofür?«

»Opfer mit Übertötungen stellen uns immer vor besondere Rätsel«, erklärte der Oberkommissar. »Worauf will der Täter oder die Täterin mit der Art der Tatausführung hinweisen?«

Sie wurden durch einen Mann unterbrochen, der seinen Kopf

durch den Türspalt steckte und Horstmann zuwinkte. Der Oberkommissar stand auf und wechselte ein paar geflüsterte Worte mit dem Kriminalbeamten, den Lüder erkannt hatte.

Lüder nutzte die kurze Pause und fragte erneut nach dem Verbleib von Michalski.

»Durch Wiederholungen werden Sie keine anderen Antworten herauskitzeln«, gab Dr. Oberthür zurück. Seine Stimme klang gereizt.

Währenddessen sahen Horstmann und der andere Beamte von der Tür auf die drei Befragten. Dann kehrte Horstmann zu seinem Platz zurück, setzte sich und rückte noch einmal den Stuhl in eine andere Position. Mit spitzen Fingern bewegte er die Kladde vor sich.

»Kann es sein, dass Lohgerber sich in unangemessener Weise weiblichen Bewohnern genähert hat?«, fragte er in die Runde.

Untermenger antwortete schnell, zu schnell, wie Lüder am verärgerten Aufblitzen von Oberthürs Augen erkennen konnte. »Hinter dem Sonnenhof steckt eine Idee«, sagte Untermenger. »Dirk hat sie wohl in manchen Punkten missverstanden. Hier wird eine besondere Art des Gemeinsinns gepflegt. Wir glauben daran. Das heißt aber nicht, dass wir eine Sekte sind. Wir sind kein sexueller Selbstbedienungsladen wie die Colonia Dignidad in Chile.«

Der Anwalt verdrehte die Augen, Laura Hintze wusste nicht, wo sie hinsehen sollte, und Horstmann und sein Kollege schienen auch verblüfft. Die Tatausführung legte nahe, dass möglicherweise Rache oder eine besondere Form der Bestrafung das Motiv für den Mord war. So deutlich, wie Untermenger es formuliert hatte, klang es nicht wie eine Vermutung. Hatte Lohgerber wegen sexueller Übergriffe sterben müssen? Auch Oberthür hatte sofort verstanden. Schlagartig konzentrierte sich die Suche nach dem Täter auf den Kreis der Sonnenhof-Bewohner.

»Gab es Vorfälle dieser Art?«, fragte Horstmann.

»Keine signifikanten«, sprang der Anwalt ein.

»Wir möchten es gern von den beiden hier anwesenden Genossenschaftsmitgliedern hören«, sagte der Oberkommissar.

»So kann man das nicht sagen«, behauptete Untermenger. »Das ist vielleicht auch eine Interpretationsfrage«, bemühte er sich, seine eigene Aussage zu relativieren.

»Hier leben überwiegend Familien oder Paare. Lohgerber war Single. Männlich. Täglich sah er die attraktiven jungen Frauen. Es ist Frühling. Schönes Wetter. Da laufen die Menschen nicht hochgeschlossen herum. Die Hormone erwachen. Ist es das, was an Lohgerber störte? Hat er zu offensiv mit den Frauen geflirtet? Und nicht nur geflirtet? Ist er übergriffig geworden?«, wollte Horstmann wissen.

Untermenger machte eine hilflose Handbewegung.

Lüder sah Laura Hintze durchdringend an. Wieder wich sie seinem Blick aus.

»Hat er Sie sexuell belästigt?«, fragte er.

Die Antwort kam schnell. Zu schnell. »Nein!«

Weshalb log die Frau?

Lüder stand auf und verließ wortlos den Besprechungsraum. Die Ermittlungen lagen bei den Beamten der Kieler BKI in guten Händen.

Auf dem weiten Areal standen immer noch Menschen herum. Lüder unternahm einen kurzen Gang über das Gelände. Wenn er sich einer Gruppe näherte, erlosch das leise Getuschel. Wo war Michalski, der Kopf der Wölfe? Lüder hätte erwartet, dass Michalski in einer solchen Situation die Kontrolle über das Geschehen in Händen halten würde. Stattdessen wirkte es, als sei er abgetaucht. Selbst wenn er geplant abwesend gewesen wäre, hätte er bei einem solchen Ereignis umgehend zum Sonnenhof zurückkehren müssen.

Lüder setzte sich in seinem BMW, rief in Husum an und bat Große Jäger um einen Gefallen. Eine halbe Stunde später erfolgte der Rückruf.

»Ich habe die Kollegen von der Polizeistation St. Peter-Ording gebeten, beim Haus Silvestri vorbeizufahren. Ich weiß nicht, ob es das gewünschte Ergebnis ist, aber Sören Michalski war nicht anwesend.«

Schade. Lüder hatte gehofft, der Rudelführer der Wölfe hielte sich dort versteckt.

»War Caralina Silvestri anwesend?«, wollte er wissen.

»Ja«, antwortete Große Jäger. »Aber nicht nur die.«

»Mach es nicht so spannend«, sagte Lüder ungeduldig.

»Da war noch jemand, der sich aber nicht ausweisen wollte. Anhand des großen Porsche Panamera Turbo S E-Hybrid Executive vor der Tür konnten wir aber den Halter des Fahrzeugs ermitteln. Mann«, schwärmte der Husumer, »das Ding hat über siebenhundert PS und kostet über zweihunderttausend. Und in diesem Betrag ist noch nicht einmal der Aschenbecher enthalten.«

»Los, sag schon. Wem gehört das Auto?«, forderte Lüder.

»Der Defense Tech AG aus Kiel.«

Lüder pfiff überrascht durch die Zähne, lobte Große Jäger und sagte, man müsse sich unbedingt wieder einmal treffen.

»Bei einem ordentlichen Whisky?«, fragte der Husumer.

Lieber nicht, dachte Lüder.

Seine Hoffnung, Michalski hätte sich im eleganten Kurort an der Nordsee versteckt, hatte sich als Irrtum erwiesen. Dafür war es eine wichtige Neuigkeit, dass es eine Verbindung zu von Dortelweil gab. Was hatte der Rüstungsfabrikant in St. Peter-Ording gesucht? Welche Verbindung bestand zwischen ihm, Caralina Silvestri und Michalski? Lüder vermutete, dass Silvestri und Michalski ein Paar waren oder zumindest eine Beziehung pflegten.

Aber wie passte von Dortelweil in dieses Konstrukt? Michalski verfolgte mit seiner Bewunderung für das Vergangene eine Idee, die haarscharf am Gedankengut der Reichsbürger und Selbstverwalter vorbeischrammte. Er vermied es aber, sich offen auf deren Seite zu schlagen. Die damit verbundene Konfrontation mit den Behörden hätte zu viele Probleme bereitet. Oder, überlegte Lüder, verfolgte der zweifelsohne intelligente Rudelführer die Strategie, zunächst unbehelligt Strukturen aufzubauen? War er diesem Etappenziel jetzt nahegekommen? Waren die Morde die ersten Aktionen der zweiten Eskalationsstufe? Unruhe sollte geschürt und die Menschen sollten verunsichert werden? Außer durch den Terror, der durch die scheußlichen Morde erzeugt worden war, war die Bevölkerung noch nicht betroffen. Lüder erschrak. Gab es bald weitergehende Aktionen, die die Bürger direkt betrafen?

Er konnte sich nur schwer vorstellen, dass Michalski eine solche Gruppe um sich geschart hatte. Andererseits war der Sonnenhof mit seiner Infrastruktur, die sie noch nicht überblickten, der ideale Ort, um logistisch größere Aktionen vorzubereiten.

Lüder wurde durch das Schnarren seines Handys unterbrochen. Das Vorzimmer des Staatssekretärs meldete sich. Sorgenfrei habe ein paar Minuten Zeit für ihn. Danach müsse er allerdings zu einer Kabinettssitzung.

Eine halbe Stunde später betrat Lüder das Arbeitszimmer des Staatssekretärs. Der entschuldigte sich für die Terminhetze. »Die Ministerin ist zu einer Sitzung der Landesinnenminister mit dem Bundesinnenminister.« Er sah auf die Uhr, dann trank er hastig einen Schluck Kaffee, verzog die Miene und stellte fest, dass das Getränk kalt war. »Ich muss zur Kabinettssitzung. Was kann ich für Sie tun?«

»Es geht um die Aufklärung der Mordserie an den Beamten der Ministerien.«

Sorgenfrei nickte bekümmert. »Schlimm. Wir haben auch einen Kollegen aus unserem Haus verloren. Ich denke dabei auch immer an die Hinterbliebenen. Jede Tat hat nicht nur ein Opfer gefordert.«

»Meine Bemühungen, eine Verbindung zwischen den drei Taten herzustellen, waren bisher erfolglos. Ich möchte gern wissen, mit welchen Themen sich die drei Herren beschäftigt haben.«

»Ich verstehe«, sagte Sorgenfrei nachdenklich. »Ich – wir haben großes Vertrauen in die Fähigkeiten unserer Polizei. Ich werde regelmäßig über den Stand der Ermittlungen informiert. Es ist ein schwieriges Umfeld, deshalb können wir nicht so kurzfristig Ergebnisse präsentieren, wie die Öffentlichkeit es gern möchte.«

»Sie haben recht«, erwiderte Lüder. »Aber das war die Antwort eines Politikers, nicht auf meine Frage. Womit haben sich die drei beschäftigt?«

Sorgenfrei trank einen weiteren Schluck Kaffee. Über den Tassenrand musterte er Lüder.

»Entschuldigung«, fiel ihm ein. »Möchten Sie auch eine Tasse?«

Lüder lehnte ab. »Ich möchte gern drei Morde aufklären.«

»Ich habe schon einiges über Ihre Arbeitsweise gehört«, sagte der Staatssekretär. »Manchmal sehr unkonventionell, aber effektiv. Es ist oft nicht einfach, den Spagat zwischen Effizienz und Legitimität zu wahren. Wo sind die Grenzen? Helmut Schmidt ist das populärste Beispiel dafür, der auch in extrem schwierigen Situationen seiner Linie treu geblieben ist. Die Sturmflut in Hamburg. Die Geiselnahmen zur RAF-Zeit. Gehen Sie Ihren Weg, Herr Dr. Lüders, aber vergessen Sie nicht, auf die Grenzen unseres Rechtssystems zu achten.«

Lüder verdrehte genervt die Augen. »Herr Sorgenfrei! In einem Ministerium gibt es Hierarchien. Ich verstehe, wenn nachgeordnete Stellen sich absichern möchten, bevor sie vertrauliche Informationen preisgeben. Es geht hier um Mord. Wir kennen kein schlimmeres Verbrechen. Weshalb versagt man mir die Auskünfte? Ich bin mir sicher, wir kämen einen Schritt weiter, würden wir die Zusammenhänge kennen.«

»Lieber Herr Dr. Lüders. Sie haben in allen Punkten recht. Mord ist abscheulich. Ich erwähnte eingangs meine Betroffenheit für die Angehörigen. Es ist unser aller Bestreben, die Verantwortlichen vor Gericht zu stellen. Es ist auch zutreffend, dass es Situationen gibt, in denen Behörden oder Regierungen abwägen müssen, ob sie Informationen preisgeben. In solchen Fällen gilt die Frage: Was ist das höhere Rechtsgut?«

»Wollen Sie andeuten, dass es sich hier um eine brisante Angelegenheit handelt? Darf ich darauf hinweisen, dass es im LKA die Abteilung 3 gibt?«

Sorgenfrei nickte müde. »Ich weiß. Das ist meine Zuständigkeit.«

»Wir heißen zu Recht ›Staatsschutz‹. Unsere Aufgabe ist es, nicht nur Straftaten aufzuklären, sondern auch präventiv zum Schutz unseres Staates tätig zu werden.«

»Auch das ist mir bewusst«, sagte der Staatssekretär. »Sie sind Jurist. Sie wissen, Bundesrecht bricht Landesrecht.«

»Im übertragenen Sinne heißt es, hier laufen Dinge ab, die nicht mehr eigenständig vom Land geregelt werden können?«

Sorgenfrei stand auf und sah demonstrativ auf seine Armbanduhr. »Ich hatte es gesagt. Die Kabinettssitzung.«

Dann geleitete er Lüder zur Tür.

War das eine Schutzbehauptung?, fragte sich Lüder. Die Wölfe hingen alten Zeiten nach, der Plöner Arzt war einer der lautesten Kritiker der Landesregierung. Er monierte die Geldverschwendung. Dieser Aufgabe ging auch der Landesrechnungshof nach. Aber Dr. Horst brachte Vergleiche, die von den Menschen im Land verstanden wurden. Millionenabfindungen für Manager, die mit ihrer hemmungslosen Zockerei die Landesbank in den Abgrund geführt hatten, standen in keinem Verhältnis zu Eltern, die ihre Kinder in marode Schulen schicken mussten. Und dabei trugen sie auch noch die Kosten für die Schülerbeförderung, weil die ortsnahen Schulen auf dem Lande geschlossen wurden.

Dr. Horst traf mit seinen Worten bei manchen Menschen auf offene Ohren. Schwartow war im Finanzministerium tätig und Meierjoosten im Wirtschaftsministerium. Beide hatten möglicherweise am HSH-Deal mitgewirkt, auch wenn sie keine Schuld an diesem Desaster trugen. Dr. Horst hatte den Finger in eine Wunde gelegt. Die öffentliche Diskussion hatten die damals Verantwortlichen in der Bank und der Regierung durch Vertuschen, Beschönigen und Verweigern von Antworten erfolgreich unterbunden.

Und heute wurde wieder geschwiegen. Für die damaligen Fehler mussten andere bezahlen, die Menschen im Land. Gab es heute wieder Fehler, für die Beamte mit ihrem Leben bezahlten? Mit welchem Goethezitat hatte der Arzt Lüder bei seinem Besuch in der Praxis verabschiedet? »Der Worte sind genug gewechselt. Lasst mich endlich Taten sehen.«

Lüder erinnerte sich an Dr. Diether, der davon sprach, dass die Verstümmelungen an den Opfern von jemandem vorgenommen wurden, der medizinische Grundkenntnisse besaß, auch wenn der Rechtsmediziner von einem Stümper sprach. Natürlich wusste Dr. Horst auch über die Wirksamkeit von Giften Bescheid. Waren sie bei der Konzentration auf die Wölfe auf der falschen Spur?

Als Lüder zum LKA zurückkehrte, lag eine Nachricht von Vollmers vor. Der Hauptkommissar bat um Rückruf.

»Wir sind am Ball«, begann er seinen Bericht, »auch wenn vieles unbefriedigend ist. Wir haben Lohgerbers Handy noch nicht finden können. Die Ortung war erfolglos. Merkwürdig ist auch, dass es keinen Hinweis auf den Verbleib der abgetrennten Genitalien des Opfers gibt. Wäre das Ganze nicht in diese fragwürdige Konstellation rund um den Sonnenhof und dessen Bewohner eingebettet, könnte man Vermutungen in Richtung Ritualmord hegen. Aber daran glaube ich nicht. Es ist auch merkwürdig, dass wir bisher nichts über Lohgerbers Vergangenheit herausgefunden haben. Viele Jahre seines Lebens liegen noch im Dunkeln. Es ist schwierig, an alte DDR-Unterlagen heranzukommen. Was hatte er ursprünglich für eine Ausbildung? Ist er möglicherweise politisch aktiv gewesen? Ein Stasi-Spitzel? Wir haben noch viele offene Fragen. Die sind aber ein wenig ins Hintertreffen geraten durch einen anonymen Hinweis, der bei uns eingegangen ist. Solche anonymen Pamphlete sind stets mit Vorsicht zu genießen. Aber diesem schenken wir große Beachtung. In dem Schreiben, das im Postkasten der Polizeistation Malente eingeworfen wurde, behauptet der Absender, dass Lohgerber ermordet wurde, weil er angeblich Frauen missbraucht haben soll. Das würde dem Grundsatz einer sauberen Volksgemeinschaft widersprechen.«

Lüder erinnerte an eine vorsichtige Bemerkung Untermengers und deren Bestätigung durch Laura Hintze, die in diese Richtung zielte. Außerdem hatte jemand etwas Entsprechendes im Netz gepostet.

»Horstmann hat es mir erzählt«, sagte Vollmers. »Wenn etwas dran sein sollte, passt es zur Art der Verstümmelung. Dann haben wir es mit einem Fall zu tun, der in keinem Zusammenhang zu den anderen Morden steht.«

»So sieht es aus«, bestätigte Lüder. »Manchmal gibt es diese Zufälle. Das würde auch auf einige Gedanken in Richtung medizinischer Grundkenntnisse des Täters lenken.«

Vollmer hatte aufgepasst. »Sie glauben, dass die Fälle doch in einem Zusammenhang stehen?«

»Ich weiß es nicht«, antwortete Lüder und verschwieg seine Überlegungen zu Dr. Horst.

Anschließend wurde er zu einer Lagebesprechung gebeten. Er gab einen allgemein gehaltenen Bericht zum Stand seiner Ermittlungen ab und konzentrierte sich auf das Zuhören. Jens Starke machte einen gehetzten Eindruck. Der Kriminaldirektor stand mächtig unter Druck. Seitens der Amtsleitung, aber auch der politischen Führung erwartete man Ergebnisse. Das galt auch für die Öffentlichkeit. Außerdem spitzte sich die Lage im Land zu. Es gab in den sozialen Medien immer mehr Aufrufe zur Gewalt. »Jagt sie aus den goldenen Palästen!«, »Lasst sie nicht mehr an die gefüllten Tröge!«, »Auf zum Marsch nach Kiel!«. Das waren noch die harmloseren Aufforderungen. Hoffentlich, so der besorgte Tenor in der Runde, schlug das nicht irgendwann in offene Gewalt um.

Überrascht war Lüder, als er eine Mail von Staatssekretär Sorgenfrei vorfand. Die musste schnell getippt worden sein. Sie wies zahlreiche Fehler auf. Aber Grammatik war nicht das Entscheidende. Die Nachricht betraf Meierjoosten. Der Beamte war studierter Volkswirt. Im Wirtschaftsministerium war er vorwiegend mit Sonderaufgaben betraut gewesen. Die Meldung enthielt keine Detailinformationen. Er galt als beliebt, las Lüder. Zu seinen Aufgaben gehörte auch Kontaktpflege zu anderen Ministerien. Zu welchen? Das stand dort nicht. Hatte Meierjoosten in diesem Zusammenhang Kontakt zu Schwartow vom Finanzministerium? Sorgenfrei erwähnte noch, dass Meierjoosten auch bei Sonderprojekten mitgewirkt hatte. War der Milliarden-Deal mit der HSH Nordbank ein solches »Sonderprojekt«?

Weshalb hatte sich der Staatssekretär noch einmal gemeldet und jetzt etwas offener kommuniziert? Hatte man am Regierungstisch über Lüders Rückfrage gesprochen? Das Thema wurde in der Runde sicher auch behandelt.

Benedikt Dortelweil, der seinen Adelstitel versteckte, hatte Lüder empfohlen, sich einmal mit der Geschichte seiner Familie zu beschäftigen. Das Internet war voll von Beiträgen zu der Suchanfrage. Die Medien beschäftigten sich offenbar gern und ausführlich mit dem Unternehmen, das mit von Dortelweils Namen verbunden war. Es wurde als Industrieunternehmen, Wirtschaftsfaktor, Arbeitgeber beleuchtet. Wirtschaftsjournalisten versuchten, die mageren Bilanzzahlen zu analysieren.

Für Kapitalanleger mochte das Unternehmen interessant sein, aber nicht zugänglich. Die Aktien waren nicht auf dem Markt. In einer Randnotiz las Lüder, dass sie alle im Familienbesitz waren. Nach seiner Information bestand die Familie nur aus zwei Köpfen. Und Benedikt war sicher kein Shareholder. Veröffentlicht wurden nur die Pflichtangaben. Denen zufolge war die Aktiengesellschaft hochprofitabel.

Es gab auch kritische Kommentare, die bemängelten, dass sich deutsche Unternehmen im Allgemeinen und die Defense

Tech AG speziell auf dem lukrativen Markt für Wehrtechnik tummelten. Es war auch erstaunlich, dass es kaum Auskünfte über die Produktpalette gab. Lüder hatte allerdings auch nicht erwartet, dass er auf einen Online-Katalog stoßen würde, in dem Interessierte blättern und ihren virtuellen Einkaufskorb füllen konnten.

Suchte man nach Informationen über Privatpersonen, war das Angebot dünn. Dem Senior mochte es nicht gelegen sein, dass Benedikt öfter in den Medien auftauchte. Und mit Sicherheit würde keiner der Beiträge das Wohlwollen des Alten finden. Es ging um die fragwürdigen Aktionen der Antifa, um Gewaltexzesse und Ansichten zum gesellschaftlichen Miteinander, die konträr zur Weltanschauung des Seniors standen.

Das zumindest unterstellte Lüder, denn vom Vater fehlten diesbezügliche Kommentare in der Öffentlichkeit. Es war schwierig, herauszufinden, dass Wolfgang von Dortelweil Maschinenbau studiert hatte. Das Unternehmen war nach dem Zweiten Weltkrieg »aus Ruinen« auferstanden und schien damals eines der Glanzlichter der jungen deutschen Industrie gewesen zu sein. Ob man sich da schon wieder mit Wehrtechnik beschäftigte? Es gab überlieferte Geschichten, dass Waffenschmieden nach dem Krieg innovativ waren und überlebten, weil sie aus alten Stahlhelmen dringend benötigte Kochtöpfe herstellten. Über die Rolle der Dortelweil AG, wie sie damals hieß, in der Zeit vor Kriegsende, fanden sich keine Informationen.

Fast zufällig stieß Lüder auf einen kleinen Beitrag, der auf die Arbeit eines Historikers zur speziellen Geschichte kriegswichtiger Betriebe verwies. Finn Mahlstedt hatte sich mit der Geschichte solcher Unternehmen unter besonderer Berücksichtigung des Standorts Schleswig-Holstein auseinandergesetzt. Im Vergleich zu anderen Zentren der Schwerindustrie war dieser Wirtschaftszweig in Schleswig-Holstein weniger ausgeprägt, wenn man von der Bedeutung der Werften einmal absah. Mahlstedt würde bei seinen Recherchen möglicherweise auch auf die Defense Tech AG gestoßen sein, dachte Lüder. Er wollte mit dem Mann Kontakt aufnehmen und war erstaunt, dass er nur eine zu dem Namen passende Adresse fand. Finn Mahlstedt stammte aus Lütjenburg und war vor zwei Jahren verstorben. Siebenundzwanzig Jahre war er alt geworden.

Angehörige konnte Lüder nicht ausmachen. Er suchte unter der letzten Meldeadresse und probierte sein Glück bei Weißbrodt. Der Teilnehmer wohnte im selben Haus, in dem Mahlstedt gemeldet war.

Lüder ließ es mehrfach klingeln. Bis sich eine resolute ältere Frauenstimme meldete.

»Moin, mein Name ist Lüders. Ich suche Finn Mahlstedt.«

»Der ist tot.«

Das war norddeutsch direkt, dachte Lüder. »Oh«, tat er überrascht. »Finn war doch noch gar nicht so alt. Wir hatten lange keinen Kontakt mehr. Da bin ich aber überrascht. Unfall?«

»Nee. Krank.«

»Finn war doch fit und gesund.«

»Na, ich weiß ja nicht, wann Sie sich das letzte Mal gesehen haben. Viel Sport hat er ja nicht gemacht. Nie nich. Er hatte ganz schön was auf den Rippen.«

Lüder war froh, dass die vermutlich ältere Frau nicht hellhörig wurde.

»Und daran ist er gestorben? Also doch krank.«

»Ach, mein alter Kater, den ich mal hatte, der hat sich auch kugelrund gefressen. Trotzdem ist er nicht geplatzt. Der war 'nen Happen doof, nicht der Finn, sondern der Kater. Der konnte links nicht von rechts unterscheiden. Und bei uns ›Auf dem Kamp‹ sind die Autos manchmal ganz schön fix. Verwechseln das mit der Bundesstraße gleich nebenan. Also, da hat es den Kater erwischt. War ein bisschen fies vom alten Hebstreit von nebenan, als er sagte, dass das gleich direkt beim Friedhof ist. Also. Was wollte ich noch sagen? Woran Finn gestorben ist. So genau weiß ich das nicht. Der alte Hebstreit hat ihn gefunden. Finn ist dann noch ins Oldenburger Krankenhaus gekommen. Aber das war's dann.«

»Herr Hebstreit könnte mehr wissen?«

»Nee.« Es war ein meckerndes Lachen. »Hätte sein können, aber der ist ja nun auch dod bleeven. Der ist nun auf'n Friedhof, dor, wo min Kat'n übermangelt worrn is.«

»Hatte Finn Freunde? Eine Freundin?«

»Der? Nee. Bestimmt nicht. Das hätte ich mitgekriegt. Wenn der nicht gebüffelt hat, war er in der Uni. In Kiel. So. Ich muss nun wieder. Sonst wird mein Kaffee kalt.« Dann wurde aufgelegt.

Die Bemühungen, einen Gesprächspartner zu finden, waren in Kiel erfolgreicher. Professor Dr. Anna-Lena Rudolf-Fischer konnte sich an Mahlstedt erinnern.

»Er war bei mir Doktorand«, sagte sie mit einer festen, klaren Stimme, nachdem Lüder sich vorgestellt hatte. »Er hat bei uns an der Christian-Albrechts-Universität Geschichte als Zwei-Fächer-Masterstudiengang mit dem Profil Wirtschaftspädagogik studiert. Mahlstedt war ehrgeizig und zielstrebig. Deshalb war es auch nur folgerichtig, dass er promovieren wollte.«

»Welches Thema?«

»Da erinnere ich mich noch sehr gut. Er untersuchte den Wiederaufbau der Industrie nach dem Zweiten Weltkrieg.«

»Anhand bestimmter Unternehmen?«

»Ja«, bestätigte Professor Rudolf-Fischer. »Ihn hatte die Historie der Defense Tech AG besonders interessiert. Das Unternehmen, damals hieß es noch Dortelweil AG, stand ja im Verdacht, von den Kriegsereignissen profitiert zu haben.«

»Liegen Ihnen noch Arbeitsergebnisse vor?«

Professor Rudolf-Fischer zögerte einen Moment. »Wir müssten noch etwas haben – ja.«

»Dürfte ich da Einblick nehmen?«

»Ich weiß nicht. Um was geht es?«

»Mich interessiert ebenfalls die Historie der Familie.«

»Sie sind wirklich nicht von der Presse? Yellow Press?«, schob sie hinterher.

»Nein, ich kann mich ausweisen.«

»Gut. Ich muss jetzt in eine Vorlesung. Ich lasse die Unterlagen für Sie bereitlegen. Finden Sie sich in der Uni zurecht?«

»Meine Alma Mater.«

Lüder wollte noch wissen, ob Professor Rudolf-Fischer etwas über den plötzlichen Tod wisse.

»Eine Sepsis«, sagte sie und entschuldigte sich dann mit ihrer terminlichen Verpflichtung.

Lüder sah gedankenverloren auf die Schreibtischplatte vor sich.

Sepsis – Blutvergiftung. Blutver*GIFT*ung – Blutver*GIFT*ung – Blutver*GIFT*ung, geisterte es durch Lüders Hirn. Gift! War es Zufall? Schon wieder spielte Gift eine Rolle. Eine Blutvergiftung konnte eine erklärbare Ursache haben. Besaß ein Arzt die Möglichkeit, einen Menschen so zu manipulieren, dass eine Sepsis als Todesursache diagnostiziert wurde? In Lüders Hinterkopf tauchte plötzlich wieder der Name Dr. Jürgen Horst auf. Aber welches Interesse sollte der Arzt daran haben, einen Historiker zu ermorden, der sich mit der Geschichte der Familie von Dortelweil auseinandersetzte?

Lüder fuhr die knapp vier Kilometer bis zum Historischen Seminar der Uni und benötigte fast die gleiche Zeit, um einen Parkplatz zu finden. Er atmete tief durch, als er über das Gelände ging. Direkt neben den Historikern befand sich das Juristische Seminar. Er lächelte, als er sich an die erste Begegnung mit seinem Prof erinnerte, der fragte, ob Lüder zur Krabbelgruppe gehöre.

Die Mitarbeiterin im Geschäftszimmer war informiert. Sie ließ sich von Lüder den Dienstausweis zeigen, studierte ihn sorgfältig und händigte ihm dann einen USB-Stick mit »schönem Gruß von Frau Fischer« aus.

Nach der Rückkehr ins LKA legte Lüder den Stick ein und begann zu lesen. Es war keine Belletristik. Zum Glück war Lüder die Struktur einer wissenschaftlichen Arbeit vertraut. So fand er schnell die Stelle, an der Mahlstedt sich der Geschichte der Familie von Dortelweil gewidmet hatte.

Der Historiker hatte herausgefunden, dass die Wurzeln der Familie in der Kleinstadt Dirschau nahe Danzig lagen. Nach dem Bau der damals längsten Brücke Nordeuropas über die Weichsel entwickelte sich die Stadt zu einem bedeutenden Industrie- und Verkehrszentrum. Am Ende des 19. Jahrhunderts gab es hier eine Eisenbahnwerkstatt, zwei Zuckerfabriken, eine Landmaschinenfabrik sowie mehrere Mühlen und Ziegeleien. Aus einer Seifensiederei wuchs zur Zeit des industriellen Aufschwungs eine Chemiefabrik, die vor und im Ersten Weltkrieg in großem Umfang Giftgas produzierte, das im Stellungskrieg eingesetzt wurde. Die militärische Führung wollte auf diese Weise den Erzfeind Frankreich besiegen. Durch die strategisch günstige Lage an der Ostgrenze sollte der Krieg auf diese Weise auch gegen Russland fortgesetzt werden.

Der Gaskrieg im Ersten Weltkrieg forderte etwa einhunderttausend Tote und über eine Million verwundete Soldaten. Urheber waren deutsche Truppen, die ab 1915 systematisch Giftgas als chemische Waffe einsetzten, zunächst Chlorgas. Das von den Franzosen im Gegenzug eingesetzte Tränengas Bromessigsäureethylester zeigte dagegen kaum Wirkung. Es war nicht tödlich und ursprünglich nur für den Polizeieinsatz entwickelt.

Ein Artilleriemajor hatte vorgeschlagen, den bei längerer Kriegsdauer befürchteten Mangel an Sprengstoffen durch den Einsatz des bei der Sprengstoffproduktion anfallenden Chlorgases zu kompensieren, um den Gegner zu schädigen und kampfunfähig zu machen. Das war der Einstieg in die Kriegsführung mit chemischen Kampfstoffen. Der Gaskrieg war eine der grausamsten Entwicklungen in der Kriegsführung. An der Produktion und Weiterentwicklung dieser mörderischen Waffe beteiligten sich die großen Chemieunternehmen, deren Namen noch heute weltweit bekannt sind, aber auch kleinere Fabriken wie die Dortelweil AG in Dirschau.

Der Historiker Mahlstedt schrieb in einer Fußnote, dass es

zynisch wäre, würde man behaupten, dass die damalige Dortelweil AG Pech hatte, dass der Erste Weltkrieg schon 1918 endete und es keinen Gaskrieg mit Russland gab. Sonst wäre dem Unternehmen möglicherweise ein ähnlicher Aufschwung beschieden gewesen wie den drei anderen Chemieriesen. Mit dem verlorenen Krieg und dem Verlust Westpreußens verloren die Dortelweils nicht nur lukrative Aufträge, sondern auch ihre Fabrik. Sie mussten flüchten und landeten in Kiel.

Kurz bevor der Kaiser abdanken und ins holländische Exil flüchten musste, wurde der »ehrenwerte und hochangesehene Fabrikant Herr Ingenieur Friedrich Dortelweil« von seiner Majestät als einer der Letzten mit dem Adelsprädikat »von« belehnt.

Mit Sicherheit konnte man aus heutiger Sicht seine Rolle als Giftgashersteller kritisch sehen.

Mit der Weimarer Verfassung wurden die Vorrechte des Adels abgeschafft. Die durch den Kieler Matrosenaufstand initiierte Weimarer Republik machte alle Bürger vor dem Gesetz gleich, und Vorrechte der Geburt, des Geschlechts, des Standes, der Klasse und des Bekenntnisses wurden ausgeschlossen. Jetzt durften auch jene Menschen mitwirken, die Michalski als »Pöbel« bezeichnet hatte. Das Land wurde seitdem von Leuten regiert, denen Michalski und seinesgleichen das Recht und die Fähigkeit dazu absprachen.

Schloss sich so der Kreis?

Durch dieses neue bürgerliche Recht wurden die Adelsprädikate Bestandteile des Namens. Aber sie blieben erhalten. Dank Kaisers Gnaden waren die Dortelweils zumindest gesellschaftlich in die Adelskaste aufgestiegen. Lüder vermutete, dass hieraus die Präferenzen von Dortelweils für »das Reich« resultierten. Mit dem Niedergang des Kaiserreichs wurde aber der Aufstieg zu einer der mächtigsten Familien Deutschlands verhindert. Statt Ehre und Macht blieb eine Flucht.

Was hatte Benedikt Dortelweil mit dem Hinweis auf die Familiengeschichte sagen wollen? Immerhin hatte er gefordert, ihn nicht mit »von« Dortelweil anzusprechen. Er musste also um die wenig schmeichelhaften Aktivitäten der Familie in Dirschau gewusst haben.

Der umtriebige Friedrich von Dortelweil gründete in Kiel eine neue Fabrik, die sich mit Soda beschäftigte. Der Versuch, Reinigungsmittel herzustellen, scheiterte. Das Unternehmen kämpfte ums Überleben, bis es neue Ideen entwickelte.

An dieser Stelle brach Mahlstedts Arbeit ab. War es Zufall, dass der Historiker nicht weiterforschen konnte?

Lüder hätte zu gern gewusst, wie die weitere Entwicklung der Dortelweil AG verlief. War »man« im Dritten Reich nützlich, konnten die Erfahrungen aus der Vergangenheit im Zweiten Weltkrieg eingebracht werden? Diese Fragen blieben unbeantwortet. Waren es glückliche Umstände, dass die Familiengeschichte, die in diesem Kontext identisch war mit der Unternehmenshistorie, nicht vollends aufgeklärt wurde? Davon profitierte möglicherweise »irgendwer«.

Wer war das? Bei Lüder waren Zweifel am plötzlichen Tod Mahlstedts durch eine Blutvergiftung gewachsen. Er fasste seine Vermutungen zu einem kurzen Bericht zusammen und schickte ihn an die Kieler BKI.

ELF

Den ersten Kontakt am nächsten Tag hatte Lüder zu Haupt-kommissar Vollmers. Das Telefon in Lüders Büro schrillte laut durch die offene Tür, als Lüder morgens auf der Dienststelle eintraf.

»Danke für die zusätzliche Arbeit, ich meine die Sache mit dem Tod des Historikers. Wir haben ja sonst nichts zu tun«, sagte der Kieler gereizt.

»Wir haben in mehreren Zeitungen großformatige Anzeigen aufgegeben, dass die kriminelle Szene sich für eine gewisse Zeit zurückhalten soll, weil die Polizei mit der Aufarbeitung von Altfällen ausgelastet ist. Aber daran hält sich leider keiner.«

Vollmers zeigte sich nicht begeistert. »Wir schieben es in die Pipeline«, versprach er. »Ich habe aber auch eine Information für Sie. Kennen Sie Robert Kühlborn?«

Lüder verneinte es.

»Der ist ganz frisch zum Vorstand der Sonnenhof-Genossen-schaft bestellt worden.«

Lüder war überrascht. »Da gab es doch mit Michalski und Untermenger zwei. Das ist die gesetzlich vorgeschriebene Min-destzahl.«

»Das sind nur zwei«, erwiderte Vollmers. »Michalski ist ab-gesetzt.«

»Bitte?«

»Es dauert, bis das in das Genossenschaftsregister einge-tragen ist. Wir haben aber gestern ein von Notar Oberthür testiertes Dokument gesehen.«

»Oberthür ist auch Notar?«, sagte Lüder. »Dann ist das rechtswirksam. Aber weshalb hat man Michalski geschasst? Hängt das mit dem Mord an Lohgerber zusammen? Ist er des-halb untergetaucht?«

»Das fragen wir uns auch«, sagte Vollmers. »Es wäre weit

hergeholt, zu vermuten, dass Michalski direkt an der Ermordung Lohgerbers beteiligt war. Andererseits ist er ja stets als selbst ernannter Saubermann aufgetreten. Ich denke an die Worte von der ›sauberen Volksgemeinschaft‹, die Untermenger vorgebracht hat.«

»Es ist nicht auszuschließen, dass Michalski die moralische Verantwortung für die Tat übernommen hat und selbst zurückgetreten ist.«

»Daran haben wir auch gedacht, aber auf diese Frage keine Antwort erhalten«, sagte Vollmers. »Und wenn er doch, in welcher Form auch immer, an diesem Mord beteiligt war? Er vertrat mit Vehemenz das Bild von der sauberen Gesellschaft, die sich zu einer besonderen Lebensform auf dem Sonnenhof zusammengefunden hat.«

»Wir sollten ihn befragen«, schlug Lüder vor.

»Ist in Ordnung. Bringen Sie ihn zu uns.« Vollmers knurrte, dass er sich jetzt wieder seinem Geschäft zuwenden müsse.

Die Neuordnung der Geschäftsführung des Sonnenhofs war schnell über die Bühne gegangen. Es wäre hilfreich, zu erfahren, wie die Wölfe auf diese Aktion reagiert hatten. Lüder versuchte, Geert Mennchen zu erreichen.

»Sie haben doch einen V-Mann auf dem Sonnenhof. Können Sie den zu den Umständen des Wechsels im Vorstand fragen?«

»Das ist nicht möglich«, sagte Mennchen.

»Ist er noch Genosse? Oder haben Sie ihn abgezogen, weil es zu gefährlich wird?«

Mennchen verweigerte die Antwort.

Hatte Lüder mit einer anderen Aktion ins Schwarze getroffen? Freund Horst hatte auf Lüders Bitte hin eine Fotomontage ausgeführt und ins Netz gestellt. Es zeigte den lächelnden Sören Michalski und Caralina Silvestri, die Frau in knapper Badekleidung, in die Kamera sehend, am Strand von Bad St. Peter-Ording. Dabei strich sie sich lässig eine Haarsträhne aus der Stirn. Horst hatte eine traumhafte Collage aus verschiedenen Motiven zusammengestellt. Lüder hatte Wert darauf gelegt, dass das Nordseeheilbad deutlich zu erkennen war. Im Hintergrund waren die typischen Pfahlbauten zu sehen, davor der weite weiße Strand. Die beiden sahen aus, als würden sie sich gemeinsam schöne Stunden gönnen. Das Bild strahlte mehr als nur Vertrautheit aus.

Es war genau von der Machart, mit der Horst sein Geld verdiente. Das Foto suggerierte etwas. In der Werbung wurden Sehnsüchte und Kaufverlangen geweckt, hier wurden die Gedanken des Betrachters zu der Annahme verleitet, dass sich ein eng miteinander verbundenes Paar ein paar schöne Stunden am Strand leistete.

Lüder hatte gebeten, nur das Bild einzustellen und es nicht um Text zu ergänzen. Das Foto war von fast achtzig Besuchern angesehen worden, die Hälfte hatte es gelikt. Etwa zehn Kommentare waren eingegangen.

Die Mehrheit bezog sich auf den Ort an der Nordsee. »Toller Strand – wir kommen auch wieder«, stand dort oder: »Unser Lieblingsurlaubsort«. Nur ein Kommentar wich davon ab. »Schlampe!« Das war alles. Es war mehr, als er erwartet hatte. Das Posting stammte von »Tamnata«.

Lüder suchte das Profil auf und war enttäuscht. Dort stand nichts Verwertbares. Keine Angaben zu Person, Herkunft oder Vorlieben. Es gab auch kein einziges Foto. Tamnata hatte nur ein Dutzend Postings erhalten oder versendet, die Hälfte auf Kyrillisch.

Lüder nutzte die Online-Funktion des Internets für eine holprige Übersetzung. Es folgte die nächste Enttäuschung. Tamnata musste Fußballfan sein. Und er mochte den FC Bayern offenbar nicht. Lüder probierte, ob sich auch der Name übersetzen ließ. »Der Finstere«, las er. Wer verbarg sich hinter diesem User, der das manipulierte Bild entdeckt und verärgert darauf reagiert hatte? Für einen zufälligen Besucher der Seite bot das Foto nichts Anstößiges. Caralina Silvestri geizte nicht mit ihren Reizen, genau genommen waren es nicht ihre, sondern die von Horst zusammengeschnittenen einer anderen Schönheit.

Das hatte Tamnata aber nicht gemerkt. Es ging nicht um das Motiv, sondern um den Körper der Frau. Mit dessen intimen Feinheiten war Tamnata offenbar nicht vertraut. Aber er kannte sie. Auch Michalski?

Tamnata – er schrieb bulgarisch. Das konnte kein Zufall sein. Wolfgang von Dortelweil umgab sich mit bulgarischen Leibwächtern, angeheuert über den ehemaligen Söldner Münzberger. Hatte jemand aus der Riege die Silvestri erkannt? Es war ein gewagter Gedanke. Die Frau hatte Verbindungen nach St. Peter-Ording. Und vor ihrem Haus hatte die Streife, die Große Jäger losgeschickt hatte, den Porsche entdeckt, der auf die Defense Tech AG zugelassen war. Der alte von Dortelweil hatte die Silvestri besucht. Lüder konnte sich nicht vorstellen, dass es dabei um geschäftliche Themen ging. Das Haus gehörte der Frau, war aber zugunsten der zyprischen Sun Real Estate über den Wert hinaus belastet. Es war faktisch unverkäuflich. Und der Sun Real Estate gehörte auch das Areal in Grebin, das der Sonnenhof gepachtet hatte. Das war eine Verbindung zwischen Silvestri und Michalski. Und nun tauchte von Dortelweil auf. Der Mann war geschieden. Weshalb sollte er sich nicht eine Gespielin wie Caralina Silvestri leisten? Er stellte ihr Haus und Auto, vermutlich auch noch die Mittel für einen angemessenen Lebensunterhalt zur Verfügung. Das Haus in St. Peter-Ording war sein Liebesnest.

Und der Sonnenhof? War das Areal nur eine Kapitalanlage in Immobilien? Von Dortelweil besaß auch in der Landeshauptstadt Häuser, nicht nur das von der Antifa besetzte. Oder verfolgte der Fabrikant noch andere Ziele und war der Kopf hinter der abstrusen Bewegung der Wölfe? Das könnte auch erklären, weshalb sich diese Gruppe nicht so radikal gab wie andere Reichsbürger und Selbstverwalter. Es konnte nicht in von Dortelweils Interesse sein, dass die Sicherheitsbehörden sich intensiv mit den Wölfen beschäftigten.

Tamnata, einer der Leibwächter, hatte das Posting entdeckt und von Dortelweil informiert. Der beging einen weiteren Fehler neben dem, dass er die Immobilie Sonnenhof und das Haus in St. Peter-Ording über Zypern laufen ließ. Von Dortelweil reagierte nicht nüchtern, sondern emotional, als er darauf hingewiesen wurde, dass seine Geliebte mit Michalski fremdging. Das suggerierte zumindest Horsts geniale Collage. Lüder hatte gehofft, dass er mit dieser Provokation etwas bewirken konnte, auch wenn er nicht wusste, ob es wirklich ein Verhältnis zwischen Michalski und der Silvestri gab.

Von Dortelweil war in allen Belangen geschickt. Er versuchte, sich im Hintergrund zu halten. Er hatte beim vermeintlichen Einbruchsversuch in sein Haus jeden Kontakt zur Polizei vermieden. Auch sonst trat er kaum in Erscheinung. Was bewog ihn, im Untergrund eine Organisation wie die Wölfe zu unterstützen? Oder war er gar der Initiator und hatte Michalski als vorgeschobenen Strohmann genutzt? Der Rudelführer war in Ungnade gefallen.

Trotz seiner Zurückhaltung hielt von Dortelweil offenbar die Fäden in Händen. Formell war eine Genossenschaft wie der Sonnenhof unabhängig. Trotzdem hatte von Dortelweil bewirkt, dass Michalski als Vorstand abberufen wurde. Und das im Schnellverfahren. Lüder hielt dieses Vorgehen für einen persönlichen Racheakt.

Für das ganze Konstrukt fand Lüder noch keine Erklärung. Weshalb unterstützte von Dortelweil die Wölfe? Und weshalb mussten die drei Beamten sterben? Michalski könnte sicher einiges erklären. Aber der war abgetaucht.

Hauptkommissar Vollmers rief an. »Sie haben mir diese Geschichte mit dem Historiker Mahlstedt auf die Schiene genagelt. Erinnern Sie sich?«

Lüder bestätigte es.

»Das sieht nach einer Sackgasse auf. Mahlstedt wurde mit dem RTW ins Oldenburger Klinikum eingeliefert. Dort konnte man allerdings nichts mehr für ihn machen. Die Sepsis war zu weit fortgeschritten. Man hat noch herauszufinden versucht, wodurch die Blutvergiftung entstanden ist. Es gab eine Wunde an der Hand. Es wurde vermutet, dass Mahlstedt sich bei einer Verrichtung verletzt hat und der Entzündung keine Aufmerksamkeit schenkte. Die Sepsis war auch die Todesursache. Niemand hat ein Fremdverschulden vermutet. Mehr können wir nicht machen. Der Leichnam wurde eingeäschert. Das war es dann wohl.«

»In England wäre es nicht so einfach möglich gewesen«, sagte Lüder. »Dort hätte ihn ein Coroner untersucht.«

»Leider ist es so, dass es bei uns Grenzfälle gibt, an denen wir scheitern. Dieses scheint so einer zu sein«, stellte Vollmers resigniert fest.

Lüder gab dem Hauptkommissar recht. »Danke für Ihren Einsatz.«

Es gab keine Beweise für Lüders These, aber er war der festen Überzeugung, dass Mahlstedts Tod kein Zufall war. Hatte der junge Historiker sterben müssen, weil er auf Sachverhalte gestoßen war, deren Publikation unerwünscht war?

Lüder suchte den Abteilungsleiter auf und trug ihm den Fall vor.

»Das ist ein Cold Case«, schloss er seinen Bericht. »Es ist ein schwieriges Geschäft für die Spezialisten, die letzten Schritte Mahlstedts nachzuverfolgen. Mit wem hatte er Kontakt? An welchen Quellen hat er geforscht?«

Auch wenn sich der Kreis eingrenzen ließ, war es ein mühsames Unterfangen. Das sah auch Dr. Starke so, sagte aber zu, alles Weitere zu veranlassen.

Zwei Stunden später meldete sich Vollmers erneut.

»Wir sollten uns eine Standleitung legen lassen«, schlug Lüder vor.

»Bloß nicht«, protestierte der Hauptkommissar. »Wir kochen schon ganz gern unser eigenes Süppchen. Aber Sie dürfen gern einmal probieren.«

»Was haben Sie auf dem Herd?«, fragte Lüder.

»Noch ist es nicht angerichtet. Aber ich habe mir gedacht, dass es Sie interessieren könnte, was auf dem Speiseplan steht.«

Lüder zeigte sich neugierig.

»Kollege Horstmann hat sich in den Mord an Lohgerber reingehängt. Er hat Zweifel an den Aussagen Untermengers und Laura Hintzes zur Vergewaltigung durch das Opfer. Es ist nicht schlüssig, dass die beiden etwas von einer solchen Tat gehört haben wollen, ohne Namen zu nennen. Horstmann hat die Frau deshalb zu uns in die ›Blume‹ geholt. Wir wollen herausfinden, was es mit dieser Vergewaltigung auf sich hat. Wir haben weder Anhaltspunkte noch Beweise, glauben aber, dass Untermenger und Hintze mehr wissen.«

»Gibt es einen Anfangsverdacht gegen die beiden?«, wollte Lüder wissen.

»So weit sind wir noch nicht. Ich finde es auch rätselhaft, dass Michalski untergetaucht ist. Ein Naivling würde jetzt fragen: ›Trauen Sie ihm einen Mord zu?‹ Wir stützen uns lieber auf Fakten. Und an denen arbeiten wir.«

Lüder schätzte die Zusammenarbeit mit Vollmers. Auch wenn er manchmal ein wenig ungehalten wirkte, war er ein erfahrener Polizist, der erfolgreich seinen Dienst verrichtete.

»Halten Sie mich auf den Laufenden«, bat Lüder. »Mich interessiert, was Sie dort kochen. Und noch etwas: Ich bin ein Fan von Ihnen.«

Vollmers brummte etwas Unverständliches. Dann war die Verbindung unterbrochen.

Lüder hätte sich gern mit Mennchen abgestimmt, aber der Verfassungsschützer war nicht erreichbar.

Später am Nachmittag gab es Neuigkeiten von der Kieler BKI zu berichten. Vollmers hatte eine Vernehmungspause genutzt und Lüder angerufen.

Laura Hintze war nur kurz bei ihrer früheren Darstellung geblieben. Zögerlich war ihr Widerstand gewichen, bis sie schließlich zugab, dass sie selbst es war, die von Lohgerber vergewaltigt worden war. Sie verzichtete auf das Angebot, die Vernehmung von einer besonders geschulten weiblichen Polizistin fortsetzen zu lassen. Nein! Einzelheiten des Tathergangs wolle sie nicht schildern, sagte sie mit stockender Stimme. Es berühre sie immer noch emotional sehr stark. Sie wolle sich zu einem späteren Zeitpunkt dazu auslassen. Als Örtlichkeit gab sie die Waschküche der Anlage an. Sie habe dort eine Maschine Wäsche, die sie in ihre Wohnung holen wollte. Es war später Abend, und als sie die Wäsche ausräumte, sei plötzlich Lohgerber aufgetaucht. Sie habe das Gefühl gehabt, dass er sie schon länger beobachtete. Die Vernehmungsbeamten hatten gefragt, ob es ein zufälliges Treffen war und Lohgerber die Situation ausnutzte. Nein, hatte Laura Hintze geantwortet. Der Gärtner habe keine Wäsche dabeigehabt. Und außer ihrer Partie sei zu diesem Zeitpunkt kein Betrieb in der Waschküche gewesen.

Der Vorfall habe sich vor einer Woche ereignet. Es habe sie sehr mitgenommen, und sie sei psychisch am Boden zerstört. Sie hatte sich in ihre Wohnung verkrochen und wollte niemanden sehen oder sprechen.

Zwei Tage später sei Michalski erschienen und habe besorgt nach ihr gesehen. Sie habe mit sich gekämpft, bis sie ihm von der Tat erzählte. Der Rudelführer habe Untermenger dazugebeten, und gemeinsam hätten sie die weitere Vorgehensweise besprochen. Sie wollten keine Anzeige erstatten. Michalski meinte, das würde ein schlechtes Bild auf die Sonnenhof-Gemeinschaft werfen, wenn der Vorfall publik werden würde. Derzeit lief eine größere Werbekampagne zur Gewinnung neuer Mitglieder, und wenn es ruchbar würde, dass auf dem Sonnenhof sexueller Missbrauch stattfinde, würde es Interessenten abschrecken, besonders Familien mit Kindern.

Zudem, so habe Michalski ihr erklärt, wäre es Wasser auf die Mühlen derer, denen das Gesellschaftsmodell des Sonnenhofes nicht gefiel. Selbst die Polizei, so habe Michalski erklärt, sei von Staatsknechten durchsetzt, die an der Unterdrückung der Bevölkerung mitwirkten. Michalski habe den Bogen geschlagen, dass es sich um Schichten handle, die von ganz unten kämen und zu den Emporkömmlingen gehörten, die 1918 die Eliten davonjagten, um ein unqualifiziertes Schreckensregiment zu etablieren.

»Das scheint Michalskis Lieblingsthema zu sein«, flocht Vollmers ein.

Einen Arzt wollte Laura Hintze nicht aufsuchen. Ja, sicher, der hätte den Missbrauch bestätigen können. Aber sie habe sich so erniedrigt gefühlt, dass es die seelischen Wunden der Tat noch weiter aufgerissen hätte.

Gegen Tote wird nicht ermittelt. Deshalb hatten die Beamten um Vollmers die Aussage zu Protokoll genommen. Laura Hintze gab an, dass es sie sehr belaste, dass Lohgerber auf diese Weise sterben musste. Sie wisse nicht, wer seitens der Bewohner die Tat vollbracht habe. Sie könne sich nicht vorstellen, dass Michalski, Untermenger oder sonst ein Bewohner des Sonnenhofes dazu fähig war. Sie würde es niemanden zutrauen. Seit der Vergewaltigung, aber auch durch den Tod Lohgerbers finde sie keine Ruhe mehr, leide unter Schlafstörungen und traue sich nicht mehr unter Menschen. Und noch einmal – ärztliche Hilfe wolle sie nicht in Anspruch nehmen.

Die Beamten der BKI hatten Laura Hintze befragt, was weiter auf dem Sonnenhof geschehen war. Sie erklärte: Michalski wollte sich um die Angelegenheit kümmern. Wie, das habe er ihr gegenüber nicht verlauten lassen. Sie sei bemüht, die Folgen des Missbrauchs abzuschütteln. Deshalb habe sie auch nicht nachgefragt. Ob Michalski mit anderen über den Vorfall gesprochen hatte, könne sie nicht sagen. Und Lohgerber? Der sei verschwunden. Sie habe geglaubt, Michalski habe dem Gärtner nahegelegt, sofort zu verschwinden. Das sei auch in ihrem Sinne gewesen.

»So«, sagte Vollmers. »Nun werden wir die Befragung fortsetzen.«

»Moment«, bremste ihn Lüder.

»Ich habe wirklich keine Zeit mehr«, antwortete Vollmers unwirsch.

»Wann, sagte Laura Hintze, hat der Missbrauch stattgefunden?«

»Vor einer Woche. Weshalb fragen Sie gezielt danach?«

»Hmh. Es ist nachvollziehbar, dass eine Frau nach einem solchen Verbrechen sich zurückzieht und jeden Kontakt zu anderen vermeiden möchte.«

»Ja.«

»Ich war am Sonnabend auf dem Sonnenhof.« Lüder hatte Margit zuvor in Plön abgesetzt und ihr einen Stadtbummel nahegelegt. »Ich habe mit Michalski gesprochen. Und dem Gärtner sind wir auch begegnet. Ich hatte den Eindruck, er hat den Rudelführer und mich belauscht, als wir einen Gang über das Areal unternommen haben. Michalski hat sich ihm gegenüber ganz unvoreingenommen verhalten.«

»Am Sonnabend?«, fragte Vollmers nach.

»Genau.«

Der Hauptkommissar räusperte sich. »Da wusste Michalski schon vom Missbrauch. Wenn er, was eine nachvollziehbare Reaktion gewesen wäre, Lohgerber schon davongejagt hätte, könnte ich es verstehen. Aber wenn der Gärtner noch dort herumgelaufen ist, klingt das rätselhaft.«

»Nicht nur das«, fuhr Lüder fort. »Für mich klingt es auch plausibel, dass eine missbrauchte Frau sich zurückzieht und mit ihrem Problem allein sein möchte. Als ich auf dem Sonnenhof eintraf – wie gesagt, es war Sonnabend –, saß eine muntere Runde auf dem Rasen hinter dem Haupthaus, trank Kaffee und war fröhlich. Mittendrin Laura Hintze. Die wirkte alles andere als deprimiert. Sie hatte sich also nicht zurückgezogen. Das ist für mich ein großer Widerspruch.«

»Wir werden dem nachgehen«, versprach Vollmers.

Weshalb wurde Michalski abberufen? Wer konnte dazu etwas sagen? Wo hielt er sich verborgen? Hing es mit der Ermordung Lohgerbers zusammen? Hatte sich Michalski selbst um die Klärung gekümmert und Lohgerber umgebracht, um ein Zeichen zu setzen, und man hatte es intern herausgefunden?

Natürlich war ein Mörder für die Wölfe nicht tragbar. Es war denkbar, dass es Mitwisser gab, vielleicht sogar Mittäter. Man hatte Michalski nahegelegt, unterzutauchen. Das war geschehen, um weiteren Fragen zu entgehen, verbunden mit der Abberufung aus dem Genossenschaftsvorstand.

Es gab Vermutungen, die in Anbetracht der ähnlichen Tatausführung darauf hinwiesen, dass der Mörder Lohgerbers auch für den Tod der drei Beamten verantwortlich war. Suchten sie mit Michalski einen flüchtigen Mörder?

Untermenger war bisher auch Vorstandsmitglied der Genossenschaft gewesen. Nun übernahm er Michalskis Position. Galt das auch für dessen politische Ansichten? Nach Lüders Einschätzung hatte Untermenger weder Michalskis Charisma noch dessen Intellekt.

Edith Beyer meldete sich und bat Lüder in das Besprechungszimmer. Dorthin hatte Dr. Starke den Stab der Abteilung gebeten. Nach einer kurzen Einführung überließ er das Wort Oberrat Gärtner.

»Die Lage spitzt sich zu«, begann Gärtner. Im Internet seien in zunehmendem Maße Aufrufe zum Widerstand zu finden. »Hass- und Drohmails sind ja leider schon Alltag«, sagte der Oberrat. Besorgniserregend sei es, dass jetzt auch zum offenen Widerstand gegen diesen Staat und dessen »Regierungsclique« aufgerufen werde. Dazu wurde der Text der Nationalhymne missbraucht. »Einigkeit – ja. Seid euch einig darin, die korrupte Bande davonzujagen.« Jemand hatte ergänzt: »Jagen ist gut. Jagt sie ins Meer. Deshalb haben wir das Wasser in Ost und West.« – »Das bringt nichts«, hatte ein anderer gepostet. »Die schwimmen immer oben. Recht – genau! Nehmt das Recht in die eigene Hand. Das Recht auf ein besseres Land. Lasst euch nicht ausbeuten durch die Diktatur der da oben.« Freiheit – auch das wurde gefordert. Freisein von all den Zwängen, die man den Bürgern auferlegte.

Reden und Mahnwachen hätten nichts geholfen, hieß es.

»Alle Macht geht vom Volke aus. Genau. Das machen wir jetzt. Fangen wir mit dem Landtag und der Staatskanzlei an. Schickt die Manipulatoren in die Wüste. Aber ohne dicke Staatsknete als Abfindung für das, was sie nicht getan haben.« – »Leider«, bedauerte ein Schreiber, »haben wir den Reichstag nicht erobern können. Unsere Brüder in Washington waren erfolgreicher, als sie das Kapitol einnahmen, zumindest waren sie auf dem rechten Weg. Wir werden es der Welt zeigen. Erobert Kiel.«

»Wir müssen die Drohungen ernst nehmen«, schloss Gärtner seinen Vortrag. »Es ist keine einzelne Gruppe, die Umsturzphantasien verbreitet, sondern fast schon eine Sammlungsbewegung.«

»Wie hoch schätzen Sie die Anzahl der Anhänger?«, wollte ein Teilnehmer der Runde wissen.

»Das können wir nicht sagen. Es handelt sich ja nicht um eine homogene Bewegung. Die Kommunikationsmöglichkeiten sind heute so vielfältig ausgeprägt, da kann man nur schätzen. Die Gefahr besteht, dass ein Flashmob initiiert wird, dem sich auch Leute anschließen, die einfach nur Randale machen wollen. Gewaltbereite Hooligans, Rechtsextreme, Rassisten, Querdenker. Was weiß ich. Die Bandbreite ist groß.«

»Das ist das Abstruse daran«, sagte Lüder. »Diese Leute haben die Freiheit, gegen die angebliche Unterdrückung der Meinungsfreiheit zu protestieren. Niemand hindert sie daran, ihren Schwachsinn in die Welt zu posaunen. Die sollten einmal nach Belarus blicken, wo Menschen zusammengeprügelt werden, weil sie für die Freiheit demonstrieren. Schweigen wir von Ländern wie Nordkorea und anderen. Und selbst in unserer europäischen Nachbarschaft zeichnen sich gefährliche Tendenzen ab, die unabhängige Justiz und die freie Presse an die Leine zu legen.«

Das beifällige Gemurmel der Anwesenden bestätigte seine Gedanken.

Dr. Starke versuchte, Gärtners Warnungen zu relativieren, ohne die drohende Gefahr herunterzuspielen. Es bahnte sich eine brenzlige Situation an.

»Hoffen wir, dass es nicht so heiß wird, wie es im Moment aussieht«, schloss der Kriminaldirektor die Sitzung.

Lüder begleitete Gärtner in dessen Büro. Gemeinsam sichteten sie die Postings in den Netzwerken. Fast im Minutentakt kamen neue Kommentare hinzu. Es war nur ein schwacher Trost, dass auch mahnende Beiträge darunter waren, die zur Besonnenheit aufriefen. Nicht selten wurden deren Autoren aber als Systemmitläufer diffamiert.

Die Sichtung nahm zwei Stunden in Anspruch. Es war später Nachmittag, als Lüder in sein Büro zurückkehrte. Nahezu zeitgleich rief Vollmers an.

Der Hauptkommissar zeigte sich zufrieden. »Das Ganze hat eine unverhoffte Wendung genommen«, erklärte er. »Wir verdanken es Horstmanns Hartnäckigkeit und Spürnase. Er hatte den richtigen Riecher.«

»Er ist bei Ihnen groß geworden und wurde durch Sie ausgebildet«, warf Lüder ein.

Vollmers nahm es mit dem gewohnten Knurren zur Kenntnis. »Wir haben die Frau weiter verhört. Sie wurde immer unsicherer und verstrickte sich in Widersprüche. Im Übrigen haben Sie mit Ihrem Hinweis auf Lohgerbers Anwesenheit am Sonnabend und Hintzes munteres Treiben einen wichtigen Baustein geliefert, der zu einer Trendwende führte. Damit konfrontiert, brach das Lügengebäude der Frau ein. Sie hat gestanden, dass sie gar nicht vergewaltigt worden ist.«

»Weshalb hat man Lohgerber ermordet? Das Motiv war doch eindeutig. Die Verstümmelung der Genitalien unterstrich die Lüge von der Vergewaltigung.«

»Seien Sie nicht so ungeduldig«, sagte Vollmers. »Laura Hintze hat Lohgerber zufällig unter der Dusche gesehen. Das war am Mittwoch. Er war beschnitten. Das kannte sie von einer kurzfristigen Bekanntschaft mit einem Mann aus dem asiatischen Raum. Das hat sie irgendwann einmal in einer munteren Runde erzählt.«

Das musste eine Runde gewesen sein, wie Lüder sie bei seinem Besuch erlebt hatte.

»Alle haben gelacht. Mehr weiß sie nicht. Als Nächstes kam die Meldung von Lohgerbers Tod. Michalski behauptete, er wolle Schaden von den Wölfen abwenden und deshalb habe er die Geschichte mit der Vergewaltigung erfunden.«

»Und jetzt ist Michalski untergetaucht. Das macht ihn zu einem potenziellen Verdächtigen«, sagte Vollmers. Er teilte noch mit, dass die Fahndung nach Michalski laufe und er auch mit Staatsanwalt Taner gesprochen habe.

Dirk Lohgerber war beschnitten gewesen. Das war eine intime und persönliche Sache. Lüder sah keinen Grund, sich darüber lustig zu machen. Wer weiß, in welcher Stimmung die Runde war, als Laura Hintze ihre Zufallsentdeckung kundtat. Da mochten Gekicher und Getuschel geherrscht haben. Aber weshalb wurde der Gärtner ermordet und verstümmelt? Ein Racheakt für eine angebliche Vergewaltigung schied aus. Diese Geschichte hatte sich Michalski zur Vertuschung ausgedacht. Die Tatausführung passte vorzüglich zur erfundenen Vergewaltigung und sollte die Ermittlungsbehörden auf eine falsche Spur lenken.

In Lüder keimte ein anderer Gedanke auf. Michalski vertrat seine irren Ideen, dass im Kaiserreich alles besser war und Deutschland darunter leide, dass es nicht von einer natürlichen Elite geführt wurde. In einer Demokratie heutiger Machart könne sich jeder Taugenichts an die Spitze setzen. Und es gebe Menschen, die aufgrund ihrer Herkunft, Ethnie oder Rasse schon gar nicht geeignet seien, die Führung zu übernehmen. Diesen Wahn hatte schon von Schlieffen propagiert, abgesehen von den verbrecherischen Rassisten, die die Welt ins Unglück stürzten und Millionen Menschen als Opfer hinterließen. Sie hatten es auf Juden abgesehen, denen man in der Geschichte schon oft nachgesagt hatte, sie würden die Weltherrschaft anstreben.

Lüder fiel es schwer, dieses universelle Verbrechen als »Vernichtung« zu bezeichnen, obwohl es genau das war. War Lohgerber jüdischen Glaubens gewesen? Hatte er deshalb sterben müssen? Ein ebenso widerlicher wie grausamer Gedanke. Leider gab es auch nach der Aufklärung der Gräueltaten, die in deutschem Namen geschehen waren, immer noch kranke Hirne, die sich mit Mord und Gewalt gegen jüdische Mitbürger wandten.

Natürlich wussten die Behörden, dass die Wölfe tendenziell auch Rassisten und Antisemiten waren. Und dann hatte sich ein – möglicher – Jude bei ihnen eingeschlichen. Es war keine lang geplante, aber eine durchaus überlegte Tat, ihn zu ermorden und mit dem Abtrennen der verräterischen Genitalien ein Zeichen zu setzen. Blieben sie deshalb bis heute verschwunden? Oder war es eine Finte, um die Lüge über die angebliche Vergewaltigung zu stützen?

Lohgerber war Lüder immer als finster dreinblickender Geselle erschienen. Alle anderen Bewohner des Sonnenhofes hatten einen »nordischen Einschlag«. Was hatte Lohgerber dort gesucht? Und wie hatte er sich als älterer Single dort hineingeschmuggelt? Er passte nicht ins Raster. War man bei den Wölfen erschrocken oder gar wütend, dass ein Jude es gewagt hatte, sich unter sie zu mischen? Plötzlich war Lüder wieder mit im Boot.

Lüder betätigte eine Kurzwahl auf dem Telefon. Er hatte noch kein Freizeichen gehört, als auf der Gegenseite schon abgenommen wurde.

»Sie sind zu dieser späten Stunde noch im Dienst?«, fragte er nach der knappen Begrüßung.

»Ich habe auf Ihren Anruf gewartet«, antwortete Geert Mennchen. »Wollen Sie zu uns ins Ministerium kommen?«

Zwanzig Minuten später saß Lüder dem Verfassungsschützer gegenüber. Mennchen sah übermüdet aus. Um die Augen hatten sich dunkle Ringe gebildet. Die Pausbacken waren eingefallen. Er entschuldigte sich, dass es um diese Uhrzeit keinen Kaffee mehr gebe.

»Die Maschinen sind abgeschaltet. Es wird nur bis siebzehn

Uhr regiert, freitags nur bis mittags«, sagte er mit einem matten Lächeln. Dann wurde er ernst. »Es geht um den nächsten Mord. Dirk Lohgerber.«

Lüder nickte. »Es ist mir klar, dass Sie davon wissen.«

»Ja. Natürlich.« Es klang abwesend. Der sonst so souveräne Mennchen spielte mit seinem Kugelschreiber. »Sie haben schon herausgefunden, dass Lohgerber Jude war?«

»Die Vermutung lag nahe. Nicht jeder, der beschnitten ist, gehört dieser Religion an. Aber als Araber wäre er nicht durchgegangen.«

»Er heißt ... hieß nicht Dirk Lohgerber.«

»Das hat mich gewundert. Er hatte eine gebrochene Vita und tauchte irgendwann wie ›Kai aus der Kiste‹ auf. Ein kluger Schachzug, seine fiktive Vergangenheit in der DDR anzusiedeln. Da kommt man nicht so einfach an Daten heran. Trotzdem ist es schwierig, etwas zu konstruieren.«

Mennchen seufzte. »Einem Fuchs wie Ihnen fällt das auf.« Er legte eine Pause ein, bevor er weitersprach. »Lohgerber heißt eigentlich Levi Schammes, das heißt ›Synagogendiener‹. Manchmal sind Namen sprechend.«

»Ja«, bestätigte Lüder. »Häufig weisen sie auf einen Beruf des Vorfahren hin. Manchmal haben sie aber auch eine andere Bedeutung. Mir fällt da der Name Niedergesäß ein. Unwissende mögen spottend darüber schmunzeln. Dabei weist der Name auf jemanden hin, der in einer Niederung oder einem tief liegenden Gelände wohnte, dort ansässig war. So dürfte auch der Name Schammes einen entsprechenden Ursprung haben.«

»Mag sein«, antwortete Mennchen abwesend. »Schammes – oder Lohgerber – hat sich als Gärtner bei den Wölfen eingeschlichen. In dieser Funktion konnte er sich frei auf dem Gelände bewegen und fiel nicht auf.«

»Er war Ihr V-Mann?«

»Ja.«

»Weshalb haben Sie mich nicht eingeweiht?« Lüder unterdrückte nicht den leichten Vorwurf in seiner Stimme.

»Dafür gab es Gründe.«

»Welche?«

Mennchen bewegte den Kugelschreiber durch die Luft.

»Als Gärtner gehörte er weder zum engen Führungskreis noch zu den Etablierten«, sagte Lüder.

»Das war richtig. Er sollte und wollte nicht dadurch auffallen, dass er sich anbiederte. Alle hielten ihn für unscheinbar. Das war ein Teil seiner Tarnung.«

»Die hat er perfekt durchgehalten«, bestätigte Lüder. »Es war ein dummer Zufall, dass Laura Hintze den Gärtner beim Duschen erspäht hat. Ihr aus Naivität vorgebrachter Spott über diese Entdeckung war für Schammes das Todesurteil.«

»Schammes war Zionist. Insofern war ihm der Einsatz bei den Wölfen eine Herzensangelegenheit. Wir wissen, dass von den Wölfen, zumindest von der ideologischen Führungsriege, ein gefährliches Gedankengut ausgeht. Da wird von der Weltherrschaft der Juden gefaselt, die Anbiederung an Israel und die Juden gegeißelt. Wir alle kennen diese irren Sprüche, dass Israel bis heute die Shoah nutzt, um Geld aus Deutschland herauszupressen. Welch kranker Geist behauptet im gleichen Atemzug, die Regierung verkauft Deutschland und seine Bevölkerung an den Islam, um die Europäer auszurotten? Das ist doch ein Widerspruch, den diese Idioten gar nicht bemerken.« Mennchen hatte sich in Rage geredet.

»Ich gehe davon aus, dass Schammes durch Zufall enttarnt wurde. Michalski hat sofort reagiert. Er war der führende Kopf der Bewegung, die wir die Wölfe nennen. Übrigens – in diesen verqueren Rassenwahn fügt sich auch ›Ragnarök‹ ein. Auch die Nazis und ihre verbohrten Anhänger hatten ja einen Hang zu den nordischen Göttern. So passen immer mehr Puzzlesteine zusammen.«

»In diese Gemengelage wollten wir Einblick gewinnen.« Mennchen klopfte sich an die Brust. »Ich zweifele an mir selbst.« Er sah Lüder aus müden Augen an. »Trage ich eine Mitschuld an Schammes' Tod?«

Lüder versicherte ihm, dass es nicht zutreffe. Er vermied es aber, von unvorhersehbaren Ereignissen und unglücklichen Umständen zu sprechen. Das waren Allgemeinplätze. Es war auch nur ein schwacher Trost, als Mennchen ihm erzählte, dass Schammes keine Angehörigen hinterließ.

»Schammes wurde ermordet, weil er Jude war«, sagte Lüder. »Ein ganz böses Motiv. Wir wissen nicht, ob die Wölfe ihn als Spion enttarnt haben.«

Mennchen ballte die Faust. »Zu unserem Job, Ihrem und meinem, gehört es, Emotionen zu unterdrücken. Die dürfen keine Rolle spielen. Trotzdem gelingt es nicht immer.«

»Ich habe noch eine andere offene Frage«, wechselte Lüder das Thema. »Woher wusste Michalski, dass Wiesner in Pronstorf lebte?« Lüder berichtete, dass Michalski den Wohnort »des Staatsknechts«, der auf dem Mittelpunkt des Landes tot drapiert war, gleichsetzte mit der Grabstätte Lettow-Vorbecks. Der General, dem der Völkermord in Deutsch-Südwest angelastet wurde, war dort beerdigt.

»Das haben wir intern untersucht«, erklärte Mennchen. »Das ist nicht gut, sondern dumm gelaufen. Eine Tarifangestellte unseres Amtes hat im privaten Kreis unvorsichtig damit geprahlt, dass sie im schleswig-holsteinischen MI6 arbeiten würde. Sie sei so eine Art Miss Moneypenny. Das ist natürlich Blödsinn. Auf einer Party wurde sie gedrängt, das unter Beweis zu stellen. Da hat sie den Klarnamen des Opfers preisgegeben. So etwas sollte nicht vorkommen. Wie diese Information von dort zu den Wölfen gelangt ist, haben wir noch nicht herausfinden können. Die Frau wurde sofort versetzt zu einer anderen nachgeordneten Dienststelle irgendwo im Land.«

Lüder trat vom Innenministerium direkt den Heimweg an. Es war ein langer Tag gewesen. Und seine Gedanken kreisten weiter in seinem Kopf.

ZWÖLF

Der neue Arbeitstag begann mit einem Paukenschlag. Die Forensiker des Kriminaltechnischen Instituts hatten die Fremdspuren an Wiesner entschlüsseln können.

»Zum Glück ahnen nur wenige, welche unsichtbaren Dinge wir mit unseren Techniken zutage fördern können«, sagte Frau Dr. Braun stolz. Lüder gab ihr recht. »Die Täter ziehen Handschuhe und Schutzanzüge an, verbergen ihre Haare, vermeiden jeden Kontakt mit dem Opfer. Meinen sie. Sie haben aber keine Kontrolle über Mikropartikel, zum Beispiel Hautschuppen, die sie verlieren. Es ist eine zeitaufwendige Suche, die auch ganz besonders ausgebildeter und geduldiger Mitarbeiter bedarf, aber wir sind fündig geworden.«

Es war phänomenal, was die Wissenschaftler und Techniker mit ihrer Arbeit hinter den Kulissen aufdeckten. Ohne ihr Können würde manche Straftat unentdeckt oder ungesühnt bleiben. Lüder sparte nicht mit Worten der Anerkennung.

»Wir haben auch einen Namen«, schloss Frau Dr. Braun ihren Bericht. »Arman Khachatryan.« Die Leiterin des KTI legte eine Kunstpause ein. »Den kleinen Rest müssen Sie jetzt erledigen.«

Das erwies sich schwieriger als vermutet. Khachatryan war Armenier und wurde mit einem internationalen Haftbefehl gesucht. Er war dreiundvierzig Jahre alt und stammte aus der Hauptstadt Jerewan. Der Binnenstaat im Kaukasus war nicht konfliktfrei. Immer wieder flammten die kriegerischen Auseinandersetzungen mit Aserbaidschan um die Region Bergkarabach auf. Auch die Beziehungen zum Nachbarn Türkei waren nicht freundschaftlich geprägt. Bis heute war der Völkermord an den Armeniern unvergessen. Die Türkei bestritt hingegen, dass es einen solchen gegeben habe. So blieb die Forderung der Armenier nach einer angemessenen Sühne durch die Türkei bis heute unerfüllt. Eine radikale Gruppierung hatte einen Sprengstoffanschlag auf die Polizeistation der Stadt Iğdır verübt. Dabei starben sieben Polizisten. Khachatryan wurde beschuldigt, maßgeblich beteiligt gewesen zu sein. Seitdem wurde er von der Türkei als Terrorist gesucht. Die Attentäter begründeten ihre Tat damit, dass Iğdır 1917 Teil der neu gegründeten Republik Armenien war. Durch den Völkermord und die türkische Eroberung wurden die Armenier und andere christliche Volksgruppen vertrieben und die Stadt der Türkei einverleibt.

Lüder hielt einen Moment inne. Ob Michalski mit seinen nostalgischen Gedanken überhaupt wusste, was in den von ihm so bewunderten Zeiten alles passiert war? Es hatte an vielen Stellen der Welt lichterloh gebrannt. Und, so schien es, damals waren noch nicht alle Glutnester ausgetreten worden. Ganz im Verborgenen glomm es immer noch. Ob in Nordirland, auf dem Balkan, vor einiger Zeit im Baskenland … Ganz in der Nähe loderten Flammen des Hasses auf.

Ob sich die Leute, die jetzt an den Grundfesten unseres freiheitlichen Gemeinwesens rüttelten, überhaupt bewusst sind, wie gut wir es haben?, dachte Lüder. Kritik ist erlaubt und sogar förderlich. Eine Demokratie lebt von der konstruktiven Auseinandersetzung. Aber sollte man im Stillen nicht auch unseren Politikern und der Bundeswehr ein Lob zollen, dass sie uns den Frieden erhalten haben?

Seit dem Attentat auf die Polizeiwache wurde Arman Khachatryan gesucht. Er war seitdem untergetaucht. Es war unfassbar, dass er möglicherweise hier an der Förde untergeschlüpft war.

Lüder wühlte sich durch die gespeicherten Daten, bis er auf ein Bild stieß. Er stutzte. Der Armenier hatte sein Aussehen verändert, und das Foto war älter, aber Lüder hatte ihn erkannt. Er war Khachatryan bereits zweimal begegnet. Es war der Mann, der Rechtsanwalt Deckert auf von Dortelweils Grundstück begleitet hatte, als Lüder den Hausherrn sprechen wollte. Das zweite Mal hatten sie sich am Werkstor gegenübergestanden. Khachatryan hatte sich im Hintergrund gehalten und geschwiegen. Ob er auch Tamnata war, jener mutmaßliche Leibwächter, der das manipulierte Bild von Michalski und Caralina Silvestri im Internet entdeckt hatte?

Lüder suchte den Abteilungsleiter auf. »Wir kennen den mutmaßlichen Mörder von Julian Wiesner«, sagte er.

Dr. Starke vergaß, den Mund zu schließen.

»Waaaas?«

Lüder erklärte ihm die Zusammenhänge.

»Wie kommst du darauf?« Jens Starke war immer noch sprachlos.

»Nicht ich. Die Kollegen vom KTI haben das herausgefunden.«

»Aber … Was haben von Dortelweil und seine Defense Tech AG damit zu tun? Das muss ein Irrtum sein. Es gibt keinen Grund für einen erfolgreichen Unternehmer, Beamte ermorden zu lassen.«

»Das weiß ich auch noch nicht«, erklärte Lüder.

Sie erörterten noch einmal die Verbindung zwischen Dortelweil und den Wölfen.

»Und nun?«, fragte Dr. Starke.

»Ziehen wir Khachatryan zur Rechenschaft.«

Dr. Starke schluckte mehrfach. »Du kannst nicht mit einem Kommando in der Defense Tech AG aufkreuzen. Parallel dazu müsstest du auch das Privathaus von Dortelweils stürmen lassen. Und wenn der Gesuchte sich an keinem der beiden Orte aufhält, bricht ein Sturm, ach was, ein Orkan über uns herein. Nein! Das geht nicht.«

»Stimmt. Wir müssen den Armenier observieren. Er wird nicht in von Dortelweils Haus oder auf dem Werksgelände wohnen. Ich würde ja liebend gern Münzbergers Büro hochnehmen lassen, aber das dürfte auch nicht erfolgversprechend sein. Der Ex-Söldner ist zu gerissen. Da finden wir nichts Verwertbares.«

»Wir haben ein Bild«, sagte Dr. Starke. »Wir könnten das SEK einsetzen.«

»Der Mann ist gefährlich. Wir sind auf den Einsatz des SEK angewiesen«, stimmte Lüder zu. »Ich habe aber noch eine andere Idee. In einer Stunde bin ich zurück.«

»Halt!«, rief ihm Jens Starke hinterher, als Lüder aufstand und das Büro verließ.

Eine halbe Stunde später stand Lüder vor dem besetzten Haus und trommelte abwechselnd gegen die Holzverschalung vor den Erdgeschossfenstern und gegen die stabile Tür. Erneut weckte er das Interesse der wenigen Passanten.

Die Tür wurde geöffnet, und Dicki, das dürre Mädchen, streckte den Kopf heraus. Mit glasigen Augen sah sie an Lüder vorbei, dann fing ihr Blick ihn ein.

»Du warst doch schon mal hier?«, sagte sie mit belegter Stimme.

»Ich will zu Basti.«

»Warum?«

»Mach schon. Sag ihm Bescheid, dass er Besuch hat.«

Sie streckte die magere Hand aus und wollte ihn am Revers packen, aber Lüder wich aus.

»Willst du mit mir ficken?«, lallte sie und nannte einen Preis.

»Ich will nur mit Basti sprechen.«

Sie rollte mit den Augen. »Okay. Wenn ich es dir anders machen soll, kostet es nur die Hälfte.«

»Verdammt. Du interessierst mich nicht. Hol endlich Basti an die Tür.«

Sie drehte sich um und verschwand leicht schwankend im dunklen Hausflur, ließ aber die Tür offen.

Lüder hatte die Hoffnung nahezu aufgegeben, als Benedikt Dortelweil erschien.

»Sie schon wieder«, knurrte er unwillig. »Ist doch alles in Ordnung. Ich habe alles wie besprochen gemacht. Im Übrigen – Sie haben mich doch erst auf die Idee gebracht.« Er ließ offen, auf welche Idee.

»Ich bitte Sie um Ihre Hilfe«, sagte Lüder.

»Bitte?« Er starrte Lüder ungläubig an.

»Ihr Vater ist ein global gefährdeter Mann. Er lässt sich von Münzberger und seiner Truppe beschützen.«

»Ja? Und?«

»Da sind viele Bulgaren drunter.«

»Der Münzberger hat seine schmutzigen Finger überall drin.«

Lüder holte sein Handy hervor und zeigte ihm ein Foto von Khachatryan.

»Kennen Sie den?«

Dortelweil warf einen Blick auf das Display. »Ja. Den habe ich schon mal gesehen. Keine Ahnung, wie der heißt. Ich sehe ihn manchmal beim Einkaufen. Der wohnt hier ganz in der Nähe.«

Lüder ließ sich das Haus beschreiben, tippte sich mit dem Zeigefinger an den Haaransatz und sagte: »Danke.«

»Eh«, rief ihm Dortelweil hinterher, als Lüder sich rasch entfernte. »Das war alles? Was ist mit dem Kerl?«

Lüder kehrte ins LKA zurück und unterrichtete den Abteilungsleiter.

»Ich schicke das MEK zur Observierung los«, beschloss Dr. Starke.

Eine Stunde später meldete er sich bei Lüder. »Er ist zu Hause. Jetzt lasse ich ihn durch das SEK holen.«

Lüder wollte sich dem Kommando anschließen, aber Dr. Starke untersagte es ihm.

»Du bleibst hier!«, erklärte er unmissverständlich und lud ihn zu einer weiteren Stabsbesprechung ein, während das SEK mit zwei Einsatzfahrzeugen zu dem Haus aus den Anfängen des letzten Jahrhunderts ausrückte.

Im Besprechungsraum saßen die Beamten des Stabes mit ernsten Gesichtern. Der Kriminaldirektor moderierte die Sitzung. Er sagte, dass sich die Anzeichen für einen Flashmob verdichten würden. Vieles deute darauf hin, dass sich morgen, am Sonnabend, unterschiedliche Gruppierungen auf den Weg nach Kiel machen würden. Ziel war das Zentrum der Landeshauptstadt, aber auch der »Versammlungsraum der Nickaffen«. Damit war der an der Förde gelegene Landtag gemeint. Der lichtdurchflutete Saal lag direkt an der Kiellinie, der Promenade, auf der bei gutem Wetter die Einheimischen und ihre Gäste gern promenierten. Hier lagen nicht nur das Parlament und drei Ministerien, sondern auch die Staatskanzlei.

»Wir sind ein kleines Land, das eine offene Demokratie pflegt. Unsere Politiker schirmen sich nicht in einem Elfenbeinturm ab. Andererseits sind sie gefährdet, und wir müssen ihre Sicherheit gewähren«, führte Dr. Starke aus. »Es ist nicht vorhersehbar, wie viele Leute wir erwarten, da es keine angemeldete Demonstration ist.«

»Sind die Unberechenbaren aus Grebin dabei?«, wollte ein Teilnehmer der Runde wissen.

»Sie meinen die Wölfe?«, hakte Gärtner nach. »Wie gesagt – es ist ein Flashmob. Wir wissen es nicht genau. Es ist nicht auszuschließen. Wir müssen davon ausgehen, dass es keine homogene Masse ist, sondern unterschiedliche Gruppierungen antreten. Erschwerend kommt hinzu, dass die sich untereinander nicht unbedingt grün sind. Es können also auch Auseinandersetzungen zwischen den Gruppen auftreten. Dort müssen die Einsatzkräfte trennend einschreiten.«

Es war wirklich eine fatale Situation. Dann meldete sich Lüder zu Wort, der bisher schweigend zugehört hatte.

»Wenn ich mir die Kette der Ministerien ansehe, dann gibt es eine Besonderheit.«

Alle Augen waren auf ihn gerichtet.

»Die großen Fähren fahren fast bis ins Stadtzentrum. Wer dort seinen Spaziergang startet, bestaunt die großen Pötte, die manches Hochhaus überragen.«

»Ja – und?«, fragte jemand.

»Die Kinder freuen sich über das Aquarium am Geomar, besonders über das Seehundbecken.«

»Lüder, was soll das?«, fuhr Dr. Starke dazwischen.

»Dann folgen die Aussichtsplattform und die Reventlou-brücke.« Irgendjemand stöhnte auf. »Danach geht es mit den Ministerien los. Zunächst das Finanzministerium.«

»Das wissen wir«, sagte Dr. Starke unwirsch. »Dann folgt der Landtag.«

»Das ist kein Ministerium«, belehrte ihn Lüder. »Weiter geht es mit dem Wirtschaftsministerium.«

»Nun ist gut. Das ist allen bekannt.« Dr. Starke wollte ihm das Wort entziehen.

»Daran schließt sich das Innenministerium an. Und?« Er sah in die Runde. »Wir haben drei tote Beamte. Jeweils einen aus jedem dieser Ministerien.«

»Das kann doch Zufall sein«, widersprach ein Kollege.

»*Kann*«, antwortete Lüder, »muss aber nicht. Wir sind es gewohnt, in alle Richtungen zu denken. Und danach …?«

»Mein Gott!« Gärtner sprach es aus. »Die Staatskanzlei. Der Sitz des Ministerpräsidenten.«

»Ist das nicht sehr weit hergeholt?«, gab jemand zu bedenken.

Dr. Starke schüttelte den Kopf, bevor er sich räusperte. »Ich möchte an die sogenannte Todesliste erinnern, die uns vom Verfassungsschutz zugespielt wurde. Neben mehreren namentlich genannten hohen Beamten und Regierungsmitgliedern steht der Ministerpräsident an der Spitze. Krönung soll ein ›herausragendes Ereignis‹ sein, das das Land ins Chaos stürzt.«

»Es konnte bisher nicht bestätigt werden, dass sich hinter dieser Liste nicht nur ausufernde Phantasien verbergen«, meldete sich jemand aus dem Forum.

»Wir müssen es ernst nehmen«, erwiderte Gärtner. »Es ist nicht klar, ob diese Liste aus den Reihen der Wölfe stammt. Leider gibt es noch weitere radikale Vereinigungen, zum Teil noch wesentlich gewaltbereiter. Wir haben die Wölfe im Visier, weil sie im Verdacht stehen, am Tod der drei Beamten mitgewirkt zu haben. Die auf der Liste genannten Persönlichkeiten werden gesondert bewacht und geschützt. Zumindest in diesen Tagen. Und der Ministerpräsident steht ohnehin unter permanenter Überwachung.«

Die Formulierung löste Heiterkeit aus. Auch Gärtner lächelte.

»Ich meine, es besteht ein ständiger Personenschutz.«

»Was macht der MP morgen?«, wurde gefragt.

»Ich vermute, er geht joggen. Wie immer«, antwortete sein Nachbar.

»Was steckt hinter dem Flashmob? Organisiert den jemand? Soll Chaos inszeniert werden, um in der Unübersichtlichkeit das ›herausragende Ereignis‹ auszuführen? Und was ist damit gemeint? Ein Anschlag auf den Ministerpräsidenten?«, fragte Dr. Starke.

»Oder auf eine der Institutionen unseres Landes«, ergänzte Gärtner.

Der Stab erwog diverse denkbare Maßnahmen, bis Dr. Starke schließlich die Aufgaben zuwies. Dann machte sich der Abteilungsleiter auf den Weg zu Nathusius.

Inzwischen war das SEK mit Arman Khachatryan zurückgekehrt. Den erfahrenen Beamten war es gelungen, das Überraschungsmoment für den Zugriff zu nutzen. Der Armenier hatte noch versucht, Gegenwehr zu leisten, aber die war schnell im Keim erstickt worden. Man hatte in seiner Wohnung zwei Pistolen, eine Pumpgun sowie die dazugehörige Munition sichergestellt, ferner einen Elektroschocker und mehrere Kampfmesser, außerdem Sprays zur Selbstverteidigung. Die Beamten brachten auch drei Handys und zwei Notebooks mit. Die Papiere, die sich bei ihm fanden, lauteten auf Ateshghan Parmakov, angeblich bulgarischer Staatsbürger.

»Er hat geflucht wie ein Rohrspatz«, erzählte der Einsatzleiter des SEK. »Wenn wir es verstanden hätten, würde es sicher für eine Beamtenbeleidigung reichen. Aber das Gebrabbel beherrscht keiner von uns. Bernd, einer meiner Jungs, meint, es sei aber kein Bulgarisch gewesen.«

Lüder ließ den Mann in sein Büro vorführen, bestand aber darauf, dass die Hand- und Fußfesseln angelegt blieben. Dann entließ er den begleitenden Uniformierten.

»Mein Name ist Lüders«, sagte er. »Und wie soll ich Sie ansprechen? Khachatryan oder Parmakov?«

Lüder kniff die Augen zusammen und musterte sein Gegenüber. Der sah im Gegenzug zurück. Beide vermieden es, zu blinzeln. Sie maßen sich mit der Kraft ihrer Blicke.

»Sie halten sich unter falschem Namen in der Bundesrepublik auf. Ihre Dokumente sind gefälscht. Sie sind kein EU-Bürger. In Ihrer Wohnung wurden Waffen und Munition gefunden, die dort widerrechtlich gelagert wurden. Außerdem werfen wir Ihnen Mord vor. Wollen Sie sich zu den Anschuldigungen äußern?«

Khachatryan zog einen Mundwinkel leicht in die Höhe. Es war eine gekonnte Geste der Verachtung. Der Mann fühlte sich sicher, glaubte, man könne ihm nichts nachweisen. Vielleicht fühlte er sich auch stark mit Männern wie Münzberger und von Dortelweil im Hintergrund.

»Wir wissen auch, dass Sie unter dem Namen Tamnata, der Finstere, in den sozialen Medien unterwegs sind und von Dortelweil von der Liaison Silvestris mit Michalski informiert haben.«

Ein kaum vernehmbares Zucken am Augenlid verriet Lüder, dass seine Vermutung zutraf. Er forderte den Armenier auf, sich zu seiner Person zu äußern. Aber Khachatryan schwieg eisern. Lüder versuchte es auf verschiedene Weise, sein Gegenüber zum Sprechen zu bringen. Der Mann war hartgesotten. Er saß da und schwieg. Die dunklen Augen, mit denen er Lüder maß, sahen ihn selbstsicher an. Gelegentlich zuckte ein Gesichtsmuskel, und ein kaum wahrnehmbarer Zischlaut entfuhr Khachatryans Lippen. Es war ein Zeichen seiner Überheblichkeit.

»Es wäre gut, wenn Sie mit uns kooperieren würden«, sagte Lüder.

Khachatryan kniff demonstrativ die Lippen fest zusammen.

»Okay. Ich kapituliere.«

Lüder lehnte sich zurück, legte lässig den linken Oberschenkel auf das rechte Knie und holte sein Handy hervor. Er suchte etwas, fand es nicht und zog fragend die Augenbrauen in die Höhe. »Na gut«, murmelte er und setzte sich an seinen Rechner. Dabei bewegten sich seine Lippen, als würde er unhörbar etwas aufsagen. »Ah ja«, stellte er schließlich fest, griff zum Telefon und wählte, indem er abwechselnd auf den Bildschirm und das Handydisplay sah. »Null drei null«, sagte er vor sich. »Berlin.«

Dann setzte er die Eingabe fort. Er wartete eine Weile, bis sich der Teilnehmer meldete.

»Medienagentur Schönberg.«

»Guten Abend«, sagte Lüder förmlich. »Lüders, Polizei Kiel. Ich möchte jemanden sprechen, der für den Sicherheitsdienst verantwortlich ist. Den Militärattaché? Oder noch besser vom Millî İstihbarat Teşkilâtı. Ich hoffe, ich habe den Namen Ihres Geheimdienstes richtig ausgesprochen.«

»Sag mal, ist dir etwas zu Kopf gestiegen?«, fragte Horst durchs Telefon. »Das war zwar eine reichliche Menge Whisky, aber er verursacht doch keinen bleibenden Schaden.«

»Danke«, sagte Lüder. »Ich warte.«

»Eh – Lüder. Was ist mit dir?« Horst war ratlos.

Lüder wartete noch eine Weile, dann sagte er: »Ja – vielen Dank. Es ist wichtig für Ihr Land. Ja – doch. Polizei Kiel. K-i-e-l.«

»Bist du komplett übergeschnappt? Hallo! Huhu! Ich bin's, dein Freund Horst. Ich binde nicht jedem auf die Nase, was ich gerade mache, schon gar nicht, wenn du mich zu krummen Dingen verleitest, aber ich bin kein Geheimdienst.«

Lüder summte leise etwas vor sich hin.

»He? Bist du noch da?«, wollte Horst wissen. Er klang leicht besorgt.

»Ah, guten Tag«, sagte Lüder. »Ich bin von der Polizei Kiel. Wir haben hier jemanden gefasst, der Ihr Interesse wecken dürfte.«

Er warf Khachatryan einen Blick zu. Der Armenier hatte sich leicht vorgebeugt, den Mund geöffnet und verfolgte Lüders Telefongespräch mit offenkundigem Interesse.

»Ja«, sagte Lüder. »Uns ist Khachatryan ins Netz gegangen.« Er wartete eine Weile und musste ein Lachen unterdrücken, als er Horst hörte.

»Na und? Den kenne ich nicht. Soll ich mit dem saufen? Hoffentlich ist er trinkfester als du.«

»Sehen Sie einmal in Ihre Fahndungsliste«, schlug Lüder vor, um nach einer halben Minute den Namen seines Gegenübers zu buchstabieren. Absichtlich verhaspelte er sich dabei und flocht die Korrektur ein. Zwischendurch sah er immer wieder zu Khachatryan, der nun mit unverhüllter Neugier Lüders Telefonat verfolgte. Es war schwierig, das Lachen zu unterdrücken, denn Horst hatte am anderen Ende der Leitung begonnen, unmelodisch zu pfeifen.

»Ja. Prima. Genau der ist es«, sagte Lüder. »Khachatryan, der in Iğdır die Polizeistation in die Luft gesprengt hat.«

»Donnerwetter«, fand Horst wieder Worte. »Und der Typ sitzt dir gegenüber. Und was soll ich mit ihm machen?«

»Khachatryan schweigt beharrlich, er will nicht einmal seinen Namen bestätigen.« Lüder kratzte sich das Kinn. »Es ist ärgerlich, wenn man viel Zeit für die Bürokratie aufwenden muss. Bei Ihnen in der Türkei hat er mehr Menschen auf dem Gewissen. Sie suchen ihn. Und wir haben ihn. Sie müssen jetzt ein förmliches Auslieferungsersuchen starten.«

»Das klappt doch nie«, warf Horst ein. »Die schicken doch keinen zu diesem Erdo-Dingsbums. Nicht einmal, wenn der alle Kieler Katzen aufgefressen hat.«

»Das ist langwierig und aufwendig«, bestätigte Lüder. »Wir haben ihn bei uns noch nicht formell aufgenommen. Wie gesagt – er schweigt.« Dabei streifte sein Blick erneut den Armenier. Der hatte den Mund geöffnet und sah Lüder mit großen Augen an. »Deshalb habe ich einen unkomplizierten Vorschlag. Ich setze mich jetzt ins Auto und bringe Khachatryan zu Ihnen in die türkische Botschaft. Wir sind ihn los, und Sie bringen ihn sicher zum Sprechen. Und da er nicht existiert, fragt auch niemand nach seinem Verbleib.«

»Ich glaube, der Koch in eurer Polizeikantine hat die Erbsensuppe heute zu scharf gewürzt«, sagte Horst dazwischen.

»Ich bringe Khachatryan mit meinem Privatwagen nach Berlin«, erklärte Lüder. »Das ist ein weinroter Opel Vectra mit Eckernförder Kennzeichen. Richtig. E-C-K. Dort wohne ich privat.«

»Du bist völlig durchgedreht«, mischte sich Horst wieder ein. »Margit muss sich nicht scheiden lassen. So wie du drauf bist – sie bekommt sofort einen Freispruch.«

»Ich mache mich jetzt auf den Weg«, sagte Lüder.

»Um Gottes willen«, seufzte Horst. »Hoffentlich nicht zu mir. Ich sitze hier im sommerlichen Kimono.«

»Los, auf geht's.« Lüder forderte Khachatryan auf, aufzustehen. Der sah ihn aus weit aufgerissenen Augen an.

»Das dürfen Sie nicht.«

»Stimmt. Und Sie dürfen hier keine Menschen umbringen.«

Der Armenier versteifte sich. Er würde Widerstand leisten.

Lüder griff seelenruhig zum Telefonhörer und gab die Durchwahl des Archivs ein, das zu dieser Tageszeit nicht mehr besetzt war.

»Hallo«, sagte er und sah dabei auf Khachatryan. »Ich brauche hier zwei kräftige Beamte und eine Spezial-Beruhigungsspritze. Und bringt für den Mann die Lederhose mit.«

»Lederhose?« Der Armenier hatte nur wenig den Mund geöffnet und mit dunkler Stimme gesprochen.

Lüder nickte. »Eine Spezialität.«

Der Armenier leckte sich über die Lippen. Sein Blick huschte unstet hin und her.

»Ich habe niemanden ermordet«, sagte er.

»Doch.« Lüder lehnte sich entspannt zurück und faltete die Hände vor dem Bauch.

»Nein. Das war ich nicht. Ich bin nur ein kleines Licht. Ich musste mithelfen, den Toten wegzubringen. Wir hatten eine Fahne dabei. Die haben wir über die Leiche gelegt.«

»Wer hat den Mann ermordet?« Lüder sah demonstrativ auf die Uhr. »Die Kollegen sind gleich mit der Spritze und der Lederhose da. Und die Botschaft in Berlin wartet auf Sie.«

»Ich will nicht in die türkische Botschaft. Die machen –«

»Wer hat den Mann ermordet?«, wiederholte Lüder seine Frage.

Khachatryan presste die Lippen so fest aufeinander, dass sie weiß wurden.

Lüder lehnte sich zurück und sah den Armenier wortlos an. Plötzlich klopfte es an der Tür, und Asiye, die türkischstämmige Putzfrau, streckte vorsichtig ihren Kopf durch den Türspalt. Der Armenier konnte sie von seinem Platz aus nicht sehen.

»Moment«, sagte Lüder. »Wir sind gleich so weit.« Asiye nickte und schloss die Tür von außen. Lüder stand auf, straffte sich und sagte: »Ich gehe so lange vor die Tür. Es ist besser, wenn ich nicht dabei bin.«

Nach dem ersten Schritt Richtung Flur rief Khachatryan aufgebracht: »Halt!«

Lüder setzte sich wieder und sah sein Gegenüber herausfordernd an. Von dem war alle Selbstsicherheit gewichen. Er fuhr sich mehrfach mit der Zunge über die Lippen. Die Augen flatterten nervös. Fast rhythmisch rümpfte er die Nase.

»Ich habe den Toten weggebracht«, begann der Armenier.

»Mit wem zusammen?«

Der Armenier schwieg, begann dann aber weiterzusprechen, als Lüder einen langen Blick zur Tür warf.

»Vassil Yuseinov.« Der sei schon älter, erzählte Khachatryan, schon über sechzig, aber noch ganz drahtig. Yuseinov sei ein Vertrauter von Münzberger. Die beiden hätten an verschiedenen Brennpunkten als Söldner gekämpft. Dabei seien sie nicht zimperlich gewesen, mutmaßte Khachatryan. Yuseinov hatte auch die Kontakte zu den anderen Bulgaren, die Münzberger für seinen Sicherheitsdienst rekrutierte. Daher waren auch so viele Bulgaren dort beschäftigt. Es waren überwiegend Leute, die aus gutem Grund ihre Heimat mieden, so wie er selbst. Die Sache in Iğdır … Er leugnete nicht, dabei gewesen zu sein, zog es aber vor, nicht mehr dazu zu sagen. Von Yuseinov erzählte man sich, dass er damals beim gefürchteten bulgarischen Geheimdienst und dort mit Sonderaufgaben betraut war. Es solle ihm im letzten Moment geglückt sein, nach dem Umsturz zu fliehen. Seitdem führe er ein unstetes Leben. Er, Khachatryan, werde nicht in die geheimen Vorgänge eingeweiht. Die Chefs, vor allem aber Yuseinov, bläuten ihnen immer wieder ein, wachsam und schweigsam zu sein, vor allem aber in brenzligen Situationen auch Härte zu zeigen. Georgi Mamalev, der beim Wachdienst auf von Dortelweils Gelände mit dem Messer niedergestochen wurde, hatte Pech gehabt. Oder der Angreifer hatte Glück, meinte Khachatryan, dass er noch leben würde.

Auch auf Lüders hartnäckige Fragen nach den anderen Morden behauptete Khachatryan, davon nichts zu wissen. Er sei nur ein kleines Licht und habe das ausgeführt, was man ihm aufgetragen habe. Nach dem Attentat auf die Polizeistation in Iğdır sei er ständig auf der Flucht vor den Türken gewesen. Nachdem ihn Münzberger mit neuen Papieren ausgestattet hatte, sei er ihm und Yuseinov ausgeliefert gewesen.

»Haben Sie jemals etwas von den bulgarischen Regenschirmen gehört?«, fragte Lüder zum Abschluss.

Ja! Er habe ihn sogar gesehen. Bei Münzberger stehe so einer herum. Yuseinov sei böse geworden, als er danach gefragt habe, und habe das Gerät sofort aus dem Raum geschafft.

In der Abteilung herrschte Hektik. Fast alle Mitarbeiter waren mit den Planungen für den folgenden Tag beschäftigt. Edith Beyer hielt die Stellung im Geschäftszimmer. Lüder erfuhr, dass der Kriminaldirektor zu einer Besprechung bei der Amtsleitung war. Seine Rückkehr war ungewiss.

Gegen Münzberger lagen keine Beweise vor, die eine sofortige Maßnahme in seinem Büro oder in den Privaträumen gerechtfertigt hätten. Aber Yuseinov war von Khachatryan hinreichend beschuldigt worden. Sicher hatte es sich herumgesprochen, dass der Armenier durch die Polizei festgenommen worden war.

Lüder wollte keine Zeit verlieren und besorgte sich die Adresse des Mannes. Yuseinov war ordnungsgemäß in einem der Wohnblocks im Stadtteil Mettenhof gemeldet, in dem die Straßen nach skandinavischen Städten benannt waren. Schwieriger war es, zwei Streifenwagen zu organisieren, die ihn bei der Festnahme unterstützen sollten. Er vereinbarte mit den beiden Besatzungen einen Treffpunkt vor dem Einkaufszentrum am Skandinaviendamm.

Als er dort eintraf, warteten die vier Beamten schon. Ein Oberkommissar mit leicht ergrautem Haar nahm es gelassen, eine jüngere Polizistin mit langem blondem Pferdeschwanz wirkte angespannt. Das galt auch für einen Kommissaranwärter, der als Partner mit dem Älteren unterwegs war, während der Kollege der Beamtin mit stoischem Gleichmut Lüders Vortrag lauschte.

Lüder sprach von der Zielperson und erklärte, dass Yuseinov möglicherweise gefährlich sei. Die Beamten sollten Kevlar-Westen tragen und auf den Selbstschutz achten. Es war unklar, ob sich Yuseinov allein in der Wohnung aufhielt.

»Sollte man das nicht zunächst erkunden?«, schlug der Anwärter vor.

Lüder gab ihm recht, dass dieses die richtige Vorgehensweise sei, aber aufgrund der außergewöhnlichen Situation, in der sich die Einsatzkräfte in Hinblick auf den nächsten Tag befanden, seien sie zu dieser Vorgehensweise gezwungen.

Dann fuhren sie zur Adresse von Yuseinov. Auch an diesem lauen Abend herrschte wenig Betrieb in der Großsiedlung. Ein Stück, bevor sie ihr Ziel erreichten, standen Jugendliche herum und sahen neugierig den Fahrzeugen nach. Sie parkten die drei Autos direkt vor dem Eingang, verschafften sich Zugang zum Treppenhaus und suchten die Wohnung. Zuvor hatte Lüder rund um das Haus erkundet, ob es eine Fluchtmöglichkeit über den Balkon gab. Vielleicht hätte ein jüngerer, durchtrainierter Mensch es geschafft, aber Yuseinov gehörte nach Lüders Kenntnis nicht mehr zu dieser Kategorie.

Die vier Beamten hatten ihre Dienstwaffen gezückt. Die beiden älteren Männer nahmen jeweils links und rechts der Wohnungstür Stellung, hinter ihnen bauten sich die jüngeren Beamten auf. Der Grauhaarige hatte Lüder sanft ins Abseits geschoben.

»Das ist etwas für Polizisten«, hatte er grinsend gesagt.

»Ich bin Polizist«, hatte Lüder geantwortet.

»Ja, aber kein richtiger«, meinte der Uniformierte immer noch grinsend.

Sie klingelten. Nichts rührte sich.

Der Ältere legte ein Ohr ans Holz und wisperte: »Alles still.«

Sie wiederholten das Klingeln. Dann deutete der Ältere zu Lüder gewandt das Zeichen des Klopfens an. Nachdem Lüder zustimmend genickt hatte, pochte der Beamte gegen das Türblatt und rief laut: »Polizei.«

Sekunden später öffnete sich die gegenüberliegende Wohnungstür, und eine – Jonas würde sagen: aus den Fugen geratene – Frau erschien. Die struppigen Haare waren gefärbt, zumindest vor geraumer Zeit, wie die nachgewachsenen grauen Haare belegten. Das faltenreiche Gesicht ließ keinen Rückschluss auf ihr Alter zu.

»Was ist denn hier los?«, fragte sie mit tiefer, rauer Stimme.

»Gehen Sie wieder in Ihre Wohnung und schließen Sie die Tür«, sagte die blonde Polizistin.

Die Nachbarin ließ sich nicht beirren. »Wenn Sie zu dem wollen ... Der ist nicht da. Er ist vorhin weg.«

»Wann war das?«, fragte der Ältere.

»Vorhin«, antwortete die Frau.

»Wissen Sie, wohin?«

Sie lachte kehlig. »Sagen Sie mir, was Sie heute machen?«

»Haben Sie einen Schlüssel für die Wohnung?«, wollte der Grauhaarige wissen.

»Nee. Sie?«

»Gibt es einen Hausmeister?«

»Ja. Pawel.«

Sie ließen sich erklären, wo er wohnte. Der Grauhaarige schickte den Anwärter los.

»Was hat er denn gemacht?«, wollte die Nachbarin wissen.

»Er lässt immer die Kaffeemaschine an«, mischte sich Lüder ein.

Die Frau brauchte zwei Herzschläge, bis sie die Worte verstanden hatte. »Wollen Sie mich verarschen?«

»Ja«, antwortete der Ältere ungerührt.

Trotz der Aufforderung, in die Wohnung zurückzukehren, blieb die Nachbarin im Hausflur stehen.

Nach zehn Minuten kehrte der Kommissaranwärter mit einem schwitzenden Mann im grauen Kittel zurück. Er sah unsicher von einem zum nächsten Polizisten.

»Sie sind der Hausmeister?«, fragte Lüder.

Der Mann nickte und richtete die Antwort an den älteren Polizisten.

»Sie heißen?«

»Ciesiulewicz.«

»Können Sie die Tür öffnen, Herr Tschiss… Tzich…«, setzte der Ältere an, der die Gesprächsführung übernommen hatte.

»Den Namen kann hier keiner aussprechen, nur die Polen, die hier wohnen«, mischte sich die Nachbarin ein. »Drum sagen auch alle Pawel. Nicht wahr?«

Der Hausmeister nickte.

»Würden Sie bitte die Tür für uns öffnen?«

Der Hausmeister sah unsicher auf den Beamten, dann auf die Tür und ließ den Blick wieder zurückwandern.

»Der Yuseinov«, sagte er mit unsicherer Stimme, »der ist in Ordnung. Ganz ruhig. Der tut keinem was.« Er sah zur Nachbarin. »Stimmt doch, Frau Hackbarth?«

»Eigentlich schon. Nur dem sein Auto steht immer auf mein Platz.«

»Sie haben doch gar kein Wagen«, sagte der Hausmeister.

»Macht nix.«

»Öffnen Sie bitte«, drängte der Ältere.

Der Hausmeister fingerte ein Schlüsselbund hervor, hielt es dicht vor die Nase und sortierte einen Schlüssel heraus. Mit fahrigen Bewegungen steckte er ihn in das Schlüsselloch. Im zweiten Versuch gelang es. Bevor die Tür aufschwang, zog ihn der Streifenführer des zweiten Einsatzwagens zur Seite. Mit vorgehaltener Pistole und lauten »Polizei – Polizei«-Rufen stürmten die vier in die Wohnung.

Lüder staunte über die Professionalität der Polizisten. Es lief wie bei einer einstudierten Übung ab. Als er durch die Wohnungstür trat, hatten die Beamten schon die ganze Wohnung durchsucht.

»Alles leer. Keiner da«, sagte der Ältere schnaufend.

Die Wohnung war schlicht eingerichtet. Die Möbel waren zusammengesucht, aber zweckmäßig. Es fehlte die ordnende Hand, befand Lüder. Das galt auch für die Sauberkeit. Der oberflächliche Schmutz war beseitigt, bei genauerem Hinsehen würde man aber noch Spuren entdecken. Die mangelnde Ordnungsliebe kam ihnen entgegen. Das Ladekabel fürs Handy steckte noch in der Steckdose. Das Notebook lag in der Sofaecke. In einer Ecke des Wohnzimmers fanden sie zwei Regenschirme.

»Hat der keinen Schirmständer?«, unkte der Ältere. »Und weshalb zwei?«

Der Streifenführer des zweiten Wagens glaubte, die Erklärung zu kennen: »Das macht das Wetter bei uns.«

»Nicht anfassen«, erklärte Lüder, zog sich Einmalhandschuhe über und nahm die Regenschirme in Augenschein. Die Spitze war wie eine Nadel geschliffen. Deutlich war die Öffnung zu erkennen. Das waren die berühmten bulgarischen Regenschirme. Bei genauerem Hinsehen sah man auch den kleinen Knopf am gebogenen Knauf. Vermutlich wurde mit ihm die Mechanik ausgelöst, die das Gift in den Fuß des Opfers pumpte.

Es war eine ebenso abscheuliche wie ausgetüftelte Technik. Die Entdeckung war ein großer Erfolg, auch wenn damit noch keine Beweise erbracht waren, dass Yuseinov die Taten ausgeübt hatte. Lüder war sich sicher, dass sie den Mörder gefunden hatten.

Sie durchsuchten die Wohnung. Neben ein paar Lebensmitteln, einer angebrochenen Stange zollfreier Zigaretten und mehreren Flaschen Alkoholika fanden sie auch verschiedene Medikamente, die wahllos herumlagen. Im Badezimmer lagen auf dem Waschbecken Insulin-Pens. Yuseinov schien Diabetiker zu sein.

»Schade, dass der Vogel ausgeflogen ist«, stellte der ältere Beamte fest.

Der Kommissaranwärter hatte einen Papierstapel durchgeblättert. »Das ist ein kunterbuntes Durcheinander«, sagte er. »Nur das hier – das sieht merkwürdig aus.«

Sie warfen einen Blick auf die technische Zeichnung.

»Ist der Kerl Ingenieur?«, fragte der Streifenführer.

»Nein, Mörder«, antwortete sein Kollege.

»Ich nehme das mit«, sagte Lüder und steckte auch das Notebook ein. Dann beorderte er die Spurensicherung an diesen Ort. »Die sollen auch die Zahnbürste oder Ähnliches mitnehmen, damit wir einen DNA-Abgleich vornehmen können.«

Lüder fuhr ins LKA zurück und hinterließ Jens Starke einen kurzen Bericht. Schriftlich, da der Abteilungsleiter immer noch von Besprechung zu Besprechung hastete.

Was mochte die Zeichnung darstellen? Es fehlten Hinweise oder Texte. Lüder fand keine Erklärung. Von den Technikern, die ihm möglicherweise hätten helfen können, war niemand mehr im Hause. Bevor er das Büro verließ, löste er die Fahndung nach Yuseinov aus.

DREIZEHN

Die Nachrichten verkündeten es regelmäßig. Der Flashmob schien Wirkung zu zeigen. Eine große Menge Menschen war auf dem Weg in die Landeshauptstadt. Sie trugen Plakate, skandierten unterwegs Parolen und hielten Transparente aus den herabgelassenen Fensterscheiben ihrer Autos. Zu Zwischenfällen war es bisher noch nicht gekommen. Ein Kommentator sprach davon, dass die Verantwortlichen rechtzeitig das Kieler-Woche-Wetter eingeleitet hätten. Nach den schönen Tagen der Woche regnete es.

»Was heißt hier Kieler Woche?«, stellte Lüder fest. »Das ist Wochenendwetter an der Förde.«

Sinje war erschienen, streckte die Arme hinter dem Nacken und gähnte herzhaft.

»Moin«, grüßte Lüder die jüngste Tochter.

»Hi.«

»Ist ›Hi‹ die Sparversion?«

Die Antwort bestand aus einem erneuten Gähnen. Sie hockte sich auf den Küchenstuhl, vor dem Margit für sich eingedeckt hatte.

»Willst du auch frühstücken?«, fragte ihre Mutter.

Sinje fand keine Zeit, zu antworten. Sie beschäftigte sich mit ihrem Handy. Dabei huschten ihre beiden Daumen mit Geschwindigkeit über das Display. »Eh – echt geil«, stellte sie fest.

»Ist das der Wortschatz einer Dame?«, fragte Lüder.

Sie sah ihn an und streckte die Zunge raus. »Was heißt hier Dame? Aus welchem Jahrhundert stammst du denn? Willst du gendern?«

»Okay. Ich dachte, du hast Leistungskurs Deutsch. Das ist die Sprache von Goethe und Schiller.«

»Eh, Mann. Was soll das denn? Die sind doch tot.«

»Hm. Was ist denn ›geil‹?«, schwang Lüder auf ihre Linie um.

»Na – dass die alle Kiel aufmischen wollen. Ist doch korrekt. Das muss mal sein.«

»Ich kann dem nichts abgewinnen.«

»Oh. Du bist doch Lauch. Das ist fast *cringe*. Siehste.« Sie streckte die Hand mit dem Handy Lüder entgegen. »Wärst du ein Mietmaul geworden, würdest du jetzt nicht hier herumtönen.«

»Mietmaul?«, fragte Lüder.

»Ja – Rechtsanwalt. Aber nein. Du musst ja die Leute, die was ändern wollen, verprügeln.«

Lüder meinte, es sei *strange*, was seine Tochter dort von sich gab. »*Min lilla dumma flicka.*«

»Hä? Ach. Hör doch auf mit Schwedisch. Irgendwas mit ›dumm‹.«

Lüder lachte laut auf. »Ich habe dich trotzdem lieb, meine Kleine.«

»Manno. Ich bin kein Kind mehr.«

»Du bist auch in fünfzig Jahren noch Kind.«

Sinje neigte den Kopf. »Echt? Willst du noch so lange herumturnen?«

»Klar.«

Sie stand auf. »Ich geh in die Falle. Das Kopfkissen quatscht wenigstens nicht.«

»Dann zieh dir seriöse Medien rein. Mal sehen, was die zum Flashmob der Durchgeknallten sagen. Hoffentlich sieht unser schönes Kiel nachher nicht so chaotisch aus wie dein Zimmer.«

Mit einem lang gezogenen »Bäääh« verschwand Sinje.

Mit Margit führte er ein normales Gespräch über alltägliche Dinge, bis er sich ins LKA verabschiedete. Seine Frau protestierte nicht. Sie hatte mitbekommen, was sich in Kiel anbahnte.

Im LKA herrschte Hochbetrieb. Lüders Versuch, Dr. Starke zu sprechen, scheiterte. Dafür begegnete ihm Gärtner auf dem Flur.

»Unser Chef ist mit den Nerven fertig«, sagte er im Vorbeilaufen. »Der MP schlägt die Warnung in den Wind. Der Regelpersonenschutz – das ist okay. Aber ansonsten will er sich ganz normal verhalten und den Leuten keinen Vorwand bieten.«

»Was heißt – normal?«

»Er will joggen – wie immer.« Dann eilte Gärtner weiter.

Lüder probierte, Mennchen zu erreichen. Der Verfassungsschützer war im Büro. Sie verabredeten, dass Lüder ihn anrufen sollte, wenn er vor dem Innenministerium eingetroffen war. Dort holte ihn Mennchen ab und geleitete ihn in das Gebäude an der Förde. Auch hier herrschte eine rege Betriebsamkeit.

»Ich bin gespannt, wann das Ganze vorbei ist und zu welchem Ergebnis wir kommen. Wer steckt dahinter? Wer ist der Initiator? Irgendwo muss es den Urknall gegeben haben.«

»An der Frage werden unsere Analysten arbeiten«, sagte Lüder.

Mennchen druckste ein wenig herum. »Es tut mir leid, dass ich nicht mit offenen Karten spielen konnte. Das war eine Direktive von oben.« Sein Zeigefinger wies zur Zimmerdecke. »Mich plagt das Gewissen. Ich grübele den ganzen Tag, was wir hätten unternehmen können, um Schammes als V-Mann abzuziehen. Aber die Entscheidung lag nicht bei uns. Wir waren nur Zweitnutzer seiner Erkundungen.«

»Lohgerber alias Schammes hat noch für andere Dienste spioniert?«

Mennchen nickte versonnen. »Er war ein guter und vor allem verschwiegener Mann. Er hatte Verbindungen zum BND.«

»Die sind für das Ausland zuständig.« Lüder lächelte. »Also auch für Bayern – aus unserer Perspektive. Wenn er Kontakte zum BND unterhielt, heißt es, er war für einen ausländischen Dienst tätig.« Lüder spitzte die Lippen. »Schammes – Levi Schammes. Und dann beschnitten. Der war Israeli.« Lüder wartete zwei Sekunden. »Mossad«, schob er hinterher. »Hm.« Für eine Weile saßen sich die beiden Männer gedankenversunken gegenüber. »Michalski und die Wölfe sind Rassisten und

Antisemiten. Das sind andere Gruppierungen aber auch. Es gibt leider viele radikale Fanatiker. Und immer wieder kommt es zu Gewaltexzessen. Wenn ich es richtig sehe, reduziert sich diese schräg denkende Truppe im Wesentlichen aber auf die Führung. Wieso erschienen die so wichtig, dass der Mossad dort einen Agenten einschleust?«

»Der sterben musste, weil er enttarnt wurde«, ergänzte Mennchen.

»Wir haben herausgefunden, dass es eine Verbindung zwischen den Wölfen und von Dortelweils Defense Tech AG gibt. Ob Schammes sich da eingeklinkt hat? Wir haben festgestellt, dass die Morde an den Beamten wahrscheinlich durch Handlanger von Münzbergers Sicherheitsdienst ausgeführt wurden. Und Münzberger scheint exklusiv für von Dortelweil tätig zu sein. Was haben Schammes und Wiesner herausgefunden?«

Mennchen zuckte ratlos mit den Schultern. »Ich bin auch zu keinem Ergebnis gekommen.« Der Verfassungsschützer strich mit den Fingern über die Tischplatte. »Vielleicht verstehen Sie jetzt auch, weshalb ich Ihnen nichts zu Untermenger sagen wollte, als Sie mich vor der Demo auf dem Wilhelmplatz fragten. Ich wollte die Aktion unseres V-Manns nicht gefährden.«

Lüder hob den Zeigefinger. »Da haben wir es auch noch nicht gewusst. Es war nicht ersichtlich, dass der Österreicher eine wesentlich größere Rolle spielt als bisher angenommen. Er stand immer im Schatten von Michalski, den wir als den führenden Kopf angesehen haben. Untermenger ist – eine gewagte These, ich weiß – der operative Kopf. Der Mann hat Medizin studiert. Er ist beim Examen zunächst in Linz gescheitert, dann in Regensburg. Er hat keine Approbation erhalten und ist kein Arzt. Aber er hat medizinische Kenntnisse und versteht auch etwas von Anatomie. Und vermutlich hat er als Studierender auch an Leichen herumgeschnippelt.«

»Ah – ich verstehe.« Mennchen hatte die Zusammenhänge begriffen.

Dr. Diether hatte behauptet, die Verstümmelungen bei Wiesner und Schammes habe ein Stümper vorgenommen. Konnte man einen abgebrochenen Medizinstudenten so bezeichnen? Ja, meinte Lüder.

Er holte sein Handy hervor und rief Vollmers an.

»Wo wohnen Sie?«, fragte der Hauptkommissar ungehalten.

»In Hassee? Ich weiß nicht, wie dort die Zeiten sind, aber hier bei uns ist heute Sonnabend. Von mir aus auch Samstag.«

Lüder ging nicht darauf ein, sondern erklärte Vollmers die Zusammenhänge und Untermengers vermutliche Rolle.

»Ich kümmere mich darum«, sagte Vollmers knapp.

Lüder lehnte sich zurück. »Um die Krawalle da draußen kümmern sich unsere Kollegen von der Bereitschaftspolizei. Die Bundespolizei ist auch im Einsatz. Ich habe gehört, dass auch Verstärkung aus Meck-Pomm eingetroffen ist.«

»Und wie sieht der Schutz des MP aus?«

»Der joggt am Ostseestrand in seiner Kleinstadt zwischen Sprotten und Eichhörnchen. Die Drahtzieher des Chaos haben ja mit einem großen Ding gedroht. Alle vermuten, dass es einen Anschlag auf den MP geben soll.« Lüder zog eine Kopie der technischen Zeichnung hervor, die sie in Yuseinovs Wohnung gefunden hatten. »Ich rätsele noch, was das hier ist.«

Auch Mennchen konnte damit nichts anfangen. »Das sieht technisch aus. Ich habe eine Idee.« Er fotografierte die Zeichnung. »Wir kegeln seit über zwanzig Jahren«, sagte er leise, als würde er damit etwas sehr Persönliches preisgeben. »Ein Kegelbruder ist Ingenieur. Er ist beim Wasserstraßen- und Schifffahrtsamt in Kiel-Holtenau tätig.«

Mennchen griff zum Festnetzanschluss und rief einen Helmut an. »Ich schicke dir eine technische Zeichnung aufs Handy. Hast du eine Ahnung, was das sein könnte?« Er bat um Rückruf auf dem Dienstapparat.

Schon zwei Minuten später klingelte das Telefon. Mennchen stellte es auf Mithören und sagte, dass ein Kollege von der Polizei anwesend sei.

»Woher hast du das?«, fragte Helmut aufgeregt.

»Das ist egal. Was könnte es sein?«

»Nicht *könnte*, sondern *ist*«, sagte Helmut. »Ganz eindeutig. Es handelt sich hier um eine Teilzeichnung einer unserer Kanalbrücken.«

»Um welche?«

»Für die bin ich nicht zuständig«, sagte Helmut umständlich. »Wenn du möchtest, erkläre ich dir, was dort zu sehen ist.«

»Nein«, bremste ihn Mennchen. »Nicht jetzt. Welche Brücke, Helmut?«

»Das ist die Eisenbahnhochbrücke Hochdonn. Ganz eindeutig.«

»Danke. Wir hören voneinander.« Mennchen legte schnell auf, bevor Helmut antworten konnte.

»Mein Gott«, sagte Lüder. »Das große Ding! Die wollen gar nicht den Ministerpräsidenten ermorden, sondern haben den Flashmob und die Unruhen in Kiel nur inszeniert, um von einem anderen Attentat abzulenken. Eine Kanalbrücke. Wenn dort etwas geschieht, geht das um die Welt. Und es stürzt Schleswig-Holstein ins Chaos. Abgesehen von möglichen Opfern ...«

Lüder stockte der Atem. »Wenn dort ein Zug drüberfährt ...«

Mennchen war kalkweiß geworden.

»Wir haben Wochenende. Über die Brücke rollt die Marschbahn von Hamburg nach Sylt. Außerdem hat sie Anschluss zu den anderen Inseln. Föhr. Amrum. Pellworm. Und zu den großen Seebädern Büsum und St. Peter-Ording. Die Züge sind rappelvoll«, sagte Lüder.

»Sind Sie sich sicher?«, fragte Mennchen zweifelnd.

»Darauf kommt es jetzt nicht an. Wir müssen alles versuchen, um eine solche Aktion zu verhindern. Wenn es sie gibt.«

Ein Attentat dieses Ausmaßes würde auch ein politisches Erdbeben auslösen. Die Regierenden würde man in die politische Verantwortung nehmen. Und es gab noch eine weitere Verknüpfung. Der Nord-Ostsee-Kanal wurde von Kaiser Wilhelm I. gebaut, dessen Namen er auch früher trug. Die Hochbrücken entstanden noch zu Zeiten des Kaiserreichs, vor dem

Ersten Weltkrieg. Könnte es ein Argument der Reichsbürger und Verschwörungstheoretiker sein, zu behaupten, die klugen Köpfe hätten es damals geschafft, solche Bauwerke zu errichten, die über einhundert Jahre bis heute hielten, während die Versager, die 1918 die Macht an sich gerissen hatten, nur Mist produzierten? Die Rader Hochbrücke hatte gerade einmal fünfzig Jahre bestanden. Jetzt zerbröselte sie. Und die Sanierung des Kanaltunnels in Rendsburg dauerte jetzt auch schon zehn Jahre. Die Hochbrücken hingegen hielten bis heute.

Lüder versuchte, jemanden im LKA zu erreichen. Niemand nahm ab. Er wunderte sich, dass selbst im Geschäftszimmer bei Edith Beyer das Telefon stumm blieb.

»Ich fahre nach Hochdonn. Versuchen Sie weiter, das LKA zu erreichen. Sonst nehmen Sie Kontakt mit dem Landespolizeiamt auf.«

Lüder eilte zu seinem Auto, montierte das mobile Blaulicht und rief von unterwegs das Polizeirevier Brunsbüttel an. Es dauerte eine Ewigkeit, bis sich eine träge klingende Stimme meldete.

»Lüders. Landeskriminalamt«, erwiderte er. »Ich bin auf dem Weg nach Hochdonn und brauche dort alle verfügbaren Streifenwagen aus der Region. Fordern Sie zusätzliche Kräfte über die Direktion in Itzehoe an und die Bundespolizei.«

»Und ich brauche einen Schützenpanzer, der meine Schwiegermutter aus dem Haus treibt«, erwiderte der Beamte unwirsch.

»Sie führen das jetzt aus. Es ist Gefahr im Verzug«, sagte Lüder. »Treffpunkt ist das Fährhaus Hochdonn.«

»Sollen die Kollegen Skatkarten mitbringen?«

»Verdammt. Es geht um Leben und Tod.«

»Ja – ja«, sagte der Beamte. »Gestern hat einer angerufen und gefordert, dass wir Honig in die Elbe kippen sollen. Das Wasser sei zu salzig.« Er lachte meckernd. »Sind Sie Donald Trump? Der hat auch stets Fake News verbreitet. Ich rufe Sie jetzt im LKA zurück. Okay?«

»Halt. Ich bin –« Aber da war die Verbindung schon unterbrochen.

Trotz des Blaulichts benötigte er für die knapp neunzig Kilometer eine Dreiviertelstunde. Die Strecke führte zum Teil über drei verschiedene Autobahnen, über Bundesstraßen, durch kleine Orte und über kurvenreiche Nebenstraßen. Auf der Autobahn Richtung Norden herrschte reger Verkehr. Die Leute strebten trotz des heftigen Regens, der das schöne Wetter der letzten Tage abgelöst hatte, an die Küste. Sicher würde die Marschbahn auch stark frequentiert sein.

Von Weitem sah er die kilometerlangen Rampen der Bahnstrecke, die in diesem flachen Land unübersehbar waren, auch wenn etwas weiter der Übergang von der Marsch zur Geest stattfand. Die langen Fernreisezüge mussten den Höhenunterschied überwinden. Da bayerische Verkehrsminister es als nicht erforderlich ansahen, die Strecke zu elektrifizieren, wurden in Itzehoe zeitaufwendig die E-Loks durch zwei Diesellokomotiven in Doppeltraktion umgespannt. Für Touristen war es immer ein spannender Moment, wenn der Zug mit verminderter Geschwindigkeit über das Viadukt ratterte und den Blick auf den Kanal, mit Glück auf große Seeschiffe und über das weite Land freigab.

Mennchen meldete sich mit aufgeregter Stimme. Er hatte ebenfalls vergeblich versucht, jemanden im LKA zu erreichen. Dafür war er aber bei der Direktion der Bundespolizei erfolgreich gewesen. Dort hatte man ihm zugesagt, dass man die Warnung ernst nehmen und Einsatzkräfte in Marsch setzen werde. Mennchen hatte die Lage geschildert. Die Bundespolizei wollte auch die Bahn informieren und veranlassen, dass der Zugverkehr auf der Marschbahn bis zur Klärung eingestellt würde.

Die potenziellen Attentäter hatten ein erstes Ziel erreicht. Sie hatten Unruhe gestiftet und das Land in Aufregung versetzt. Lüder mochte nicht daran denken, wie er seine Aktion rechtfertigen sollte, wenn er sich irrte.

An die aufgeschüttete Rampe schloss sich die über zwei Kilometer lange Brücke an, die damit die viertlängste Deutschlands war. Die Gesamtkonstruktion aus dem Jahr 1920 wog unglaubliche fünfzehntausend Tonnen und bot den unter ihr fahrenden Seeschiffen eine lichte Durchfahrtshöhe von zweiundvierzig Metern. Man hatte diese Stelle ausgesucht, um für die Zufahrten Teile der höher gelegenen Geest zu nutzen.

Lüder hielt am Fährhaus vergeblich Ausschau nach Polizeikräften. Er fand den Streifenwagen ein Stück entfernt am Anleger der Kanalfähre. Zwei Uniformierte saßen im Inneren und sahen ihm interessiert entgegen, als er ausstieg.

Er stellte sich vor und präsentierte seinen Dienstausweis, um lange Erklärungen zu umgehen.

»Wir haben Hinweise darauf, dass möglicherweise ein Anschlag auf das Brückenbauwerk geplant ist.«

Plötzlich entstand Bewegung bei den Polizisten. Sie rissen die Augen auf und sahen ihn entgeistert an.

»Wir sollten doch nur … Da hat angeblich ein Spinner angerufen«, stammelte ein älterer Hauptmeister und stellte sich vor. »Ruschke. Das ist mein Kollege Jensen. Er kommt aus Marne, ich von der Station Burg. Ich kenne mich hier ganz gut aus. Wir sind heute am Wochenende als Präsenzstreife unterwegs.«

»Kommen noch mehr?«, fragte Lüder.

Ruschke verzog das Gesicht zu einer Grimasse. »Keine Ahnung. Ich frage mal im Revier nach.«

Dann verzog er sich ins Fahrzeug. Jensen runzelte die Stirn und sah zur Brücke hoch.

»Das ist ein ganz schöner Oschi. Was soll denn genau passieren?«

Das hätte Lüder auch gern gewusst.

Jensen schob die Schirmmütze in den Nacken. »Tja. Ein Sprengsatz? Da kann man lange suchen. Der kann irgendwo im Gebälk verborgen sein.«

»Dann müssen wir ihn finden«, sagte Lüder.

Ruschke kehrte zurück. »Brunsbüttel hat mit Itzehoe gesprochen. Die schicken Verstärkung. Und die Bundesbüdel sind auch unterwegs.« Er sah Lüder an. »Wie sollen wir vorgehen?«

»Sie kommen aus der Gegend?«

»Ja. Von Burg.«

»Dann alarmieren Sie die Feuerwehren, die örtliche und die aus Burg. Zwischen uns liegt der Kanal. Welche Wehr könnte uns drüben helfen?«

»Die aus Vaale. Und die Wacken Firefighters, wenn die nicht gerade auf dem Festival fetzen«, erklärte Jensen.

»Gut. Die sollen ausrücken und alles rund um das Viadukt absuchen. Ganz wichtig! Wenn sie etwas finden: Nur melden. Nichts anfassen. Verstanden?«

»Wir sind Dithmarscher, aber nicht blöd«, knurrte Ruschke.

Lüder konnte endlich einen Kontakt zum LKA herstellen. Oberkommissarin Heitkamp berichtete, dass man in Kiel bemüht war, die angereisten Demonstranten zu kanalisieren. Man schätzte, dass es mittlerweile über tausend seien, die vom Bahnhof Richtung Landtag und Ministerien zogen. Sie waren laut, aber friedlich.

»Noch«, betonte Birgit Heitkamp.

»Was macht der Ministerpräsident?«

»Der joggt seelenruhig. Im Innenministerium hält der Staatssekretär Stallwache. Und vor zehn Minuten ist der Landtagspräsident eingetroffen. Er ist bereit, mit den Demonstranten zu sprechen, wenn sie es wünschen und die Lage es zulässt.«

Lüder berichtete von seinem Verdacht, dass möglicherweise die Eisenbahnhochbrücke über dem Kanal Ziel eines Anschlags sein könnte.

Heitkamp war für einen Moment sprachlos. »Ich werde es hier in die Pipeline schieben«, versprach sie.

Lüder trug ihr noch auf, dass sie auch Kontakt zu Geert Mennchen vom Verfassungsschutz aufnehmen sollte. Er hatte das Gespräch gerade beendet, da traf der erste Feuerwehrwagen ein. Es war phänomenal, wie schnell die Freiwilligen reagierten. Tag und Nacht. Lüder informierte den Einsatzleiter, während die beiden Streifenpolizisten die Besatzung eines weiteren Polizeiautos instruierten, das mittlerweile eingetroffen war.

Plötzlich ertönte ein dumpfes Grollen.

»Was ist das?«, wunderte sich Lüder.

Sie sahen nach oben. Da rollte ein zweiteiliger Triebwagen der DB Regio Richtung Süden.

»Das ist der Bummelexpress von Heide nach Itzehoe«, sagte Jensen.

»Der Bahnverkehr sollte doch gesperrt sein«, schimpfte Lüder.

»Keine Ahnung«, meinte Jensen.

Lüder bat den Polizisten, noch einmal mit seiner Dienststelle zu sprechen. »Ab sofort – *sofort!* – ist jegliches Befahren der Brücke untersagt.«

Jensen bewegte gleichmütig den Kopf. »Ich gebe das durch.«

Gebannt verfolgte Lüder den in mäßigem Tempo über das filigrane Bauwerk rollenden Zug. Wenn ein Anschlag auf die Brücke geplant war, dann drohte höchste Gefahr.

Jensen musste in Lüders Miene gelesen haben. »Da sitzen nicht viele drin«, meinte er trocken.

»Und wenn der Triebwagenführer allein im Zug sitzt … Warum wurde der Zug nicht angehalten?«

»Weiß nicht.« Jensen trottete zum Streifenwagen.

Der Hochdonner Wehrführer tauchte kurz auf. »Die Burger sind im Anmarsch«, berichtete er. »Und drüben müssten gleich die Kameraden von Vaale und Wacken eintreffen. Ich setze mal über den Kanal und erkläre denen die Lage.«

Sie wurden durch das Flapp-Flapp eines Hubschraubers abgelenkt. Kurz darauf tauchte ein dunkelblauer Hubschrauber mit dem Schriftzug »Bundespolizei« am Rumpf auf. Der elegant aussehende Eurocopter mit dem in einer Hülle versenkten Heckrotor kreiste kurz über ihren Köpfen. Dann setzten die beiden Piloten im gläsernen Cockpit die Maschine butterweich mitten auf die Straße. Lüder wusste, dass die Fliegerstaffel der Bundespolizei in Fuhlendorf bei Bad Bramstedt stationiert war.

Die Tür öffnete sich, und ein Uniformierter kam ihnen in geduckter Haltung entgegen. Als er außerhalb der Reichweite der Rotoren war, streckte er sich. Der goldene Stern auf seiner Schulter wies ihn als Polizeirat aus. Er sah sich suchend um. Lüder streckte ihm die Hand entgegen und stellte sich vor.

»Wilfried Stöckl. Von der BuPol-Direktion Bad Bramstedt.« Lüder setzte ihn kurz ins Bild.

»Gut«, sagte Stöckl mit hörbar süddeutscher Klangfärbung und strich sich mit zwei Fingern über den gepflegten Bart. »Wenn Sie einverstanden sind, übernehme ich die Einsatzleitung.«

Die ehemalige Bahnpolizei war vor dreißig Jahren in den damaligen Bundesgrenzschutz übernommen worden, der in Bundespolizei umbenannt wurde.

Stöckl sah sich kurz um. Sein Bick wanderte an der Brücke entlang.

»Eine Einsatzhundertschaft ist unterwegs«, sagte er. »Der Heli wird die Brücke abfliegen und Ausschau nach Verdächtigem halten. Er wird auch die Rampen mit einbeziehen.« Dann lobte er Lüder für die Vorarbeiten und die Organisation der freiwilligen Feuerwehr. »Es ist ordentlich was los im Land. In Kiel.«

Lüder erfuhr die aktuelle Situation durch einen Anruf Birgit Heitkamps. Die Oberkommissarin hatte inzwischen Jens Starke erreicht und informiert.

In Kiel hatten sich Hooligans unter die Demonstranten gemischt. Sie hatten Brandsätze geworfen, Straßenschilder demoliert, Papierkörbe in Brand gesetzt und ein paar Fensterscheiben eingeworfen. Die Polizei hatte die Situation aber im Griff. Die übrigen Teilnehmer verhielten sich relativ ruhig, auch wenn sie einen Heidenlärm veranstalteten. Der Verkehr in der Kieler Innenstadt war allerdings zusammengebrochen. Am Wohnsitz des Ministerpräsidenten war es still. Ein Dutzend Leute hatten sich dort versammelt, hielten Plakate in die Luft und … tranken Kaffee.

Es trafen immer mehr Einsatzkräfte ein. Stöckl dirigierte sie mit weit ausholenden Armbewegungen wie ein großes Orchester. Es gehörte zur Aufgabe der Bundespolizei, die Strafverfolgung und Gefahrenabwehr auf Bahnhöfen und Gleisanlagen und in Zügen wahrzunehmen.

Lüder bekam mit, wie ein Mitarbeiter der Bahn Stöckl bedrängte, dass der Verkehr wieder rollen müsse. Dieser Eingriff habe Auswirkungen auf den gesamten bundesweiten Fernverkehr. Er habe auch gehört, dass sich der Unmut der Fahrgäste, die in den Zügen Richtung Sylt saßen, steigerte.

Stöckl nahm es mit stoischem Gleichmut auf. Er war die Ruhe selbst.

Der Einsatz gewann immer mehr an Struktur. Die Einsatzkräfte kannten ihre Aufgaben und suchten die Stellen um die Pfeiler ab. Andere spähten mit Ferngläsern und scannten die Pfeiler, Stück für Stück, Strebe für Strebe.

»Ich halte es für ausgeschlossen, dass jemand sich an den Pfeilern hochhangelt«, meinte ein Feuerwehrmann. »Heute, bei dem Regen, ist es zu glitschig. Ohne Sicherung – ich würde da nicht hochklettern. Und dann müssen der oder die auch noch Gepäck hochschleppen. Wie groß ist denn so eine Bombe?«

Eine kleine Gruppe von Polizisten, ein Bahnmitarbeiter und ein Feuerwehrmann bereiteten sich vor, über den Notabstieg die Brücke zu erklimmen.

»Ich komme mit«, sagte Lüder.

Ein drahtig wirkender Oberkommissar sah ihn kritisch an. »Wer sind Sie überhaupt?«

»Lüders. Landeskriminalamt.«

»Das fällt in unseren Zuständigkeitsbereich«, erwiderte der Bundespolizist.

Lüder präsentierte ihm seinen Dienstausweis.

»Kriminalrat«, las der Uniformierte vor. »Auch das noch.« Immerhin akzeptierte er Lüders Mitwirken.

Hintereinander erklommen sie das Bauwerk. Wer nicht täglich auf solchen Wegen unterwegs war, musste sich erst an die

Höhe gewöhnen. Stufe um Stufe ging es aufwärts. Sicher war alles solide geschweißt und genietet, aber die Lücken zwischen den Stufen und die Abstände im Geländer gaben den Blick in die Ferne frei. Und in die Tiefe. Und in die Sicherung durch die dünnen Gitter musste man auch Vertrauen gewinnen.

Endlich hatten sie die Brücke erreicht. Hier oben liefen zwei Gleise entlang.

»Und nun?«, fragte der Bahnmitarbeiter. »Links, das ist der Schwebeträger, also das Teil, das direkt über dem Kanal ist. Der ist 2006 ausgetauscht worden. Der Vorgänger war genietet, dieser ist geschweißt.«

»Wir teilen uns hier«, schlug der Oberkommissar vor. »Eine Gruppe geht Richtung Süden, über den Schwebeträger zur südlichen Rampe. Von dort kommen uns Kollegen entgegen. Die andere Gruppe sondiert die Brücke Richtung Norden.« Er sah Lüder an. »Sie gehen mit denen.« Dann zeigte er auf einen Hauptmeister. »Hinrichs, Sie übernehmen die Führung.« Sie waren zu dritt. Ein Feuerwehrmann begleitete sie.

Das Wetter war unangenehm. Es hatte den ganzen Tag über geregnet. Alles war rutschig. Man musste aufpassen. Der Wind ging nur mäßig, es mochten vier Beaufort sein, aber hier oben merkte man es deutlicher als unten auf dem Erdboden. Der feine Regen tat sein Übriges, um das Unbehagen zu steigern.

Lüder konzentrierte sich auf den Weg vor ihm. Zwischen den rutschigen Platten der Bodenabdeckung waren Spalten, durch die man in die Tiefe sehen konnte. Neben den Gleisen gab es schmale Fußwege, die durch ein lichtes Geländer abgesichert waren. Die Lücken zwischen den Längs- und Querstreben waren aber groß genug, um hindurchzufallen. Kindersicher war es hier nicht, überlegte er. Es machte einen Unterschied, ob man den Blick von hier oben aus dem fahrenden Zug genoss oder sich über die Brücke vorwärtstastete.

Die Kanalfähre hatte ihren Betrieb eingestellt. Eine lange Schlange von Spielzeugautos hatte sich an den Anlegestellen aufgebaut. Die Häuser unter ihren Füßen sahen wie Modellbauten aus, die schwarz-weiß gefleckten Rinder wie Farbtupfer auf den saftig grünen Wiesen. Im Norden zeichnete sich die Autobahnbrücke Hohenhörn vor dem Horizont ab, während der Kanal im Süden einen Bogen machte. Unweit lag in Neuendorf-Sachsenbande Deutschlands tiefste Landstelle, drei Meter fünfzig unter dem Meeresspiegel. Etwa dreihundert Meter voraus machte die Brücke einen leichten Bogen, um an dessen Ende in die Rampe überzugehen. Weit voraus sahen sie eine kleine Gruppe, die ihnen von dort entgegenkam, davor war eine einzelne Person zu erkennen. Gleichzeitig knatterte der Hubschrauber im Tiefflug über ihre Köpfe hinweg. Deutlich war der Luftzug des Rotors zu spüren.

»Ist alles okay, Hinrichs?«, quakte es aus dem Funkgerät des Bundespolizisten.

Hinrichs bestätigte es. »Und bei euch?«

»Wir sind jetzt mitten über dem Kanal. Alles negativ. Sogar der Scheißregen.«

Der Feuerwehrmann, er hatte sich als Jan vorgestellt, entdeckte es als Erster. Er verzögerte den Schritt und sagte: »Da ist was.«

Jetzt sah es auch Lüder. Es lag etwas auf den Schienen. Ein Fremdkörper. Sie blieben stehen. Hinrichs meldete den Fund und gab durch, dass auch die entgegenkommende Gruppe zurückbleiben sollte.

Stöckl hatte sich in den Funkverkehr eingeschaltet. »Was ist das? Ich möchte eine präzise Meldung.«

Hinrichs nahm den Fund durch das Fernglas in Augenschein, dann gab er die Optik an Lüder weiter.

Der Gegenstand war aus silbern glänzendem Metall. Es sah nicht wie ein Sprengsatz aus. Hinrichs gab es durch.

»Wir schicken die Feuerwerker hoch«, verkündete Stöckl.

»Das ist etwas anderes«, sagte Lüder und ging vorsichtig weiter.

»Halt«, rief ihm Hinrichs hinterher.

»Ich bin keine Bundesbehörde«, knurrte Lüder.

»Und ich gar keine Behörde«, meinte Feuerwehrmann Jan und schloss sich Lüder an.

Hinrichs zuckte mit den Schultern. »Ihr seid Klötenkasper«, fluchte er und folgte den beiden.

Mit vorsichtigen Schritten näherten sich die drei Männer der Stelle. Je dichter sie kamen, desto deutlicher zeichnete sich das silberfarbene Hindernis ab.

»Da hat ein Schweinehund etwas auf die Schienen gelegt«, stellte Jan fest.

Es war viel bösartiger. Sie standen vor dem Hindernis und erschauderten. Es war offenbar maßgefertigt. Ein keilförmig geschnittenes Stück Stahl war mit einer Krampe an die innen liegende Schiene geschraubt. Die Konstruktion sah sehr stabil aus. Auch die Befestigung wirkte massiv.

»Das ist teuflisch«, sagte Hinrichs. »Wenn der Zug dagegenkommt, wird das Rad aus dem Gleis gedrängt. Die Lok entgleist.«

»Die Brücke ist stabil«, ergänzte Lüder. »Aber fragil. Wie schnell sind die schweren Intercitys hier? Achtzig Stundenkilometer? Der Zug wird nach rechts zum Entgleisen gebracht.« Er sah zum Geländer, das Ungeübten kaum Halt bot. »Die Masse der zehn vollen Wagen drückt die Lokomotive nach rechts. Und da geht es vierzig Meter in die Tiefe. Und mit ihr die zweite Lok sowie zehn Wagen. Wie viele Menschen mögen im Zug sitzen? Siebenhundert? Achthundert? Und kaum einer hat eine Überlebenschance.«

Allen dreien stand das Entsetzen ins Gesicht geschrieben.

»Ich möchte die Lage wissen«, quakte es aus dem Funkgerät.

Hinrichs setzte an, aber dann versagte ihm die Stimme. Er gab das Gerät freiwillig an Lüder ab, der die Situation schilderte.

»Ich schicke mehr Leute hinauf«, sagte Stöckl. »Das sollen sich auch Bahner ansehen. Techniker, die einschätzen müssen, ob es wieder befahrbar ist.«

»Die sollen einen Regenschirm mitbringen«, sagte Lüder.

»Waaas?«

Stöckl erhielt keine Antwort.

Es war ein glücklicher Umstand, dass die Regionalbahn, die vorhin die Brücke passiert hatte, auf dem Parallelgleis Richtung Süden unterwegs gewesen war. Die Täter hatten bewusst einen der voll besetzten Züge Richtung Sylt entgleisen lassen wollen. Sie beabsichtigten, den größten möglichen Schaden zu verursachen.

Lüder fotografierte die Stelle.

»Der Heli hat etwas entdeckt. Eine verdächtige Person hat sich auf einem Wirtschaftsweg aufgehalten und anscheinend die Brücke beobachtet. Als sie unsere Schraube bemerkte, hat sie sich Richtung Süden abgesetzt. Sie ist auf der Brücke. Ihnen folgt eine kleine Einsatzgruppe, die über die Rampe gekommen ist«, knatterte es aus dem Lautsprecher.

Die einzelne Person kam ihnen entgegen. Es handelte sich um einen Mann, der langsamer als die kleine Verfolgergruppe war. Kurz darauf bemerkte er Lüder und seine Gefährten, stoppte und drehte sich um. Dann bellte zweimal eine Waffe auf. Die Verfolger gingen in die Knie, einer warf sich zwischen die Schienen. Sie schossen aber nicht, weil Lüders Gruppe in der verlängerten Schussline stand. Lüder und Hinrichs hatten auch ihre Waffen gezogen und hielten sie im Anschlag. Der Mann zielte noch dreimal auf die Verfolger, schien sie aber nicht getroffen zu haben. Er drehte sich wieder in Lüders Richtung um, machte zwei Schritte auf ihn zu und blieb erneut stehen. Die Entfernung mochte etwa zweihundert Meter betragen. Dann wandte sich der Mann zur Seite und umfasste die Brüstung.

»Nein«, rief Lüder aus Leibeskräften.

Der Mann setzte einen Fuß auf die Querstrebe, schwang sich auf das Geländer, zog das andere Bein nach und stieß sich dann ab. Mit rudernden Armbewegungen verschwand er in der Tiefe. Allen dreien stockte der Atem. Der Tod eines Menschen, mochte er auch Unrecht begangen haben, ist immer etwas Schockierendes. Und aus dieser Höhe in die Tiefe springen … Fünfzig Meter sind für einen Schleswig-Holsteiner, der das flache

Land gewohnt ist, schon der halbe Weg zum Mond. Oder zur Hölle, dachte Lüder.

Es waren Bilder, die sich fest eingraben würden. Mit Sicherheit würden alle Augenzeugen lange daran zu knabbern haben. Lüder ging zum Geländer, umfasste den rostigen Holm und sah hinab. Unten lag ein dunkler, bewegungsloser Fleck. Es sah von hier fast friedlich aus. Fast genauso friedlich wie die Jungbullen, die ein wenig abseits auf der Wiese standen und grasten.

Hinrichs und Jan waren kreidebleich geworden. Alle schwiegen. Es fehlten die Worte. Das traf auch auf die kleine Gruppe zu, die jetzt ihren Standort erreicht hatte.

»Mein Gott«, sagte ein Bundespolizist, dem das Entsetzen ins Gesicht geschrieben stand.

Er rang nach Luft, dann erzählte er, dass sein Trupp die Böschung an der Rampe erklommen hatte, um diesen Abschnitt der Brücke zu kontrollieren. Ihnen war eine einzelne Person entgegengekommen, der sie durch ihren Standort am Brückenende den Fluchtweg abgeschnitten hatten. Der Mann hatte sich umgedreht und war auf die Brücke zurückgeflüchtet.

Damit war Lüders Mission auf der Brücke erfüllt.

»Macht's gut, Jungs«, sagte er und klopfte nacheinander Hinrichs und Jan auf die Schulter.

Worte waren nicht erforderlich. Ob man diesen beiden, aber auch den anderen angemessen für ihren Einsatz danken würde?

Lüder drehte um und ging zurück zum Notabstieg, über den sie die Brücke erklommen hatten. Es war ein einsamer Weg dort oben. Das Gesehene wirkte nach. Er spürte den Schock in den Beinen. Gern hätte er sich am Geländer entlanggetastet, wagte es aber nicht, auf dem schmalen Steg direkt am Abgrund entlangzulaufen. Er war froh, als ihm die Gruppe mit dem Oberkommissar entgegenkam.

»In die Richtung«, sagte er und wies mit dem Daumen über die Schulter.

»Wohin sonst«, maulte der Oberkommissar. »Links und rechts geht ja schlecht.«

Vorsichtig begann er mit dem Abstieg. Stufe um Stufe tastete er sich hinunter. Eng wurde es, als ihm Männer entgegenkamen und sich an ihm vorbeizwängen mussten. Schließlich hatte er wieder festen Boden unter den Füßen. Er atmete tief durch und sah noch einmal in die Höhe. Hoch. Verdammt hoch.

Stöckl hatte inzwischen eine Art Leitstand bezogen, von dem aus er die Aktion dirigierte. Er sah Lüder an. »Zwei Kameraden von der Schutzpolizei haben die Absturzstelle gefunden.«

Eine kleine Gruppe Verwegener hatte sich der Sportart Parkour verschrieben. Dabei galt es, eine Distanz auf direktem Weg zurückzulegen und keinem Hindernis auszuweichen. So fühlte sich Lüder, als er über Wiesen stolperte und kleine Gräben überwinden musste, bis er die Stelle erreicht hatte, wo er auf Jensen und Ruschke stieß. Die beiden Brunsbüttler Polizisten starrten auf das Bündel, das vor ihnen lag.

Jensen kratzte sich den Haaransatz an der Stirn, nachdem er die Mütze in den Nacken geschoben hatte.

»Der ist jetzt kopflos. Regelrecht zusammengestaucht«, sagte er trocken.

Der Mann musste mit dem Kopf zuerst aufgeprallt sein. Es war ein sehr unerfreulicher Anblick. Jensen reagierte auf die Situation auf seine Art.

»Als Todesursache wird man wohl multiples Organversagen feststellen«, meinte er. »So wie der aussieht, muss der Erkennungsdienst kommen. Das kann man wörtlich nehmen.«

»Sind Sie Dithmarscher?«, fragte Lüder.

Jensen nickte. »Ja. Komme von Burg. Wieso?«

»Man hört es«, sagte Lüder und warf einen Blick auf einen jungen Polizisten, der zu ihnen gestoßen war, würgte und sich dann erbrach. Die Identität des Toten war auf den ersten Blick nicht zu erkennen.

Auf dem Rückweg nach Kiel erreichte Lüder ein Anruf des Abteilungsleiters. Jens Starke bat ihn, ins LKA zu kommen. Zu Lüders Überraschung traf er dort auf Staatssekretär Sorgenfrei. Der Politiker und der Kriminaldirektor sahen gestresst aus.

Zunächst gab Dr. Starke einen Überblick über die Ereignisse in Kiel. Zu großen Ausschreitungen war es nicht gekommen. Ein paar Schaufensterscheiben waren zu Bruch gegangen, es gab Farbschmierereien, Müllcontainer und Papierkörbe wurden angezündet und ein halbes Dutzend Autos demoliert. Mehrere Polizeibeamte waren verletzt worden, einer lag im Krankenhaus. Es gab sechs Festnahmen und eine größere Anzahl von Anzeigen. Ein Teil der Demonstranten war vor dem Landtag erschienen, hatte laut herumkrakeelt, aber keine Konfrontation mit den Sicherheitskräften gesucht. Ein ähnliches Bild hatte es vor der Staatskanzlei gegeben. Jetzt war wieder Ruhe eingekehrt.

»Wir wissen jetzt, dass das Ganze ein Manöver war, um vom Attentat auf die Hochbrücke abzulenken. Zum Glück haben aber Dr. Starke und seine Abteilung das zu verhindern verstanden«, fuhr Sorgenfrei fort. »Noch steht nicht fest, wer der Urheber des Flashmobs war.«

Dann ließen sie sich von Lüder die Ereignisse vom Kanal schildern.

»Es liegen Neuigkeiten vor«, ergänzte Jens Starke. »Man hat das Auto des Attentäters gefunden. Es ist auf Dimiter Gotscheff zugelassen, wohnhaft in Kiel. Gotscheff hat die deutsche Staatsangehörigkeit, ist aber gebürtig aus Sofia. Also ein Bulgare.«

»Weiß man mehr über ihn?«, fragte Lüder.

»Noch nicht.« Dr. Starke drehte seinen Bildschirm und zeigte Lüder das Passfoto aus dem Melderegister.

»Den kenne ich.« Lüder war nicht erstaunt, in Gotscheff einen der Sicherheitsleute aus Münzbergers Truppe wiederzuerkennen.

»Im Auto hat man nichts weiter gefunden. Dafür haben die Bundespolizisten im Gebüsch am Übergang von der Brücke zum Damm Werkzeug entdeckt, das nach einhelliger Auffassung für den Einbau des Hindernisses benutzt wurde.«

Lüder war sich sicher, dass die Kriminaltechnik das Werkzeug auf Spuren untersuchen und in Verbindung mit Gotscheff bringen würde. Damit schloss sich der Kreis. Münzberger und seine über alte Kontakte rekrutierten Leute hatten die Schmutzarbeit erledigt. Die Sicherheitsleute waren nicht zimperlich und schreckten auch vor Gewalt und Mord nicht zurück. Sie brachten dabei auch Kenntnisse und Erfahrungen aus vergangenen Zeiten ein. Jeder Skrupel war ihnen fremd. Nun galt es, noch die Zusammenhänge aufzuzeigen, die Verbindung zwischen den Wölfen und von Dortelweil. Ob Yuseinov dazu beitragen könnte?

Der Regenschirmmörder war im Laufe des Tages durch aufmerksame Beamte der Bundespolizei beim Versuch, über die Altstadtbrücke zwischen Görlitz und Zgorzelec auf polnischer Seite über die Lausitzer Neiße zu entkommen, festgenommen worden. Den Polizisten war aufgefallen, dass er für einen Fußgänger zu viel Gepäck bei sich führte. Yuseinov sollte nach Kiel überstellt werden.

Lüder fragte Sorgenfrei, ob es eine Verbindung zwischen den drei Mordopfern Meierjoosten, Schwartow und Wiesner gebe. »Haben die am HSH-Bank-Deal mitgearbeitet?«

Sorgenfrei verneinte es. »Es gab aber etwas anderes, höchst Vertrauliches.« Der Staatssekretär senkte die Stimme und sah vorsorglich Richtung Tür. »Die Defense Tech AG ist ein großes Unternehmen mit einer gewissen Bedeutung für den Wirtschaftsstandort Kiel. Sie wissen schon – Arbeitsplätze und so. Die Industrie ist in unserem Land dünn gesät. Hinzu kommt das Tätigkeitsfeld, das mit einer eigenen Sensibilität behandelt werden muss: Wehrtechnik. Die Defense produziert Hightech, nicht nur für die Bundeswehr, sondern auch für NATO-Partner. Das ist *high confidential*. Über befreundete Geheimdienste wurde an Berlin herangetragen, dass möglicherweise nicht nur NATO-Partner, sondern auch Drittstaaten beliefert wurden.«

»Und mit diesen Fragen haben sich die beiden befasst?«, wollte Lüder wissen.

Sorgenfrei nickte. »Ja. Beweise lagen aber nicht vor.«

Lüder wiegte nachdenklich den Kopf. »Wenn Sie von befreundeten Diensten sprechen … meinen Sie den Mossad?«

Sorgenfrei wirkte fast ein wenig erschrocken. »Israel? Wie kommen Sie darauf?«

»Die Wölfe haben einen israelischen Agenten enttarnt und ermordet.«

»Ja. Den Gärtner Lohgerber alias Levi Schammes, der auch unseren Verfassungsschutz unterstützt hat.«

Lüder legte die Stirn in Falten. »Israel wird sich nicht für Dinge interessieren, die seine eigenen Sicherheitsinteressen nicht berühren. Unterhält die Defense Tech AG geschäftliche Kontakte in den arabischen Raum?«

»Offiziell nicht«, antwortete Sorgenfrei.

Lüder berichtete, dass er sich auf Anregung des Sohnes mit der Familiengeschichte der von Dortelweils auseinandergesetzt hatte. Er erwähnte die Umstände, die zum Erwerb des Adelsprädikats führten.

»Wäre der Erste Weltkrieg nicht verloren gegangen, hätte die damalige Dortelweil AG in Westpreußen eine andere Entwicklung genommen. Die Phantastereien gehen dahin, dass neben den drei Großen auch die Dortelweil AG zu den Chemieriesen gehört hätte. Eine gewagte Annahme.«

»Die können doch froh sein, dass sie nicht dazugehörten. Schließlich haben die Großen der Branche sich zur I. G. Farben zusammengeschlossen. Die wurde in den Nürnberger Prozessen wegen Kriegsverbrechen angeklagt«, steuerte Dr. Starke bei.

»Das sehen die von Dortelweils anders. In ihrer falschen Geschichtsdarstellung wurde der Krieg verloren, weil der Abschaum gegen die führenden Köpfe aufbegehrte. Sie teilen diese irre Idee mit Leuten wie Michalski. Sozialdemokraten und Juden haben das Reich zugrunde gerichtet. Man warf Philipp Scheidemann, dem ersten sozialdemokratischen Vizepräsidenten des Reichstages, schon 1912 Hochverrat vor, weil er sich gegen eine militärische Intervention in Frankreich und Belgien aussprach. Er sollte aufgehängt werden. Es wurde immer wieder kolportiert, Scheidemann sei Jude. Scheidemann hat als Erster die Republik ausgerufen. Allerdings war er nicht vom damaligen Reichskanzler Friedrich Ebert dazu ermächtigt. Dortelweil, Michalski und ihresgleichen glauben, dass der Pöbel aus Arbeitern und einfachen Soldaten mit ihren Aufständen den Niedergang des ruhmreichen Kaiserreichs zu vertreten habe.«

»Weshalb erzählen Sie das?«, wollte Sorgenfrei wissen.

»Weil der Historiker Mahlstedt erarbeitet hat, dass der Stachel in der Familiengeschichte tief sitzt. Das könnte von Dortelweils abgrundtiefen Hass auf Juden und den Staat Israel erklären.«

»Das sind aber weit hergeholte Überlegungen«, gab der Staatssekretär zu bedenken. »Eine Mordserie, weil die Fabrik des Großvaters in den Wirren nach dem Ende des Ersten Weltkriegs untergegangen ist?«

»Wer weiß, was in manchen Hirnen vor sich geht. Ein latenter Antisemitismus ist leider verbreitet. Den Juden wurde immer wieder unterstellt, sie würden die Weltherrschaft anstreben. Übrigens«, Lüder drehte die Hand im Gelenk, »wurde auf Scheidemann später ein Giftanschlag verübt. Man spritzte ihm Blausäure ins Gesicht. Kommen wir zu einer interessanten Kombination.«

Sorgenfrei und Dr. Starke sahen Lüder gebannt an.

»Die Chemiefabrik Dortelweil produzierte damals Giftgas für den Einsatz im Krieg. Wir alle haben gelernt, dass der Giftgaseinsatz ein verabscheuungswürdiges Verbrechen ist. Der Einsatz ist ausdrücklich durch die Haager Landkriegsordnung untersagt. Trotzdem haben viele Staaten weiter damit experimentiert. Kanada und die USA haben überlegt, Rizin –«

»Rizin?«, unterbrach Dr. Starke. »Das wurde doch jetzt bei den Regenschirmmorden benutzt.«

»Ja«, bestätigte Lüder. »Bei den Experimenten stellte sich aber heraus, dass der Einsatz von Phosgen wirtschaftlicher sei.

Später entwickelte die Industrie dann Sarin. Technisch war es schwierig, Rizin als Massenvernichtungsmittel einzusetzen. Es wirkte effektiver auf Einzelpersonen. Das haben übrigens die Engländer herausgefunden. So weit zur kleinen Historie der Giftgasproduktion.«

»Hm.« Staatssekretär Sorgenfrei wirkte nachdenklich. »Ich kann ja – mit Abstrichen – der Vermutung, es könnte mit dem Verlust 1918 zusammenhängen, folgen, aber was hat es mit dem Giftgas zu tun? Mit der Ausnahme, dass Dortelweil damals im Kaiserreich an dessen Produktion mitgewirkt hat.«

Lüder schlug ein Bein über das andere. »Trotz weltweiter Ächtung wird immer noch Giftgas eingesetzt.«

»Ja, zum Beispiel in Syrien.« Plötzlich blitzte es in Sorgenfreis Augen auf. »Oh. Verdammt. Der dortige Machthaber hat es gegen die Aufständischen eingesetzt.«

»Wenn jemand mit dem Rücken zur Wand steht, schlägt er um sich«, sagte Jens Starke. »Und Syrien fühlt sich durch das militärisch starke Israel in der Nachbarschaft bedroht.«

»Genau«, sagte Lüder. »Wo hat Syrien das Giftgas her?«

»Schwierig.« Sorgenfrei blinkerte mit dem Auge. »Es gab immer wieder den Verdacht, dass das Giftgas dort produziert wurde.«

»Wer liefert das Know-how? Hilft bei der Beschaffung der Grundstoffe?«

Die beiden anderen sahen Lüder an.

»Du willst doch nicht unterstellen, dass die Defense Tech AG illegale Dinge exportiert?« Jens Starke schüttelte ungläubig den Kopf.

»Das müssten wir beweisen. Rizin ist in der Kriegswaffenliste des deutschen Kriegswaffenkontrollgesetzes aufgeführt. Neben von Dortelweil ist der Diplomingenieur Heinz Mehsig der führende Kopf des Herstellers.«

Lüder berichtete von der internationalen Wehrfachmesse SOFEX in Jordanien. »Dort tauchte neben Mehsig auch Dr. Sabah Wassouf auf, ein Chemiker aus Syrien. Wenn die Defense

Tech AG sich mit elektronischen Waffensystemen beschäftigt, frage ich mich, was ein Chemiker dazu beitragen kann.«

»Das ist unfassbar«, meinte Sorgenfrei und zählte auf. »Niedergang wegen der Revolution der unteren Klassen im Kaiserreich. Vermeintlicher Verlust eines Industriekonzerns. Judenhass. Gegen Israel gerichtet. Giftgas. Unterstützung der Feinde Israels.«

Lüder nickte versonnen. »Das kann man noch ergänzen um die Nichtanerkennung der Bundesrepublik, weil sie auf dem Nährboden der Kieler Proletenrevolution erwachsen ist.«

»Ich verstehe es nicht.« Sorgenfrei war erschüttert. »Dem Mann geht es doch gut. Er ist begütert, lebt in einem freien Land. Besser kann er es doch nicht haben.«

»Wer kann schon in ein krankes Hirn blicken«, gab Lüder zu bedenken. »Genie und Wahnsinn liegen oft dicht beieinander. Wenn sich diese krude Idee der Reichsbürger irgendwo im Kopf verfestigt hat, können solche Folgen entstehen. Wir wollen von Dortelweil nicht unterschätzen. Für das Verwirrspiel und die nahezu perfekte Organisation ist eine professionelle Organisation erforderlich. Die Morde wurden mit viel Know-how verübt. Er vermochte es, eine hocheffektive und gnadenlose Verbrecherclique um sich zu scharen. Die Reichsbürger-Ideologie hat er verinnerlicht. Sein Plan ist es, dieses Land von innen heraus zu demontieren, Unruhe und Angst zu schüren, ins Chaos zu stürzen, die Ideologien der Verschwörungstheoretiker und den Antisemitismus zu bündeln und Rache für die Vergangenheit, die Novemberverbrecher, zu nehmen.«

»Und weshalb war das Attentat auf die Hochbrücke geplant?«, fragte Sorgenfrei.

»Wäre ein voll besetzter Zug entgleist und von der Brücke gestürzt, hätte es weltweites Aufsehen erregt, sicher in ähnlichem Rahmen wie Nine Eleven. Und der Nord-Ostsee-Kanal hätte auch Symbolcharakter gehabt. Er wurde vom Kaiser erbaut und trug früher dessen Namen. Vom Kaiser geschaffen, von seinen

Getreuen zerstört, weil sich die neuen Barbaren als seiner nicht würdig erweisen. Darf es außerdem zugelassen werden, dass zionistische U-Boote, die in Kiel gebaut wurden, den Kanal passieren?«

»Sie meinen die U-Boote für Israel?«, fragte Sorgenfrei. »Ja – aber ...« Er fand keine passenden Worte.

Sie informierten Staatsanwalt Taner, der wenig später zu ihnen stieß. Es wurde eine lange Nacht, die bis zum nächsten Morgen andauerte. Nach Mitternacht ergänzte auch noch Jochen Nathusius die Runde.

VIERZEHN

Am Sonntag hatte rege Betriebsamkeit geherrscht. Nathusius hatte die Gesamtkoordination übernommen. Staatsanwalt Taner hatte seine Behörde informiert und die notwendigen richterlichen Beschlüsse beschafft, während Staatssekretär Sorgenfrei seine Ministerin in Kenntnis setzte. Gemeinsam mit ihr hatten sie den Ministerpräsidenten aufgesucht.

Am Montagmorgen um fünf Uhr dreißig lief die konzertierte Aktion an. Mehr als einhundert Einsatzkräfte von Landespolizei und Zoll, unterstützt von der Bundespolizei, drangen in Gegenwart mehrerer Staatsanwälte auf das Werkgelände der Defense Tech AG vor und präsentierten parallel einem völlig überraschten Wolfgang von Dortelweil einen Durchsuchungsbeschluss für das große private Anwesen an der Kieler Schliefenallee.

Zur gleichen Zeit überraschte eine Gruppe Dr. Sabah Wassouf im Schlaf. Diplomingenieur Heinz Mehsig durchfuhr der Schreck, als ein Polizeiaufgebot bei ihm erschien. Rudolf Münzberger wurde weder in seiner Wohnung noch im Büro seines Securityunternehmens angetroffen. Er wurde zur Fahndung ausgeschrieben. Vermutlich war er geflüchtet, als er vom Suizid seines Handlangers Gotscheff, des Attentäters auf der Hochbrücke, erfuhr. Bereits am Sonntag hatte man dessen Wohnung durchsucht und zahlreiche Gegenstände beschlagnahmt. Valentin Untermenger wurde auf der Toilette der Autobahnraststätte Hildesheimer Börde West festgenommen. Insgesamt stellten die Beamten mehrere Kleinlaster mit Material sicher, das sie beschlagnahmt hatten und dessen Auswertung lange Zeit in Anspruch nehmen würde.

Eine erste Inaugenscheinnahme bestätigte den Verdacht, dass bei der Defense Tech AG in einem geheimen Labor mit chemischen Waffen experimentiert wurde. Das Labor war auch so ausgestattet, dass kleinere Menge selbst hergestellt werden konnten.

Am Nachmittag meldete sich das KTI und gab bekannt, dass ein Spurenabgleich bewies, dass Yuseinov an der Ermordung des Verfassungsschützers Wiesner beteiligt war. An den Regenschirmen, die er in seiner Wohnung aufbewahrt hatte, fanden sich Spuren von den beiden ermordeten Beamten Meierjoosten und Schwartow, denen die Schirmspitze mit dem Gift in den Körper gejagt worden war.

Während sich Heinz Mehsig in den ersten Verhören unwissend gab, verstrickte sich Dr. Sabah Wassouf in Widersprüche. Als er merkte, dass er seine Mitwirkung an der Gasproduktion in seiner Heimat Syrien indirekt eingestanden hatte, änderte er seine Taktik und schwieg.

Wolfgang von Dortelweil hatte gleich zwei Anwälte der Lübecker Kanzlei Hilgenroth Oberthür Neddernfeld an seiner Seite und verfolgte deren Auseinandersetzung mit den Staatsanwälten nahezu teilnahmslos, nachdem er anfangs seiner Verwunderung über den »Heckmeck« Ausdruck verliehen hatte. Dahinter stecke eine politisch motivierte Verschwörung von einer antimilitanten Front, behauptete er. Giftgasexperimente? Davon wisse er nichts. Sein Faible für das Kaiserreich? Da würden die Ermittler etwas missverstehen. Schön. Es war nicht alles schlecht damals, aber … Ja, es gab sicher Befürchtungen, dass eine Übernahme des Volkes durch Zuwanderer drohe. Das sahen viele der sogenannten Weltverbesserer nicht. Man wollte deshalb Kritik an der Regierung üben, die solche Machenschaften nicht energisch genug unterbinde.

Sören Michalski stellte sich am Nachmittag auf dem Polizeirevier Heide in Holstein. Er gab an, aus Angst abgetaucht zu sein. Michalski leugnete nicht, sich für den Gedanken, dass im Kaiserreich vieles besser war und die Novemberrevolution in Kiel das Deutsche Reich um den Aufstieg zur absoluten Weltmacht gebracht hatte, zu begeistern. Dazu stehe er bis heute. Er hatte dankbar die wirtschaftliche Unterstützung von Dortelweils angenommen, der diesem Gedanken ebenfalls nahestand. Aus verständlichen Gründen hat sich von Dortelweil auf das Sponsoring beschränkt und ansonsten im Hintergrund gehalten. Das war in Anbetracht seiner exponierten Stellung in der Wirtschaft verständlich. Natürlich kannte Michalski Caralina Silvestri. Sie verkehrten auf freundschaftlicher Basis miteinander. Eine Beziehung, schon gar sexueller Natur, habe zwischen ihnen aber nie bestanden. Deshalb war Michalski auch überrascht, als er von von Dortelweil ohne Vorwarnung geschasst wurde. Der sonst so kühl agierende Fabrikant habe sehr emotional reagiert und in seiner unberechtigten Eifersucht gehandelt. Von Dortelweil sei es gewohnt, dass die Dinge so liefen, wie er es wollte. Offenbar verstand er es nicht, weshalb er trotz seiner Position bei der lebenslustigen Frau ausgestochen worden war. Es war eine Ironie des Schicksals, dass diese fixe Idee falsch war.

Von den Morden wusste Michalski nichts. Er distanziere sich von jeder Gewaltanwendung. Ihm seien die finster wirkenden Gestalten, mit denen sich von Dortelweil zu seinem persönlichen Schutz umgab, immer suspekt vorgekommen. Und auch von Untermengers Beteiligung an den Bluttaten habe er nichts mitbekommen. Der Mord an Lohgerber alias Schammes … Als der geschah, habe Michalski sich schon von den Wölfen getrennt. Er versicherte, auch weiterhin die Behörden unterstützen zu wollen.

Was würde nun aus der Defense Tech AG werden? Würde das Unternehmen zerschlagen werden? Der Eigentumsbegriff wurde in Deutschland hochgehalten. Von Dortelweil hatte nur einen legitimen Erben: Benedikt Dortelweil, der auf seine eigene Weise das System seines Vaters bekämpfte. War es nicht eine Ironie des Schicksals, dass ausgerechnet er das Vermögen und eventuell die Defense Tech AG erben würde?

Von Lüder wich die ganze Anspannung, die ihn während der zwei vergangenen Wochen begleitet hatte. Mit Sicherheit würden aber die Bilder der Toten und der Sturz des Attentäters von der Hochbrücke ihm noch eine Weile erhalten bleiben. Es durchfuhr ihn immer noch ein Schauder, wenn er daran dachte, dass es mit der geplanten Zugentgleisung fast eine fürchterliche Katastrophe gegeben hätte.

Als er sich auf den Heimweg machte, war der Frühling zurückgekehrt. Sonne über Kiel. Die dunklen Wolken waren Vergangenheit.

Dichtung und Wahrheit

Es gibt leider jede Menge Verschwörungstheoretiker, die an die sonderbarsten Dinge glauben, an die beabsichtigte Reduzierung der Menschheit auf eine halbe Milliarde Köpfe, die Impfung mit Chips, die uns Bill Gates einpflanzen will, die Unterjochung unter den Willen einiger weniger, die Verbreitung von Pest und Cholera, damit die Industrie an unser aller Elend verdient. Möge jeder denken, was er will, auch wenn es noch so abwegig ist. Ein hohes Gut ist schließlich die Meinungsfreiheit.

Die Handlung und alle Figuren sind frei erfunden und haben, mit Ausnahme der Personen der Zeitgeschichte, keine realen Vorbilder. Meiner Phantasie sind auch die Vorgehensweisen der Ermittlungsbehörden entsprungen.

Eine besondere Herausforderung war die Recherche der örtlichen Gegebenheiten, die sich unter den gegebenen Rahmenbedingungen als sehr aufwendig erwies.

Mein Dank für die Unterstützung bei diesem Roman gilt KHK Uwe Keller vom Landeskriminalamt Schleswig-Holstein, Birthe und Dr. Marion Heister.

Die Erfolgsserie des Bestsellerautors Hannes Nygaard:

Alle Titel sind auch als eBook erhältlich.

Hinterm Deich Krimis:

Tod in der Marsch
ISBN 978-3-89705-353-3

Vom Himmel hoch
ISBN 978-3-89705-379-3

Mordlicht
ISBN 978-3-89705-418-9

Tod an der Förde
ISBN 978-3-89705-468-4

Tod an der Förde
Hörbuch, gelesen von Charles Brauer
ISBN 978-3-89705-645-9

Todeshaus am Deich
ISBN 978-3-89705-485-1

Küstenfilz
ISBN 978-3-89705-509-4

Todesküste
ISBN 978-3-89705-560-5

Tod am Kanal
ISBN 978-3-89705-585-8

www.emons-verlag.de

Der Tote vom Kliff
ISBN 978-3-89705-623-7

Der Inselkönig
ISBN 978-3-89705-672-5

Sturmtief
ISBN 978-3-89705-720-3

Schwelbrand
ISBN 978-3-89705-795-1

Tod im Koog
ISBN 978-3-89705-855-2

Schwere Wetter
ISBN 978-3-89705-920-7

Nebelfront
ISBN 978-3-95451-026-9

Fahrt zur Hölle
ISBN 978-3-95451-096-2

Das Dorf in der Marsch
ISBN 978-3-95451-175-4

Schattenbombe
ISBN 978-3-95451-289-8

Flut der Angst
ISBN 978-3-95451-378-9

Biikebrennen
ISBN 978-3-95451-486-1

www.emons-verlag.de

Nordgier
ISBN 978-3-95451-689-6

Das einsame Haus
ISBN 978-3-95451-787-9

Stadt in Flammen
ISBN 978-3-95451-962-0

Nacht über den Deichen
ISBN 978-3-7408-0069-7

Im Schatten der Loge
ISBN 978-3-7408-0200-4

Hoch am Wind
ISBN 978-3-7408-0275-2

Das Kreuz am Deich
ISBN 978-3-7408-0393-3

Rache im Sturm
ISBN 978-3-7408-0524-1

Falscher Kurs
ISBN 978-3-7408-0668-2

Das Böse hinterm Deich
ISBN 978-3-7408-0804-4

Das Weiße Haus am Meer
ISBN 978-3-7408-0920-1

Im Moor
ISBN 978-3-7408-1138-9

www.emons-verlag.de

Niedersachsen Krimis:

Mord an der Leine
ISBN 978-3-89705-625-1

Niedersachsen Mafia
ISBN 978-3-89705-751-7

Das Finale
ISBN 978-3-89705-860-6

Auf Herz und Nieren
ISBN 978-3-95451-176-1

Tod dem Clan
ISBN 978-3-7408-0438-1

Kurzkrimis:

Eine Prise Angst
ISBN 978-3-89705-921-4

www.emons-verlag.de